City of Stairs

Robert Jackson Bennett

圣城三部曲
（卷一）

【美】罗柏·杰克森·班奈特——著
白照仪——译

重庆出版集团
重庆出版社

City of Stairs
Copyright © 2014 by Robert Jackson Bennett
Published in agreement with Donald Maass Literary Agency, through The Grayhawk Agency
Simplified Chinese Translation Copyright © 2021 by Chongqing Publishing House Co.,Ltd.
All right reserved.

版贸核渝字（2015）第033号

图书在版编目(CIP)数据

阶梯之城/（美）罗柏·杰克森·班奈特著；白照仪译. —重庆：重庆出版社，2021.10

（圣城三部曲.卷一）

书名原文：City of Stairs

ISBN 978-7-229-15131-7

Ⅰ.①阶… Ⅱ.①罗… ②白… Ⅲ.①长篇小说—美国—现代 Ⅳ.①I712.45

中国版本图书馆CIP数据核字（2020）第115451号

圣城三部曲（卷一）：阶梯之城
SHENGCHENG SAN BU QU(JUANYI)：JIETI ZHI CHENG

[美]罗柏·杰克森·班奈特 著 白照仪 译
责任编辑：肖化化 方 媛 郭思齐
装帧设计：谢颖设计工作室
责任校对：何建云

 重庆出版集团 出版
重庆出版社

重庆市南岸区南滨路162号1幢 邮政编码：400061 http://www.cqph.com
重庆出版集团艺术设计有限公司 制版
重庆市鹏程印务有限公司 印刷
重庆出版集团图书发行有限责任公司 发行
E-mail:fxchu@cqph.com 邮购电话：023-61520646
全国新华书店经销

开本：890mm×1230mm 1/32 印张：16.125 字数：385千
2021年10月第1版 2021年10月第1次印刷
ISBN 978-7-229-15131-7
定价：74.00元

如有印装问题，请向本集团图书发行有限公司调换：023-61520678

版权所有 侵权必究

献给 TK

目　录

更糟的家伙 / 001

必须教化他们 / 020

不可提及 / 044

消亡的语言 / 072

发挥特长 / 095

铭刻的记忆 / 131

危险的诚实 / 161

历史告诉我们的 / 201

幸存者 / 239

再创造 / 269

汝将知痛 / 296

救赎 / 334

圣城 / 379

家庭纽带 / 412

所收获的 / 433

所播种的 / 467

奥沃丝对他们说："你们为何如此，我的孩子？天空为何萦绕着烟雾？你们为何在他乡征战，在异域流血？"

而他们回答道："您赐福我们为您的子民，我们欣喜万分。我们见他们非您子民，又不愿归顺，执意对您视而不见。他们背弃您的圣歌，拒绝复述您的圣言。因此我们将其打倒在岩石之上，夷平他们的房屋，将他们的鲜血挥洒在风中，我们的行为天经地义。因我们是您的子民。我们承载着您的赐福。我们属于您，是以我们行的是正道。难道这不是您的教诲吗？"

奥沃丝缄默不语。

——《红莲之书》，第四章，13.51—13.59

更糟的家伙

"那么，我认为关键，"瓦斯里·雅罗斯拉夫说道，"在于动机。我知道法庭或许不同意我的看法——这个法庭的裁决一向都更看重影响而不是动机——但是你们不能因为我的一时疏忽就处以一名诚实、谦逊的商人如此巨额的罚款，是吧？况且，这个影响还是，嗯，抽象的。"

一声咳嗽回荡在审判室里，打破了耐人寻味的停顿。窗外，变幻的云彩的影子掠过布里克乌的城墙。

图瑞茵·穆拉盖什总督压抑着叹息，看了看表。要是他再这么来六分钟，她想，我们就创下新纪录了。

"而你们也听过了证言，来自我的朋友，"雅罗斯拉夫说道，"我的邻居，我的雇员，我的家人，我的……我的银行顾问。他们都很了解我，他们没有理由撒谎！他们再三告诉你们这一切只不过是不幸的巧合！"

法官席上，穆拉盖什往右侧瞥了一眼。检察官津达什一脸焦虑，沿着自己手掌的轮廓在外交部信笺纸上涂鸦。左边，首席外交官特鲁尼明目张胆地紧盯着坐在审判室第一排的那个曲线玲珑的姑娘。特鲁尼旁边，法官席末端，客座教授埃弗雷姆·庞瑞的位子上，椅子是空着的，最近他很少出席这类活动。但坦白讲，穆拉盖什非常高兴他不在这里：他出现在这个法庭上就够令人头疼的了，更不用说他到这个该死的国家之后给她带来了多少麻烦。

"法庭，"雅罗斯拉夫拍了两下桌子，"必须明白这个道理！"

穆拉盖什想，我必须得找个人来替我应付这些事情。但这只是一厢情愿的想法：身为大陆首都布里克乌的城邦总督，她的职责就是主持所有审判，无论它们多么无关痛痒。

"你们都听到我说的了，你们必须明白，我绝不是故意把店铺外面的招牌弄成……那个样子的！"

雅罗斯拉夫回避了那个敏感的话题，审判室里的人们开始交头接耳。第一排的那位姑娘跷起了腿，特鲁尼捋着胡子向前倾身。津达什在手掌涂鸦的指甲上涂着颜色。穆拉盖什扫视了一眼人群，给观察到的各种病状分门别类：拄拐杖的男孩，佝偻病；脸上有疙瘩的女人，梅毒；角落里那个男人看不出是什么病，但是她真切地希望他身上的那些东西仅仅是泥巴而已。雅罗斯拉夫和其他几个相对富裕的大陆人用得起自来水，因此只有以他们为样本才能观察到大陆人真正的样子：面容苍白，五官立体，深色眼睛，男人们夸耀着未经修饰的大胡子。穆拉盖什和其他塞普尔人与大陆人形成了鲜明的对比：更矮，更苗条，

阶梯之城

肤色更深,长着有点长的鼻子和窄小的下巴。正如特鲁尼那件滑稽的熊皮大衣所暗示的,他们更适应南海遥远彼端温暖的塞普尔气候。

说句题外话——相当题外的话——穆拉盖什能理解特鲁尼和津达什为什么不感兴趣:整个大陆坚定、轻蔑、固执地落后着,有时候甚至会让人忘记那些令人不安的、塞普尔人大费周章占领这个悲惨国家的理由。(然而,穆拉盖什想,我们都在这待了七十五年了,还能自称占领者吗?我们到什么时候才能正式成为居民?)要是现在穆拉盖什给审判室里的所有人发钱,并且说,"喏,给你钱,去买需要的药品,买干净的水。"这些大陆人绝对会往她的手里吐口水,而不会接受哪怕一枚红色分币。

穆拉盖什理解他们为什么这么抵触。虽然他们现在看起来不过是贫民和乞丐,但这些人曾经是最危险最有权势的阶级。他们当然还记得呢,穆拉盖什看到一个男人带着毫不掩饰的愤怒注视着她,这就是他们这么恨我们的理由。

雅罗斯拉夫鼓起了勇气,似乎想要说点什么。

来了,穆拉盖什想。

"我从未有意,"他清楚地说道,"让我的招牌涉及任何圣灵,任何天神,或是任何神明!"

嗡嗡的低语声充斥了审判室。穆拉盖什和法官席上的其他塞普尔人,都没有被这个戏剧性的声明所打动。"他们怎么就不明白,"津达什悄声说道,"这种事情在每一次'世俗规章审判'里都会发生?"

"别说话。"穆拉盖什低语道。

人群的集体违法行为壮了雅罗斯拉夫的胆。"是的,我……我从未有意向任何神明效忠!我对神明一无所知,他们是什么或者是谁……"

穆拉盖什差点就翻了个白眼。所有大陆人都对神明有所了解,否认这一点就相当于否认雨是湿的。

"……因此我不可能知道放在我女帽店外边的那个招牌,不幸地,巧合地,和一个神明的印记相似!"

一阵沉默。穆拉盖什抬头看了一眼,意识到雅罗斯拉夫不再说话了。"你说完了吗,雅罗斯拉夫先生?"她问道。

雅罗斯拉夫犹豫着:"什么?是的。是的,我想是的,我说完了。"

"谢谢。你可以就座了。"

检察官津达什起身发言,出示了一张照片。一个招牌上写着:雅罗斯拉夫帽业。招牌上文字的下方是一个相当大的标志——一根朝下的直线,末端卷曲,略微变形暗示着帽子的帽檐。

津达什转身面对人群。"这是你的招牌吗,雅罗斯拉乌先生?"津达什读错了这个人的名字。穆拉盖什不确定他是不是故意的:大陆人的名字尽是什么斯拉夫、伊尔亚、乌尔亚之类的,对没有像穆拉盖什这样在这里生活了十年以上的人来说,几乎不可能抓住窍门。

"是、是的。"雅罗斯拉夫说道。

"谢谢,"津达什在法官席前、旁听席前、所有人面前[①]挥舞着照片,"法庭请注意,雅罗斯拉乌先生确认了这个招牌——没错,这个招牌——是他的。"

首席外交官特鲁尼点点头,仿佛深入洞悉了整件事。大陆人焦虑地私语着。津达什像马上要耍花活的魔术师一样,装腔作势地走向他的手提箱——我是多么痛恨,穆拉盖什想,这个做作的小混蛋被分派到了布里克乌——接着出示了一幅相似符号的大版画:一根末端卷曲的直线。只不过版画里的符号是由致密扭曲的藤蔓构成的,甚至在曲

---

① 他不止挥动一次,而是多次在法庭各个位置展示照片。

线的部分还装饰着小叶子。

这个标志被展现出来的时候，人群倒抽了一口气。有些人不禁画起了神圣的手势，但是在想到自己置身何处的时候制止了自己。雅罗斯拉夫畏缩了。

特鲁尼哼了一声："还真是对神明一无所知……"

"倘若尊敬的埃弗雷姆·庞瑞博士在此的话，"津达什指向特鲁尼旁边的空座位，"我毫不怀疑他立刻就能认出这个神圣印记属于神明……抱歉，已故的神明……"

人群愤怒地咕哝着。穆拉盖什默默决定要用一纸调令回报津达什的傲慢，把他发派到一个冰冷严酷、老鼠成群的地方。

津达什总结道："……其名为阿哈纳斯。确切地说，大陆人信奉这个印记能赋予生育力和活力。无论以何种形式，对一家女帽店来说，这都暗示了他的帽子能够给其客户带来相应的特性。尽管雅罗斯拉乌先生会抗议，但我们从他的出资人那里得知，在把这个招牌放置在店外之后，他的生意有了稳步提升！事实上，他的季度收入提高了百分之二十三。"津达什放下版画，用一只手比出二，另一只比出三，"百分之——二十——三。"

"我的天呐。"特鲁尼说道。

穆拉盖什尴尬地捂住眼睛。

"你是怎么……"雅罗斯拉夫说道。

"抱歉，雅罗斯拉乌先生，"津达什说道，"我认为现在是由我发言？谢谢，我要继续了。1650年塞普尔国会颁布了世俗规章，禁止在大陆公开承认神明，无论以何种形式。不可在大陆说出神明的名字，更不可在街上跪地尖叫祈祷。只要以任何形式承认神明——任何形式——就违反了世俗规章，将会遭致处罚。收益显著提高这一事实表明雅罗斯拉乌先生故意安装了这个招牌而且了解并有意利用——"

"这是谎言!"雅罗斯拉夫喊道。

"——它的神圣本质。这个印记涉及的神明是否已死,是否能够赋予任何人或物特性,这无关紧要。承认神明的行为已然成立。由此,雅罗斯拉乌先生的行为遭致的正式处罚是——罚金,"津达什查阅了一下笔记,"一万五千德拉克。"

人群骚动起来,窃窃低语慢慢变成低沉的咆哮声。

雅罗斯拉夫语无伦次地说道:"你不能……你不能这……"

津达什坐回法官席上,骄傲地冲着穆拉盖什笑了笑;穆拉盖什严肃考虑着要不要一拳把这张笑脸打个稀巴烂。

她真希望自己能远离这些盛况。法庭通常每五个月才会有一起违反世俗规章的案件:在这当中,绝大多数都由穆拉盖什的办公室和被告人在庭外解决。很少,很少会有人理直气壮地把案子带上法庭,因为这么做的结果总是既滑稽又戏剧化。

穆拉盖什俯瞰着人满为患的审判室。连后排都站着人,仿佛这场沉闷的市政审判是大剧院里的演出似的。他们不是来看审判的,她想。她瞥了一眼法官席上埃弗雷姆·庞瑞博士的空座位。他们是来看那个给我惹了这么多麻烦的人……

然而,一旦世俗规章案件进入审判流程,总是会被判罪名成立。实际上,穆拉盖什认为自己在二十年的城邦总督生涯中,只宣判过三个人无罪。我们几乎判定所有罪名成立,她想,因为法律需要我们指控以他们自己的方式生活的大陆人。

她清了清喉咙:"检方陈述完毕。你可以进行抗辩了,雅罗斯拉夫先生。"

阶梯之城

"但是……但是这不公平!"雅罗斯拉夫说道,"为什么你们可以随意散布我们的印记,我们的神圣标志,而我们却不能?"

"城邦总督官邸,"津达什朝城墙挥了挥手,"理论上属于塞普尔领土。我们并不在世俗规章的管辖范围内,它只在大陆生效。"

"这……这简直荒谬!不,何止荒谬,这……这是异端!"他站起身来。

审判室里死一般的寂静。所有人都注视着雅罗斯拉夫。

哦,妙极了,穆拉盖什想,又一场抗议。

"你们无权这么对待我们,"雅罗斯拉夫说道,"你们从我们的建筑上拆除了神圣的装饰,掠夺、洗劫了我们的图书馆,因为提到了神的名字就抓人……"

"我们,"津达什说道,"不是来辩论法律,或是历史的。"

"但对我们来说是的!世俗规章从我们身上剥离了历史!我……我都没见过你展示的那个标志,那个……"

"你们神明的标志,"津达什说,"阿哈纳斯的标志。"

穆拉盖什看到两个布里克乌城镇之父——大陆人的议员——对津达什怒目而视。

"是的!"雅罗斯拉夫说道,"我从未被允许看见这样的东西!哪怕她是我们的神!我们的!"

人群回头看着法庭警卫,期待他们冲过去把雅罗斯拉夫当场拿下。

"这不太算是抗辩,对吧?"特鲁尼问道。

"而你们……你们让那个人,"雅罗斯拉夫指着埃弗雷姆·庞瑞博士的座位,"进入我们的国家,阅读我们的历史、我们的故事、我们的传说,我们自己都不知道!我们都不被允许知道!"

穆拉盖什皱起眉头。她就知道早晚会变成这样。

穆拉盖什很在意一个事实，在历史的全景中，塞普尔的霸权只是短暂的一瞬。在"大战"①之前的数百年里，塞普尔还是大陆的殖民地——当然，是由大陆的神明一手创立并强制推行的——布里克乌没人不知道这件事；要不然城镇之父怎么会把现在的情势称作"主人服侍仆人"呢？当然，只有私下里才会这么说。

这件事外交部办得极其失职和愚蠢：不顾紧张的局势，允许尊敬的埃弗雷姆·庞瑞博士到布里克乌来研究大陆的历史——那些法律禁止大陆人学习的历史。穆拉盖什曾警告过外交部这会在布里克乌引起骚动，而正如她预测的那样，埃弗雷姆·庞瑞博士在布里克乌并没有达成名义上文化交流的使命。她不得不应对抗议、威胁还有袭击。有一次有人朝埃弗雷姆·庞瑞博士扔了一块石头，却意外砸中了一位警官的下巴。

"那个人，"雅罗斯拉夫说道，依旧指着空荡的椅子，"是对布里克乌以至整个大陆的侮辱！那个人就是……塞普尔对大陆彻底蔑视的表现！"

"哦，天哪，"特鲁尼说道，"这就有点过了，不是吗？"

"只有他能看那些别人都不能看的东西！"雅罗斯拉夫说道，"只有他能看那些由我们的父辈、我们的祖辈写下的东西！"

"他这么做，"津达什解释道，"得到了外交部的允许。他在这里的使命是大使级的。而且这也不是你审判的一部——"

"你们赢了战争，并不意味着你们就可以为所欲为！"雅罗斯拉夫说道，"我们输了，并不意味着你们就可以剥夺我们所珍视的一切！"

"说得好，瓦斯里！"房间后排有人喊道。

---

① 指塞普尔反抗大陆的战争。

阶梯之城

穆拉盖什敲了敲小木槌,房间立刻安静了。

"雅罗斯拉夫先生,我是否可以认为,"她疲倦地说道,"你的抗辩结束了?"

"我……我拒绝承认这个法庭的合法性!"他嘶哑地说道。

"已悉。首席外交官特鲁尼——你的裁断是?"

"哦,有罪,"特鲁尼说道,"非常有罪,极其有罪。"

所有人的目光都转向了穆拉盖什。雅罗斯拉夫摇着头,用嘴型向她说着,不。

我得抽根烟,穆拉盖什想。

"雅罗斯拉夫先生,"她说道,"如果在被控违反规章的初期你没有提出异议的话,处罚就会宽大许多。然而,你无视本法庭的建议——不听我的私人劝告——选择让案件进入审判阶段。我认为你十分清楚,检察官津达什带来的证据非常有力。正如他所说,我们不辩论历史;我们仅仅是在处理它的影响。因此,我很遗憾不得不——"

审判室的门砰的一声打开。七十二个脑袋齐刷刷地转了过去。

一个小个子塞普尔官员站在门口,神色仓皇。穆拉盖什认出了他:皮特瑞什么什么来着,使馆工作人员,特鲁尼的应声虫。

皮特瑞咽了口口水,跟跟跄跄地沿着过道向法官席走来。

"怎么了?"穆拉盖什说道,"何故打扰?"

皮特瑞递过一张纸条。穆拉盖什接过来打开,上面写着:

> 在布里克乌大学办公室里发现了埃弗雷姆·庞瑞的尸体,疑为谋杀。

穆拉盖什抬眼一看,房间里所有的人都在盯着她。

现在这个倒霉的审判,她想道,重要性更不如前了。

她清了清嗓子。"雅罗斯拉夫先生……鉴于突发情况,我不得不重新权衡你这个案子。"

津达什和特鲁尼同时说道:"什么?"

雅罗斯拉夫也皱眉:"什么?"

"雅罗斯拉夫先生,你是否愿意承认,你已经得到了教训?"穆拉盖什问道。

两个大陆人溜了进来。他们混入人群中与朋友们低声耳语。消息很快就在审判室旁听席里传开。"……谋杀?"有人出声说道。

"得到……教训?"雅罗斯拉夫有些疑惑。

"雅罗斯拉夫先生,不客气地说,"穆拉盖什道,"将来你还会愚蠢地公然展示神明印记,并企图以此来拉动销量吗?"

"你这是在干什么?"津达什说道。穆拉盖什把纸条递了过去;他匆匆看了一遍,脸色煞白。"喔不……喔,诸海啊……"

"……殴打致死!"旁听席里有人大声说道。

现在整个布里克乌肯定都知道了,穆拉盖什想。

"我……不会了,"雅罗斯拉夫说道,"不会,我不……不会了?"

特鲁尼看完了纸条。他倒抽一口气,直勾勾地盯着庞瑞博士的空位,就像是期待那上面会坐着一具尸体似的。

"回答得很好,"穆拉盖什说道。她敲了敲小木槌,"那么,我谨代表本法庭,暂不考虑首席外交官特鲁尼的宝贵意见,驳回你的案件。你可以离开了。"

"我可以?真的?"雅罗斯拉夫问道。

"是的。"穆拉盖什说道,"而且我建议你尽快行使自由离开的权利。"

阶梯之城

人群开始哭喊尖叫。有人咆哮着:"他死了!他真的死了!胜利啊,辉煌的胜利!"

津达什瘫坐在椅子里,就像被抽掉了脊椎骨一样。

"我们怎么办?"特鲁尼问。

人群里有人在哭:"不。不!这下他们会派谁来?"

有人大声回应着:"管他们派谁?"

"你还不明白吗?"那个声音哭喊着,"他们会再次入侵,再次占领我们!他们会派个更糟的家伙来!"

穆拉盖什把小木槌放到一边,感激地点起一支小雪茄。

布里克乌的人是怎么做到的?皮特瑞琢磨着。他们从百叶窗和窗帘的缝隙中就能看到这些城墙,却视而不见。他们是怎么做到每天看着它们生活,还觉得一切正常?皮特瑞试着去看看别的东西:他的手表足足慢了五分钟,还在继续慢下去;他的指甲,除了凹凸不平得让人恼火的小拇指以外都不错;他甚至看了看火车站的管理员,他一直在对他怒目而视。皮特瑞终于忍不住了,悄悄向左瞥了一眼,东方,城墙所在之处。

让他不安的并不是城墙的规模,——尽管通常这已足够让他不安——而是每当他试着想看清城墙延展范围的时候,却发现自己越来越难以看到它们。他看到的不是城墙而是远方的山峰和星星,随风摇曳的树木——城墙另一边的夜色,这些墙就像是透明的毛玻璃一样。在本该是城墙顶部的地方他却看到夜空和月亮丰腴平和的面容。但如果他沿着城墙的方向,沿着走势凝视,它们就会在一百码外的房屋和摇摇欲坠的建筑物旁边慢慢凝固，光滑的表面上闪烁着城市的灯光。

然而如果我在另一边，他想，或者走近它们的话，就只能看到白色的石头。某种程度上，这是一种物质享受：制造城墙的初衷是保护这个城市，而不是从它的居民眼中夺走日落日出的美景。皮特瑞沉思着，任何神迹，无论多么不易察觉，总是让塞普尔人极其不安。

他看了看表，算了算数。火车晚点了？这列特殊的火车晚点了？或许火车有它自己的时间安排。或许它的工程师，不管那是谁，不知道电报里明确地说明了"凌晨三点"，也不知道官方人士对这次秘密会面非常在意。又或许，没有人在乎等这趟火车的人又冷又饿，被这些城墙弄得烦躁不安，还被车站管理员的蓝眼睛恶狠狠地瞪着。

皮特瑞叹了口气。假如在死前，他的一生在眼前如走马灯般闪过的话，他十分确定那会是场无聊的演出。曾经他以为塞普尔大使馆的工作会是个充满异国风情的美差，会把他带到充满异国风情的新地方（让他遇见充满异国风情的女人），然而到目前为止这份工作的主要内容就是等待。作为副行政大使的助理，皮特瑞学会了该如何以单调乏味的新方式等待单调乏味的新事情，成为了可以一连几个小时注视秒针的专家。他早就明白，助理存在的意义就是替人承受充斥在官僚主义的一天当中那些无关紧要的乏味琐事。

他看了看表，好像还有二十多分钟。他的呼吸中夹杂着白气。诸海在上，多么糟糕的工作。

或许他能调任，他想。事实上，塞普尔人在这里的机会还挺多的：大陆分成四个部分，每个部分都有自己的地区总督；下一级是城邦总督，掌管着大陆上的重要都市；再下一级是大使馆，主管……好吧，实话说，皮特瑞从来都没弄清楚大使馆到底管什么，大概是文化方面的事情，似乎涉及到很多的宴会。

阶梯之城

车站管理员从办公室里踱出来,站到站台边上。他回头看着皮特瑞,后者点点头笑了笑。管理员看着皮特瑞的包头巾和黑胡子,抽了两下鼻子——我闻到了葱佬的气味;接着,又一边注视着皮特瑞一边转身走回办公室,就像在说,我知道你在那儿,手脚放干净些——就像这座废弃的火车站还有什么可偷的似的。

他们恨我们,皮特瑞想。但他们当然恨我们。在大使馆的短暂时光已经让他接受了这个事实。我们告诉他们要忘怀,但他们能吗?我们能吗?谁能呢?

但皮特瑞还是低估了他们的仇恨。他来这里之前对此毫无概念,直到他看见了墙上和商店橱窗里的空位,框架和门面干干净净,没有任何图画和雕刻;他见过布里克乌的人在特定时间里的表现,他们似乎知道这个时间段应该表现出敬意,但却不能有所行动,只能游荡徘徊;他在城市里穿行的时候,遇见过一些岔路口和死胡同,很明显它们曾经容纳过什么——壮丽的神像,或者香火不绝的神龛——但现在要么被铺平了,要么只有路灯,或是平淡无奇的市政花园,或是一张孤零零的长凳。

塞普尔绝大多数的人都觉得世俗规章成绩斐然,在七十五年间约束规范着大陆人的行为。但皮特瑞在布里克乌的这段时间里,却开始感觉到规章的成功只流于表面——比如,布里克乌确实没有人会赞美、提及或是承认任何神明,至少不会公开如此——但实际上,它失败了。

这个城市知道,它记得。它的过去铭刻在骨骼里,尽管那些过去现在只能无声地呢喃。

皮特瑞冻得直发抖。

他不确定自己是不是宁愿待在办公室里——那个因埃弗雷姆·庞瑞博士的谋杀案而灯火通明、焦虑混乱的地方。电报机吐纸就和打烊时间的醉汉呕吐一样剧烈。电话铃声此起彼伏。秘书们在办公室里奔跑着，把纸张穿在鸟喙一样尖锐的钉子上。

突然，一封电报让所有人静了下来：

C - AMB 希瓦尼 3：00 到布里克乌莫罗火车站
VTS512

从结尾的代码来看，很明显它不是来自城邦总督的办公室，而是地区总督的办公室，整个大陆上唯一和塞普尔有直接、即时通讯的地方。因此，通讯部的秘书极为担心地表示，这封电报可能是转发自南海彼端的外交部。

他们迅速讨论了该由谁去迎接这位希瓦尼先生，很明显他的到来就是对教授遇害事件的回应，同行的还有及时又可怕的问责；难道埃弗雷姆·庞瑞博士不是塞普尔最聪明的人吗？难道他不是塞普尔最受宠的子民吗？难道他在这里的使命不是进行历史上最伟大的学术研究吗？因此，他们很快就决定了皮特瑞——年轻、开朗，而且不在场——正是这个任务的最佳人选。

但是他们对"C - AMB"这个代码十分疑惑，因为它代表着"文化大使"。他们为什么派了这么个人来？文化大使不是部里等级最低的吗？大多数都是稚气未脱的学生，往往还对外国文化和历史有着病态的兴趣，大都市里的塞普尔人都避之不及。通常来说，文化大使就是接待处还有晚宴上的装饰品，仅此而已。那么他们到底为什么派了个无关紧要的文化大使来掺和近十年来最惨烈的外交失利？

"除非，"皮特瑞在大使馆说出了自己的疑惑，"两件事完全无关。或许只是个巧合。"

阶梯之城

"哦，是相关的，"尼达因，大使馆通讯部的协理说道，"这通电报在我们传出消息后几个小时内就发来了。这就是他们的回应。"

"那为什么派了个文化大使来？他们还不如派个水管工，或者竖琴师来。"

"除非，"尼达因说道，"希瓦尼先生不是文化大使。或许他的身份完全不同。"

"你是说，"皮特瑞问道，手指伸到包头巾里挠了挠头皮，"电报在撒谎？"

尼达因轻轻摇了摇头："哦，皮特瑞。你是怎么混进部里的？"

尼达因，皮特瑞冷冷地想，我恨你。早晚有一天我要和你漂亮的女朋友翩翩起舞，她会不由自主地爱上我，而你会撞到我们身上，弄乱手里的文件，冰锥会穿过你肮脏的心脏……

但皮特瑞现在明白了自己是个傻瓜。尼达因是在暗示这个希瓦尼或许仅仅是以文化大使的身份旅行，但实际上他可能是级别很高的秘密特工，渗透进敌方领土，瓦解对塞普尔的抵抗。皮特瑞想象出一位魁梧蓄须的男人，子弹带里插满炸药，嘴里紧咬着一把寒光四溢的匕首，一把多次在阴影中品尝过鲜血的匕首……皮特瑞想得越多，就越有点害怕这个希瓦尼。没准他会像精怪一样从火车里涌现，他想，双眼喷射火焰，嘴里吐着黑色的毒气。

隆隆声从东边传来。皮特瑞看向城墙以及下边的小孔。从这里看，它看起来就像个被蛀虫咬出来的小洞，但离近了就会发现它足足有三十尺高。

黑暗的小孔逐渐亮了起来。一阵闪光、刺耳的摩擦声，火车轰隆隆地开了出来。

它其实算不上火车——只是个污迹斑斑的旧引擎加上一节小得可

怜的车厢——看起来像是来自煤矿产区，工人在矿区间通勤时会坐的那种。明显配不上一位大使——即便是文化大使。

火车沉闷地停到站台边。皮特瑞匆匆来到门前，双手背在背后，奋力挺起胸膛。纽扣都扣好了吗？包头巾端正吗？肩章擦过了吗？他记不得了。他紧张地舔了舔拇指，开始擦肩章。接着车门吱嘎一声打开，出来的是……

红色。不，不是红色——紫红色。一整片紫红色，仿佛一道帘子挡住了门口。这道帘子移动了，皮特瑞看到它从中间分开，露出了里面的白色布料和正中从上到下的一排纽扣。

那不是帘子。那是一个穿着紫红色大衣的胸膛。皮特瑞见过的最魁梧的人——简直是个巨人。

巨人伸展身体走出车厢，像磨盘一样的脚踩到地上。皮特瑞跌跌撞撞地退后给他腾出空间。巨人的红色长大衣下摆在巨大的黑靴子顶部的位置，衬衫领口敞开着，没有系领巾，以海盗一样的角度戴着一顶灰色宽边帽。他的右手戴着灰色的手套，左手没戴，而是戴着一只编织工艺的金手镯——一件怪异又不自然的女性饰品。他有六尺多高，肩背难以置信的宽阔，但一点多余的脂肪都没有：瘦削的脸上有一种饥饿的神色。皮特瑞从未想过塞普尔的大使会长着这样一张脸：苍白的皮肤上散布着很多粉红色的疤痕，头发和胡子是发白的金色，而他的双眼——或者说，眼睛，因为其中一只只是被盖住的黑色空洞——是颜色很浅的灰白色。

他是个德瑞凌人，北方人。不管看起来有多不可能，大使是个山岭野蛮人，对大陆和塞普尔来说都是外人。

假如这就是他们的回应，皮特瑞想，那这个回应是多么的骇人……

阶梯之城

巨人漠然地注视着皮特瑞,仿佛在思考值不值得一脚踩扁这个矮小的塞普尔人。

皮特瑞鞠了一躬。"幸会,希瓦尼大使,欢迎来到美、美丽的布、布里克乌。在下皮特瑞·苏图尔拉什尼。您旅途顺利吗?"

沉默。

皮特瑞保持着鞠躬的姿态,仰起了头。巨人低头注视着他,轻轻挑起一边眉毛,看起来是个轻蔑又困惑的表情。

巨人背后的某个地方传来咳嗽声。巨人没有打招呼或是说再见,转过身走向车站管理员的桌子。

皮特瑞挠着头看着他走远。咳嗽声再次响起,他意识到还有其他人站在门口。

那是个小个子塞普尔女人,肤色很深,比皮特瑞还要瘦小。她的穿着相当朴素——蓝色的外衣和长袍,惹人注意的地方只有塞普尔风格的剪裁——她在厚得出奇的眼镜后面注视着他。她穿着一件浅灰色制式雨衣,戴着一顶蓝色窄边帽,袋子上插着一支纸兰花。皮特瑞觉得她的眼睛有点不对劲……那巨人的眼神是完全彻底的死气沉沉,但这个女人的眼睛正好相反:又大又黑又柔软,像是一口遍布游鱼的深井。

那女人微笑着。这个微笑既不会令人愉快也不至于令人不快:它就像是精美的银盘子,在一个正式场合用完之后就会被擦洗干净收拾起来。"感谢你在这么晚的时间来接我们。"她说道。

皮特瑞看着她,又回头看了看巨人,他正把自己塞进车站管理员的办公室,管理员显得顾虑重重。"希、希瓦尼大使?"

她点点头,走下火车。

女人?希瓦尼是个女人?他们为什么没……

哦，该死的通讯部！诅咒他们的谣言和谎话！

"我认为，首席外交官特鲁尼，"她说道，"正忙着应对谋杀案的余波，否则他会亲自前来。"

"呃……"皮特瑞不太想承认他对首席外交官特鲁尼意图的了解并不比对天上星星运动的规律了解得多。

她在眼镜后边朝他眨了眨眼。沉默像潮汐一样吞没了皮特瑞。他挣扎着想说点什么，什么都行。他开口道："欢迎你来到布里克乌。"不，不，完全不对。然而他继续说道："我希望你这一路旅途……愉快。"不对！更糟！

她盯着他看了一会儿："你说你的名字是皮特瑞？"

"是、是的。"他们身后传来一声叫喊。皮特瑞看了过去，但是希瓦尼并没有——她继续观察着皮特瑞，就像在观察一只有趣的虫子。皮特瑞看到巨人正从车站管理员手里拽出什么东西——好像是个写字板——管理员看起来不是太开心。巨人弯下腰，摘掉右手的手套，张开手掌展示着……什么。管理员的脸色之前还像老甜菜一样红，这会儿立刻变得煞白。巨人从写字板上撕掉一张纸，把板子还给管理员，然后走了。

"那是？"

"我的秘书，"希瓦尼说道，"齐格拉德。"

巨人拿出一根火柴，在指甲上划着，点燃了那张纸。

"秘、秘书？"皮特瑞问道。

火焰触及了巨人的手指。即便这让他感到疼痛，他也没有表现出来。在确认纸张完全烧尽之后，他吹了口气——噗——余烬在站台上空飞舞。他戴上灰色的手套，冷冷地观察着车站。

"是的，"她说道，"那么，如果不是太麻烦的话，我想直接到大使馆去。大使馆通知布里克乌的官员我要来了吗?"

"嗯。呃……"

"我懂了。我们拿到教授的遗体了吗?"

皮特瑞的思绪在飞旋。他琢磨着,或许是第一次这么想,人死后身体会发生什么变化——这件事突然间变得比灵魂的去向更令人费解。

"我明白了。"她说道,"你开车来了吗?"

皮特瑞点了点头。

"如果你愿意的话,请领我过去。"

他再次点点头,费解地带着她走过昏暗无光的车站来到巷子里的汽车旁。他情不自禁地扭头打量她。

这就是他们派来的人?这个瘦小无奇、声音尖锐的女人?她来这个充满无尽敌意、无尽怀疑的地方到底想做什么?她能撑过今晚吗?

到现在，在做了这么多研究、发现了这么多器物以后，我们对他们的外形依然没有概念。所有表现那些形象的雕像、绘画、壁画，要么难以辨认，要么互不相关。在一种描述里，科尔坎是一块树下的光滑石头；另一种描述里它则成了迎着光明太阳的黑色山峰；而在第三种描述中，它代表一个黏土塑造的人坐在一座山上。这些大相径庭的描述比起其他的还好得多，在某些叙述中他们的形象不过是天空中飘浮着的模糊图案或颜色，就像是画笔画下的一样。举例来说，如果我们按字面意思去理解古代大陆的记载的话，那么神明约科夫最常见的形象是一团由椋鸟组成的风暴。

做了这么多的研究之后，很难从这些全然不同的残片中得出任何结论。这不由得让人思考，这些艺术作品中描绘的形象本身是不是选择了以这种方式表现自己。或者，当时的情景根本无法转化为传统的艺术。

或许大陆没有人确切地知道自己看见的是什么。既然神明已经不复存在，我们自然无从知晓。

时光沉默了万事万物。而神明似乎也不例外。

——《大陆艺术探源》，埃弗雷姆·庞瑞博士

必须教化他们

她凝视着。

她凝视着破碎的门拱，倾斜、庞大的拱顶，破烂的尖顶和曲折的街道；凝视着建筑物门面上褪色的窗格，下陷穹顶上拼接的瓦片，沾

阶梯之城

染着煤烟的弦月窗，以及扭曲破碎的窗户；凝视着人们——身材瘦小、衣衫褴褛、营养不良——蹒跚走过矩形的桥门和柱廊，这座过往的奇迹已成魅影城市里的乞丐。她看到的一切都如她的预期，然而这些阴沉的废墟仍使她思绪联翩，想象着它们在七十、八十、九十年前会是什么样子。

布里克乌。墙壁之城。至圣之山。世界之座。阶梯之城。

她一直没想通最后一个名字。城墙啊，山啊，世界之座啊——这些确实是值得夸耀的东西。但阶梯？为什么是阶梯？

而现在阿莎拉·希瓦尼——通常只叫莎拉——终于明白了。阶梯或是四通八达，或是进退无路：阶梯到处都是，从道边陡然而起，劈开山坡；还有的绕着山坡盘旋而下，就像涓涓细流；偶尔还会有阶梯像湍急激流一样从你眼前倾泻而下，将前方几码外的美景徐徐展开……

这个称呼肯定是新的。这只能是在"大战"之后发生的事。在所有一切……崩坏的时候。

那么这就是大崩坏的样子，她想，或者说，这就是它造成的后果……

她思索着这些阶梯在大战前通向哪里。当然不会是通向它们现在的去处。她艰难地思索着自己所处的地方，自己来这里的方式，这一切是怎么形成的……

布里克乌。圣城。

她凝视着车窗外。这里曾是世界上最伟大的城市，现在却是人类所知最破败的地方。市民依然坚持住在这里，它依然是世界上人口数量排在第三或第四位的城市，尽管它过去还要大得多。他们为什么要留在这里？是什么让这些人留在这个破落、分裂、阴暗、冰冷的城市？

"你眼睛疼吗?"皮特瑞问道。

"什么?"莎拉说道。

"你的眼睛。刚来这里的时候,我偶尔会眼花。在你注视这个城市的时候,在某些特定的地方,事物并不那么……正常。它们让人感觉晕眩。别人告诉我,过去这种情况更为普遍,现在已经越来越少见了。"

"那是什么感觉,皮特瑞?"莎拉问道,尽管她知道答案。她多年前就已知晓这种现象。

"就像……我说不清。就像是往玻璃里面看。"

"玻璃?"

"好吧,不,不是玻璃。像一扇窗户。但是这扇窗户对着一个不复存在的地方。很难解释,你见到就明白了。"

她历史学家的一面正在和特工的本能斗争,一个说,瞧这个拱门、这个街名、城墙上的起伏和凹痕!另一个说,注意这些人,注意他们的去向,注意他们是怎么回头张望的。街道上只有几个人,毕竟现在已经是深夜了。对她来说建筑物都很小,车开到山顶的时候,她探头看到一片低矮平坦的建筑,一直通向城墙的另一端。她并不习惯这么贫瘠的地平线。

在大战之前,她提醒着自己,他们有过更壮丽的建筑。但是地平线上奇怪的空虚令她沉思,那么多东西能在几分钟里突然消失吗?

"你或许已经知道了。"皮特瑞说道,"但是在大使馆周边区域最好还是开车出行。它坐落在……声誉不怎么样的地方。他们说在我们建立大使馆的时候,很多模范市民搬了出去。他们不想住在葱佬附近。"

"啊,对了,"莎拉回应道,"我都忘了在这里他们是这么称呼我们的了。"葱佬,她想起来了,因塞普尔人习惯在食物里加入大量葱而得名。但这是错的,因为任何有理智的塞普尔人都更喜欢大蒜。

她瞥了齐格拉德一眼。他直直地盯着前方——或许是这样。想要分辨出齐格拉德在注意什么总是特别困难。他坐得笔直,似乎对周围的一切都漠不关心,你几乎会把他误认为一座雕像。总之,他看起来对这个城市既没有兴趣也不在意:这就是一项工作,既不涉及暴力又不需要暴力,因此不值得注意。

她试图保存精力来面对即将来临的艰难又棘手的几个小时。她也试着赶走那个从昨天在阿哈纳斯坦收到电报起就开始侵蚀她的那个念头。但她无能为力。

哦,可怜的埃弗雷姆。你怎么会碰到这样的事情?

首席外交官特鲁尼的办公室富丽堂皇,尽管很艳俗,但却完美地再现了塞普尔风格:黑色的木制百叶窗,红色的印花地毯,蓝色的屏风,桌上的油灯灯罩带着珠饰。在一面墙上盛开着塞普尔本土的象耳蕨,纤薄波浪形的叶片从一块苔藓的根基里生长出来,形成了一片灰绿色的波浪;下方,一截蜡烛正在加热一只小水壶,蒸汽缕缕,给象耳蕨提供了生长所需的湿度。莎拉注意到,这里没有一样东西能体现出文化融合,也没能展现出学习交流和后地区主义的统一,完全不符合塞普尔内阁委员会的要求。

但是这些装饰的罪过完全比不上办公桌后边墙上挂着的东西。

莎拉注视着它,异常愤怒却又有点病态地着迷。他怎么能这么蠢?

特鲁尼冲进办公室,脸上一副悲痛欲绝的做作表情,好像死去的不是埃弗雷姆而是他自己。"文化大使希瓦尼,"他左脚踏前,右肩抬起,极其谦恭地鞠了一躬,"很荣幸见到您,即便是在这样悲伤的情况下。"

莎拉立刻就想知道他在塞普尔上的是哪家预备学校。当然,她在来之前就读过他的资料了,现在更确认了自己的想法,塞普尔的望族,它们的稻壳总是被倾倒进世界各地的塞普尔使馆里。他觉得我也来自这样的家族,她提醒自己,因此有了这些表演。"我也很荣幸。"

"对我们来说,我们……"特鲁尼抬头看到齐格拉德懒洋洋地坐在角落的椅子里,懒散地填着烟斗,"呃,那、那是谁?"

"齐格拉德,"莎拉说道,"我的秘书。"

"您一定要让他待在这吗?"

"齐格拉德帮我处理所有事情,无论保密与否。"

特鲁尼瞥了他一眼:"他是聋还是哑?"

齐格拉德用独眼看了他一会儿,又把注意力放回了烟斗上。

"都不是。"莎拉答道。

"好吧。"特鲁尼说道,掏出一块手帕擦了擦额头,"嗯,柯梅德部长这么快就派人来监督遗体的处理,"他说着坐到了桌子后边,"这证明了对教授的追思。您是连夜赶来的?"

莎拉点点头。

"我的天哪。太糟糕了。茶!"他毫无来由地突然喊道,"上茶!"他抓起桌子上的铃铛猛烈地摇着,随即又因为没有得到自己想要的回应而不断把铃铛往桌子上砸。一个不超过十五岁的女孩走进房间,端着一个硕大的茶盘。"怎么这么慢?"他厉声说道,"我有客人!"女孩转开目光开始倒茶。特鲁尼旁若无人地对莎拉说:"我听说您之前在附近的阿哈纳斯坦?糟糕的城邦,起码我是这么认为的。那些海鸥简直就是训练有素的贼，那里的人则从海鸥身上学会了很多。"他挥挥手指示女孩离开，她鞠躬退下。"必须教化他们，当然——我说的是人，不是鸟。"他笑道，"您想来杯茶吗？这是我们最好的瑟朗茶。"

莎拉微笑着摇摇头。事实上，莎拉，一个彻头彻尾的咖啡因成瘾者，此刻极度需要一杯茶，但是她绝对不愿意接受特鲁尼的东西。

"请自便。但是布里克乌，我想您应该听说过，完全不一样。它依然有一些旧俗不受我们影响。我说的不只是城墙。就说三个月前，城邦总督不得不阻止他们吊死一个改嫁的女人——我很抱歉在年轻女士面前提起这种事情，但是——吊死一个在她丈夫死后改嫁的女人。那个人都死了好多年了！当然，城镇之父们不会听我的，但是穆拉盖什……"他压低了声音，"被过去伤害得最厉害的城市也是最顽固地抗拒改革的城市，真是太奇怪了，你觉得呢？"

莎拉微笑着点点头："我非常同意。"她极力避免去看他背后挂着的那幅画。"那么你确实拿到了庞瑞教授的遗体？"

"什么？哦，是的，"他嘴里塞满了饼干，"抱歉——是的，是的，我们确实拿到了尸体。可怕。悲惨。"

"在遗体送走之前我可以检验一下吗？"

"你想看他的残骸？它的样子可不……我很抱歉，但那样子不适合见人。"

"我知道他是怎么死的。"

"是吗？他死状惨烈。惨烈。尸体的情况很糟糕，小姑娘。"

小姑娘，莎拉想。"我知道。但是我必须去看看。"

"您这么确定吗？"

"是的。"

"好吧……嗯，"他挤出了最和善的微笑，"让我给您点建议吧，小姑娘。我也曾经像你一样——年轻的文化大使,爱国者,应付差事,走走过场。你懂的,所有能让自己出头的事情。但是,相信我,随便你怎么发消息,通讯的另一端都不会有人。没人在听。部里根本就不在乎文化大使。亲爱的,这就像是一种羞辱——你得一直熬到出头。别吃力不讨好了,享受生活吧。我确定他们很快就会派其他人来处理这件事。"

莎拉根本没有生气,她的愤怒早就退化成了困惑。她思索着该如何答复他,眼神游移到墙面的画上。

特鲁尼注意到了她的眼神。"啊,我发现你注意到了我的珍宝。"他指向那幅画,《赤沙之夜》,瑞什娜的作品,了不起的爱国主义杰作。"我很遗憾这并不是原作,而是非常古老的摹本。但也十分接近原作。"

尽管莎拉已经看过这幅画很多次了——它在塞普尔的学校和市政厅里十分常见——她依然觉得这是一幅难以理解、令人不安的画。它描绘了一场在广袤荒凉的沙漠上进行的夜间战斗:近处的沙丘上站着一小队衣着破烂的塞普尔军队,注视着沙漠对面无边无际的重甲剑士。剑士们穿着巨大沉重的铠甲,铠甲闪闪发光,保护着每一寸身体;他们的头盔上描绘着尖叫着的恶魔那闪烁发光的面容;他们的剑长得惊人,足有六尺,摇曳着冰冷的火焰。从画面来看,很显然这些可怕的铁甲战士会把衣衫褴褛的塞普尔军队劈成两段。然而,这些剑士却震惊地站在原地:他们凝视着一个塞普尔人,他站在塞普尔军队后边的一个沙丘顶上,穿着一件华丽的外衣,勇敢而无畏——很明显,是这支乌合之众的将军。他操作着一件奇怪的武器:一门又长又细的大炮,就像蜻蜓一样纤细,喷射出一枚炮弹,飞过他的军队上方,飞过敌军头顶,像是击中了……什么。

或许是个人:一个笼罩在阴影之中的巨大的人。很难看清楚,又或许是画家也不确定这个人物到底该画成什么样。

莎拉注视着那个塞普尔将军。她知道这幅画与真实的历史有些偏差：赤沙之夜卡吉实际是站在部队的最前线，没有亲自发出那致命一击，甚至根本没有靠近过那个武器。她回想起有一些历史学家声称这是因为他肩负着领袖的责任；而另一些学者则认为卡吉当时没有测试过他的实验武器，并不知道它到底会成功还是会带来灾难，所以选择待在远处以避免可能的危险。但是无论他当时身在何处，这致命的一击正是一切的开始。

客套够了。

"大使，你就在这个办公室里会见布里克乌的城镇之父吗？"莎拉问道。

"嗯？啊，是的。当然了。"

"他们从未……评价过这幅画？"

"在我的记忆中没有。他们看到它的时候通常会沉默不语。了不起的杰作，我可以这么说。"

她微笑道："首席外交官特鲁尼，你知不知道教授来这个城市的目的？"

"嗯？我当然知道。那可引起了不小的骚动。他翻看他们所有的古代博物馆，查看他们所有的古代记载……我收到了挺多信件。这里都还有一些。"他从抽屉里拿出了一摞纸。

"你知不知道是外交部长温雅·柯梅德亲自批准了他的任务？"

"怎么了？"

"那么你肯定知道这件案子的管辖权既不属于大使馆，也不属于城邦总督或者地区总督，而是直属于外交部的了？"

特鲁尼思考着其中的层层关系，鸟屎颜色的眼眸颤动着："我觉得……这很合道理……"

"那么你或许不知道,"莎拉说道,"我这个文化大使的头衔只不过是一种形式。"

他的胡子抽动着。他的眼睛看向齐格拉德,仿佛要确认这件事,但是齐格拉德只是坐在那里,双手交叠在膝盖上。"一种形式?"

"是的。因为我认为你觉得我出现在布里克乌也只是一种形式,那么应该让你知道我来这里的其他理由。"她伸手从长袍里掏出了一枚很小的皮革盾徽,滑到桌子对面让他仔细辨别中央那个清晰的塞普尔纹章,以及下方那一行小字:外交部。

特鲁尼花了好一会儿才弄清楚是怎么回事。他嘟囔着:"什……么。"

"没错,"莎拉说道,"你不再是这个使馆的最高负责人了。"她伸手向前,拿起他桌子上的铃铛摇了起来。端茶的女孩进来了,有点困惑地听着莎拉对她说道:"请让维护人员来把那幅画摘掉。"

特鲁尼几乎口吐白沫:"什么!你这是什——?"

"我打算,"莎拉说道,"让这间办公室看起来像是有一位负责任的塞普尔代表在其中工作。一个好的开始就是把那幅画摘掉,它过度美化了这个大陆开始进入非常、非常血腥的转折期的那个时刻。"

"喂!那对我们的人民来说是个伟大的时刻,小姐——"

"是的,对我们的人民来说。对他们的人民来说并不是。我可以冒昧猜测一下,特鲁尼先生,布里克乌的城镇之父们既不服从你又不尊重你的原因,还有过去五年来你的事业一直没有起色的原因,就是你乐于把一幅激怒侮辱你工作对象的画挂在办公室里!齐格拉德!"巨人站起身来。"既然维护人员对非特鲁尼的命令反应这么慢,那就请你把那幅画摘下来一折两半。特鲁尼——请坐下。我们需要谈谈你退休的问题。"

❖

在特鲁尼匆匆离开之后,莎拉回到桌边,给自己倒了一大杯茶,一饮而尽。她很高兴那幅画被处理掉了,尽管这种感觉或许有点不够爱国:她为外交部服务的时间越长,这种沙文主义的表现就越让她感觉不自在。

她向齐格拉德看去。他坐在角落里,脚搭在桌子上,拿着一张破碎的帆布。"好吧,"她说道,"过头了?"

他抬头看着她:你想什么呢?

"好极了,"莎拉说道,"你这么说我很高兴。我承认,这还挺有趣的。"

齐格拉德清了清嗓子,他的嗓音混合了烟草和泥土,口音比沥青还厚重:"莎拉·希瓦尼是谁?"

"六年前派驻约科斯坦的一个不太起眼的文化大使。她在一次海难中丧生,但是她出奇地擅长填档案——到处都记录着她的身份和行动。在她的许可证马上过期、快要被除名的时候,我插手中止了进程,套用了她的身份。"

"因为你也叫这个名字?"

"或许是吧。但是我们还有其他相似之处——我看起来不像个乏味、不起眼的小官僚吗?"

齐格拉德笑了笑:"但是,没人会相信你只是个文化大使。尤其是在你开除了特鲁尼之后。"

"没错,而我也不想让他们相信。我想让他们忧虑。我想让他们拿不准我的真实身份。"她走到窗前，注视着烟雾笼罩的夜空，"捅了马蜂窝，马蜂就会倾巢而出、穷追不舍，没错——但是至少你可以好好观察观察它们了。"

"要是你真的打算捅马蜂窝的话，"他说道，"你可以用真名啊。"

"我是想捅马蜂窝没错，但我还不想死。"

齐格拉德坏笑着，看着手里那一块帆布。

"你在看什么？"她问道。

他把帆布转过来给她看。这一块上面画着卡吉，侧身站着，他贵族般的坚毅脸孔被武器喷射出的火光照亮。

齐格拉德把它翻面拎起，这样从他的角度来看，莎拉的脸和画中卡吉的脸正好并列。

齐格拉德说："我清楚地看到了家族的相似性。"

"哦，闭嘴吧，"莎拉愤愤道，"把那玩意儿丢掉！"

齐格拉德微笑着把帆布团成一团，扔到垃圾桶里。

"好了。"莎拉说着，喝了第二杯茶，全身都舒畅了。"那么，我觉得咱们该走了。请帮我把皮特瑞找过来。"她轻声补充道："我们要去验尸了。"

※

房间密不透风，又小又热，空无一物。幸运的是，尸体还没有开始腐败，所以这个小房间里并没有什么气味。莎拉注视着那个放在行军床上的东西，一条小细腿在床边垂了下来。仿佛他只是躺下睡了一觉。

她没有看到她的英雄。这不是她遇到的那位小个子绅士。她看到的只是一堆卷曲硬化的血肉，勉强能分辨出人形。当然，它还剩下一点熟悉的地方：小细脖子，亚麻衣服，修长而优雅的手臂和手指，还有，是的，他那滑稽可笑的彩色袜子……但这不是埃弗雷姆·庞瑞。不可能是。

她摸了摸他衣服的翻领，它们被撕扯成一条一条的。"他的衣服怎么了？"

皮特瑞、齐格拉德，还有守卫探头过来看了看。"什么？"守卫反问道。因为大使馆没有丧葬设施，"埃弗雷姆·庞瑞博士"的遗骸就放在地下室的一张行军床上，像一件等待办完手续被领回家的珍贵遗物。莎拉想，某种程度上，也不算错。

"看他的衣服，"她说道，"所有的接缝和袖口都被扯开了，包括裤子。所有的。"

"怎么了？"

"尸体送来的时候就是这样的吗？"

守卫不情愿地看了尸体一眼："嗯，那不是我们做的。"

"那么你认为是布里克乌警察干的吗？"

"有可能。很抱歉，夫人，我不是很确定。"

莎拉一动不动。她以前当然见过这样的场面，甚至有一两次还自己动手做过这样的事情——穿的衣服越多，口袋、衬里、袖口越多，隐藏机要材料的地方就越多。

那么问题来了，她想到，为什么会有人认为一个在执行外交使命的历史学家藏了什么东西？

"你可以走了，"她说道。

"什么？"

"你可以退下了。"

"嗯……你们在地下室，夫人。我不能就这么让你们待在——"

莎拉抬头看着他。或许是因为旅途的疲累，或许是因为她脸上浮现的悲痛，又或许是因为她血脉中代代相传的气势，守卫咳嗽了一声，挠挠头，转回大厅里忙自己的去了。

皮特瑞想要跟过去，但是她说道："不，皮特瑞——你不必离开。请留下。"

"你确定吗？"

"是的。我想听听大使馆方面的意见，什么都好。"她看向齐格拉德："你怎么看？"

齐格拉德弯腰查看尸体。他就像试着辨认赝作的画家一样认认真真检查了颅骨。让皮特瑞感到非常恶心的是，他揭开了一层头皮来查看下方骨头处的凹陷。"某种工具，"他说道，"或许是扳手。上边带齿的东西。"

"你确定吗？"

他点点头。

"也就是没什么有用的信息？"

他耸耸肩。或许有——或许没有。"第一下打在了前边，"他指向曾经是教授左眉毛的地方，"这里的伤痕很深。其他的……不是那么深。"

任何工具，莎拉想道，任何武器，任何人都有可能是犯人。

莎拉一直注视着尸体。她今晚第二次告诫自己，忽视饰品。但这可是她心目中英雄的残骸，双手、脖子、衬衫和领带——她真的能把这些熟悉的东西仅仅看作是装饰品么？

等等。领带？

"皮特瑞——这段时间里你经常见到教授吗？"她问道。

"我见过他,但是我们不算是朋友。"

"那你记不记得,"她轻声问道,"他有没有系领带的习惯?"

"领带?我不清楚,夫人。"

莎拉伸手摘下了领带。它由精致的丝绸制成,红色和奶白色的条纹相间。北方的风格,还是新的。"我认识的那个埃弗雷姆·庞瑞,"她说道,"向来更喜欢领巾。我认为那是个非常学术的形象——领巾,通常是橘黄色、粉色或红色的。学校的颜色。但是在我的印象中他从未系过领带。你对领带了解得多吗,皮特瑞?"

"一点点吧。它们在这里很流行。"

"是的。在塞普尔却恰恰相反。而且你不觉得这条领带的质量很出色吗?"她展示给他看,"非常的精致,也非常的……薄?"

"啊嗯。怎么了?"

她目光不离领带,朝着齐格拉德伸出另一只手:"刀,谢谢。"

一小片闪光的金属——某种手术刀——立刻出现在大个子的手上。他把它递给莎拉。她推了推鼻子上的眼镜,低头检查。从庞瑞的衬衫里传出微弱的腐败气味。她试着忽略它——另一个令人不快的附属物。

她仔细查看着白色的丝绸。不对,他不会用白色的,她想道,那太显眼了……

她看到一行极其细密的红线衬在底色上。她用手术刀拨了几下,这些线构成了一个小小的方形,看起来像是个口袋。

里边有一条白布。和领带的布料不同——是另一种。她拽了出来,对着光看。

白布的一面用木炭写着什么——某种密码。

"他们没想到检查领带内部,"她轻声说道,"尤其是这么考究的领带。他们没想到一个塞普尔人会这么做,是吧?而他早就预料到了。"

皮特瑞注视着拆开的领带:"他是从哪儿学会这种花招的?"

莎拉把手术刀还给齐格拉德。"问得好。"她回答。

✦

晨光从窗户里倾泻而入,漫过光秃秃的桌子和地毯,办公室里布满了家具挪开后留下的缺口。莎拉走到窗前。这太奇怪了:城墙本该阻止任何光线照进城市,除非太阳升到顶点,但是此时她却能看见刚出现在地平线上的太阳,尽管它被奇怪的透明城墙弄得有点模糊……

那人叫什么来着,莎拉回忆着,是谁记录的这种现象?她打着响指,试着去回想。"沃海克,"她说道,"安同·沃海克。没错。"布里克乌大学的一位教授。许多年前,他提出了一个理论,依然在起作用的神奇城墙——布里克乌最古老最著名的特征——证明了一个或者几个神明依然以某种形式存在着。这一公然叫板世俗规章的行为使得他不得不东躲西藏。但实际上,大陆居民也不喜欢他的这个理论:要是神明真的还活着,那他们在哪,他们为什么不帮助自己的子民?

她回想起埃弗雷姆的说法:这就是神迹[①]的问题——它格外实事求是,只能做到它自己宣称能做到的事情。

上次和他说话的情景历历在目,但实际上已经是一年多以前的事情了。在他第一次到大陆的时候,莎拉教授了埃弗雷姆·庞瑞一些非常基础的谍报技术:渗透封锁,规避监视,利用迷宫般的权力部门,以及——尽管她觉得他不太可能用得到——秘密情报传送点的建立和

[①] 本书中对魔法或神术的称呼。

维护方法。大部分都只是预防措施,因为对塞普尔人来说,大陆上没有哪里是完全安全的。作为大陆现役最有经验的特工,以莎拉的资历来做这种连一般特工都视为小儿科的工作未免大材小用,但她却主动争取,因为她最崇拜尊敬的塞普尔人就是埃弗雷姆·庞瑞:改革派、演说家、广受赞誉的历史学家。他单枪匹马改变了塞普尔人对过去的看法,拯救了整个塞普尔司法系统,从富人手里撬动了塞普尔的教育系统,惠及贫民窟……在阿哈纳斯坦,这个伟人坐在桌子对面,耐心地点着头听她解释(希望她当时的语气没有出暴露自己的崇拜):在布里克乌的边境守卫检查你的证件的时候,他们真正想要的东西其实是一张二十德拉克的钞票。那真是一段离奇的经历,也是莎拉最珍贵的记忆。

她送他离开,不知道何时才会重逢。而就在昨天,她看到了桌子上的一封电报,报告了他的死亡——不,不仅是死亡,是谋杀。莎拉十分震惊,而且现在又发现了在他的衣物里缝着密函,这种谍报技术并不是她教给他的……

我突然开始怀疑,她想,他的使命究竟是不是历史研究……

她揉了揉眼睛,长途火车让她后背僵硬。然而她看了看时间,开始思索。

塞普尔时间大约是早晨八点。

她并不想这么做——她太累太虚弱了——但如果现在不做,将来难免会咽下苦果。有很多简单的失误,比如没能及时上报到布里克乌的旅行,可能会被误解为背叛。

她打开新办公室的大门,确认了门外没人,接着关上门,落上锁。她走到窗前,拉上外边的百叶窗(这让她备感轻松——她厌倦了古怪、昏暗的阳光),最后关上了窗户。

她闻了闻自己的手指，活动活动，接着舔了舔食指的指尖，开始在窗户最上边的玻璃上写字。

莎拉在谍报活动中经常做违法的事情。但是，在敌国活动时违反当地法律是一回事，她现在做的事情是另一回事，这件事在塞普尔可以说是骇人听闻，而在大陆，在这项法规的诞生地，又是项严重非法、被严格监视管控的行为。

现在，在特鲁尼的办公室里，莎拉准备施展一个神迹。

和往常一样，变化来得悄无声息：空气中的波动，皮肤上的凉意，仿佛有人在某处打开了门；她一边写，一边感觉指尖下玻璃表面越来越软，到最后就像是在水面上写字一样。

玻璃开始变化：它笼上一层薄雾，覆满冰霜；接着冰霜退去，但从窗户里看出去不再是外边的百叶窗，而是像墙上的洞，另一头是一间办公室，里边放着张宽大的柚木桌子，旁边坐着个高大健美的女人在翻阅厚厚的一摞文件。

改变世界的感觉，莎拉想道，还真是奇怪……

莎拉倾向于认为自己已经摆脱了这些情绪，但她依然很烦恼，塞普尔在科技上取得的可观进步依然比不上大部分的神力花招。几百年前，奥沃丝神创造了这个小奇迹，为了让自己能够从一个冰封湖面里眺望远方的另一个湖面。莎拉一直都不太清楚为什么这个奇迹能在玻璃上再现：普遍的说法是，最初大陆语里"玻璃"的词汇和"冰"非常接近，因此这个奇迹无意间扩宽了使用范围——但是神明确实很喜欢把玻璃用在许多奇怪的用途上，比如说把阳光困在水晶里，在头发粗细的玻璃里储存道具，甚至是人。

玻璃里的女人抬起了头。视角有点怪异：就像是从舷窗里窥视一样。但是莎拉知道，玻璃的另一头其实是大使馆窗户上的百叶窗，然后是一堵一百尺左右的墙壁。这是个光影与声音的把戏：南海另一端的塞普尔，伽拉戴什的某处，这个女人办公室里的一片玻璃上，正显示出莎拉从特鲁尼的房间里向外张望。

那女人看起来大吃一惊，嘴巴一张一合。声音伴随着她嘴唇的运动随之传来，微弱轻柔，像是从排水管里传来的回声："哦！哦。"

"看起来你好像在等人。"莎拉说道。

"没有。我想过你会不会联络，但没想到你会用紧急线路。"尽管有些失真，仍能听出来她的嗓音低沉沙哑，老烟枪的音色。

"你希望我别用紧急线路？"

"你使用它的时候，"那女人说着站起身走了过来，"很少是出于正当目的。"

"确实这不算是……特别紧急，"莎拉说道，"我想告诉你我在……在布里克乌展开了行动。"

玻璃里的女人笑了笑。尽管她已步入中年，但依然十分迷人：厚实的深黑色头发垂到了肩上，额发里有一缕灰色，尽管她这个岁数的女人大多已经放弃了对身材的苛求，可她依然曲线玲珑，比莎拉梦想中的身材还要好。但莎拉还是觉得，温雅姑妈的魅力远不止美貌，还有她深棕色的大眼睛里的某种特质。她的眼睛很大，间距很宽。温雅姑妈似乎一直过着大多数人拼死也想过上的生活。

"不是行动，"温雅说道，"外交任务。"

莎拉暗自叹了口气："你怎么知道的？"

"希瓦尼这个身份，"温雅说道，"你保留了许多年。我总是能注意到这样的事情。就好比我总是能注意到有人在自助餐台那里往袖子里藏了一两块饼干。突然间，这个名字就在我们听说可怜的埃弗雷姆……那天晚上被激活了。那只可能是你做了手脚，不是吗？"

这就是个错误,莎拉想,我就不该在这么累的时候做这个。

"莎拉,你在干什么?"温雅温柔地说道,"你知道我是绝对不会同意的。"

"为什么?我是距离最近的特工,也是最有资格的一个。"

"你不是最有资格的,因为你和埃弗雷姆有私交。你在别处更有用。而且你应该先提出申请。"

"你或许应该看一下信件。"莎拉说道。

温雅的脸上掠过一道不快的阴云。她走向门口的信箱,翻找片刻,最后拿出了一张小纸片。"四小时前,"她说道,"十分及时。"

"没错。"莎拉说道,"所以说,我办理了所有的官方手续。没有违反任何规则。我是等级最高的特工,还是这个领域的专家,没有人比我更了解布里克乌的历史。"

"是的。"温雅同意。她走回来看着玻璃:"在大陆历史方面你是我们最有经验的特工。现在埃弗雷姆不在了,我想世界上已经没有人比你更了解他们死去的神明了。"

莎拉看向一边。

"我……很抱歉,"温雅说道,"我太迟钝了。你必须理解……我很难保持所谓的同情心,即便是在这件事上。"

"我知道。"莎拉说道。温雅姑妈接手外交部长一职已经七年多了。她一直是部里的权力核心,所有决定或多或少都出自她手;最终正规流程就变成了一种形式。从她升迁以来,外交部的管辖范围不断扩张,而且无孔不入:贸易、工业、政治党派以及环境管理。到现在,无论何时莎拉接近塞普尔——这种情况很少——都会听见流言,温雅·柯梅德,显赫的柯梅德家族的主母,加拉戴什最有权势的要人,正关注着下一个高位——首相之位。这个念头让莎拉既烦恼又害怕:或许等到她姑妈得到了塞普尔——也是整个世界——最高的权位之后，她就能回家了……但是那时她回到的是一个什么样的家？

"如果不是你培训了埃弗雷姆，"温雅说道，"如果不是你自愿考察他的能力，花了那么多时间在他身上……我会毫不犹豫地起用你，亲爱的。但是主管是不允许对手下特工的不幸作出回应的，你知道的。"

"我不是他的主管。我只是训练了他。"

"是的，但你不得不承认，你向来轻率武断，特别是在私事方面。"

莎拉叹了口气："我真不敢相信我们还在谈论那件事。"

"我就是在说那件事，就算你不想听也一样。无论何时我想要寻求资助的时候，政界的每一个角落里都会提到那件事。"

"都十七年了！"

"实际上是十六年。我知道。选民的记忆或许很短暂，但政客不会。"

"在我海外执勤的履历里，我引起过哪怕一丝丑闻吗？你了解我的，姑妈。我很专业。"

"我不会否认你帮过我的大忙，亲爱的，不会的。"温雅叹了口气，似乎若有所思。

莎拉面无表情地回顾过去这五分钟。这次对话和她预期的不一样：她本来预期姑妈会严厉地斥责她插手庞瑞的行动，在莎拉看来，庞瑞明显参与了更隐秘、更危险的行动，但是目前温雅姑妈的反应就好像庞瑞仅仅是个执行外交使命的历史学家……也就是说要么她毫不知情，莎拉想，要么她不想让我知道她知情。

于是莎拉继续等待。她早就发现，如果你耐心等待，无论对手怎样尽力掩饰，他们总会露出马脚。尽管温雅是她的姑妈，但是长官和特工之间的立场多少总会有点相悖。

"那么,"温雅说道,"可以汇报了。那边的情况怎么样?"

有意思,莎拉想。"糟透了。快造反了。特鲁尼并没有努力尽到使馆的使命,这还算是保守的说法。"

"特鲁尼……天哪。我都忘了他们把他扔在那儿了。他身边有年轻姑娘吗?"

莎拉想起那个端茶的女孩。"有一个。"

"她怀孕了吗?"

"我没看出来。"

"好吧。感谢诸海的恩赐。"

"城邦总督,穆拉盖什怎么样?她对布里克乌十分……不上心。大体上还算是个尽职的人。我能信赖她吗?"

"也许吧。她是个老兵,镇压过叛军。军队那一套深入骨髓。她那种人你一向应付得不错。那么——教授的事情怎么样了?"

"目前我正在搜集情报。"莎拉回答——老一套的官腔。

"知道了凶手是谁,以及作案动机之后,你会怎么做?"温雅说道。

"对情况作出评估,看看它对塞普尔有何威胁。"

"那么,你没想过复仇的事情?"

"众目睽睽之下,"莎拉侃侃而谈,"根本没有复仇的机会。我们必须审慎、冷酷。我,一如既往,只是祖国手里的一件工具。"

"少来这些花言巧语,"温雅说道,"我根本不知道现在还有谁吃这一套。"她看向一边,思索着:"这么说吧,莎拉。我就大方点。这件事给你……一星期。"

莎拉愤愤地盯着她:"一星期!"

"没错。一个星期的时间来调查这件事对塞普尔重要与否。整个布里克乌的人都希望那可怜的家伙死掉，亲爱的！你要知道，甚至可能包括一个门房。我给你一个星期的时间查明你待在那里有更重要的理由，反之，我会把你调走，派别人去监督进程。这事太屈才了，亲爱的——外交部有其他更重要的任务需要你去办。"

"一个星期……"一瞬间，莎拉考虑着要不要告诉温雅便条的事，随即又意识到弊大于利。

"喔，这就是那个刚跟我自称是本区域最高级别特工的姑娘吗？你讲得就好像只要吹一口气整个纸牌屋就会崩塌一样。"温雅用手指模仿着雪片一样从天而落的纸牌，"亲爱的，如果你真的准备充分的话，那么几个小时就绰绰有余了。"

莎拉推了推眼镜，十分沮丧："好吧。"

"很好。随时向我报告。此外，如果你能让你的手下别再杀人，至少这几天不要，我会很感激的。"

"我无法保证。"

"我知道。例行提醒而已。"

"要是我真的在一个星期内就解决掉这件事，"莎拉说道，"要是这次我真的完成了不可能的任务，我有没有可能——"

"可能什么？"

"有没有可能调职。"

"调职？"

"是的。回到加拉戴什。"温雅茫然地看着她。"上次，我们谈过这件事的。"

"啊。啊，是的。"温雅说道，"没错，我们确实谈过，是吧……"

你知道的，莎拉想道，我们上上次也谈过了，还有上上上次，还有上上上上次……

"我必须承认，"温雅说道，"你是我认识的特工里唯一一个想要回到总部干文书工作的。我还以为你会爱上大陆呢，毕竟你受训的时候一门心思全扑在上面。"

"我已经离家在外，"莎拉轻轻说道，"十六年了。"

"莎拉……"温雅不自在地微笑着，"你知道你是我最杰出的大陆特工。没人比你更了解神明……此外，某种程度而言，加拉戴什几乎没人知道大陆上依然存在神明的痕迹。"

这套托辞，莎拉想，我听过多少次了。

"外交部的政策就是，绝对不能透露神明尚存于世。塞普尔人倾向于相信那些已经是历史了——死透了，一去不返。不能让他们知道大陆上有一些神迹依然有效……当然也不能让他们知道有一些神性生物依然存在，尽管你和你的手下十分擅长清理那些东西。"

莎拉沉默了，她意识到姑妈根本不明白那些东西到底意味着什么。

"只要神明不现身——我们乐见于此——我们就没有理由告诉人们他们不想知道的事情。"温雅说道。

莎拉决定把话挑明："所以，因为我见过了太多我们不能承认其存在的东西，所以我不能回家。"

"还有你的身份，如果你真的回了家，将会面对全面质询。既然你知道了这么多别人永远不会知道的事情……"

莎拉闭上了眼睛。

"给我点时间，亲爱的，"温雅说道，"我已经尽力了。掌权者对我的依赖与日俱增。很快，他们就不得不听命于我。"

"问题在于，"莎拉平静地说道，"我们特工奋力保护祖国……却只能偶尔回家，回忆为之奋战的祖国。"

温雅嗤笑一声："别这么软弱！你是柯梅德家的一员，我的孩子。

你是你父母的孩子,也是我的孩子——你是个爱国者。塞普尔就在你的血脉之中。"

我亲眼目睹过几十个人死去,莎拉想要这么说,签署过许多死刑执行令。我和我的父母完全不同。不再相同。

温雅笑了笑,目光闪烁:"注意安全,亲爱的。在布里克乌,历史稍稍有些沉重。如果我是你的话,我会小心行事——尤其你还是那个让整个大陆全面沦陷的人的直系后裔。"接着她伸出两根手指,擦了擦玻璃,影像消失了。

外交部的职责就是管制不可能被管制的一切。

但是,塞普尔人民并不会因为不可能就降低期望值:毕竟,在大战之前,大陆上不是每时每刻都在发生不可能的事情吗?

那不正是塞普尔以及世界上其他地区每夜难以入睡的原因吗?

——安塔·杜尼杰什,给温雅·柯梅德部长的一封信,1712

不可提及

布里克乌大学校园结构复杂,西边高大的城墙下隐藏着由石头、天井和走廊组成的致密网络。在这里,雨水和黑色的霉菌侵蚀了石制建筑;地板和人行道光可鉴人,仿佛使用了许多年;在好几个世纪里非常鲜见的蜂巢状的短粗烟囱在此频频出现。

但是,莎拉一进校园就注意到,大学的管道设施几乎光亮如新。大多数建筑上都有铺设:水管连接头、屋顶喷水器,以及普通的水龙头和水槽。她能看到的部分还算得上先进。

她试着不要露出微笑。因为她知道,尽管看起来很古老,大学的建筑结构本身实际上只有二十多年的历史。

"我们现在在哪一区?"她问道。

"语言学区,"尼达因说道,"他们更喜欢称它为'语言学室'。"

他刻意的纠正让莎拉慢慢眨了眨眼睛。她发现,尼达因并不是个与众不同的使馆公务人员,也就是说,他其实也是个傲慢、狂妄、自以为是的家伙。但同时,他又是使馆的公务代表,这意味着必须由他把大使和外交官正式引荐到重要的场所——比如大学。

阶梯之城

"这个室可够长的，"皮特瑞四顾说道，"长得简直像条走廊。"

"'室'这个词，"尼达因苛刻地强调，"有非常象征性的意义。"

"具体是？"

尼达因——很明显没有预料到要接受这样的询问——说道："我相信那与调查没有关系，无需在意。"

脚步声回荡在石墙上。大学在庞瑞博士死后空无一人。或许是因为石墙上辉映着的蓝色灯光（莎拉注意到，煤气灯），她默认这是一座十分深奥的有机建筑，他们仿佛身处某种虫巢或是什么巨大生物的内部。但是，她想，这或许正是建筑师的设计意图。

她很想知道埃弗雷姆对这里的看法。她已经去过他在使馆的房间，而且正如预期一般，那里空空荡荡的，根本没有任何疑点：埃弗雷姆是个为工作而生的人，尤其是这种工作，在这个历史悠久的地方。她毫不怀疑在他大学办公室的某些抽屉里塞满了数以百计的炭笔素描画，画着大学的飞檐、大门，以及必定会有的一摞一摞门把手，因为埃弗雷姆一直很着迷双手的用途：那是人与世界交互的方式，他曾经这样告诉她。灵魂也许藏在双眼之中，但是潜意识、行为方式隐藏在手上。观察一个人的手，你会观察到他的内心。或许他说得对，因为埃弗雷姆在发现新东西的时候就总是用手去碰：他会抚摸桌面，拍打墙壁，揉搓土壤，轻抚成熟的水果……对埃弗雷姆·庞瑞来说，世界总是不够他探索。

"好吧，现在我开始好奇了。"皮特瑞说道。

"无需在意。"尼达因再次说道。

"原来你不知道。"皮特瑞说道。

"我确实知道，"尼达因说，"只是没有准确的消息来源。我不想给出错误的情报。"

"胡说八道。"皮特瑞说道。

齐格拉德轻轻叹了口气,对他来说这简直可以算是恼火的呐喊。

莎拉清了清喉咙。"大学有六个室,"她说道,"因为大陆人相信世界就是个有六间心室的心脏,每间心室里住着一位神明。神灵间的互动形成了时间的流动、命运的流动、一切的流动,形成了世界的血液。大学被设计成这种关系的缩影。他们来这里是为了学习一切的一切,至少他们是这么希望的。"

"真的?"皮特瑞说道。

"是的,"莎拉说道,"但是这里并不是原来的大学。原来的在大战中消失了。"

"你是说,在大崩坏之后,"尼达因说道,"和布里克乌的大部分建筑一起消失了。是吧?"

莎拉无视了他。"他们根据战前的草图和画作复原了大学。布里克乌人坚决要求不差分毫;他们拆除了许多幸存的古代建筑,这样大学就可以用真正的古代石头重建了。他们希望它能重现原貌——或者至少,"她轻轻抚摸着一盏煤气灯,"在使用一些现代便利工具的同时,尽可能地重现原貌。"

"你是怎么知道这些的?"皮特瑞问道。

莎拉正了正眼镜:"他们在这里都教些什么课?"

"呃,最近基本上都是经济学,"尼达因说道,"商业,基础职业训练等等。因为城邦正竭力发挥它对世界经济的影响。这是新布里克乌运动的一部分。最近遭到了一点点阻力,因为有人把它理解为现代化。实际上,它就是现代化。这段时间校园周围时不时就会有抗议活动。要么是抗议新布里克乌运动,要么,嗯……"

"就是抗议庞瑞博士。"莎拉说道。

"是的。"

"我觉得，"皮特瑞漫不经心地检查着门，"他们教不了历史。"

"并不完全如此，"尼达因说道，"由于世俗规章，他们所教授的历史受到了严格的管制。可以说规章阻碍了他们在这里从事的一切。此外，他们在教授科学和基础物理的时候也遇到了麻烦，因为长久以来，这里的一切就不是遵守基础物理规则来运作的。在某些地方，仍然不遵守物理规则。"

当然了，莎拉想，每天早上的日出都在否定科学，你在这样的地方能怎么教授科学呢？

齐格拉德停住了。他嗅了两下，看向右边的一扇门。厚实的木料中间装着一扇厚玻璃窗，和大学里大多数门一样。不一样的地方就是它上面的标记被剥除了。

"那就是庞瑞博士的办公室吗？"莎拉问道。

"是的，"尼达因说道，"他是怎么——"

"除了警方以外还有人进去过吗？"

"我觉得没有。"

然而，莎拉依然愁眉苦脸。她明白，有警方就够糟了。"尼达因、皮特瑞——我希望你们去检查这个室相关的所有房间和办公室。我们需要知道附近都有哪些大学工作人员，以及他们和庞瑞博士之间的关系。"

"你确定我们应该开展这样的调查吗？"尼达因说道。

莎拉看了他一眼，眼神并不是太冷：或许只能算是不冷不热里面比较冷的那种。

"我并不想多嘴，但是……你只是临时的首席外交官。"他说道。

"没错，"莎拉说道，"我确实是。"她拿出一张粉色的电报纸递给尼达因,"如你所见,我正在执行城邦总督的命令。"

尼达因打开电报,看到:

C – AMB 希瓦尼初步调查城邦人员协助

GHS512

"哦。"尼达因说道。

"仅限于初步调查,"莎拉说道,"但是我们必须趁着线索还新鲜的时候下手,至少我接到的命令是这么说的。还有问题吗?"

"没有,"尼达因说道,"完全没有。"

他和皮特瑞开始了自己的工作,检查着邻近的办公室。没走出二十码他们就又吵了起来。应该够他们忙一阵子的了,她想。

她把电报塞到大衣里,知道自己或许还用得着。

当然,城邦总督穆拉盖什并没有发过这么一封电报,但不管你干什么,在每个通讯部里都有朋友总是有好处的。

"那么,"莎拉说道,"让我们看看还剩下什么。"

❖

埃弗雷姆·庞瑞博士的办公室里到处都是碎纸,足有及膝深。他的桌子就像是一艘迷失在黄色波浪里的驳船。莎拉点亮煤气灯清点现场:墙上的软木板上钉着无数的大头钉,上边仍旧留有碎纸片。"肯定是警方撕掉的,"她轻声说道,"记住我的话。"

这间办公室又小又昏暗,根本配不上庞瑞的身份。只有一扇窗户,玻璃已经脏得和砖头差不多了。

阶梯之城

"恐怕我们得把这些全都打包带回使馆,"她顿了一顿,"告诉我,一路上有多少人跟踪我们?"

齐格拉德伸出两根手指。

"职业的?"

"我看不像。"

"尼达因或者皮特瑞看到他们了吗?"

齐格拉德看了她一眼:你想什么呢?

莎拉笑了:"我跟你说过的。捅了马蜂窝……但先处理眼下这事。你有什么看法?"

他嗅了嗅,揉了揉鼻子。"嗯……很明显有人在找什么东西。但是我认为他们没有找到。"莎拉点点头,很高兴知道自己的结论是正确的。齐格拉德灰色的独眼扫视着潮水般的碎纸:"如果他们找到了想找的东西,应该就会停手。但是我没看到任何类似的迹象。"

"很好。我也是这么想的。"

那么问题来了——他们在找什么?庞瑞领带里的纸条?她还不确定,但是她越发觉得庞瑞被杀的原因不仅仅在于他是个异端。

不要推测,莎拉提醒自己,要么了如指掌,要么一无所知。

"好吧,"莎拉说道,"在哪?"

齐格拉德又嗅了嗅,在碎纸堆里趟到桌子前,用脚清理开桌子外侧的地板,露出了正对教授平时座位的位置。石头地板上残留着一大块深色污迹。她靠了过来,直到很近才闻到血腥味。

"也就是说他当时没坐在桌子前。"莎拉得出结论。

"我看没有。"

她希望自己知道他们找到他的时候他在哪,身边有什么,身上有什么……当然,警方的报告里有记录,但是其中压根没提到庞瑞破碎的衣服，所以可信度不高。她觉得还是得靠自己。

"请帮我找个口袋来装这些纸。"她轻声说道。

莎拉调查着房间。她小心翼翼地走向前，弯腰捡起一张纸片。

……但论点在于，虽然卡吉是非常少见的被大陆授勋的塞普尔人，但这无损于他的壮举。是的，他父亲通婚的对象是个大陆人，而我们对这位母亲一无所知。众所周知，卡吉是位学者，大致可以算科学家，在家里做过实验，而尽管他并没有在大屠杀中失去任何一位亲人，他……

她捡起另一张。

……让人不禁想知道奥沃丝室在大学里的作用是什么，因为据传闻她并不赞成大陆的行动，也就是不赞同其他神明。奥沃丝被看作是希望、光明和坚韧之神，775年，大陆黄金时代开端时她的离去被认为是场巨大的悲剧。个中原因众说纷纭：有一些被披露的文稿中声称奥沃丝预见到其他神明选择的道路只会带来伤痛，然而大部分这样的文稿很快就被销毁了，很有可能是其他神明……

又一张：

……种种迹象表明，直到1646年死于感染之前，卡吉在大陆土地上待的时间非常短暂。他一个人吃住，一个人生活，只有在下命令的时候才会开口说话。他的助手萨格雷莎在信中写道:"他来到了那些人的家乡,那些征服统治了他的人民这么久的人。但他似乎对敌人的家乡非常失望,甚至还有点受伤。尽管他从未这么说过,但我能读懂他的想法:'难道神明之地不应该是适应神明的吗?'"卡吉当然不知道他本人正是大陆毁坏的直接原因,因为正是他成功刺杀塔尔哈瓦斯神才导致了大崩坏……

莎拉认出有很多是埃弗雷姆过去出版的旧作。他肯定是把自己的旧书一起带了过来,而警方在"调查"过程中撕碎了它们。她想,如果说这真的是警方做的,或许他们很喜欢毁掉了不起的塞普尔著作。

她看到角落里有个笨重的大家伙,经检查,那是个巨大结实的保险箱,更引人注意的是门是半开着的。锁头复杂得难以置信:莎拉并不擅长开锁,但是她曾经遇到过几个锁头,和它一比简直相形见绌。这个锁头上没有任何伤痕,门和保险箱的其他部分也没有,更没有什么残留物或是痕迹能暗示出里面曾经装过什么东西。

在她坐着思索的时候,一张截然不同的纸从一片杂乱中突显出来:那不是一纸学术著作,而是一张官方表格,左上角盖着外交部印戳,右上角盖着城邦总督办公室印戳。

她把它摸了出来。那是埃弗雷姆填写的一张申请表,所申请的内容难以叙述:申请本身只是个代码,ACCWHS13-347。埃弗雷姆在底下签了名,但还有一个签名,空白处的下方写着:图瑞茵·穆拉盖什,布里克乌,城邦总督。

"找到什么了?"齐格拉德的声音从门口传来。

"还不确定。"莎拉说。

在打包材料的时候,莎拉发现这不是埃弗雷姆手里唯一的一份城邦总督文件：碎纸堆里有大量的访问许可存根，很有可能是在他被允许进入……某个地方的时候由守卫交给他的。

完工后莎拉数了数：办公室里一共有十九张许可存根。莎拉猜埃弗雷姆应该不是故意保留它们的：访问结束之后它们毫无价值。他肯定是一回到办公室就把口袋里的所有东西都掏出来了。

莎拉瞥了一眼角落里的保险箱。或许他带回来的不只是存根。

尼达因和皮特瑞跌跌撞撞地走了进来，看样子十分疲倦。尼达因手里拿着一张又长又脏的纸。"嗯，"他说道，"我们弄完了。这里一共有六十三个名字，我们记下了他们的部门、职位，和教授之间的关系，还有——"

"干得好，"莎拉说道，"齐格拉德，请把它加到我们的收集品里。我认为我们在这里的工作已经结束了，现在回大使馆。然后，皮特瑞，你可能得再给车加一次油了。接下来我们要在布里克乌进行一次短途观光。"

"我们要去哪?"皮特瑞问道。

莎拉摩挲着口袋里的许可存根。"实话说，"她说，"我也不清楚。"

※

他们出了大学向车子走去，莎拉放缓了脚步。

齐格拉德走在她身后，鼻子在呼气的时候发出轻微的嘶嘶声。

她向侧后方瞥了一眼，看了看他的手。

他右手的食指和中指略略比了个手势，轻轻在大腿上点了点。她瞥了一眼右边。

阶梯之城

他们看起来就像是坐在咖啡馆里的普通人,实则不然:一个男人,厚实的灰大衣把他遮得严严实实,露出一头油腻的头发和两天未刮的胡子,正慢慢地剥着雪茄的包装;另一个是年约五十到五十五岁的女人,面容瘦削刻薄,粗糙的双手有点发紫,灰色的头发在脑后打成了一丝不苟的圆髻。女人在做针线活,并没有抬头,但莎拉看得出她的手在颤抖。

不。不是专业人士。

"我们会在街角放你下车,"莎拉说道,"然后,跟着他们。"

齐格拉德点点头,上了车。

✦

经陆路离开布里克乌牵扯到一连串的通行证、检查站、拥挤路段、交通堵塞、红白条纹大门以及街道警卫和一页又一页的清单。所有人员——穿着黑色或紫色的制服,上边几十个铜纽扣——都是大陆人。我们已经把这个城市管制到了这个地步?莎拉想,它自己的市民都要窒息了。她的文件像一支魔棒一样,触发了慌乱的挥手,有时甚至是敬礼。她和皮特瑞在半小时之内就穿过了检查站的层层网络——布里克乌的市民想要做到这点只有起得非常非常早才行。

在大陆上,城邦总督的"官邸"一直是个棘手的问题。莎拉明白塞普尔关于总督官邸的官方形象,它们只是临时的,无论是地区总督的还是城邦总督的:身为塞普尔官员,这也是她的写照。官方形象同时意味着总督官邸只是塞普尔建立的观察站,仅仅是为了在和平能够自我维持之前维持和平。但是,正如每个大陆人每天都在问的一样:那到底是什么时候?

City of Stairs

二十尺高的混凝土外墙，固定炮台，铁门，士兵的喊声回荡在墙外（这里离布里克乌的城墙只有不到二里远），城邦总督穆拉盖什的官邸给人一种"自治在短时间内无法到访"的感觉。这座建筑壮观雄伟，十分朴素，无疑，确定无疑是永久性的。一进门就能看到总督办公桌后面直通天花板的大幅落地窗，透过窗户，莎拉能看到混凝土墙壁围绕着绵延的绿色山丘。还有在练兵场上操练的士兵，指挥官喊着号令，几十顶蓝色的"包头巾"上上下下。

"穆拉盖什总督很快就到，"年轻的随从脸部轮廓分明，神情刻薄，"她正在做保健运动。"

"抱歉，她在干什么？"莎拉问道。

他以一种明显自认为是礼貌的方式微笑着："锻炼。"

"哦。我明白了。我很乐意等待。"

他又笑了笑，就好像是在说，以为自己有别的选择还真是可爱的想法。

莎拉看了看办公室。它整体的氛围和装饰就像一把斧子：通目都是整洁的灰色，严格遵照职能设计，而且运作良好。

房间侧面的一扇小门打开了。一位四十五岁上下的矮个女人，穿着灰色的制式背心，浅蓝色的短裤和靴子走了进来。她汗流浃背，汗珠沿着宽阔的棕色肩膀流淌着。她停下来，冷冷地打量着莎拉，然后同样冷冷地一笑走到桌子旁。她抓住桌角，抬起右脚，用右手握住脚踝，拉伸着四头肌。

"你好。"她招呼道。

莎拉微笑地站着。图瑞茵·穆拉盖什，和她的办公室一样，冷淡、朴素、直率、高效。她就是为战斗和命令而生，以此成长，也无法忍受其他的生活方式。她是莎拉见过最强壮的女人，结实的二头肌，精壮的脖子和肩膀。莎拉听说过一些穆拉盖什的故事，关于她在"黑水之夏"后那场小叛乱中立下的功绩，而在观察了她左下颌那条巨大的伤疤，更不用说她伤痕累累的指节之后，莎拉发现自己相信所有那些故事。毋庸多说，她就是在这个非常官僚主义的职位上罕见的那种人。

"下午好，穆拉盖什总督，"莎拉说道，"我是——"

"我知道你是谁。"穆拉盖什说道。她放下腿，拉开抽屉，掏出一支小雪茄。"你是新来的那个姑娘。那个，什么来着。首席大使。"

"是的。阿莎拉·希瓦尼，正式来说是文化——"

"是啊是啊。文化大使。昨天晚上来的，对吧？"

"没错。"

穆拉盖什坐回椅子里，把脚搁到了桌子上。"特鲁尼被他们扔到这里就像是两个星期之前的事情。我简直不敢相信我还没下岗。我还以为那家伙会在我的任期内把整个城市夷为平地。实话说，他就是个该死的白痴。"她抬头看向莎拉，她的眼睛是钢灰色的。"但他或许已经点着了火。毕竟，我是说，庞瑞死在他的眼皮底下。"她用烟卷指着莎拉，"这就是你来的原因，对吧？"

"一方面来说，是的。"

"另一方面，我很确定，"穆拉盖什点着了烟，"就是外交部要检查我的作为——或是不作为——跟他们的文化使节的死亡有没有关联。因为，某种程度上，那也是在我的眼皮底下发生的。对吧？"

"那不是我的首要任务。"莎拉说道。

"我很欣赏你，"她说道，"很明显你把外交辞令提升到了艺术的高度。"

"这是事实。"莎拉说道。

"我觉得对你来说是事实。对部里来说可能不是。"穆拉盖什叹了口气,烟雾在她脑边环绕,"听着,我很高兴你来了,因为如果由你来转达我在过去一年里所说的话,或许他们会听听。因为自从我听到这个狗屁文化探索的风声以来,我就知道,我就料到这一切终究要以眼泪来收尾。布里克乌就是头大象,明白吗?它的记忆力很好。阿哈纳斯坦、塔尔瓦斯坦,那些地方——它们都在行动。它们在现代化。铺铁轨,医生……还他妈允许女人投票。"她哼了一声,咳了咳痰,吐到桌边的垃圾桶里。"这里,"她指向窗外,指着布里克乌的城墙,"这里依然觉得自己身处黄金时代,至少本应如此。在它偶尔忘记的时候,我们就得到了点和平,但随后有人捅了马蜂窝,我就又得应对危机。我还不能真的下手干预这个危机,因为政策是'不得插手'。一如既往,政策在加拉戴什简直他妈的牢不可破,可加拉戴什隔着一整个该死的大洋呢,等你来到离那些城墙只有一天脚程的地方,政策就仅仅是个名词而已。"

莎拉决定插个话:"穆拉盖什总督,在我们继续之前……"

"怎么?"

"你认为是谁杀了庞瑞博士?"

穆拉盖什看起来有点吃惊。"我?见鬼。我不知道。谁都有可能。整个城市的人都想要他死。另外,我还没有得到调查许可。"

"但是你肯定有一些想法。"

"是的。我确实有。"她仔细看了莎拉一会儿,"你为什么会在意这个?你是个外交官。你是为宴会来的。对吧?"

莎拉伸手到长袍里摸出外交部徽章展示给她看。

穆拉盖什倾身向前,很难得地,毫无反应地查看着。

许久之后,她读着下方的名字:"柯梅德。"

"是的。"莎拉说道。

阶梯之城

"不是我认为的,希瓦尼。"

"不是。"莎拉说道。

"柯梅德。比如说,温雅·柯梅德?"

莎拉注视着她,眼睛一眨也不眨。

穆拉盖什坐回身去。她看了莎拉一会,接着问道:"你多大了?"

"三十五。"

"那么……十六年前的那件事。国家主义党。那是……"

莎拉努力克制着自己,脸上毫无表情。

穆拉盖什点点头。莎拉觉得自己看到她眼中有一丝狡黠闪过。"哈。你一开始怎么没说?"

"恐怕你在我开口之前就开始说话了。"

"你说得没错,"穆拉盖什说道,"跑完步我就变得多嘴多舌的。"她把小雪茄叼在嘴里,"那么。你是来调查教授谋杀案的。"

"我是来,"莎拉把徽章收起来,"确认布里克乌里是否存在对塞普尔的威胁。"

"布里克乌?妈的。这只不过是过去这十五六年里污秽的冰山一角罢了。我刚来的时候它和被卡吉征服初期差不了多少。人们还在木桶里拉屎。很难想象它能构成什么威胁。"

"'黑水之夏'以前他们也是这么想的,我们颁布了世俗规章,布里克乌就发生了暴动,而且那个时候城市的状况更加糟糕。看起来,布里克乌的狂热远远超出对它的限制。"

"很有诗意,"穆拉盖什说道,拇指抚摸着下颌上的伤疤,"但很可能是真的。"她无精打采地往后倚了过去,似乎是在思考,莎拉以前都不知道人体能做出这个姿势。

莎拉知道她在琢磨向这位新来的神秘官员伸出援手是否明智:在

外交部里，善事和义举大多得不偿失，有些人会被撤职，而所有支持他们的人都会遭到惩罚。

"我需要你的帮助，总督，"莎拉说道，"我不能依靠使馆。"

穆拉盖什哼了一声："谁能？"

"说得对。而且我愿意交换条件来赢得你的支持。"

"哦，是吗？"

"是的。我希望尽快把这些事情解决妥当。我需要你的帮助。"

穆拉盖什咬着雪茄的末端："我不知道你能不能给我想要的。"

"不说怎么会知道呢。"

"但愿吧。我不介意当个下人，柯梅德大使。那正是我们的身份，公仆。但是我干够了。我想去个比这座落后的废墟强的地方。"

莎拉觉得自己知道她想去哪里："阿哈纳斯坦？"

穆拉盖什笑了："阿哈纳斯坦？你以为我想要更多的权利？诸海在上，不不不。大使，我想要被派驻到亚乌莱特。"

"亚乌莱特？"莎拉惊讶地说道。

"没错。在南海，很远的地方。我想去个有棕榈树、阳光、沙滩的地方。去个有好酒，男人的皮肤看起来不像牛油的地方。我想远离这片大陆，大使。我不想再和它扯上关系了。"

莎拉有点惊讶。阿哈纳斯坦邦拥有大陆上唯一一个运营中的国际港口，由于大战之后贸易越来越依赖海运，使得它成为了大陆上为数不多的富裕城邦之一。此外，因为塞普尔的军事力量完全依赖军舰，阿哈纳斯坦同时也是和塞普尔联系最紧密的城市，它的总督算得上是世界上位高权重的人物。大陆上每一个塞普尔官员大概都会乐于得到那个职位……但是申请去亚乌莱特这座小岛意味着穆拉盖什打心眼里想一劳永逸地离开政治游戏，莎拉遇到过的塞普尔人无不野心勃勃地沉溺于这个游戏。

"那么你觉得,"穆拉盖什说道,"你能办到吗?"

"当然……有可能,"莎拉说道,"但是我觉得外交部会有些疑问。"

"我不想升职,"穆拉盖什说道,"我还能活,大约,二十年?或许更少?我这把老骨头想待在一个温暖的地方,大使。这些策略啊手段啊……我现在觉得它们令人厌恶。"

"我会尽我所能安排妥当。"

穆拉盖什咧嘴一笑,这个笑容放在鲨鱼脸上也不会显得突兀:"好极了。那我们开始吧。"

✦

"我跟你说,这个新布里克乌运动在城里打翻了巨大的屎盆子,"穆拉盖什说道,"这事酝酿了好一阵子。人们看到了现代化——换句话说,和塞普尔合作——有利可图,他们想赚这些钱。布里克乌的富人,他们根本不想合作,于是就让穷人耳朵里充斥着巨大的噪音。"

"这和庞瑞博士有什么关系?"

"嗯,反新布里克乌运动最大的论点就是他们'迷失正途'。"穆拉盖什对这个说法翻了个白眼,冷笑一声,轻蔑地挥了挥手——全套的鄙视动作。"这不是过去的样子,也不是应有的样子。他们中最激进的那些人,十分大胆地自称是修复派,自封为布里克乌民族和文化身份的守护者……你知道我说的那种混蛋是什么样的。于是当庞瑞出现,开始解剖大陆的历史、文化的时候,好么,就给了他们一个巨大的话题。"

"啊。"莎拉低呼。

"是的。修复派在辩论里落了下风,因为,他妈的没人会和繁荣过不去。所以一旦你辩论快输掉了,那就该赶紧换个话题。"

"换句话说,他是个很好的替罪羊。"

"没错。这个污秽的塞普尔人,在外国势力的保佑下出现,他们本来想和这势力同床共枕的,现在却哭天抢地地抱怨着这个恐怖的亵渎行为。我并不认为他们真的在意庞瑞和他的'文化理解使命'——好吧,或许有一些人在意——他们只是把他当作政治筹码。现在他们全都否认自己和谋杀案有关系,他们对外声称这仅仅是城市的政治辩论。你懂的,基础的、老派的、恶心的、造谣诋毁的政治辩论。没什么不合情理的。"

莎拉毫不惊讶。在不同的国家,政治的本性也许穿着不同的衣服,但盛况和仪式下隐藏着的是相同的丑陋。"但是这和庞瑞博士的谋杀案有什么关系吗?"

"也许有,也许没有。这有可能刺激了一些傻瓜痛下杀手吗?可能。布里克乌的政治派系该为此负责吗?也许。我们能做点什么吗?大概不行。"

"但是如果布里克乌的权力机构,"莎拉说道,"和他们串通一气怎么办?"

穆拉盖什咬雪茄的动作停下了:"这话是什么意思?"

"我们检查了教授的办公室。它们被洗劫了。我猜测如果没有布里克乌警方的人接应,这事是不可能发生的。他的大部分文件被毁坏殆尽。有人在找什么东西。"

"是什么?"

"我不知道。"

"那为什么来找我?"

阶梯之城

"嗯……这或许取决于他到底在研究什么。"莎拉伸手从外衣里掏出访问许可存根,放在穆拉盖什的桌面上,摊开。

穆拉盖什脸色一沉。她夹着雪茄,一动不动地坐着,接着把手放到了桌子上。"啊,见鬼。"

"这是什么,总督?"莎拉问道。

"访客牌,"穆拉盖什不情愿地说道,"把它别在胸口上,我们就能看到你的授权。它们的期限只有一周,因为,嗯,许可受到了严格的控制。我猜他肯定是把过期的许可带回了家——依令他应该销毁它们。平民插手这种事情总是这个结果。"

"到哪里的……许可?"

穆拉盖什把雪茄放到了桌面上。"我还以为你知道。我是说,每个人或多或少都知道仓库的事情。"

听到这句话,莎拉惊讶地张开了嘴:"仓库?你是说……不可提及的仓库?"

穆拉盖什不情愿地点了点头。

"它们是真的?"

她又叹了口气。"是的。是的,它们是真的。"她挠了挠头,再次说道,"啊,见鬼。"

❖

"我就任总督的第一周他们带我去了那里,"穆拉盖什说道,"许多年前的事情了。他们开车载我到郊外,不肯告诉我要去哪。然后我们驶入了一大片地堡。好几十个。我问它们里边是什么。他们耸耸肩。'没什么了不起的。没什么特别的。'谷物、轮胎、电线,诸如此类。

除了其中一个。那一个与众不同，但它看起来和别的没什么不同。伪装，你懂的。隐藏在显眼的地方。我们塞普尔人非常聪明。然而，他们并没有开门。他们仅仅是说，'这就是。它是真的。为了安全起见，你永远别再谈起或是想起它。'我就是这么做的。当然，直到教授到来为止。"

莎拉目瞪口呆地看着她："那么……这就是庞瑞博士去的地方？"

"他是来研究历史的，"穆拉盖什耸耸肩，"还有什么地方的历史比'不可提及仓库'里头更多？这就是……嗯，这就是它为什么这么危险。"

莎拉震惊地坐着，一言不发。一直以来，不可提及的仓库对外交部里的人来说就像一个有点滑稽的童话故事。关于它们的唯一暗示就藏在世俗规章一小段的一小行里：

> 大陆人民珍视的物品、绘画、古物或是装置都不得被运出大陆领土，但若这些物品、绘画、古物或装置本身与规章相悖，则应受到保护及监管。

莎拉和其他学习过大战之前的历史的学生都知道，大陆基本上可以说是泡在这些东西里的，在卡吉入侵大陆之前，数不清的宝物支持、维护、推进着大陆人民的日常生活：永远不会空的茶壶、只对特定人物的一滴血起反应的锁、冬暖夏凉的毛毯……大战之后，塞普尔找到的文档里记载着数不胜数的物品。当然，另有一些宝物就没这么温和了。

那么问题就来了：这些东西现在在哪里？假如神明们创造了那么多宝物，而世俗规章不允许塞普尔（很多人觉得这是个既不寻常又不明智的外交决策）把它们从大陆带走或是摧毁，那么它们能在哪呢？

有人觉得答案只有一个——它们依然在那里。大陆上的某个地方，但是被藏了起来。藏在某个安全的地方，在神秘的不可提及的仓库里。

但这是不可能的。在外交部里，人际来往错综复杂，他们是怎么把这么巨大、这么重要的建筑藏起来的？莎拉在职业生涯里从未见过任何暗示着它们存在的东西，而她见过的东西可是相当多。

"是怎么……？怎么会这样？"莎拉问道，"那么大的东西是怎么保密的？"

"我想，"穆拉盖什说道，"因为它太古老了。人们以为有很多，但只有这一个，真的。它比现在所有的情报网络都要古老。妈的，它肯定比大陆管制要早得多，远在我们和大陆紧密沟通之前。在有需要知道的时候外交部会让你知道的，而你从未被需要。"

"但是在这？在布里克乌？"

"不在布里克乌，不。在附近。卡吉死后，他的副官们带走了他发现的那些宝物并把它们统一封存。他们锁起来的东西太多，无法瞒过大陆人的耳目。所以他们不得不把宝物留在这里，并且围绕着它们盖了栋建筑。"

"有多少？"

"几千个。我估计。"

"你估计？"

"嗯，当然了，我从来没想过要进去。谁知道里边有什么？它们全都登记在案，分类，锁起来了，但是……我一直都不想知道。那样的东西理应被埋葬。我想让它们保持现状。"

莎拉努力地回到了眼下的话题："但是庞瑞并不这么想？"

"他要以前所未有的方式研究过去，"穆拉盖什说，"我打赌他来这里就是为了仓库。我们一直坐在一大堆历史上,我想外交部有人不耐烦了。他们想要打开盒子。"

听到这个消息,莎拉有了点被背叛的感觉。埃弗雷姆从来没提过这件事。怪不得他学谍报技术的时候那么勤奋,她想,他早就隐藏了许多秘密。

温雅也不太可能对此毫不知情。莎拉想,我真的想要继续翻开这些石头吗?这不是她第一次撞到她姑妈的计划之中——视而不见才是明智之举。

但是她想起了躺在使馆地下室床上的埃弗雷姆,颅骨上还残留着丁点生前小巧的模样……

莎拉心里浮上一阵凉意。埃弗雷姆……是温雅姑妈害死你的吗?

"你知道他在研究哪些东西吗?"莎拉问道。

"他说过只想研究里边的书籍,还有几样不活跃的古物。"

莎拉点点头。她明白这术语:"活跃"的东西指的是具有神性的——明显或是不明显——普通日用品、盒子、笔、画作。比如说,圣瓦切克的画作就很明显地具有神性,画中的人物会在帆布上活动,四处走动或是聊天;而神明约科夫的席子神性就不那么明显,但如果有人躺在铺着那席子的床上,立刻就会发现自己正全身赤裸着出现在几里之外月光照耀着的海滩上。

但是,一旦这些物品被赐予的神力消失——换句话说,神明死去——神性通常会很快消退。这样的东西就被认作是"不活跃"的:不再神奇,但是肯定也不安全。

"我不知道他看过哪些,"穆拉盖什说,"我对那些东西了解不多,而且我压根就不想了解。一切都是在卡吉那个年代建造的。在庞瑞之前,也没有人真正进去过。"

"他了解其危险性。他对那一切都有不同寻常的了解。我想他肯定读过、研究过不少典故,在进门之前对它们就十分了解。他很谨慎。他带出来的那些,也都被妥善地收藏起来。"

"他拿出来了一些?"

穆拉盖什耸了耸肩:"一些。从他的描述来看,仓库里有很多东西就是垃圾,真的。那里边有一堆又一堆的书。那才是教授要找的东西,他是这么说的。他仔细地选择了一些,然后在……仓库的外面研究它们。我猜仓库里的环境一定十分压抑。"

保险箱,莎拉想道。"你认为,他的被害和仓库有什么关系吗?"

"你或许会这么认为,"穆拉盖什说,"但是我并不觉得。就像我说的,没有人知道仓库的事情。那些地堡处于非常严密的监控之下。没发生任何骚动。对我来说,有许多更公开的理由会导致他被害。"

"但是像仓库那么明显的危险……"

"听着,我在布里克乌能做的事情不多,但是我会观察。没人插手仓库的事情。我很确定。你向我寻求建议,我的建议就是调查那些修复派。"

莎拉不情愿地考虑着。"而我想,"她说,"不太可能让我去这个仓——"

"不,"穆拉盖什严厉地说道,"不可能。"

"我知道我没有得到批准,但是假如没人发现——"

"想都别想。动这个念头就是叛国罪。"

莎拉注视着她:"在历史学方面我几乎和庞瑞一样渊博。"

"真了不起,"穆拉盖什说道,"但你不是为此而来的。你没有权限。最好的保密方法就是不为人知。也包括你在内,柯梅德大使。"

莎拉正了正眼镜。她愤愤地把这些记到脑子里备用。"我知道了。"

她最后说道,"那么,修复派。"

穆拉盖什赞许地点点头:"没错。"

"你在他们中有线人吗?"

"没有,"穆拉盖什说道,"至少一个可靠的都没有。我不想趟这浑水,免得落人话柄。"

"我认为新布里克乌运动的支持者或许能帮上忙。"

"也许吧。有一个城镇之父是有力的支持者,这还挺罕见的。但是他很有可能不愿意和我们这样的塞普尔人走得太近。串通,你懂的。但是也有一些正式的机会。他每个月都会办一次招待会,召集那些艺术上的投资者。大致上可以算是个集资活动——今年是大选年。出于礼节,他通常会邀请我和首席外交官出席。所以如果你想找个机会和他谈谈,那这就是了。"

"关于这个人,你还能告诉我点什么?"

"他出生在一个很有威望的家族。多年前,他们涉足了制砖业,而在重建一整座该死的城市的时候,砖头大有用处。他们也是个政治世家。沃特罗夫家族的一名成员当了差不多,妈的,六十多年的城镇之父?"

莎拉一直在点着头,突然顿住了。

她回想着自己刚才听到了什么,然后再次回想,接着再一次。

天哪,她想,我真诚地希望她说的和我以为她说的不是一回事……

"抱歉,"莎拉说道,"哪个家族来着?"

"沃特罗夫。怎么了?"

莎拉慢慢地往椅子上靠过去。"那他的……他的名字。"

"嗯?"

阶梯之城

"不会是沃翰尼斯吧？"

穆拉盖什挑起了一边眉毛："你认识他？"

莎拉并没有回答。

话语冲击着她，恍如昨日。

你要是和我回家的话，我会让你当上公主，她最后一次见到他的时候他是这么说的。而她的回答是：亲爱的，我觉得你真正想要的是王子。但是你回了家就不能拥有了，是吧？他们会杀了你的。自负的笑容从他脸上消失，蓝色的眼睛就像扔进温水的冰块一样清脆地崩裂。那时她明白，自己伤害了他，真正伤害了他，找到他内心深处无人知晓的地方，然后把它烧成了灰烬。

莎拉闭上了眼睛，按压着鼻梁："哦，天哪。"

❖

一根又一根柱子伸向灰色的天空，刺穿了它，撕破了它。天空的伤口里流出了细雨，崩塌的建筑表面散发着潮湿的微光。尽管给这座城市留下伤痕的战争早已结束，建筑物的血肉仍然暴露在外，支离破碎。干渴的儿童在一座神殿的废墟里攀爬，崩塌的墙壁在篝火的闪动中起舞，哭声回荡在洞穴和房间里。卑鄙的恶棍向路人死缠烂打，索要硬币、食物、微笑和温暖的安身之地；但他们的袖口里金属在闪光，污秽的布料里隐藏着微型刀刃，准备用迅捷的暴力回应善意。布里克乌的新一代。

那几个人一言不发地看着齐格拉德走过：没有恳求，没有威胁。他们沉默地注视着他离开。

一群女人从他面前的街上走过，耸肩弓身，目光游移，衣着简陋，身体埋在一摞深色羊毛之中。她们的脖子、肩膀和脚踝被仔细地掩盖了起来。车辆吱嘎作响,传来马粪的臭味。几层高的建筑上支着水管,把污水倒在人行道上。这座城市过于古老而固执,根本没有完备的管道设施。石柱廊上没有面孔的雕像俯视着他,没有眼珠,却依然显得很警惕。墙壁厚实的矮小房屋,曲折凉廊里回荡着音乐和笑声,那是有权有钱的隐者的家园。阳台上,厚实黑外套上点缀着奖章和徽章的人们瞪着齐格拉德,显得十分疑惑,这玩意在这干吗?这个野人是怎么进入这片社区的?这些球根形状的宅邸附近看起来像是一片建筑门面的拼图,断壁上窗棂空空荡荡,木头楼梯紧贴在房屋框架上。前方是一条蜿蜒的阶梯构成的河流,有些是古老的圆形阶梯,有些是新近的陡峭阶梯,有些很宽,有些窄得可怕。

齐格拉德走过这一切,紧跟着目标。从大学逃开的一男一女并没有让他享受到追逐的愉悦:他们不是专业人士,而且对街头的艺术一无所知。他们高声争吵,然后压低声音,接着音量又高了起来。尽管齐格拉德保持着距离,他还是能听到一些。

男人说道,和预想的一样。你知道会这样的。女人回答了什么,起初很轻柔,但生气之后声音也大了起来:……这些人出现在我工作的地方!在我白天待着的地方!我吃早饭的地方!我拖了几十年地板的地方!然后男人说道:你知道会有危险的!你知道!而你现在动摇了?你没有信仰吗?女人一言不发。

齐格拉德翻了个白眼。整件事没劲得令人沮丧。他甚至都不确定还想不想继续费劲地隐藏自己了。他把紫红色的大衣卷起来夹在腋窝里,因为它像旗帜一样鲜艳,但通常来说,一个身高六尺半的男人也不会特别擅长藏匿身形。但齐格拉德明白人群和单独的个体一样:他们有自己的心理、自己的习惯、自己的本性。他们不假思索地接受特定的体系——交通的通道，障碍旁的转弯——然后又以一种刻意的方式拆解掉这些体系。关键是置身于这些体系之中，就像是置身于海底畅游的鱼群，悬浮在静止鱼群里一样。人群，和人一样，从未真正了解自己。

二人在一个奇怪的摇摇欲坠的圆形公寓楼前停了下来。男人向女人低声说着最后的命令，她脸色灰白，颤抖着点点头，然后走了进去。在马厩的掩护下，齐格拉德仔细记下了地址。

"嘿！"侧门里走出一个马夫，"你是谁？你在——？"

齐格拉德转过身看着那个马夫。

马夫迟疑了："呃。好吧……"

齐格拉德转过头。女人的同伴已经跑开，齐格拉德走出马厩悄悄跟了上去。

这次的追逐……略有不同。男人纵身跑进了布里克乌被"大崩坏""大战"，以及世界历史中那段崎岖时期发生的其他灾难里毁坏最严重的部分。阶梯的数量简直翻了三倍，或者四倍——齐格拉德的眼睛很难数清它们。螺旋形的楼梯盘旋而起却在半空中戛然而止，有些离地只有十尺高，其他的则有二十或三十尺高。它们有点类似骨骼，就像是某种奇异的巨型反刍动物波纹状的犄角。鸟和猫在某些阶梯顶端的几级上筑了巢。一座巨大的玄武岩楼梯劈开了整座山，又一口气陷入四十尺的地下，形成一道不折不扣的峡谷，毁掉了几座小房子的地基，它们的废墟在峡谷的边缘摇摇欲坠。

幸运的是，齐格拉德的猎物并没有登上或走下这些被截断的阶梯，而是穿过街道和小巷，它们通常和楼梯一样古怪。齐格拉德困惑地看了一眼那些彼此融合的建筑，它们就像是被孩子堆到一起的玩具：看起来是个古板的法律事务所的地方，侧面伸出的竟是四分之一座公共澡堂,像不合时宜的增生肿瘤。在某些地方,这些彼此侵袭的建筑被凌乱地切开:一个鞋店,之前挤在了一家银行的内部,很明显是刚刚才被拽出来的。

狩猎的节奏变快了。猎物急转向左。齐格拉德紧跟不舍。猎物钻过一道墙体崩坏的瓦砾。齐格拉德悄悄走过另一个缺口,确保自己能看到对方。他的猎物——齐格拉德可以肯定他还没有觉察到监视——跑上一座摇摆不定的楼梯,登上一个旧教堂的屋顶。齐格拉德——很有策略,很灵活地——大步跟在他身后,拉近了距离。

齐格拉德登上楼梯窥视着屋顶。他看到自己的猎物朝着边缘跑去,而且并没有表现出任何停下的迹象。在离边缘三十尺的时候没有,二十尺的时候也没有,五尺的时候也没有,接着他……

纵身一跃。

齐格拉德最后看到的情景是那个男人张开双臂,舒展五指,骤然下落,灰色的外衣随风飘动。

齐格拉德皱皱眉,爬上屋顶,走到边上。

这里离街面几乎有四十尺高。但是没有尸体,也没有任何蛛丝马迹。那个男人并没有往上跳:附近的墙壁上空无一物。看起来他落了下去,然后就……

消失了。

齐格拉德咕哝一声。真是麻烦。

他本打算爬下去,又觉得没有必要。于是他沿着楼梯返回到街上。

没有人,什么都没有。布里克乌的这个部分似乎尤其破败。

齐格拉德摸着每一颗卵石。没有一颗是温热的;没有一颗不是坚硬的。

他叹了口气。

阶梯之城

  和莎拉·柯梅德一起工作让齐格拉德见识过许多令人困惑的事情，还有许多或神奇或恐怖或怪异的事情。但是，他从未觉得哪一个特别令人畏惧或是令人感动：它们任性惹人心烦。

  他转身出发回使馆。但在这时，他感觉非常古怪。

  这条街刚才发生什么变化了吗？就在他的眼皮底下？尽管看起来不可能，他很确定事实就是这样：在一秒间，他看到的并非破败不堪的建筑以及废弃的住宅，而是相当巨大修长、白色与金色相间的闪闪发光的摩天大厦。

事实上，大崩坏造成的损失无法计算。

这里的严重不仅仅是就程度而言，还包括因为破坏的本质十分离奇又特别复杂，我们——塞普尔人，大陆人，或是任何亲身经历过或在其后才出生的人——根本无法理解到底损失了什么。

然而，真相很简单，尽管有可能只是表象：

1639年，在第一次成功刺杀神明、推翻大陆在塞普尔的前哨站之后，艾威沙克塔·齐·柯梅德，刚刚加冕的卡吉，组织了一支破烂不堪的小型舰队，航向大陆——当然，当时被称作神圣之地。

神圣之地对这次行动毫无防备：在神明的保佑下生活了将近一千年，他们无法想象会有人，更别说是个塞普尔人，能侵入此地，甚至——更难想象——真的杀死了一位神明。神圣之地和残余的三位神明（奥沃丝和科尔坎很久以前就离开了）为沃特娅神的失踪而忧心，并不知道她和她的军队已经在1638年的"赤沙之夜"被屠戮殆尽。于是当一支舰队出现在阿哈纳斯坦南岸的时候，神明迅速作出反应，认为这正是他们下落不明的朋友。

他们由此覆灭。卡吉预先考虑了登陆作战，几艘船上装备着和刺杀沃特娅时一样的设备。神明们十分担心，神明的领袖，塔尔哈瓦斯亲自在阿哈纳斯坦的港口迎接舰队。

卡吉手下的水手们对之后发生的事情众说纷纭。有些报告描述为"一个类人的形体，十二尺高，长着鹰头，站在港口"；另一些报告称"一座巨大的雕像，隐约有点像人，包裹在脚手架里，但不知为何还能活动"；还有些报告则称只看到"一道蓝光直冲云霄"。

无论塔尔哈瓦斯是以什么形象现身的，卡吉用武器瞄准并击杀了他，一如他击杀沃特娅那样。

由于塔尔哈瓦斯是创造之神，在他消失的那一刻，他所创造的一切都随之消失了。从大崩坏造成的巨大破坏来看，他创造的比任何人所知的都要多。事实上，塔尔哈瓦斯曾对大陆现实存在的基础做出过重大的改动。这些改动的原理可能无法被凡人的思维所理解；然而，一旦这些改动消失——你可以想象分崩离析的框架、支柱、螺栓、螺母，如此等等——神圣之地的现实存在就会突然发生变化。

卡吉的士兵并没有目睹大崩坏：他们只记录下一场长达两天三夜的可怕的风暴，阻止他们登陆。他们认为那是神明的防御手段，靠着卡吉的决心他们才坚持了下来。他们无法得知几里外发生的宇宙崩塌。

整个国家消失了。街道变为裂隙，神殿化为灰烬，繁星消失不见。天空阴云密布，标志着大陆的气候发生了永久的改变——那里曾经是一个干燥、多沙、阳光充足的地方，很快就变成了多云、潮湿、阴冷的地方，和北方的德瑞凌地区十分相像。神圣的建筑物坍缩成了一块石头，所有的居住者随之而去，迎来了悲惨的命运。布里克乌，城市之中最神圣的，塔尔哈瓦斯耗费精力最多的地方，在一次残忍的变化中向内收缩了数里，城市的本质扭曲了，失去了至少几十万的人口，迎接着根本无法想象的结局。世界之座——神明们会面的场所及神殿——完全消失了，只留下了仅存几层高的塔楼。

简而言之，一种生活方式——以及相关的历史和知识——眨眼间消亡了。

——《失落的历史》，埃弗雷姆·庞瑞博士，1682

City of Stairs

消亡的语言

石墨笔迹在灯光下糊成一团。莎拉不满地哼了一声，点起另一盏灯放在桌子上，试着继续解读。诅咒这个城市，她想，他们到底落后到什么程度才能让我们的大使馆都没有足够的煤气来照亮一个房间？

她已经把教授留下的密码转抄到了别的纸上，试着像从石头里挤出水那样从这些扭曲的文字中挖掘出真相。在文件旁边凉着一杯努雁茶（她决定少喝点瑟朗茶：要是照这个速度喝下去，使馆的库存还不够她喝一周）。她几乎弯腰趴到了文件上，近得连灯的热量都变得无法忍受。

这是个挑衅，她想。看这些文字的排列方式她就知道了。她已经破译出一些密码，但她觉得它并不是以任何传统方式写成的密码：这条消息翻译出来是一堆混搭的古代字母。她认为是辅音的字母上半截却是杰沙提文字，一种西塞普尔的消亡语言。她又花费了好几个小时才琢磨出来字母的下半截都是抽投坎文字，一种来自德瑞凌共和国东部山区的鲜为人知的语言。

现在她只需要研究出元音。

接着是数字。

喔，数字……

她对教授的钦佩有点减弱了：庞瑞，你这个故弄玄虚的老蜥蜴……

她把茶放到一边，仰坐在椅子里。她试着让自己相信花费了这么长时间是因为密码本身很棘手。事实上，她不想觉得自己严重地分了心。

他就在这，就在这个城市里，和我一样。也许只有几个街区那么远。我为什么没考虑到这件事？我怎么会这么蠢？

❖

和莎拉许多的毕生追求一样，那是以一场游戏开始的。

加拉戴什的法德胡瑞学院每个学期开始的那几天总是最紧张的。来自塞普尔各个岛屿和郡县的闪耀年轻明星齐聚在法德胡瑞神圣的大厅，很快就发现从小以来的教育告诉他们自己与众不同，但事实可能并不是这样：这里的每个学生在家乡都是天才，于是每个学生来到这里的时候都思索着如何才能在真正杰出的人中脱颖而出。

学校的传统是在学期真正开始前的那个周末举行一场巴特兰棋比赛，作为缓解紧张的手段。这个活动十分受欢迎，以至于学生家长会在报到之前勉励自己的孩子投入到策略和比赛的学习之中，或许是因为错误地认为比赛中的高名次能够确保更好的成绩以及更明亮的未来。

当时十六岁的莎拉·柯梅德并不是这样的学生。不仅仅因为她坚定不移地认为自己是全场最聪明的学生，而且她一直有点看不上巴特兰，认为那是个花哨的游戏，运气的因素太强：每一轮的掷骰决定了每位选手的能力，尽管这使游戏更加自然，却剥夺了选手的大部分控制权。她一直都更喜欢图沃斯瓦，一种有些相似的游戏，但是节奏更慢，也更考验脑力，鼓励选手预先思考好几步。但是，她很少有机会能玩一场：图沃斯瓦是大陆的游戏，在塞普尔知者寥寥。

但是她确实在一定程度上把在图沃斯瓦里学到的经验转化到了巴

特兰里——为了减轻概率要素的影响,你不得不计划长远。如果你能在初期就做好计划,还有足够的预见力的话,挫败普通的巴特兰选手简直轻而易举。

在学期开始前的第一个周末,莎拉就像鲨鱼一样在巴特兰排名里杀伐征战。她并不只是赢,而是彻底毁灭了其他的选手。因为在第一个十二轮里她就已经赢了,但在获胜之前又不得不继续玩接下来的三个十二轮,她发现自己对其他的选手越来越轻蔑,他们在她的陷阱里挣扎不休,以为自己玩的是这个游戏,但事实上他们玩的却是另外一个。而且她还把自己的蔑视表现了出来:叹息,翻白眼,单手托腮坐着,在她的对手们接二连三地祭出盲目愚蠢的招数时唉声叹气。

其他的学生开始带着赤裸裸的恨意观察她。当他们发现她只有十六岁,比普通的法德胡瑞新生足足要小两岁的时候,恨意成了怒气。

莎拉非常确信自己会彻底横扫这场比赛,几乎没注意过排名。在她漫不经心扫视排名的时候,她看见另一个选手几乎达成了和自己一样的成绩,从大厅的另一端开始,逐步吞噬掉其他的选手:沃特罗夫。

她后倚在椅子上扫视着房间来寻找他,找到他花费的时间并不长。让她惊讶的是,他根本就不是塞普尔人,而是大陆人:高大瘦削,脸色苍白,一头金红色的头发,棱角分明的下巴,以及明亮的蓝眼睛。

"我下完了。"她的对手说道。

"嘘。"莎拉说道,想要继续观察那个男孩。

"什么?"她的对手说道,十分恼怒。

"哦,好吧。"莎拉说道,随后下了两步棋,这应该会在下一轮里彻底摧毁他。然后她回头继续看着那个大陆人。

富裕的大陆人把孩子送到塞普尔来接受教育并不罕见。毕竟塞普尔是现在世界上最富有的国家,而大陆依然十分危险。那男孩身上很明显有种贵族的气质:他无精打采地坐在椅子上,愉快的神色里带着厌烦,而且他经常对对手说话,就像在咖啡馆里一样愉快地嘲弄着他们。

那男孩抬起头,发现莎拉在注视他。他咧嘴一笑,然后冲她眨了眨眼。

莎拉窘迫地回到自己的比赛。

最终,两小时后,在击败了法德胡瑞半数的学生之后,莎拉坐到了大陆人的对面。他们是仅存的两名选手;其余的学生和教职人员围在他们身边,观看比赛。

莎拉怀疑地打量着那个大陆男孩,他坐在那里,脸上带着高度自信的微笑,伸展着身体,掰了掰指节,说道:"我很期待这场真正的比赛,你呢?"他开始摆放自己的巴特兰棋子。

"我不明白你在说什么。"莎拉说着也开始摆放自己的棋子。

"嗯,或许吧。"他说道,"告诉我,你听说过图沃斯瓦吗?"

莎拉内心有东西在嘎吱嘎吱叫。在放下下一颗棋子之前她短暂地迟疑了一下。

"在我的家乡非常流行,"那男孩笑道,"嘿,在布里克乌我们每年都有大赛。嗯,我赢了哪几场来着?我连续赢过三次大赛。我只是记不太清是哪些……"

莎拉摆完了自己的棋子。"先生,我建议你,"她说道,"下棋,别说话。"

他看了看她的布置,然后笑了起来。"很高兴看到我的猜测是正确的!这看起来有点像米斯切尼佯攻,"他说道,"要是玩图沃斯瓦的话,那就会是了。好在这是巴特兰,是吧?"他摆完了自己的棋子。

莎拉瞥了一眼。"而那,"她说道,"是斯托乌斯基螺旋。"

他得意地咧嘴笑着。

"或者是你想让我这么认为，"莎拉说道，"但我猜测在三步之后它就会变成范古阿德封锁，在那之后，会变成基础侧翼。"

那男孩像被扇了耳光一样眨着眼。他的笑容消失了。

"但好在这是巴特兰，对吧？"莎拉凶狠地说道，倾身向前，"擦干净脸上那些自以为是之后，你看起来漂亮多了。"

围观的学生发出一阵哦哦噢噢噢噢的起哄声。

男孩盯着她，难以置信地笑了笑，接着说道，"掷骰吧。"

"乐意效劳。"莎拉说。

她丢下象牙骰子，比赛开始了。

那是场长达四个小时的激战：无尽的开局，防御型布局，反复的排列组合。一位教师说那是他所见过的最保守的巴特兰比赛，当然，他们根本就不是在玩巴特兰，而是一种完全不同的游戏，是在他们比赛途中发明的混合了巴特兰和图沃斯瓦的游戏。

他不停地跟她说话，喋喋不休。莎拉抵抗了三个小时，最后大陆男孩说道："告诉我——有这么多时间来学习鲜为人知的外国游戏，你的生活中就这么缺乏娱乐项目吗？"他走了一步棋，看似很有进攻性，但莎拉知道那只是佯攻，"你就没有朋友？没有家人吗？"

"你觉得你们的游戏很难学，"莎拉恼怒地说道，"对我来说，你们的游戏和文化就是幼稚的无用之物。"她无视了他的佯攻，向前走了一步前锋，对不知情的人来说这就是自杀行为。

他笑了："说话了！小战斧说话了！"

"我确信对像你这样的人来说，任何没有盲目屈服、容忍你每一次心血来潮的人看起来肯定相当不可思议。"

"也许是吧。也许我旅行的目的就是为了找到一个顶撞我的人。但是我想知道——你到底遭受了什么才磨出了这么锋利的刀刃，我的小战斧?"他突然收缩战线,加倍增强了防守。(附近有些学生咕哝着:"他们什么时候才要真正开始下棋?")

"你搞错了,先生。"莎拉说道,"你只不过是敏感而已。事实上,我觉得坐在没有坐垫的椅子上肯定会弄伤你那尊贵的臀部。"

在学生们大笑的同时,莎拉开始悄悄布置一个陷阱。

大陆男孩并未表现出受到侮辱的样子;他的眼睛里反倒闪烁着奇怪的光芒。"哦,亲爱的,"他说道,"要是你想检查一下的话,我不会阻止你的。"他下了一步。

"这话是什么意思?"莎拉问道。她又下了一步,看起来是向内收缩,但其实是设下了陷阱。

"别装得这么无辜,"他说道,"是你提起这个话题的,亲爱的。我只不过是向你屈服罢了。"他又盲目地走了一步棋。

"你看起来不像屈服的样子,"莎拉说道。她进一步撤退,以此增加诱饵,并思索着,他为什么突然间下得这么臭?

"外表,"男孩说道,"是可以骗人的。"说完他投出骰子,再次推进。

"没错,"莎拉说道,"那么,你想现在结束它吗?"

"结束什么?"

"比赛。如果你想的话,我们现在就可以一走了之。"

"作为平局吗?"

"不,"莎拉说道,"我刚赢了。虽然还需要几步才会发生,但是,嗯,我赢了。"

其他的学生面面相觑,迷惑不解。

大陆男孩起身前倾,看着她的棋子,回顾了最后的几步棋:很明显,他之前没有注意到。莎拉意识到他刚才根本没有看棋盘,而是在看她。

男孩目瞪口呆。"喔,"他说道,"哦,我懂了。"

"没错,"莎拉说道。

"嗯。好吧。不,还是别了。我们体面地把棋下完吧,怎么样?"

那只是形式上的过场,被几次幸运的掷骰延长了一点点,但很快莎拉就开始从棋盘上去掉他的棋子。但让她恼火的是,男孩看起来并没有感到羞愧或是窘迫:他就那么一直冲着她微笑。

她走完了预想中的倒数第二步棋:"我必须问你一个问题——败给一个塞普尔女孩的感觉如何?"

"你,"他说着走了一步棋,束手就擒了,"并不是女孩。"

她有些犹疑地下完了最后一步——他这话是什么意思?

莎拉去掉了他最后的棋子。围观的学生爆发出一阵欢呼,但她几乎没听见。这是他的另一个心理战术。"顺便一提,我还会陪你下棋的。"

"嗯,诚实地说,"他欢快地说道,"我更乐意干你。"

她震惊地盯着他。

他眨了眨眼,起身去找他的朋友们。她注视着他离开,然后环顾着四周欢呼的学生。

别人听到那句话了吗?他真的是那个意思吗?他真的?

"那是谁?"她大声问道。

"你真的不知道?"一个学生问道。

"不。"

"真的?你真的不知道和你下棋的是沃翰尼斯·沃特罗夫,整个该死的大陆上最有钱的蠢货?"

莎拉凝视着空荡的棋盘,思索着那男孩是不是一直都在玩一个完

阶梯之城

全不同的游戏：既不是巴特兰也不是图沃斯瓦，而是一个她完全不熟悉的游戏。

※

这些数字会让莎拉的寿命折损好几年。

她已经把教授的密码翻译得差不多了。现在它是这样的：

```
_ _ _ _    H_ GH  ST _ _ _ T, SA _ NT  M _ _ _ V
_ _ VA   BANK,  B _ X _ _ _ _ , GH _ V_ NY TA _ _ _
K   AN_ _ _ _ _
```

银行里的，保险箱。一个承载了某个圣徒名字的银行。通常这就足够让她缩小选择范围了，但是布里克乌的商业街非常长，几乎每一家银行都是以某个圣徒的名字命名的。

实际上，莎拉知道大陆上几乎一切都是以某个圣徒命名的。塞普尔历史学家估测大战前有大约七万名圣徒：很明显，神明们觉得册封圣徒是个很恼人的仪式，几乎不假思索就会批准。所以在世俗规章实施的时候，从城邦建筑物上除去神圣名字的想法——以及试图重新命名所有以神明或神性生物命名的城市和地区的想法——最终被证明难以实施，于是塞普尔耸耸肩，放弃了尝试，被视为极大的妥协。现在莎拉希望他们当初没有放弃，那就会使她现在的工作轻松许多。

名字，她想，名字总是棘手的问题。毕竟南海实际上是在塞普尔的东北边——它们被称作南海因为是大陆先命名的，而任何名字，正如塞普尔再三了解到的，都很难彻底消亡。

而数字……莎拉还没有开始着手，但是她看了它们几眼。在任何种类的古代语言里，数字总是难以置信地棘手：举例来说，神明约科夫有一个特别狂热的宗教团体拒绝承认数字 17，历史学家一直没能弄清楚到底为什么。

莎拉回想起在阿哈纳斯坦的藏身处她与庞瑞博士的对话。

"消亡的语言，"他说道，"数量如同繁星。"

"有那么多？"她问道。

"古代大陆人并不愚蠢——他们知道控制其他民族思想的最佳办法就是控制他们说话的方式。而在那些语言消亡之后，那些思考的方式，看待世界的方式，也同样随之消亡。它们就这么消亡了，而我们不可能重新召回它们。"

"你是那些试图复活塞普尔母语的学者之一吗？"莎拉问道。

"不是。因为塞普尔是个很大的地方，有过许多的母语。如此徒劳，如此沙文主义的任务我不感兴趣。"

"那为什么还浪费时间寻找？"

他点燃了烟斗："我们重建过去，是因为希望弄清楚我们的现在是如何成为我们的现在的——不是吗？"

然而庞瑞对她说了谎。他利用她，进一步隐藏了自己的秘密。

她继续工作，心里明白自己还得干好几个小时，或许，还得努力阻止自己回想起更多的往事。

✦

再次遇到他的时候，新学期已经过去了两个月。她在图书馆里，读着关于萨格雷莎——卡吉的副官，著名战争英雄——政治功绩的书籍，然后她注意到有人坐到了窗边的桌子旁。

他低着头，卷曲的金红色头发盖着额头。似乎他从未好好地坐在椅子上：侧身坐着，几乎躺了下去，膝盖上放着一卷关于西纳德什的书，这位工程师把铁路引进了大陆。

莎拉怒视着他。她想了想，起身收拾好自己的书，坐到他对面，就这么观察他。

他并没有抬头。他翻过一页，过了一会才说道："你想干什么？"

"你为什么对我说那样的话？"她问道。

他抬起头，隔着凌乱的头发看着她。尽管莎拉并不喝酒，她依然从他浮肿的眼皮上看出他现在就处于法德胡瑞的教师称作"隔夜头"的状态。"什么？"他问道，"比赛那时候的话？"

她点点头。

"哦，好吧。"他仿佛很尴尬地皱皱眉，接着看书，"大概是想戏弄戏弄你，让你生气。毕竟，你看起来是那么严肃。我一整天都没看见你笑过，虽然你的战绩令人钦佩。"

"但你那句话是什么意思？"

这话使他困惑不解地长久注视着她："你是，呃，认真的？"

"是的。"

"我说想要……干你，你觉得还能是什么意思？"他迟疑地，缓慢地问道。

"不，不是那句。"莎拉摆了摆手，"那句话的意思很明显。是关于我……不是个女孩的那句。"

"你生气的是那句话？那句？"

莎拉只是以回瞪来回答。

"好吧，我的意思是，"他说道，"嗯，你瞧。我过去见过许多女孩。任何年龄都可以当个女孩，你懂的。四十岁的女孩。五十岁的女孩。她们身上有那种轻浮的气质，就像一个五十岁的男人也会有那种五岁小男孩的不耐烦和好斗一样。但是任何年龄也都可以当个女人。而你，我亲爱的，很有可能从六岁起在精神上就等同于五十三四岁的老女人了。我看得出来你并不是女孩。"他再次看起了书，"你基本上就是个女人，还很有可能是个老女人。"

莎拉考虑着他的话。接着她拿出了自己的学习材料，坐在他对面读了起来，感觉很迷惑，很愤怒，还很奇怪地觉得很满意。

"跟你说一声，那本西纳德什的书写得跟屎一样。"她说道。

"是吗？"

"没错。作者夹杂了自己的政治议题。而且他的参考文献很可疑。"

"啊。参考文献，非常重要。"

"是的。"

他翻过一页。

"顺便问一句，"他问道，"你有没有认真考虑过我说的那个干的事情？"

"闭嘴。"

他笑了。

❖

他们几乎开始每天在图书馆见面，彼此之间的关系就像他们巴特兰比赛的延续：一场又长又令人筋疲力尽的战争，在过程中得到或失去的领土却很少。莎拉自始至终都明白，他们俩扮演着与自己的国籍相反的角色：她是坚定多疑的保守派，大力提倡正确的生活方式和守纪利他的生活；而他是放纵不羁的浪荡子，争论道，如果有人想要做点什么，而又不会伤害任何人，此外还有足够的钱，那别人为什么要来干涉呢？

但他们二人都同意自己的国家正处于糟糕危险的境地。"塞普尔正因为商业变得臃肿而虚弱，"有一次，莎拉这么对他说道，"我们认为能够用钱买到自己的安全。但从来没有人考虑过我们必须为此奋斗，每天奋斗。"

沃翰尼斯翻了个白眼："你就用这么单调的讥讽来描绘你的世界。"

"我是正确的。"她坚持道，"塞普尔靠着军事力量才得到今天的地位。它在民事方面的执政方式过于宽容了。"

"你想怎么样？让塞普尔的孩子们再多学一段誓词，再向塞普尔母亲发一次誓？"沃翰尼斯笑了，"我亲爱的莎拉，你难道没发现，你的国家之所以这么伟大，是因为它允许它的人民当个人，而大陆从未这么做过？"

"你钦佩塞普尔？身为一个大陆人？"

"我当然钦佩了！不仅仅因为我在这里不会得上麻风病，在大陆可就说不准了。而且，在这里你们允许人们……当人。你难道不明白这是多么罕见的事情吗？"

"我以为你会想要纪律和惩罚，"莎拉说道，"信仰和克己。"

"只有科尔卡斯坦的大陆人才那么想，"沃翰尼斯说道，"相信我，那是一种混蛋的生活方式。"

莎拉摇摇头："你错了。热情和力量保持着和平。而这个世界并没有改变许多。"

"你认为这个世界是个如此冷酷严苛的地方，我亲爱的莎拉，"沃翰尼斯说道，"如果你的曾祖父曾经教过你什么的话，我希望是一个人就可以极大地改善许多人的生活。"

"在大陆说这种敬佩卡吉的话会让你送命的。"

"大陆上很多事情都会让我送命的。"

两人都简单地以为，身为权贵家族受过教育的孩子，他们将改变世界，但是他俩并没有在改变世界的方式上达成一致：莎拉希望有一天自己能够写出一本关于塞普尔和世界的历史的巨著，然后她会考虑参加竞选，像姑姑那样；沃翰尼斯梦想有一天自己能够赞助开展一个伟大的艺术工程，彻底重建大陆的各个城邦，然后他会策划一个激进的商业冒险。他俩都讨厌对方的想法，还幸灾乐祸地用毫无保留的尖酸刻薄表达了自己的厌恶。

回想起来，他俩开始睡到一起可能只是由于谈话的疲劳。

但并不止如此。内心深处，莎拉知道在遇见沃翰尼斯之前，她从未有过能说说话的人，能真正说说话的人，而且她猜他也有同感：他们都来自声名显赫的家族，都是孤儿，都被周遭的环境孤立开来。他们之间的关系，和他们比赛时进行的游戏很相像，也是在日复一日的过程中发明出来的，而且只有他们才能够理解。

莎拉在她大学生涯的第一、第二个学年里，当她不学习的时候，就投入到了后来自己也觉得数量不可估测的性爱之中。等到学院女仆在家休息的周末，所有人都能睡懒觉的时候，她会待在他的住处，在他的怀里睡一天，然后她会思索自己在和这个外国人干什么，这个来自她本该全心全意仇恨的地方的男孩。

她并不认为这是爱。在他不在的时候她会感到一阵奇怪的疼痛和焦虑，她并不认为这是爱；在她收到他的便条时，一阵放松流过她的全身，她并不认为这是爱；有时她会想象他们在一起五年、十年、十五年之后的生活会是什么样的，她并不认为这是爱。她的脑海里从未想到过爱情的念头。

愚蠢的年轻人,莎拉后来想,他们看不到近在眼前的事情。

❖

莎拉靠在椅背上研究着自己的成果:

3411 HIGH STREET, SAINT MORNVIEVA BANK,

BOX 0813, GHIVENY TAORSKAN 63611

(商业街 3411 号,圣徒摩恩维耶瓦银行,0813 号保险柜,齐维尼·陶尔斯坎 63611)

她擦着额头上的汗,看了看手表,已经凌晨三点了。在她意识到这一点之后,身体也变得像是处在凌晨三点的感觉。

现在真正的困难在于,莎拉想着,怎么才能拿到这保险箱里的东西。

有人敲了敲门。"请进。"她说道。

门摇摆着打开了。齐格拉德缓步挪了进来,坐在她的桌子前,开始装烟斗。

"怎么样?"

他做了个怪异的表情:迷惑,气馁,还有一点着迷。

"坏事?"

"坏事。"他说道,"有一点好事,还有……怪事。"

"发生了什么?"

他带着点敌意把烟斗塞到了嘴里。"嗯,两人中的女人——艾瑞娜·托斯肯尼,她是个在大学工作的女仆。未婚,没有家人。除了工作一无所有。我检查了她的轮班表——她负责清扫教授的办公室,居所。从庞瑞博士到达这里开始她就被分派到他的办公室。"

"好极了。"莎拉说道,"那我们就调查调查她吧。"

"但是……另一个,那男人……"齐格拉德复述了他在布里克乌那个废弃社区里令人困惑的经历。

"也就是说,那男人就这么……消失了?"莎拉问道。

齐格拉德点点头。

"有什么声音吗?比如说鞭子声?"

齐格拉德摇摇头。

"唔,"莎拉说道,"如果有鞭子声的话,我就会认为那是……"

"帕尔斯橱柜。"

"帕尔尼斯。"

"管他呢。"

莎拉揉着太阳穴,思考着。尽管圣徒帕尔尼斯已经死了几百年了,他的作品依然在烦扰着她:他曾是神明约科夫的祭司,狂热地爱上了一位科尔卡斯坦的修女。因为神明科尔坎对性爱有着非常严苛的观点,帕尔尼斯发现很难去爱人的修道院和她见面。约科夫——变化无常,聪明出众的神明——创造了一个神迹,使得帕尔尼斯能够在凡人和神明的眼前消失无踪:一个"橱柜"或者说是一袋看不见的气体,他可以在任何时间钻进去,轻松潜入修道院。

但是,这个神迹当然也可以运用在不那么愉快的目的上。就在两年前,莎拉花费了几乎三个月才追查到阿哈纳斯坦一起文件泄露案的源头。罪犯是三个贸易随员,不知怎么发现了这个神迹,要不是其中一个人过于随意的使用香水的话——因为帕尔尼斯橱柜并不能隐藏气味——齐格拉德可能永远也抓不到他。但是他的确抓住了那个罪犯,随后情况变得很恐怖……那人很快就供出了同伙的名字。

阶梯之城

"我担心这个神迹在阿哈纳斯坦那件事之后得到了普及。"莎拉说道,"那样的事情……简直就是灾难。但如果不是帕尔尼斯……你确定他消失了?"

"我知道如何找人,"齐格拉德带着不容置疑的自信冷漠地说道,"但我找不到这个人。"

"你看没看见他掏出一块银色的布料?约科夫的头皮据说也能做到相似的事情……但是已经四十年没人见过它了。它看起来应该是一块银色的布料。"

"你的假设忽视了一个更大的问题,"齐格拉德说道,"就算这个人是隐形的,摔下好几层楼他也一样会死。"

"哦,说得对。"

"我什么也没看到。我搜查了街道,查了附近地区,向人询问,然而什么都没找到。但是……"

"但是什么?"

"有一瞬间……我感觉我并不在我身处的位置。"

"这是什么意思?"

"我也不太清楚,"齐格拉德承认道,"这感觉就好像我在某个……更古老的地方。我看到了并不存在的建筑。"

"什么样的建筑?"

齐格拉德耸耸肩:"语言无法描述我看见的东西。"

莎拉正了正眼镜。这可麻烦了。

"有什么成果?"齐格拉德看着那些灯以及那一堆纸,问道,"我看你喝了大概三壶茶……所以消息要么很好要么很糟。"

"和你一样,两者都有。便条说的是一个在银行里的保险箱。唯一的问题是,怎么拿到手?"

"你不是要派我去抢银行吧?"

"好家伙,不,"莎拉说道,"我都能想到头条会怎么写了……"还有,她想道,死亡数字……

"没有你能拉的线?"

"线?"

"你是个外交官,"齐格拉德说道,"城镇之父,他们是木偶,或多或少——对吧?你不能利用他们吗?"

"或许,我可以稍微命令命令他们,除非这保险箱受到了监视。看起来庞瑞受到了非常非常严密的监视。他在应付那些……我不知道他在应付的事情。似乎,他并没有告诉我全部的真相。"她抬头看着齐格拉德,"事实上,我不确定我应不应该告诉你。但如果你问的话,我会告诉你的。"

齐格拉德耸耸肩:"说实话,我并不在乎。"

莎拉并没有刻意掩饰自己的安心。她对自己的"秘书"最看重的事情就是他毫不在意这些困惑不解的错综复杂:在满是钉子的世界里,齐格拉德是一把锤子,他只知道这点就非常满意了。

"好极了。"莎拉说道,"我不想让别人知道我们对庞瑞的调查有特殊的兴趣——让他们知道我们不清楚庞瑞知道什么会是……嗯,不明智的。我们的安排需要更加隐秘。现在,我只是还不确定该怎么做。"

"那么我们现在做什么?"

莎拉一开始不确定该说什么。但是接着她慢慢意识到自己整晚都在考虑着一个办法:她只是没意识到自己在想这个。

她终于想到了解决方案,然而心里却一沉。但她很确定这办法能成功,不去尝试就是傻瓜。

阶梯之城

"那好吧,"莎拉说道,"我们确实有一个线索。部里谁擅长经济?"

"经济?"

"是的。尤其是银行方面。"

齐格拉德耸耸肩:"我好像听说过永吉还在部里。"

她记了下来。"他就行。我得快点联系他来……我觉得我是对的。但是我需要他来确认具体的财务安排。"

"那我们还是自己干?就是你,和我,对抗整个布里克乌?"

莎拉写完了笔记:"恐怕那样不行。放出风去,我觉得我们需要招募几个人,或者几双眼睛。他们不能知道这事和部里有任何联系。但是通常来说你很擅长对付佣兵。"

"我们打算付他们多少钱?"

莎拉告诉了他。

"这就是为什么我很擅长对付佣兵。"他说道。

"非常好。现在,最后一件事。我必须问你——你有参加宴会的衣服吗?"

齐格拉德懒洋洋地看着自己满是泥点的靴子和糟糕的衬衫。"这身怎么样,"他问道,"适合参加宴会吗?"

❖

在黎明前的光线中,莎拉等待睡觉的时候,开始回忆。

那时是他们恋爱的中期,但她和沃翰尼斯当时并不知道这一点。她看到他坐在一棵树下,注视着划艇队在学院附近的卡马达河里练习。女队刚把赛艇放到水里,正在爬进去。莎拉走到他身边,坐到他的膝盖上，她经常这么做。她感觉到一个柔软的鼓包顶在了自己的后腰上。

"我应该担心吗？"她问道。

"担心什么？"他说。

"你觉得呢？"

"我试着不在户外想那些事，亲爱的。那会毁了一切。"

"我是否应该担心，"她说道，"你的好感也许有一天会转向别的女孩？"

沃翰尼斯惊讶地笑了起来："我还不知道你这么善妒呢，我的小战斧！"

"没有人是善妒的，直到嫉妒的原因出现，"她伸手抓住了那个鼓包，"而这似乎就是原因。"

他哼唧着，并没有不高兴："我还没意识到我们已经这么正式了。"

"正式？这是个正不正式的问题吗？"

"对我来说是的。那么，到底怎么了？你是想说你觉得你是我的，我也是你的吗，亲爱的？你确定你想要当我的女孩，永远只属于我吗？"

莎拉一言不发。她看向一边。

"怎么了？"沃翰尼斯说道。

"没什么。"

"怎么了？"他沮丧地又说了一遍，"我说什么了？"

"没什么！"

"很明显不是没什么。刚才周围的空气都变冷了。"

"本应该没什么的。那……是我自己的事。是……塞普尔人的事。"

"得了，你就说吧，莎拉。起码让我知道啊。"

"我觉得这对你根本无所谓，不是吗？把某人称作是你的，说他们属于你,说我是你的女孩。但是我们这里不这么说。你或许不理解……但是过去,你的人民从来没有被谁拥有过。而且这话从你嘴里说出来,听着非常不一样,沃。"

沃翰尼斯急促地吸了一口气:"喔,天哪,莎拉,你知道我不是有意——"

"我知道你不是有意的。我也知道对你来说,那是非常无辜的事情。但是被拥有,还有让别人成为你的——在这里有不同的意思。我们不会说的。人们依然记得过去是什么感觉。"

"好吧,"沃翰尼斯突然有点苦涩,"我们不记得,因为我们失去了过去。它被人从我们身上夺去了。被你那该死的曾祖父,还是什么的。"

"我讨厌你说那件——"

"哦,我知道你讨厌。但是至少你的人民还拥有你们的回忆,无论它们多么不愉快。在这你们可以阅读我们的历史。他妈的,学校图书馆里关于我们的信息比我们自己拥有的还要多!但如果我试图带任何一册回家的话,我就会被你的人民,罚款或监禁或是做更糟的事情。"

莎拉很窘迫,并没有回答。于是二人转向河流:一只幼天鹅沿着芦苇扎下了它深色的喙,它那白色的细长脖子甩动着,嘴里叼住了一只恐慌地踢蹬着腿的白色小青蛙。

"我讨厌这样。"沃翰尼斯说道。

"什么?"

"我讨厌觉得你和我不同。"漫长的停顿,"觉得我们并不是真正了解彼此。"

莎拉注视着赛艇队疾驰过水面,三头肌和四头肌在晨光里不断起伏。一开始过去的是女队,接着是男队,他们穿的衣服比女队少了很多，露出来的肌肉多了很多。

那到底是她的臆想，还是她后腰上那个鼓包真的在男队从柳树树荫里出现进入阳光下的时候稍微动了一下？

他叹了口气："糟糕的一天。"

我们没有自我。我们不允许追求自我。追求自我是罪,追求自我是孽。追求自我是盗窃。

我们是工作,只是工作。我们是从我们国家的树上砍下的木头,从我们国家的骨头上挖出的矿石,从她的土地上种出的玉米、小麦和谷物。

但是我们永远不能品尝。我们不能住在我们砍下的木头制作的房子里。我们不能把我们的金属熔炼、锤打成我们的工具。这些东西不是为我们而生的。

我们不是为自己而生的。

我们是为那些大洋彼岸的人而生的。我们是为神明的子嗣而生的。我们和金属和石头和木头一样,是为他们的需求而生的。

我们没有抗议是因为我们没有表达意见的权利。拥有权利是罪孽。

我们不能想象抗议。想象这种事情是罪孽。这些话语——这些你听到的话语——它们从我的身上被偷走了。

我们没有被选中。我们不是神明的子嗣。我们是没有灵魂的,我们是尘埃之子,我们就是泥巴,是尘土。

但如果是这样,那神明为什么要创造我们?如果我们存在的意义只是为了劳作,为什么给了我们思维,给了我们欲望?我们为什么不能和田野里的牛,笼子里的鸡一样?

我的双亲死于奴役。我将会死于奴役。我的孩子将会死于奴役。如果我们只是神明子嗣的财产,神明为什么允许我们悲痛?

神明的残忍不在于他们迫使我们劳作。他们的残忍在于允许我们有希望。

——塞普尔匿名宣言,C. 1470

发挥特长

沃特罗夫宅邸是全布里克乌最现代的房屋，但是从外观根本看不出来那是座巨大、笨重、粗短的房屋，由深灰色的石头和脆弱的撑墙构成。微小的窗户像针孔一样装点在它的凸出面上，有一些闪烁着微弱的烛光。在远离了呼啸的北风的南侧，房屋重点展示着巨大的开放式阳台，以一种堆栈的方式排列着，每个阳台都比下方的要稍微小一点，最顶上以一个微小的乌鸦巢结束。对莎拉来说，成长过程中看到的一直是塞普尔细长简约的木制建筑，这栋房子是个原始而野蛮的东西，不像是个住所而更像是水里的畸形水螅。然而它在布里克乌十分新潮，不像其他古老家族的那些房子，这栋房子是为了适应寒冷的冬天气候而特别建造的。你要知道，在某种程度上，这种气候是最近才出现的。

承认事情改变了，莎拉在车驶近时想道，对这些人来说就像要他们的命一样。

她心里扑通直跳。他真的在里面吗？她之前从未了解过他的家，现在，看到了它，意识到它是真的，除她之外他还有过别的生活，奇怪地让她感到烦恼。

安静，她对自己脑海里的那些低语声说道，然而这却是让它们更响了。

一长排汽车和马车一寸一寸地挪向沃特罗夫庄园大门。莎拉注视着布里克乌有钱有势的市民从各种各样的交通工具里走了出来，在急

阶梯之城

匆匆进门前把翻领立起来抵挡着寒冷的空气。接近半个小时之后,皮特瑞咂着嘴皱着脸,把车开进了庄园大门,到达了房门前。

男仆迎接了她,表情和夜风一样寒冷。她递过官方邀请函。他接了过去,冷冷地点了下头,用戴着白手套的手指向大门,故意没有打开的大门。

汽车震动着发出了一阵吱嘎声,齐格拉德下车踏上了第一级台阶。男仆几乎难以察觉地颤抖了一下,对莎拉深鞠一躬,打开了大门。

她跨过了边界。我到底和军阀、将军还有自豪的杀人犯一起,莎拉想,参加过多少次宴会了?而这一次却比其他的更让我害怕。

房子内部和外部形成了鲜明的对比,奢华得令人目瞪口呆:入口大厅里排列着几百盏煤气灯,彩色灯罩里闪烁着金色光芒;圆形的屋顶上垂下了一盏复杂的水晶吊灯,看上去就像是巨大的、生长着的钟乳石;在房间的中央,两个巨大的壁炉里燃烧着炽热的火焰,在壁炉之间是一架螺旋形的楼梯,连接到房屋的穹顶。

一个和温雅姑妈毫无二致的声音说道,要不是你的自尊,你就会和他一起住在这里了。

他并不爱我,她反驳道,而我也不爱他。

莎拉还没愚蠢到能说服自己这就是事实。但是她也知道,那也不完全是谎话。

"这房子之所以这么大,"一个声音说道,"肯定是因为他拥有那些该死的建筑工人。"

穆拉盖什立正站在一根柱子前面。仅仅是看着她的姿势都让莎拉觉得背疼。穆拉盖什穿着平整发亮、毫无瑕疵的制服,头发在脑后系成了利落的发髻,齐膝长的黑皮靴有着镜面一样的光泽。她的左胸口上挂满了勋章,右胸口挂着数目可观的剩余部分。总的来说,她看起来不能说是精心打扮,而应该说是仔细装配。莎拉都想去她的外衣接缝里寻找铆钉了。

"原来的房子在大崩坏中消失了,"穆拉盖什说道,"至少我是这么听说的。"

"你好,总督。你看起来十分……引人注目。"

穆拉盖什点了点头,但并没有把目光从火炉周围的那些社交名人上移开。"我不想让这些人忘记我是谁,"她说道,"尽管有那些外交上的托词,但我们依然是他们城市里的军事存在。"

一日从军,莎拉想,终身为兵。壁炉的右边,一个底座上放着五尊小雕像。"那就是这次聚会的原因?"莎拉问道。

"应该是,"穆拉盖什说道。她和莎拉向它们走去:"这是个艺术拍卖会,赞助新布里克乌党派以及其他有点价值的事业。沃特罗夫是个很出名的艺术爱好者。这也是件挺有争议的事情。"

莎拉看得出原因:尽管石头雕像并没有裸露出什么实质性部位,但也相当接近了,长袍的褶皱和吉他的琴颈恰到好处地挡住了视线。雕像是三女二男,但是没有哪一个身材值得一看:体态臃肿,腰宽肩宽大腿粗。

莎拉眯着眼看着底座上的标牌。"休息的农民。"她读道。

"是的,"穆拉盖什说道,"有两件事布里克乌不喜欢去想:裸体和穷人。尤其是裸体。"

"我很了解这个城市对性欲的立场。"

"虽然立场还没到怒目而视的程度。"穆拉盖什说道。她从走过的侍者手里拿过一角杯麦酒喝了一大口:"我简直没法和他们谈这件事。"

"是的,我也想不到你能有什么办法。他们对我们更……开明的婚姻安排的讨厌是出了名的。"莎拉说道。

阶梯之城

穆拉盖什哼了一声："我结婚的时候可没那么开明。"

在大陆帝国统治下，几乎所有塞普尔人都被当作奴隶对待。很多人在拥有他们的大陆公司或个人的心血来潮之下被强迫结婚或离婚。在卡吉推翻大陆之后，塞普尔关于婚姻和个人自由的法律极大地受到了这些心灵创伤的影响：在塞普尔，两名到达合法年龄的配偶会签署一份六年期的协议，在结束时他们可以续约或是任其过期。很多塞普尔人一生中有两个、三个甚至更多的配偶；尽管塞普尔没有正式承认同性婚姻，塞普尔对个人自由的强烈意志也不允许政府禁止它。

莎拉观察着一座雕像长袍下边不道德的凸起："那么，可以把这个作品归到逆文化当中。"

"或者说是骑在当权者头上拉屎。"

"真是粗鲁的分类方式。"一个声音说道。一个高大苗条的年轻女人，穿着一件小动物园般的毛皮大衣站在她们身后。她非常年轻，不会超过二十岁，长着黑色的头发和高而突出的颧骨。她试着让自己看起来既非常大陆化又非常都市化，这两种特质常常是相互冲突的。"我宁愿说这是拥抱新事物。"

穆拉盖什拿起酒杯致以讽刺的敬意："我得为这话喝一杯。愿它脚踏实地，另外愿它跑得又快又远。"

"听起来你觉得那是不可能的，总督。"

穆拉盖什咕咚喝下了麦酒。

年轻女人看起来并不惊讶，她说道："我一直觉得你这么质疑我们的努力令人沮丧，总督。我希望你能作为你们国家的代表支持我们。"

"我所担当的这个职务什么都不能做，更不用说支持谁了。我所担当的这个职务都不能正式地说点什么。但是我不得不非常频繁地倾听你的城镇之父的看法，伊婉雅小姐。我不确定你的想法，尽管很有雄心,是不是处在肥沃的土壤上。"

"世态在改变。"年轻女人说道。

"是这样没错,"穆拉盖什愤愤地注视着炉火,说道,"但没有你想的那么厉害。"

年轻女人叹了口气,转向莎拉:"我希望总督没有让你过于忧郁,希望你在布里克乌的第一次社交活动能有更轻快点的氛围。你是我们的新文化大使,是吧?"

"是的,"莎拉说道,礼貌地鞠了一躬:"莎拉·希瓦尼,二级文化大使,现在是塞普尔使馆的首席外交官。"

"我是伊婉雅·瑞斯特洛伊卡,捐献出这些作品的画室的助理馆长。你能来真是太令人愉快了,但我必须警告你不是所有人都会这么热情地欢迎你——发霉的旧思想不是那么容易就摆脱得掉。但我希望在今夜过去之后,你能把我当作朋友。"

"你这话真是太客气了,"莎拉说道,"谢谢你。"

"来吧,让我把你介绍给大家,"伊婉雅说道,"毕竟,我确定总督不想让社交责任玷污了自己。"

穆拉盖什拿起另一杯麦酒。"这是你的葬礼,大使,"她说道,"但是注意那个人。她爱惹麻烦。"

"我只不过有个好品味而已。"伊婉雅说道,天使般微笑着。

很明显,尽管她很年轻,伊婉雅·瑞斯特洛伊卡小姐是位老练的社交名人:她在权贵和名媛之中游刃有余,就像鲨鱼游过鱼群一样。一小时内莎拉就在接待处或是握手或是鞠躬,见到了几乎所有杰出人物。"我曾希望当个艺术家,"伊婉雅对莎拉吐露道,"但结果并未如愿。我缺少……我也不确定。我觉得是想象力,或者野心,或者两者都是。你得跳出去才能做出新事物,但是我总是身处在世俗之内。"

阶梯之城

壁炉前传来一阵喧闹。"怎么了?"伊婉雅说道,但莎拉已经看到了:齐格拉德一只脚踩在壁炉上,伸手从火里拿出了一小块燃烧着的煤。在这里她都能听见它接触到他手指的时候发出的嗞嗞声,但是他毫无表情地把它拿到了烟斗旁,吸了两下,吐出一股烟雾,然后把它放了回去。接着他悄悄走回到阴暗的角落里,叉着胳膊倚着墙瞪着眼。

"那家伙是谁?"伊婉雅问道。

莎拉咳嗽了一声:"那是我的秘书,齐格拉德。"

"你找了个德瑞凌人当秘书?"

"是的。"

"但他们难道不是野蛮人吗?"

"我们都是各自环境的产物。"

伊婉雅笑了:"喔,大使……你比我想象中的还要刺激。我们的友谊会很牢固的。啊!时机真准!"她从莎拉身边离开,快步走到楼梯旁,迎接一位拄着白色手杖,慢慢从楼梯上走下来的留着胡子的绅士。他的右髋令他烦心:每隔一步他的右手就放到上面去稳定自己。但是他维持着威严的姿态,穿着整洁甚至有点保守的白色晚礼服,挎着一条华丽的金色肩带。"我亲爱的你终于来了。下楼费了你这么长时间!我还以为只有女人穿着打扮的时间长,男人不会呢。"

"我要在这个该死的房子里装上皮带滑轮装置,"他说道,"我确定这些楼梯会要了我的命。"

她搭住了他的肩膀:"你讲话像个老头子。"

"我身体的感觉正像个老头子。"

"那你接吻的时候也像吗?"伊婉雅把他拉了过来,他在迁就她之前反抗了一下下。人群里有人发出了轻微的嘘声。"不行,"她说道,"还不行。亲爱的,难道我要每天检查吗?"

"如果那样的话,你得提前预约才行。我忙得要死,你知道的。现在,瞧瞧今晚谁来揩我的油了?"他愉快地问道。

他抬头看着来宾。火光照在他的脸上。

莎拉心里一凉:她觉得这个人会变老,但是他根本没有。事实上,他毫无变化。

他的头发更长了,尽管在太阳穴附近夹杂了几缕灰色但依然保有那种奇特的淡红色色泽。他的胡子是亮红棕色的,修剪得很短,没有像其他有钱的大陆人喜欢的那样留成郁郁葱葱的毛球。莎拉依然认得出那棱角分明的下巴,一如既往的自鸣得意的微笑,而尽管他的眼睛失去了一点狂野的光彩,它们依旧是她记忆犹新的明亮敏锐的蓝色。

半吊子艺术爱好者和社交人士向他聚集过来。"我的天啊,"他说道,"这么多人。我希望你们都带了钱包来……"他笑着向他们打招呼。尽管他只认识其中的一些人,他还是像对待老朋友那样对待他们。

莎拉汴视着,很感兴趣,很害怕,很恐惧。真的,他的变化还真是小,她想。

然后她吃惊地发现自己怨恨着他这一点。他经过这么多年还依然毫无变化真是可怕又无法接受。

"你看过那些作品了吗?"伊婉雅问他,"亲爱的,有机会你必须看看。它们真是讨人喜欢的可恶。我热爱它们。我等不及要听听报纸会怎么说了。"

"可能会说很多不礼貌的话。"他说道。

"哦,当然了,那是自然的。一猜就是愤恨和抱怨。铸造厂的瑞文格尼来了——你想让他来有一段日子了,是吧?他终于来了。身为工业领袖,我还以为他会是个粗鲁的家伙呢,但是我觉得他十分绅士。你得跟他谈谈。我会给你拿个装支票的信封来。喔,还有新任的文化

阶梯之城

大使也来了,你知不知道她雇了个北方人当助理?还是秘书?他也来了,亲爱的。他把手伸到了火里,简直荒谬。我笑得停不下来,我是说,今天晚上太精彩了。"

他又抬头看了看,愉快地扫视着房间。一开始他对她视而不见。这冷落让莎拉像是中了一拳那样踉跄了一下。

但接着他的眼中闪过一道光,慢慢地把视线重新移回到她身上。

在几秒之内,他的表情变化多端:起初她看到了困惑,接着是辨识,然后是否认,最后是愤怒。但是在这表情的杂烩之后,他雅致的面容固定在了一个她十分熟悉的表情上:最自负,最傲慢的微笑。

"新任大使?"他说道。

莎拉扶了扶眼镜:"哦,天哪。"

✦

齐格拉德注视着火焰,用另一只手的大拇指按摩着戴手套那只手的手掌。他回想起家乡的一句话:嫉妒火焰吧,因为它要么走要么留。火焰不会感到高兴,悲伤,愤怒。只有燃烧,或者不燃烧。

齐格拉德花了许多年才理解了这句话,但花了他更多的代价才学会像火焰一样:只是活着,别无其他。

他注视着莎拉和那个挂手杖的男人在人群中互相绕着圈子。看着他们站在那里,几乎把脸转到另一边,但却没有彻底转过去:他们总是能看到彼此,隔着某人的肩膀或者瞥向一边,看到对方伪装出来的忽视。

他们视而不见地注视着。他想这就是笨拙的舞蹈。

挂手杖的男人不停地看表,齐格拉德想,或许是为了看起来不那么急迫,在人群里他大大表演了一番,然后他拽住了一个侍者说着悄悄话。侍者在人群里绕了好几圈,随后才走近莎拉,递过一张白色的小卡片。莎拉微笑着把它藏了起来,离开了穿着毛皮外衣的那个健谈的年轻女孩,悄悄上了楼。

齐格拉德转回头看着炉火。很明显,他俩曾是情人。他们的动作轻唱着过去的爱抚。他被逗乐了:尽管莎拉·柯梅德又小又安静,但和他一样是武器。但是他意识到这惊讶是多么愚蠢。无论多么短暂,世界上的所有生物在一生之中总是有一小段恋情的。

他回想起捕鲸船斯沃德亚灵号。在船员们像剥苹果皮一样剥去死鲸鱼皮的时候,甲板沾满了血和脂肪,变得滑溜溜的。那个有着恶臭、还在流血的东西挂在船边上,后边紧跟着上下翻飞的海鸥群。那些日子里,在杀戮之后,在追逐之后,在水手长往那野兽的肺里用鱼叉猛刺下去让它的喷气孔里喷出血来之后,在他们把它从海里拖回船边之后……在那些日子里,在甲板下齐格拉德会从外衣里摸出一个小吊坠,紧紧握在手里,打开借着烛光凝视着……

齐格拉德看着他戴着手套疼痛不已的那只手。他已经想不起那吊坠的样子,也想不起里边的肖像。他以为自己至少能想起把吊坠握在手里的感觉。但或许这一切只不过是他的幻想。

"你看起来有心事。"一个声音说道。一位很明显有钱有势的中年妇女,坐到靠近他的炉火旁。"喝一杯?"她递过一杯酒。

齐格拉德耸耸肩,接过来一饮而尽。他左手腕上的金手镯叮当地敲打着袖子上的纽扣。她看之后,很兴奋,很好奇。

"你真是个不同凡响的客人,"那女人说道,"我想沃特罗夫家里没来过像你这样的客人。"

齐格拉德抽着烟斗看着炉火。

阶梯之城

"那么你来这里是为了什么?"她问道。

他长长地抽了一口烟,考虑了一下:"麻烦。"

有人讲了个粗俗的笑话:人群里有些人大笑起来,而另一些更敏感的客人则生气地转过身去。

❖

玻璃器皿叮当作响,客人的笑声轻声传递。在这个反常的房屋里,远处的某个房间里传来了欢呼声。在被几码厚的石头过滤了之后,莎拉想,宴会的狂野噪音听起来真是既空洞又恐怖。

螺旋楼梯还在不断上升。她想知道自己到顶上到底能不能找到他;如果他在等,那她觉得倒退着走,从楼梯上摔下去也比试着跟他说话更明智。

她控制住自己,沿着楼梯走到了似乎是图书馆的地方,但是这个房间也太大了。一面墙上悬挂着一幅巨大的家族肖像画。在他们两年的恋情里沃翰尼斯从未提起过他的父母——现在她想起了这个怪事——但他们和她想象中的几乎一样:骄傲,威严,严肃。沃特罗夫父亲穿着一件几乎可以说是军国主义的制服,挂着许多徽章和绶带;沃特罗夫妈妈穿着一件豪华的粉色宴会礼服。那种时不时检查一下自己孩子的人,莎拉想,而不是抚养他们。但是更让她惊讶的是站在看起来是十一岁的沃翰尼斯旁边的第二个男孩,略微大一些,眼睛颜色更深,皮肤颜色更白。这两个孩子看起来十分相似,他们只可能是兄弟,但沃翰尼斯却从未提起过他。

一阵风刮过,烛光摇曳。她舔了舔手指,感受着风向,发现气流来自附近的一扇窗户。她走了过去。

布里克乌的灯光像蓝白色的海洋一样在下方展开。今晚的月光很弱，但越过屋顶她还是看得到那些奇怪的异国风情：半塌陷的神殿，废弃庄园的残骸，摇摇欲坠的阶梯花样百出地扭曲着。

她看向下方。三个戴着锡盔的守卫沿着沃特罗夫家的院墙在巡逻，手里拿着弩枪。这可有意思了：在正门的时候她可没看见任何守卫。

门把手响了。她转过身看到有人笨拙地打开了两扇侧门，然后白色手杖的前端伸了进来。

现在是逃跑的最后机会！她脑海里的一个声音说道。她很惭愧自己没有立刻把它完全驱散。

他一瘸一拐地走了进来。在灯光下他白色的外套看起来是蜂蜜一样的金色。他半看着她——躲避着目光接触——走到饮料推车旁给自己倒了一杯喝的。然后他蹒跚着走了过来。

"这个房间，"他说道，"太大了。你觉得呢？"

"那取决于它的用途。"她不知道该拿自己的手，自己的身体怎么办。之前她见过多少权贵，多少贵族，而现在自己却经历着这样的尴尬？"很抱歉把你从你的宴会上支开。"

"哦，那件事。我办过宴会，知道它会怎么结束。"他对她咧嘴一笑，笑容依然令人目眩神迷，"我并没有像他们说的，对整件事坐立难安。喜欢这景色么？"

"非常……壮丽。"

"那是一种说法。"他也走到了窗边，"我父亲会无休无止地谈论周围的景色。我的意思是，过去的景色。他会指着一处然后说，'在那，在那个角落，那就是过去吉弗雷之爪的地方！那边，在公园对面，那是阿哈纳斯之井，人们排队会一直排到街上！'我印象深刻，十分着迷，直到我计算出时间线，意识到亲爱的爸爸并没有亲眼目睹到任何一个。那一切都远在他的时间之前。他并不是真的知道。他只是在猜测。而现在，我并不在乎他的意思是什么，也不在乎那些古老的东西到底是什么。"

莎拉僵硬地点点头。

沃翰尼斯斜眼打量着她："那么，说吧。"

"说什么？"

"说我不知道的。我知道你已经憋不住了。"

"好吧……"她咳嗽了一声，"要是你真想知道的话……吉弗雷之爪是个高大的金属纪念碑，前面开着一扇小门：访客从门里走进去，然后会发现里边给他们准备了东西，能够改变他们生活的东西。有的时候会把他们的生活变得更好——带给家里生病的亲戚的药品；还有的时候会把他们的生活变得不好——一袋硬币，还有妓女的地址，将来她就会毁了他们。"

"有趣。"

"它或许是神明约科夫奇怪幽默感的证明。换句话说，在所有人身上开的一个无休无止的玩笑。"

"我懂了。那井呢？"

"哦，只是有治疗功效的水。神明阿哈纳斯在整个大陆都有这样的东西。"

他摇摇头，微笑着："还是那个难以忍受的万事通。"

她给了他一个紧绷的苦涩笑容："而你还是那么自鸣得意且漫不经心，显得很无知。"

"如果你不在乎知不知道还算是无知么？"

"是的。实际上，那几乎就是无知的定义。"

他上下打量着她："你知道吗，你和我想象的完全不一样。"

莎拉被侮辱得说不出话来。

"我以为你会穿着长筒靴和灰军装，莎拉，"他说道，"就像楼下的穆拉盖什，只是更显眼。"

"我有那么恐怖吗？"

"你过去是个欢快的、无忧无虑的小法西斯主义者，"沃翰尼斯说道，"或者至少是个野蛮的小爱国主义者，和很多塞普尔的孩子一样。而在我的想象中你会以征服者英雄的身份来这里，而不是像小老鼠一样从后门溜进来。"

"喔，闭嘴，沃。"

他笑了："在分别这么多年之后，我们回到老模式的速度还真是快得不同寻常！告诉我——我是不是应该以违反世俗规章的罪名逮捕你？我注意到你提到了几个被禁止的名字……"

"我记得里面有这么一个条款，"莎拉说道，"强调说大使所处的地面都被认作塞普尔领土。你知道吗，你刚才那愚蠢至极的小演讲或许是我听你讲述自己家庭时间最长的一次？"

"是吗？"

"在学校的时候你从来没有讲过他们的事情。"莎拉冲着墙上的画点了点头，"我肯定你从未告诉过我你还有个哥哥。他看起来几乎和你一模一样。"

沃翰尼斯脸上的笑容凝固了。"有过一个哥哥，"他说道，"而我或许也没告诉你他不是个很好的哥哥。他教会了我图沃斯瓦——因此我想我们应该感谢他把我们撮合到了一起。"莎拉试着从他的话语中找到讽刺，但一无所获。"他在我去上学之前就死了。他没有随我的父母一起死去，没有死在瘟疫年代，而是……其后。"

"我很遗憾。"

"真的？我倒不，并不十分遗憾。就像我说的，他并不是个非常好的哥哥。"

"你的家庭的确给你留下了一座富丽堂皇的房子。你也没有谈论过这件事。"

"那是因为当时它还不存在。"他用手杖轻轻敲着地板，"我刚从学校回来就把旧的沃特罗夫宅邸拆了，然后盖了这座房子。我那些形形色色的法定监护人——那些老怪物跟在我屁股后边就像小鸭子跟着妈妈一样，真的——他们都吓坏了，吓傻了。但那根本不是真正的沃特罗夫宅邸！至少，不是所有人谈论的存在了几个世纪的那座。和布里克乌其他地方一样，没人知道那一座现在到底在哪。我们全部都装作房子就是原来那座房子，什么都没有发生过——没有大崩坏，没有大战，什么都没发生。但是我后悔装了这些楼梯。"他挤了挤眼，摸着自己的腰。

"你就是这么受伤的？"

他痛苦地点了点头。

"我很遗憾，"她说道，"伤得重吗？"

"天气潮湿的时候，是的。但是对我说实话吧，"他张开了双臂，转过头来让灯光照在脸上，"除此之外，时光的刀刃对我有多么残忍？我还是那个你第一眼见到就神魂颠倒的美人吗？我是，承认吧。"

莎拉忍住了把他从窗户里推出去的冲动："你是个超级大混蛋，沃，毫无改变。"

"我就把这话理解成是了。我不会让你在我面前扮演小老鼠的角色的，莎拉。我认识的那个女孩身上的锋刃是永远不会被磨平的。"

"或许你并没有你想象中那么了解我，"莎拉说道，"你觉得你父母会赞同这房子，还有你的小宴会吗？"

他冲她大笑:"我觉得他们会赞同的,就像他们会赞同我和塞普尔情报官员进行讨论一样。"

楼下有人发出了一阵笑声。玻璃破碎的叮当声,还有人群发出的同情的感叹声。

莎拉思考着,这才是正题。

"我很高兴看到你并不惊讶,"沃翰尼斯说道,"毕竟你看起来也没打算隐瞒。阿莎拉·柯梅德,法德胡瑞班级里的第一名,外交部部长的侄女,该死的卡吉的曾孙女,绝对不可能只是个最低级别的文化大使。"

对他的恭维,她无奈地笑了笑。

"尽管'阿莎拉'这个名字就像水一样常见,"沃翰尼斯说道,"而'柯梅德'嘛,嗯……你不得不立刻把它解决掉。因此就是'希瓦尼'。"

"我有可能结了婚,"莎拉说道,"然后随了夫姓。"

"你没有结婚。"沃翰尼斯轻蔑地说道,把杯子里剩下的饮品泼到了窗外,"我了解已婚的女人。那些信号和迹象你一个都没有。你担心有人会认出你吗?"

"谁能?"莎拉说道,"法德胡瑞出身的人除了你和我之外没有人在大陆上。和我的家族打交道的那些政客都远在加拉戴什。在这里只有大陆人和军队,他们中没人见过我的脸。"

"要是有人调查阿莎拉·柯梅德呢?"

"那他们就会发现:记录表明她从公开活动中退休去图赫美的一所小学校教书去了,在塞普尔南部——我想那所学校四年前就关闭了。"

"聪明。那么,你这个级别的人,不管是什么级别,会在这个时候来布里克乌的唯一理由……嗯,肯定是庞瑞,是吧?但是我完全不知道你为什么会来找我。我躲那个人就像躲瘟疫一样。他在政治上的影响太大了。"

莎拉说道，"修复派。"

沃翰尼斯慢慢点着头。"啊。我懂了……你真有政治手腕。还有谁能比世上最被他们仇恨的人更适合向你讲述他们的事情呢？"沃翰尼斯考虑着，"咱们去别的地方讨论吧，"他说道，"回音小一点的地方。"

❖

莫洛特卡，沃特罗夫家的男仆，冻得直跺脚。他待在外边真是傻得出奇。宴会在大概一个小时前就开始了。还是不到一个小时？然而身为男仆，莫洛特卡的职责就是为所有来宾开门，叫车，送他们上车。那么多愚蠢的人喜欢突然来访，露个头，出个场，随你怎么叫，之后他们很快就会离开。沃特罗夫先生非常精明地意识到这些人，令人遗憾地通常比大多数人都更加重要，需要加以不同寻常的欢迎。但是他们的出场时间能不能长一点，让莫洛特卡有工夫喝一口李子酒，闻一撮鼻烟，让他有工夫去火炉边暖暖脚？不，不，当然不行，于是他冻得直跺脚，考虑着厨房里的差事是不是更适合自己。他并不介意胡萝卜和土豆。他忍得了。

西边传来哐啷一声，就像罐子在街上滚动的声音。他好奇地探头看，看见西边院墙那里有一名守卫——但不是应该有两个的吗？沃特罗夫先生不喜欢让客人看见他激进的地位所需要的这些丑陋的必备品，但通常来说宴会一开始，安保措施就恢复正常了。

莫洛特卡咕哝着。或许这个傻瓜挺聪明的，他想，借机逃避室外的职责。但接着他眯起了眼睛。墙上有什么东西吗？有什么东西非常缓慢地朝着剩下的守卫移动过去了?

车道末尾有车灯闪烁。一辆车轰鸣着发动起来,并且缓慢地朝着房子开了过来。

"哦,不,"莫洛特卡说道,走出去挥舞着手臂,"不行,不行不行。你干什么?"

车继续朝他开过来。莫洛特卡在它行驶过程中喊着:"叫到你的时候才能过来,懂吗?我还没有举旗让你过来。我不管你的主人说什么,叫到你的时候才能过来。"

车在他面前停了下来,莫洛特卡余光里看到墙上有动静:一个黑色的身影抬起了头,用什么东西指着剩下的守卫。咔嗒一声响,守卫身子一直,倒向了后方,他的锡盔跳跃着从院墙上咔哒哐啷地掉到了下边的街道上。

车窗里闪烁着弩箭的微光。一个声音说道:"但我们听到了召唤。"

接着是刺耳的咔嗒声,然后那辆车似乎渐渐消失了。

❖

齐格拉德注视着火焰,迷失在回忆之中。

水里的鲜血,手里的鱼叉。海里那怪物一般的阴影,翻动着,呻吟着,喷出血块。过去他以为那些日子简直如同地狱,但当时他对地狱还一无所知。

他握紧拳头的时候手套的皮革吱嘎作响。

"你还好吗?"他的同伴问道。那女人打量着他,"你还要喝一杯吗?"她指着一个侍者。

就在这时齐格拉德听到了,极端微弱,但是听到了:非常轻微的咔嗒声，在房屋正前方。他非常熟悉这种声音。

终于。有消遣了。

"给，"那女人说道。她转过身来，手里拿着另一杯酒："给你——"

但她看到的只有身边空荡荡的座位。

✦

"旧布里克乌的敌人，"沃翰尼斯说道，"不是塞普尔，也不是我，更不是新布里克乌运动，而是时间。"他们坐在一间客房的床上。和这一层其他房间一样，它的色调是温暖的深红色和金色。宅邸的地盘到窗外为止，院墙温柔地包裹着房屋的下部。"你看，布里克乌存在着巨大的年龄断层：在大战和大崩坏之后，花了很长时间生活才恢复正常。于是它的人口中老得快死的那部分还记得旧方式，而且虔诚地坚持着，而人口中不断壮大的新生部分对它们一无所知，而且毫不关心。他们就知道自己很穷，而且自己本不该如此。"

"新布里克乌运动。"莎拉说道。

沃翰尼斯冲她摆摆手："那只是个名字。我们所见的是比政治大得多的事情。那是世代变迁，我当然不是它的创造者：我只是借势而行。"

"修复派为此仇恨你。"

"就像我说的，他们在对抗历史。谁都没法打赢那场仗。"

"他们用什么方式威胁过你吗，沃？"

"别傻了。"

"那外边为什么有守卫？"

他做了个鬼脸:"唔。我喜欢谨慎一点……但是被你看到也无妨。他们从未直接威胁过我,没有。但是很多政治上的发言濒临暴力的边缘。最大的问题人物是厄恩斯特·维科洛夫,他差不多同时也是这场复辟游戏里最大的玩家。另一个城镇之父,非常固执己见的家伙,烧了不少钱。我想你可以说他是我的政治对手。我从未挑战过他——我并不需要——但是他把我描绘得不像是政治对手,而像是来自地狱的恶魔。"

"他听起来是个挺明智的人。"

"别装可爱。这方面你简直糟透了。"

"那这个维科洛夫,"莎拉说道,"他会不会……?"

"他会不会是那些反对庞瑞的抗议背后最大的煽动者?"沃翰尼斯狂野地笑着,一个令人意外的丑陋表情,"当然是。我毫不怀疑他和那些事有极深的关系,你放狗咬他的时候我可不会流泪。这人就是长着胡子的一袋臭羊粪。"

"还有两位城镇之父也支持新布里克乌运动,"她说,"但是没人像你这样吸引了这么多仇恨。"

"啊,好吧,"沃翰尼斯说道,"我大概变成了一个象征性的人物。你知道的,我一直很喜欢时尚和建筑学……而且惹恼他们很有趣。我放纵自己公然堕落,还冒犯了他们关于谦逊和压抑的发霉的古老价值观,他们发布了一连串充满仇恨的长篇大论,不知道为我赢得了多少新选民。"他文雅地抽了口烟,"在我看来,这是双赢。但是,他们也不信任我的背景……考虑到我的教育,他们认为我是半个塞普尔人。"他露出愧疚的神色,"但是我的确有……几个可能引起摩擦的项目。"

"比如?"

"嗯……塞普尔是世界上最大的武器购买者,这是当然的。但是所

阶梯之城

有士兵依然在用弩枪而不是步枪,只不过是机械化的弓箭罢了。问题就在于硝石,你或许也知道,塞普尔和支持她的国家几乎不产硝石,而没有它你就做不出火药来。然而,大陆却有储量丰富的硝石……"

"于是你想要为塞普尔做弹药?"莎拉震惊地问道。她没说出来的话是:我怎么没听说过这件事?

他耸耸肩:"我的家族是做砖头的。采矿也没什么不同。"

"但是,沃,那可是……你是白痴吗?"

"白痴?"

"是的!这比你计划中的任何政治恶作剧都危险得多!在基础贸易上和塞普尔合作就已经很有争议了,但是制造武器……我简直不敢相信到现在布里克乌都没有人来杀了你!"

"是这样的,这事还没有公开宣布……看起来,塞普尔在这种事情上动作很慢。"

"那你真的想当个战争贩子?"

"我所希望的,"沃翰尼斯强有力地说道,"是给布里克乌带来工业和繁荣。塞普尔的工业就是战争,那是世界上最大的工业。布里克乌穷得可怕——除了阿哈纳斯坦之外我们几乎就没有像样的港口,而加拉戴什的船坞里每隔一个月就驶出一艘无畏舰——但是我们有一种资源可以被那个伟大又可怕的工业所利用。我无法改变这个该死的地缘政治环境,莎拉。我只是在应对。"

莎拉难以置信地笑着:"天哪,天哪……过去我对付过很多无足轻重的土匪头子和军阀,但是我真是想不到要把沃翰尼斯·沃特罗夫也算在内。"

沃翰尼斯姿态庄严地挺起身:"为了帮助我的人民,我做了该做的事情。"

"哦，天哪，沃，"她叹了口气，"免了这些花言巧语吧。我听过的演讲够多的了。"

"这不是花言巧语。这也不是演讲，莎拉！我过去试着跟塞普尔还有她的贸易伙伴接触过，但是塞普尔不肯帮助我们——她希望保持现状，塞普尔彻底控制一切。她不想见到布里克乌得到财富，就像不想见到我们吟诵神明的祷文一样。就算我必须赤身裸体卖淫才能为我的城市、我的国家赢得帮助，我也乐意这么做。"

他一点也没变，真的，她想，既感到好笑又感到震惊。他依旧是那个高贵的理想主义者，以他自己那任性的方式……

"沃，听着，"莎拉说道，"我和像你这样的人合作过。他们的下场大同小异。现在大多已经喂了蛆虫，或是鱼，或是鸟，或是树木的根。"

"那么，你是在担心我的安全。"

"是的！我当然担心！我不想看见你参与这样的游戏！"

"你的游戏——你的意思是。"他说道。

"是的！我最困惑的就是你为什么不满意你现在的地位！"

"我的地位？"

"嗯，在我看来你的财富很多，政治前途光明，还有一位爱慕你的夫人！"

"实际上，是未婚妻。"他的语气中带着一点冷淡。

莎拉心里有什么东西裂开了，肚子里充满了冰。

"啊。"她说道。

我不应该这么在意的，她想。我是专业人士，该死的。这种感觉真是愚蠢，愚蠢……

"是的。今天没戴她的戒指。上边有一颗威士忌杯形状的钻石。"

他比出了一颗巨大的假想中的宝石,"她说那是传统。但其实,它只是华而不实的东西。我们还没定下日期。我们俩都不是提前计划的类型。"他低头看着自己的双手,"抱歉。讨论这件事或许,"他咳嗽着,"不是很有趣。"

"我一直都知道你会继续做伟大的事情,沃,"她说道,"但是实话实说,我从未想过你会是结婚的那一型。我是说……"

沉默持续着。

最终,他点点头。"是的,"他优美地说道,"但是,某些行为在国外被人接受,这里……没那么容忍。一日科尔卡斯坦人,终身科尔卡斯坦人……"他叹了口气,开始揉着自己的髋部,"我需要你的帮助,莎拉。布里克乌确实是一座城市的废墟,但它也可以繁荣起来。塞普尔手里握着世界上所有钱包的扎绳——而我只需要它们松开一点点。向我提出要求,提出任何要求,我都会照办的。"

我的工作,她想,从未看起来这么不真实、这么荒谬可笑。

但是在她开口回答前,尖叫声从楼下传来。

"怎么了?"沃翰尼斯说道,但是莎拉已经到了床边。她勉强能辨认出两具尸体躺在院墙下的阴影里。

"唔。"莎拉说道。

✦

他们一起踢开门冲进了房间。行动完美无缺:美丽而致命的舞蹈。他们突袭那些堕落的宴会来宾,灰色衣服上下翻飞。切斯查克的面具有点歪了——现在他左眼角看不见东西——但除此之外他感觉自己辉煌、灿烂、身受神佑。

看着这些叛徒和罪人畏缩尖叫。看着他们奔跑。抬头看着我,畏惧我。

他的一个同胞踢翻了酒吧。瓶子破碎了,酒精的气味充斥在大厅里。切斯查克和他的战友叫嚷着让那些人趴下,趴到地面上。切斯查克把弩枪指向一个看起来有点骨气的男人,冲着他的脸大喊大叫,把他摔倒在地板上。

成为神明的工具,切斯查克想,刺激又正义。

一个女人尖叫着。切斯查克冲她大喊,让她闭嘴。

这事既简单,又迅速。这些文化人的软弱正如预期,而且和预想的一样,城邦总督也在这里,但是他们接到了严格的命令不能对她下手。但是为什么,为什么?他想,为什么要原谅这个批准了那么多不公正惩罚的人?

在控制住人质之后,切斯查克的队长(他们都不知道彼此的名字——他们不需要名字,因为他们都是一体的)在宴会宾客间走来走去,抓着头发拉起脑袋来查看面孔。

在几秒钟后,他说:"不在这。"

"你确定吗?"切斯查克问道。

"我知道我在找谁。"他看着那些人质,挑出了一位年长的女士,压下弩枪,直到弩箭的箭头对准了她的左眼,"在哪?"

她开始哭泣。

"在哪?"

"我不知道你在说什么!"

"有个特殊的人不在这儿,对吧?"他讥讽地问道,"那个人在哪呢?"

那个老女人羞愧地指着楼梯。

阶梯之城

"你没对我说谎吧?"他说。

"没!"她哭喊着,"沃特罗夫和那个女人,他们上楼了!"

"那个女人?"他顿了一下,"所以他不是一个人?你确定?"

"是的。而且……"她四处看着。

"什么?怎么了?"

"那个穿红大衣的人……我找不到他了。"

"谁?"她并没有回答,他抓着她的头发摇晃着她的脑袋,"你说的是谁?"他吼叫着。

她开始抽泣,无法回答他的问题。

他们的队长放过了她。他指着他们中的三个人,说道:"待在这。看好他们,谁动就杀了谁。"然后他指着切斯查克和其他四个人,"剩下的,和我一起上楼。"

他们沉默地登上楼梯,像穿过森林的狼一样冲了上去。切斯查克由于喜悦、兴奋和愤怒而颤抖着。如此正义的事业,在寒夜中带给他们痛苦,这些叛徒、罪人、污秽的无知者。他也许期待过发现他们在进行色情的仪式,被外国的烈酒污染,空气散发着焚香的臭气,自发地侮辱着自己。比如说,切斯查克听说过,在奇沃斯附近的地方——当然,是在塞普尔的全面允许下——街上的女人穿着的连衣裙短得能够看见她们的……她们的……

仅仅是想象就让他的脸红了起来。

想象这样的事情就是罪孽。必须从思绪和灵魂中驱逐出去。

他们到二楼之后,队长举起了手。他转动戴着面具的脸,从小小的黑色开口里向外窥视着。然后他冲他们比画着,指点着,切斯查克和另两个人分散开检查这一层,队长和其他人继续上楼。

切斯查克扫视着走廊,检查着房间,但是一无所获。这么大的一栋房子，沃特罗夫空置得十分厉害。这又一次证明了那个人的浪费，切斯查克想，他甚至在滥用自己国家的石头！

他走到一处拐角，敲了两下墙，倾听着，听到了第二次叩叩声，然后房子远处传来了第三次。他点点头，满意地得知自己的同胞就在附近，然后继续巡查。

他看着窗外，没有东西，看着房间，除了空床之外没有东西。沃特罗夫或许在这里养着他的情人，每个房间里一个，切斯查克想着，觉得愤慨又肮脏。

专注。再检查一次。他又敲了一次墙。他听到房子别的地方传来一次叩叩声，然后……

没了。

他停下来。倾听着。又敲了一次。再次传来了第二次敲击，但是没有第三次。

或许他离得太远听不到我了。但是切斯查克记得自己的指示，开始沿着原路返回，沿着走廊向楼梯走去。

走到楼梯的时候他再次敲了两下墙，聆听着。

这一次什么都没有——没有第二个也没有第三个。

他克制着心里增长的恐惧，又敲了一遍。

什么都没有。他环顾着四周，思考着到底是怎么回事，这时他看见：

在黑暗的二楼休息室里，有人四肢摊开坐在加了厚垫的白色椅子里。

切斯查克举起弩枪。那人没有动。他们似乎没有注意到他。切斯查克退到墙边，沿着影子的边缘前进，弩枪始终瞄准着那个人……

但是在他靠近之后，他看见他们都穿着灰色的衣服，膝盖上还放着灰色的面具。

切斯查克放下了弩枪。

那是他的同伴。那人的面具被拿掉了，但是他们被命令永远都不能拿下面具。

切斯查克向前走了两步，停了下来。那人皮开肉绽的脖子横贯着一条红紫色的伤口，注视着天花板的眼睛只可能是死人的眼睛。

切斯查克感到恶心。他四处看着，寻找帮助，希望能敲敲墙，叫谁过来，但是走廊里有什么人或者什么东西在跟着他们，而他不想暴露自己的位置。

这不可能。他们应该都是社交名人，艺术家……

然后他顿住了。

走廊北边传来的是人噎住的声音吗？

他端起自己的弩枪。脉搏冲击着他的耳朵。他慢慢往前走，转过拐角，看到……

他的一位同胞站在走廊边上的门口，几乎离开了他的视野。他的同胞轻轻颤动着，双手在体侧，肩膀抽动着，面具上有什么东西，某种巨大的、粉白相间的波浪状的东西向外伸展着。视线慢慢收回到门里，切斯查克什么也看不见了。

切斯查克靠近之后才看到他同胞脸上的东西是什么：一双巨大的手握在他脑袋两侧，拇指深深地插在他的眼窝里，一直插到第二个指节。

现在切斯查克看清楚了。

一个巨大的人站在门口的阴影里，赤手空拳杀掉了切斯查克的同胞。

切斯查克尖叫着，盲目击发了弩枪。巨人后退了，扔下切斯查克的同胞，向后倒了下去。巨人躺在走廊里，一动不动。

切斯查克哭泣着，跑向他的同胞，拿下他的面具。在看清之后，切斯查克的尖叫变成了号叫。

他把死去的同胞抱在怀里。看看我的国家光荣的儿子身上发生了什么，他想这么说，看看在这个污秽的时代正义的人身上发生了什么。但是他无法自控，说不出话来。

"至少我杀了他，"他抽泣着对死去的朋友说道，"请安息吧。安息吧。至少我杀掉了那个把你——"

一阵恼怒的咕哝声传来。切斯查克大吃一惊，停下来到处看。

大块头男人怪异地慢慢坐了起来，低头看着膝盖上的双手。

他张开了左手。在煤气灯的灯光下，切斯查克的弩箭在他的手掌里闪烁发光——明显是在击中目标之前，在半空中被抓住的。

大块头困惑地看着弩箭，就像看着奇怪的小孩玩具一样。然后他抬头看着切斯查克，独眼里充斥着冰冷、灰蓝色的冷静，就像冰山的核心。

切斯查克手忙脚乱地装填着弩枪。一阵运动的声音之后，切斯查克感到有手指捏住了自己的喉咙，血液冲击着眼球，地板升高了，他最后看到的是一扇玻璃窗扑面而来，在他身边破碎，然后他被冰冷的夜晚拥抱着，最后，直直地掉进下方街道的怀抱里。

✦

那两个人冲进房间的时候莎拉已经准备好了：她直挺挺地坐在床上，举起双手。但是沃翰尼斯并没有听从她刚告诉他的意见，而是跳起身来，把手杖像长剑一样向前刺出，嘟嘟囔囔地咒骂他们。

"举起手来!"一个人喊道。

"很明显我已经在这么做了。"莎拉说道。

"趴到地上!"另一个人吼叫道。她注意到他们穿着灰色的长袍,关节和脖子处系得紧紧的:它像是仪式上穿的衣服,脸部是奇怪的浅灰色面具。

"我们会坐下的。"莎拉说道。

沃翰尼斯就没有这么平和了:"在你们这些破坏分子说出一个字之前,我要先把你们所有祖宗的嘴巴操个遍!"

"沃。"莎拉冷静地说道。

"趴下!趴下!"第二个袭击者喊着,"快点!马上!"

"抓住他!"第一个说道。

"听着。"莎拉说道。

"去死吧!"沃翰尼斯喊道,同时用手杖刺向其中一个人。

那人咕哝着:"住手!"

"趴下,该死的!"另一个袭击者喊道。

但是沃翰尼斯已经准备好再一次攻击。一个蒙面人抓住了他的手杖;沃翰尼斯稍微挣扎了一下,放开了手杖,他们俩都跌坐到地上。

袭击者的弩枪咔嗒一响,弩箭呼啸着飞了出啸,莎拉稍稍往左躲了一下,弩箭穿过她脖子之前所在的位置,深深地穿进床头板里。

三个男人大吃一惊,瞪着她和她后边颤动着的弩箭。

莎拉清了清嗓子。"听着,"她对那两个袭击者说道,"现在听我说。你们犯了严重的错误。"

"闭嘴,趴到地上!"他们里的一个人喊道。

"你得放下武器,"莎拉说道,嗓音像鲜牛奶一样顺滑,"然后静静地投降。"

"污秽的葱佬，"他们中的一个怒吼着，"闭嘴，趴下。"

"你为什么——"沃翰尼斯挣扎着想站起来。

"停下，沃。"她说道。

"为什么？"

"现在我们并不危险。"

"闭嘴！"一个袭击者喊道。

"他们差点就射中你的脸了！"沃翰尼斯说道。

"好吧，我们有点危险，"她承认道，"但是我们只……我们只需要等待。"

她注意到，那两个袭击者越来越迟疑，于是当沃翰尼斯问"等什么？"的时候，他们看起来似乎松了一口气。

"等齐格拉德。"

"什么？你在说什么？"

"我们只需要等待，"莎拉说道，"等他发挥特长。"她对袭击者说："我要帮助我的朋友。我没有武器。请不要伤害我。"她伸出手把沃翰尼斯扶到了床上。

"谁是……齐格拉德？"沃翰尼斯问道。

附近传来恐怖的尖叫声，接着是玻璃破碎的声音，最后一片寂静。

"那就是齐格拉德。"莎拉说道。

两个蒙面人面面相觑。尽管她看不见他们的脸，莎拉依然看得出他们很不安。

"你们得放下武器，"莎拉说道，"然后在这里和我们一起等。如果这么做，你们或许还能活下来。理智点吧。"

其中一个蒙面人，很明显是队长，说道："这是心理战术。污秽的葱佬心理战术。别听她的。那只是男管家在制造噪音。去看看。要是

阶梯之城

你看见什么人,就杀了他们,你的良心依旧会保持纯净。"第二个蒙面人,依然在发抖,点点头准备走出门去。在他出去之前队长抓着他的肩膀,拍着他的后背说道,"只是心理战术。我们会得到奖赏的。"

"你这是让他去送死。"莎拉说道。

"闭嘴。"队长粗暴地说道,他的呼吸现在很粗重。

"其他的人要么已经死了,要么快死了。你得投降。"

"你们总是这么说,对不对?投降,投降,总是投降。我们投降够了。我们不能再给你什么了。"

"我不要你们什么。"

"如果你要求我放下武器,放下我的自由,那你就是要我的一切。"

"这不是战争。现在是和平时代。"

"你的和平。他那样的东西的和平。"他嫌恶地说道,指着沃翰尼斯。

"嘿……"沃翰尼斯说道。

"你拥抱罪人,懦夫,渎神者,"队长说道,"那些背弃了自己历史,背弃了我们身份的人。这就是你们发动战争的方式。"

"我们,"莎拉强有力地反驳着,"没在,战争。"

队长靠过来低语道:"当葱佬踏入圣城的时候,我的战争就开始了。"

莎拉一言不发。队长站起身倾听,什么也没听到。

"你的朋友死了。"莎拉说道。

"闭嘴,"队长说道,他伸手从肩膀后边拔出了一把又小又薄的短剑,"站起来,我自己把你们带出去。"

莎拉,支撑着一瘸一拐的沃翰尼斯,走出客房,进入走廊,队长跟在他们后边。

几秒钟后,她停住了。

"接着走。"队长喊着。

"你看不见前边是什么吗?"莎拉问道。

他绕过去看到有人躺在走廊里。

"不。"他低声说道,走了过去。

那是一具瘫倒在血泊中的蒙面尸体。尽管隔着浸血的灰色衣服很难看清楚,但他的脖子似乎被割开了一个大口子。队长跪了下去,温柔地把手伸到面具下边抚摸着那个人的额头。他低语着什么。片刻之后,他重新站了起来,握着短剑的手颤抖着。

"接着走。"他嘶哑地说道,莎拉看得出他在抽泣。

他们接着走。一开始,整栋房子安静得可怕。但是走到楼梯之前,他们听到打斗的声音——木头断裂、盘子破碎的声音,还有一声狂暴的喊叫。然后他们看到左边一间大房间的门是开着的,许多影子在门槛上舞动着。

"舞厅。"沃翰尼斯呢喃着。

队长快速走向前去,短剑指着前方,然后他振作精神,猛地转身进了房间。

莎拉,拖着沃翰尼斯,跟着进去看情况,但她早就知道自己会看到什么。

舞厅十分豪华,至少曾经豪华过。一个蒙面袭击者跪在地板上,握着手腕颤抖着:他的手被砍掉了,鲜血喷洒在木地板上。另一个蒙面袭击者坐在角落里,死透了,一把黑刃的短刀深埋在他的脖子里。房间中央的餐桌被踢倒了,齐格拉德站在这个障碍物后边,满身是汗,还有血,一个悲惨的蒙面袭击者被他夹在左胳膊底下。齐格拉德右手握着舞厅吊灯的残骸——很明显是从天花板上拽下来的——用它来格挡另一个袭击者，那人试图用剑来攻击他。尽管在水晶飞舞的闪烁中很难看得清楚，但那个袭击者似乎渐渐落了下风，每一下都在往后退缩，齐格拉德还能抽空用握着吊灯的拳头一下一下殴打那个被夹住的倒霉蛋的脸。

袭击者的队长急切地站着看了一会儿，才高高举着他的短剑，用尽力气大喊着冲了过去，越过了桌子。

齐格拉德恼怒地看了他一眼——又怎么了？——抬起了那个被夹住的人，时机恰好让他的背部接受了队长的剑尖。

两个蒙面人震惊地哽咽着。齐格拉德挥舞着吊灯，缠住了袭击者的剑刃，让他摔倒在地上，然后放开了吊灯。

队长松开剑柄，抽出一把短刀，痛苦地喊叫着向齐格拉德扑了过去。

齐格拉德松开了那个死去的（或者快死的）人，在短刀击中之前抓住队长的手腕，结结实实地用头撞了队长一下，然后——沃翰尼斯吓得大叫起来——齐格拉德大张着嘴，猛扑向前，用牙齿把那个人喉咙撕扯了下来。

鲜血喷如潮涌。莎拉有点厌恶地想着，这事肯定要上报纸了。

齐格拉德现在全身深红，扔下队长，从死人背上拔出短剑，想都不想就把它像标枪那样投向那个尖叫着的断腕袭击者。剑刃准确地击中了下颌关节的下方，他立刻就倒下了。短剑晃动，尽管它在那人的颅骨里插得很深并不会掉下来，晃动还是伴随了令人不快的破裂声。

齐格拉德转向那个困在吊灯残骸下呻吟着的人。

"不。"莎拉说道。

他转过身看着她，独眼燃烧着冰冷的怒意。

"我们需要活口。"

"他们用箭，"他说着举起一只流血的手掌，"射我。"

"我们需要活口，齐格拉德。"

"他们用箭，"他恼怒地又说了一次，"射我。"

"楼下肯定还有更多的人，"莎拉说道，"人质，齐格拉德。照顾他们——小心点。"

齐格拉德的表情活像是刚被安排了繁重家务活的孩子。他走向脖子上插着短刀的那个人，把刀拔了出来，悄悄走出房间。

沃翰尼斯环顾自己被毁掉的舞厅。"这？"他说道，"这就是他的特长？"

莎拉走近那个挣扎着试图抬起吊灯的蒙面人，着手解除他的武装："人各有所长。"

❖

跑下楼梯后，齐格拉德没有发现其他蒙面袭击者。"哦，谢天谢地你来了，我们——"一个女人说道，然后才看清楚他的样子，接着尖叫起来。

穆拉盖什没有这么惊慌失措，她在休息室的一根柱子旁边清了清嗓子。城邦总督弯着腰，冷静地用一根充满节庆气氛的缎带勒死了一个穿着长袍的人。穆拉盖什看着他，她的左眼一片乌青，肯定是挨了狠狠的一拳，说道："还有两个在门外。"

齐格拉德赶到门外，车已经开动了，但速度还没多快。他加速飞跑，靴子踩得鹅卵石砰砰作响。他听到车里有人喊着："快！快！快点！"

有个人回答着："我知道！我正忙着呢！"

车换到了高挡位，但是在它加速离开前，齐格拉德向前一跃抓住了后门。

"糟了！"一个人尖叫着，"诸神啊！"

齐格拉德沾血的手太滑了，差点就松脱了。他把一只脚揳入踏脚板，然后伸出右手把他的黑短刀插进车顶。

"射击，该死的！"一个声音喊道。

看见车窗里出现了一把弩枪，齐格拉德侧向一旁。弩箭穿透了车窗玻璃，偏了几寸，但是玻璃并没有被打碎。齐格拉德用左手打破车窗，抓住射箭的人的领子，然后不断地把他摔打在车门和车顶上。

司机现在彻底陷入了歇斯底里的状态，开始在街上穿行。他们飞驰而过，齐格拉德看到咖啡馆的主顾、饭店的食客，还有马车车夫都目瞪口呆地看着。一个小孩子指着他们大笑着，开心极了。

齐格拉德感到手里的人失去了知觉，开始单手把他从破碎的车窗里拽出来，试图把他从车上丢下去。但这时车猛地转了个弯……

他抬起头看到一座建筑物的犄角向他们冲了过来。齐格拉德立刻意识到司机想用车刮蹭建筑物的侧面，同时把齐格拉德刮蹭下去。

齐格拉德本打算爬到车顶上，但是判断时间不够了，于是他拔出短刀，扑到地上。

落地很痛苦，但是没有悬在破车窗外边那个失去知觉的人痛苦：沉闷的咔啪一声，然后有什么东西滚过了石头街道。齐格拉德听到司机恐怖地大叫着，乘客残余的部分从车窗里掉出来滚进了排水沟。

车拐了个大弯，轰鸣着开进一条小巷。齐格拉德感到十分沮丧，站起身来飞奔。

他转进那条小巷。车停在几码外的地方。他跑到车边拽开司机座位的车门……

什么都没有。车是空的。

他四处看。小巷的尽头是一栋建筑物空荡荡的侧面，除此之外什么都没有：没有窗户，没有梯子，没有水闸或是下水道盖子或是大门。

齐格拉德咕哝着把短刀插回到鞘里，慢慢走在小巷里，摸着墙壁。它们没有一点破碎的迹象。司机好像就这么消失了。

他叹了一口气，挠着脸颊："不会吧。"

我是树下的石头。

我是太阳下的山峰。

我是大地下的河流。

我住在山上的洞穴里。

我住在你心中的洞穴里。

我看到其中的存在。

我知道你心中的想法。

我知道何为正确。我知道何为正义。

我是科尔坎,你将听我言。

——《科尔卡斯塔瓦》,卷二

铭刻的记忆

想要观察正在成型的慌乱的话,布里克乌警察局的警官食堂是绝佳的观察点。来食堂就餐的人可以隔着窗户看到前边的办公室里正在酝酿一场全面的骚乱——由政客、记者、暴怒的市民以及人质的家属构成——你也可以回头看看询问室,布里克乌警方依然困惑不解,不知道谁是嫌疑犯,谁应该送到医院去,以及到底该拿齐格拉德怎么办。

"对我来说这是一次新体验。"莎拉说道。

"真的吗?"穆拉盖什说道,"我还以为你早就被逮捕过好几次了呢。"

"不,不。我从未被逮捕过。管理者的额外好处。"

"那还真不错。对一个刚经历暗杀的人来说,你看起来非常冷静。

你感觉如何?"

莎拉耸耸肩。事实上她感觉很滑稽,她坐在这里和穆拉盖什喝着茶,而与此同时混乱四起。她们的身份使得她们立刻和其他获救的人质区分开来,主要是因为穆拉盖什,似乎所有的警察都认识她。穆拉盖什拿着一包冰块敷着眼睛,时不时嘟囔着粗话,"太他妈慢了",或者"太他妈老了"。她已经向当地军事基地发出了命令,很快就会有一小队塞普尔精兵来保护她们俩。尽管莎拉并没有说出来,暗地里其实极为忧虑:安保措施常常会使人难以穿透对手的安保措施。而且,通常来说她有齐格拉德的保护就足够了。但是,齐格拉德目前正在拘留室里冷静。被捕的袭击者被原封不动地送到了一间小囚室里,那里通常用来关押最凶暴的罪犯。

一位警官给她们的茶壶添满水,莎拉立刻倒了一杯。"这是第四壶了。"穆拉盖什注意到。

"怎么了?"

"怎么了,你平时就是这么喝茶的吗?"

"只有工作的时候才这么喝。"

"你看起来是那种工作不断的人。"

莎拉耸耸肩,喝着茶。

"要是你一直这么喝茶的话,大使,我建议你去结识一位泌尿科医生。"

"眼睛怎么样了?"

"太丢人了。但是我经历过更糟的情况。"

"也没多丢人。毫无疑问,他最后还是败在了你的手中。"

"曾经,"穆拉盖什叹了一口气,"我大气都不用喘就能干掉那样的白痴。那样的日子一去不返了。我愿意付出这个,"她皱着眉,戳了

阶梯之城

戳眼睛,"来换取青春的活力。但是恐怕我永远也达不到你的人在那里发挥的水平,就算在我的巅峰时期也不行。你在哪找到他的?"

"一个相当糟糕的地方。"莎拉简单地说道。

然后她慢慢回到自己的世界。远处喊叫的声音逐渐消失,她开始在心里列着清单。

在莎拉看来,情报工作的核心内容一半是耐心,另一半就是清单。毕竟大多数谍报工作就是收集数据,然后加以分析、归类:谁属于哪一组,为什么;他们现在在哪里,我们为什么这么确定,以及在该地区我们还有没有其他人;既然我们分出了这些组,它们的威胁等级都是多少,等等,以此类推,诸如此类。

于是无论何时,当莎拉真正感到困惑不解的时候,她就会整理自己的思绪,把它们分门别类,像给小麦脱壳一样整理它们,深度挖掘信息,试图从所知的一切中榨出真相,像审问自己一样整理着经常是由无休无止的注解、资格、分类、例外组成的清单:

事实:在埃弗雷姆·庞瑞事件发生不到一星期内我就遭到了袭击。

I. 我不确定他们要袭击的到底是不是我。

A. 那是谁?

1. 沃想为塞普尔做弹药。这就有充分的理由杀掉他。

a. 那他们为什么不简单地在有机会的时候杀掉沃?他们可以在刚走进房间的时候就杀了他。

b. 他的交易不是正式的,而且也没有公开。

1) 毫无意义——没有不透风的墙。

II. 埃弗雷姆在办公室里被钝器打死了。这些人要专业得多。

　　A. 想想。袭击埃弗雷姆的人还没有被抓到，这也多少算是专业素质。

　　1. 专业素质和当地政府的不完善非常不同。

　　B. 埃弗雷姆或许是因为和仓库之间的关系被袭击的。我和沃都没有这样的关系。

　　1. 我知道它的存在。

　　a. 但是这也不足以要我的命。

　　2. 在大陆观念中，我们三人都天生是异端。

　　a. 不是有效的筛选条件。在大陆观念中，什么不是异端？

事实：埃弗雷姆·庞瑞在研究不可提及的仓库。

　　I. 温雅知道吗？她怎么会不知道？

　　A. 埃弗雷姆为大陆工作？他是叛徒？

　　1. 别傻了。

　　B. 为什么没告诉我？那里埋藏着什么我不该知道的？

　　1. 当然，可能有很多。

　　2. 大陆人杀了他是为了进入仓库？

　　a. 穆拉盖什坚称除了埃弗雷姆之外没人进过仓库。

　　C. 如果温雅知道埃弗雷姆的行动，她为什么让我留下来？

　　1. 也许她认为我蠢得弄不清楚。

2. 她在保护我？远离什么呢？

a. 别开玩笑了。我刚遭到了袭击——她当然不是在保护我。

3. 她想要我被杀死？

a. 她是你姑姑。

1）她首先是部长，其次才是姑姑。

A）好吧，那为什么部长想要我死？

2）如果温雅想要我死，那我就死定了，就这么简单。

4. 温雅想要埃弗雷姆死？

a. 似乎埃弗雷姆是外交部特工。你为什么会杀死自己的特工？

事实：我二十三个小时没睡觉了。

I. 我需要更多该死的茶。

莎拉叹了口气："奈斯瑞夫警长还没来？"

"没，"穆拉盖什说道，"还没来。但现在可是凌晨四点钟，他住得也不近。"

"你知道他住在哪？你怎么知道的？"

"别装成无知少女的样子，大使，"穆拉盖什说道，"那不适合你。"莎拉暗地笑了起来：青春活力，还真是……"总之，尽管奈斯瑞夫和我有过……一段历史，我还是不确定这能不能让他接受由外国大使接手调查如此重大的事件。"

"我没打算接手，"莎拉说道，"他们调查他们的，我调查我的。

我只是想先和俘虏说说话。"

要是在奇沃斯这事就简单多了,她想着,我们可以把他从街上抓走然后宣布他本来就不在那里……她短暂回想了一下对她来说文明国家变得多么麻烦,片刻间她嫉妒沃翰尼斯还能保持着他的理想主义——无论它到底多么没有意义。

莎拉突然有了一个想法,从另一张桌子上拿过一张旧报纸。她翻动页面找到了一篇文章,标题是:城镇之父维科洛夫反对移民住宅。标题下是一张照片,一个圆脸、表情严厉、长着郁郁葱葱大胡子的男人。对莎拉来说,他看起来就像会不断争论自己是在大喊大叫还是大声说话的那种人。

"你为什么在看维科洛夫的报道?"穆拉盖什问道。

"你认识他?"

"人人都认识他。那家伙就是一坨屎。"

"我听说,"莎拉说道,"他或许和庞瑞的谋杀案有点关系。"

"沃特罗夫告诉你的?"

莎拉点点头。

"要是我就会多加小心,大使,"穆拉盖什说道,"沃特罗夫好像只是把自己的麻烦清单给了你。"

莎拉继续盯着那照片,但是穆拉盖什说出了她最深的担忧。我在盲目行事,她想,通常我有六个月或者六个星期的时间来筹备行动,而不是六个小时……

她喝了更多的茶,决定不告诉穆拉盖什自己只会在工作非常非常不顺利的时候以这个速度摄取咖啡因。

奈斯瑞夫警长——非常英俊,至少比穆拉盖什小十岁——终于在早晨五点三十分的时候出现了。一开始他和在这个时间起床的人一样,什么都不能接受；但是莎拉在文件和徽章的骗局上非常在行，在用了几次"国际事件"这个术语之后，他不情愿地准许了"一个小时，立刻开始"。

"这就行了。"莎拉说道，同时打算完全无视这个时间限制，"沃特罗夫怎么样了？"

"录完陈述之后，他的小女朋友缠住了他，立刻就把他带回了家，"奈斯瑞夫说道，"那个男人啊，只要握紧他的鸡巴，你想拽着他去哪都行。"

他似乎期待着咯咯的窃笑，但是莎拉连装都不想装。

✷

俘虏只不过是个孩子：莎拉估计他也就十八岁左右。他坐在囚室的大木桌子后边，揉着自己的手腕怒视着她，说道："哦，是你啊。你想干什么？"

"主要是医疗看护。"她替医生把着门，医生到现在已经相当疲劳了。

医生检查被捕的男孩时越来越惊骇："这个孩子是穿过了一块玻璃吗？"

"他被一盏吊灯砸到。"

医生摇头抱怨着：这些人用这么愚蠢的方式来伤害自己。"看起来大部分都是表皮伤。手腕扭伤得相当严重。"

医生鞠躬离开。莎拉坐到男孩对面，把背包放到了旁边。屋子里很冷：这里的墙壁是用厚重的石头砌的，而且当初设计这座建筑的人选择不在这里放置任何加热设备。

"你感觉怎么样?"莎拉说道。

男孩没有回答,生着闷气。

"恐怕我只能直接一点了,"莎拉说道,"问问你为什么要袭击我。"

他抬眼看着莎拉的眼睛,然后又落了下去。

"派你去那里就是为了这个吗?你的同伙有过充分的机会。"

他眨眨眼。

"你的名字是什么?"

"我们没有名字。"男孩说道。

"没有?"

"没有。"

"为什么没有?"

他考虑要回答,但是很不情愿。

"为什么没有?"

"因为我们是沉默的。"男孩说道。

"那是什么意思?"

"我们没有过去。我们没有历史。我们没有国家。"话语中的节奏是精心编排过的,"我们被剥夺了这些东西。但是我们不需要它们。我们不需要这些东西来了解我们是谁。"

"那你们是什么?"

"我们是复活的过去。我们不可被遗忘,不可被忽视。我们是铭刻的记忆。"

"这么说来,你是修复派。"莎拉说道。

男孩沉默了。

"是吗?"

他看向一边。

"你的武器，你的衣服，你的车，"莎拉说道，"全都十分昂贵。那种规模的金钱流动很难不被发现，我们已经在调查了。我们会找到谁？维科洛夫？厄恩斯特·维科洛夫？"没有反应。"他是修复派的大金主，是吧？我知道他的政治海报上故意描绘了很多武器导向的图像。孩子，我们会不会在这一切的背后找到他？"

男孩盯着桌子。

"在我看来，"莎拉说道，"你并不是一个冷酷无情的暴力罪犯。你为什么要那么做？你有家可回吗？这一切只是令人不快的政治。我可以让它结束。我可以让你出去。"

"我不会说的，"男孩说道，"我不能说。我是沉默的，是你和你的人民把我变沉默的。"

"恐怕在这点上你错得厉害。"

"我没有错，女人。"男孩说道。他瞪着她，在移开目光的时候他的目光扫过她裸露的脖子和锁骨。

啊。他还挺传统，不是吗？"我真的希望我没有破坏任何规矩，"莎拉说道，"你和未婚女人单独待在一个屋子里会不会受到什么惩罚呢？"

"你不是女人。"男孩说道，"首先你得是个人。葱佬不算人。"

莎拉愉快地笑着："如果真是这样的话，那你为什么这么紧张？"

男孩没有回答。

莎拉并不认为自己特别有吸引力，但是她一向乐于尝试。"我觉得这里挺热的，"她说道，"你觉得呢？我一热手就爱出汗。"她一根手指一根手指地脱下了手套，把它们精致地叠起来放在桌子上，"你的手出汗吗？"她向着他受伤的手伸出了手。

他像是被烫到了一样缩回了手,"别碰我,女人!也别用你的……你的秘密特质来纠缠我!"

莎拉强忍着没有笑出来。在历史课堂之外她就没听到过这个术语,而且她也从来没有听到过这个词被这么诚实地说出来。"对一个拒绝说话的人来说,你现在说的可是不少。但是,我承认,你说的还是比你的朋友要少。"她从背包里拿出一份文件翻阅着。

"谁?"男孩怀疑地说道。

"我们抓到的另一个人,"莎拉说道,"他也不愿意告诉我们名字,即便他快要死了。但他说了很多其他的事情。"当然,一句真话都没有——齐格拉德基本上杀掉了所有其他的袭击者,除了那个消失的——但她对那男孩微笑着,流露着鼓励,问道:"消失的把戏是怎么回事?"

男孩退缩了。

"我知道那就是你们穿过城市的办法,"莎拉说道,"他们找到某些街道或小巷,车和人对着它冲过去,然后噗的一声,他们就不见了。这非常……不可思议。"

男孩的耳朵边流下了汗珠。

"他已经在胡言乱语了,"莎拉说道,"失血过多很虚弱,你知道的。我不是很确定什么是真的什么是假的,但是……我倾向于认为所有的都是真的。这相当值得注意。"

"那……那不是真的。"男孩说道,"我们不会有人说的。就算快死了也不会说的。把我们丢进斯隆德海姆也不会说的。"

"实际上,我办得到,"莎拉说道,"我去过那座监狱。它比你想象中的还要糟糕。"

"我们永远不会说的。"

"是的,但是如果你们并没有控制住所有成员的话……这很好理解。他还会告诉我们什么？如果你现在告诉我们，诚实地告诉我们，我们会对你宽大处理。我们会确保你能回到家里。我们可以既往不咎。但是如果你不……"

"不，"男孩说道，"不。我们永远不……我们会得到奖赏的。"

"奖赏什么？"

男孩深吸了一口气，心烦意乱，然后开始吟诵。

"那是什么？"莎拉说道。她屈身听着。

男孩在吟诵："在山上，石头旁，我们将得到奖赏，神圣中最神圣的。在山上，石头旁，我们将得到奖赏，神圣中最神圣的。"

"奖赏监狱，死亡……"莎拉说道，"你们已经死了很多人了。我看见了。我知道你也看见了。他们得到奖赏了吗？他们得到他们所希望的了吗？"

"在山上，石头旁，我们将得到奖赏，神圣中最神圣的。"男孩声音更大了，"在山上，石头旁，我们将得到奖赏，神圣中最神圣的。"

"他们的家人得到奖赏了吗？他们的朋友呢，还是他们根本没有家人和朋友？"

但男孩只是在吟诵，一遍又一遍。莎拉叹了口气，想了想，从屋里出去了。

✦

"我需要你，大兵。"莎拉说道。

齐格拉德睁开了独眼。他坐在牢房的角落里，手上包着绷带，身上的血迹稍微擦掉了一些。但莎拉看得出他是醒着的：他的烟斗还在冒烟。

"他们很快就会把你放出去,"她说道,"尽管伤亡……很多,我还是设法办妥了一切。获救人质证实了你英勇的表现。"

齐格拉德耸耸肩,漠不关心,还很蔑视。

"好吧。那么,之前我让你放出风去找几个佣兵。一切顺利吗?"

他点了点头。

"很好。如果你愿意的话,我们需要一些粗暴的援助。出去之后,抓住在大学的那个女仆,在庞瑞身边工作的,那天跟踪我们的那个。抓住她,把她带到大使馆去,我要亲自询问她。然后把你的佣兵留下,监视她的公寓,关注进出的人。这事得在……"她看了看表,"……晚上六点办妥。而且你必须小心行事,就像你和她都受到监视一样行事。明白了吗?"

齐格拉德叹了口气。他拉长着脸,似乎在反复思考自己的选择,最后意识到今晚自己真的没有别的什么事情可做。"晚上六点。"

"很好。"

"活着的那个。"他问道,"他说了吗?"

"没有。而且我看得出来他不是会开口的那种人。"

"然后呢?"

莎拉正了正眼镜:"我已经拖延了很多时间,但普通手段还是不够让他开口。"

"然后呢?"

"嗯,"她思考着,注视着牢房的角落,"我觉得我不得不给他下药了。"

齐格拉德更加清醒了。他难以置信地看着她,然后笑了:"那好吧。至少你还能有点乐子。"

阶梯之城

❖

莎拉站在囚室门口,通过观察口看着被捕的男孩。她看了看表——四十分钟了。男孩摇着头就像要摇掉寒意一样,然后拿起水杯喝了一口。七口了,莎拉想,要是他很渴就好了……

男孩的头垂得越来越厉害,就像漏气了一样。她又看了看表:药效并没有不同以往的慢,但是她并不介意它发挥得快一点。

"这种事不可能这么吸引人。"穆拉盖什说着,走到她身边。

"是的。"莎拉说道。

"我听说我们的幸存者没有开口?"

"没有。很不幸,他是个狂热的信徒——但在预料之中。我不认为他是那种怕死的人。似乎他更担心死后发生的事情。"

囚室里的男孩抬起头注视着墙壁。他的表情里充满了敬畏、恐惧、着迷。他开始微微发抖。

"他怎么了?"穆拉盖什说道,"疯了吗?"

"没有,不是。嗯,或许吧,考虑到他的所作所为。但是他现在并不是发疯。"

"那是什么?"

"这是……我在奇沃斯学到的非法手段,时间紧迫的时候很有用。但是我更希望能再多……四五个小时。但是它很便宜,也很简单。只需要一间黑暗的房间,音效……还有一颗贤者之石。"

"一颗什么?"

"别装成无知少女的样子,总督,"莎拉说道,"那不适合你。"

"你给他下药了?"

"是的。它是强效致幻药,实际上在这里很常见,但是并不是用在娱乐用途上的。这很好理解，它在大陆上有很长的历史了。"

穆拉盖什依然惊讶得说不出话来。

"有许多故事记载了人们使用它来和神明更紧密地沟通。"莎拉心不在焉地继续说道，"打破藩篱，融合无限，类似的事情。它甚至能强化某些神迹的功效：神明的祭司在展现令人震惊的神迹之前会服用它。强力的物质——但仍然只是个药而已。"

"你就带着这样的东西到处走？"

"我让皮特瑞从大使馆拿来的。我通常都是让他们感觉自己在家里，发着高烧，家人围在身边，至少是那些自称是家人的人，大多数情况下他们会变得特别不安，结果告诉了我们一切。但是我不确定这次还能不能这样，因为囚室或许会引发更……"

男孩抽了口冷气，看着自己的胳膊，然后看着天花板。接着他抱着头开始哭泣起来。

"……噩梦般的幻想。"

"这难道不是刑讯吗？"

"不是，"莎拉平静地说道，"我见过刑讯，这和刑讯一点关系都没有。此外，某种程度上这能得到准确的答案，而刑讯通常只会让你听到你想听的答案。而且人们一般对这种手段更加宽容。大致上是因为他们从来都不确定事情到底发生过没有。"

"真高兴我选择了继续当兵，"穆拉盖什说道，"而不是从事你这一行。我有种不舒服的感觉。"

"要是我们得不到信息，你就会感觉更不舒服了，信息常常可以拯救生命。"

"即便这意味着我们要把道德撇到一边？"

"国家没有道德，"莎拉从记忆中引用了姑妈的话，"只有利益。"

"也许是这样没错。但我还是很惊讶,你居然会做出这样的事情来。"

"为什么?"

"嗯……国家党丑闻发生的那时候我不在加拉戴什,但是不用离得很近也能听说那件事。所有人都在谈论它。所有人都认为会成为首相的那个男人轰然倒下……更不用说国家党会计试图自杀的事了——没什么比失败的退场更不体面了。但最重要的是,我听说过那个引发这一切的那个女孩,一人倾覆了整条大船。"

莎拉慢慢眨着眼睛。下边的大厅里,三个警察之间的对话变成了愤怒的争吵。

"他们说,那不能算是她的错,"穆拉盖什说道,"她只不过是太有激情,太年轻。她最多也就二十岁。她不知道有一些腐败不能彻查,有一些石头不能翻动。"

暴怒的秘书从办公室里怒气冲冲地大步走了出来,让那三个警察保持安静。他们彼此充满敌意地看了看,分开了。

"她听从了自己的心,"穆拉盖什说道,"而不是理智。错误就这样铸成。"

莎拉注视着屋里,男孩正在抽搐,又哭又笑。

"我一直以为,"穆拉盖什说道,"那个女孩碰巧是腐烂行业里的一个少见的好人。仅此而已。"

男孩向后仰去,脑袋抵在了石墙上,空白呆滞的眼睛注视着前方。莎拉关上了门上的观察口。

够了。

"请原谅。"莎拉说着打开门,溜进去后,关上了身后的门。

走进囚室从未让她这么高兴过。

❖

男孩试图看清她，问道："谁在那？"

莎拉安抚着他："别担心，是我。你没事了。"

"谁？是谁？"他舔着嘴唇。他现在汗流浃背。

"你需要休息。你在康复。"

"是吗？"

"是的。你摔得很重。你不记得了吗？"

他眯着眼回忆着："或许吧。我想我……我在那个宴会里摔倒了……"

"是的。我们不得不把你放到一个凉爽黑暗的地方，让你休息。你非常不安，但你会没事的。"

"你确定？你确定我会没事的？"

"我们确定。你现在在医院里。我们只是要你在这多留一会儿，来确定你是否没事。"

"不！不，我得走了！我得去……去……"他在座位上笨拙地动着，试图站起来。

"你得做什么？"

"我得告诉大家。"

"告诉谁？你的朋友？"

他咽了口口水，点点头。他已经气吁吁的了。莎拉猜测他现在看到了令人目眩的爆炸的色彩，波动的影子，冰冷的火焰……

"你得去哪里？"她问道。

他挣扎着回答这个问题："不……我得走了……得走。"

阶梯之城

"恐怕你不能走。"她抚慰地说道,"我们得照顾你。但是我们可以给你的朋友带话。他们是谁?"

"哪里?"他困惑地说道。

"是的。你的朋友在哪里?"

"他们……他们在另一个地方。我想,那是来自另一个地方的地方。"

"好的。这个地方在哪?"

他揉着眼睛。在他看她的时候,她看到他眼睛里起了几条血丝。

"在哪?"她再次说道。

"那不是……不是那样的。那是个……古老的地方。那里的一切都是本来面目。"

"本来面目?"

"一切本应该是那样的。"

"但你怎么去这个地方见你的朋友?"

"很难,"他看着天花板上的灯。随后他看向一边,仿佛灯光弄疼了他,然后说道:"这个世界是……残破的。残破的。"

"嗯?"

"它是不完整的。这个城市。有的地方过去有东西,但现在没有了。它被拿走了。连接……"他皱着眉头,"……组织。但是你依然可以到那里。到那些地方。如果你属于那里的话。金子被……弄脏了,但它依然闪耀。珍珠破碎了。但它还是那座城市。还是我这里,"他拍了拍心口,"感觉到的。"

"人们就是这么消失的?"

他笑了起来:"消失?真是……真是个滑稽的想法。"这个想法让他笑得特别厉害,差点从座位上掉了下来。

她尝试另一个战术："你今晚为什么来宴会？"

"今晚？"

"是的。"

"哦。"他抱着头，"你确定是今晚吗？那似乎是很久以前……"

"并不是。那也就是几个小时之前。"

"但是我感觉时光在我指间流逝，"他低语着，"像风一样。"他思考着，"我们是为了……金属而来。"

"为了金属？"

"是的。我们想买一些，但是太慢了。我们不喜欢他……我们恨他。但是我们不得不留着他。"

"沃特罗夫？"

"是的。他。"

莎拉点点头："那个女人和这事有什么关系吗？"

"谁？"

"那个……"她想了想，"……葱佬。"

"哦。哦，她。"他又笑了起来，"你知不知道，我们根本不知道她会在那里？"

"我懂了，"莎拉平静地说道，"你们要金属干什么？"

"我们没法坐着木船在天上飞，"男孩说道，"他们是这么说的。它们会散架。木头太脆弱了。"他的眼睛追踪着空气中某个隐形的东西，"哦，我的天哪……太漂亮了。"

莎拉琢磨着药是不是过量了："是你和你的朋友杀了庞瑞博士吗？"

"谁？"

"那个葱佬教授？"

"葱佬没有教授。他们没有那个头脑。"

"那个小个子外国教授……犯了渎神罪的那个。"

"所有的外国人都犯了渎神罪。他们活着就是渎神。只有我们。我们是神之子民。其他的人都是尘土。他们活着却不效忠我们就是最大的渎神。"他皱着眉头弯着腰,就像肚子疼一样,"哦,哦,天哪。"

"这里有个人,在大学做研究,"莎拉缓慢清楚地说道,"你们不想让他在这。我是说,这座城市不想。而且有很多相关的抗议。"

男孩揉着眼睛:"我的脑袋。有……有什么在我的脑袋里……"

"他死了,就在几天之前。你记得吗?"

他呜咽着:"有什么在里边……"他用指节敲着自己的脑袋,力气大得都出声了,"求求你……求求你帮我把他弄出去……"

"有人在大学袭击了他。他们把他打死了。"

"求求你。求你了!"

"告诉我你对教授知道些什么。"

"他在我的脑袋里!"男孩尖叫着,"他在我的脑袋里!他被禁闭太久了!让我看看光,让我看看光!"

"该死,"莎拉说道。她走到门边,把手放到观察口上:"你想要光?"

"是的!"男孩喊叫着,"诸神的慈悲啊,是的!"

"好吧。"莎拉打开了观察口。一束光照了进来。"给,"她说道,转身面向他,"现在你会告诉我——"

男孩不见了。

不只是男孩:半个房间都消失了,好像被一道黑色的水墙切掉了,在墙的中间是一个发出黄色光芒的小孔,就像是暴风雨来临前的天空一样。

"喔。"莎拉说道。

黄光小孔扩大了。莎拉感觉有一双巨大厚实的双手伸进了她的脑袋里，打开了一扇小门……

时间只够莎拉想了一件事：我还以为是我给他下了药。然后她看到了许多东西。

◆

一棵树，古老而扭曲。

它生长在一座孤山的顶上。它的枝干在黄色的天空下形成了黑色的穹顶。

树下是一块黑色的石头，被打磨过，被打磨得就像是永久地潮湿着。

石头中央刻着一张脸。莎拉勉强能够看到它……

一个声音传来，像隆隆的雷声：

你是谁？

它们都消失了——山，树，和石头——然后事物开始变化。

◆

太阳，明亮，恐怖，炽热。它并不是她习惯的那个巨大的光球：天空就像是一张黄色的薄纸，太阳就像是有人举着一支燃烧着的火炬站在纸的后边。

这片土地被古老的火焰照耀着。然而是由谁点燃的？

太阳下面是一座怪异的孤峰。它笔直死板地从地面升起。山顶又

阶梯之城

圆又滑——很像她刚才看到的石头——山坡笔直又泛着波纹。令人不安的是，这座山感觉像是某种狂怒的有机体，但是也可能只是它的光滑形体在颤动的太阳光下看起来的样子。

然后那个声音再次传来：

你是怎么进来的？

再一次，景色消失了。

✦

在她的面前，一道山坡凸了出来，燃烧着火焰。时间到了晚上。阴影跃向她：面孔、手掌，全都凶猛，全都扭曲。月亮在她头顶，像是个肿胀的巨大蜘蛛卵。而且月亮似乎在山顶上保持着平衡，她觉得自己看到了一个戴着三角帽的身影在月亮前舞蹈着，向着天空伸出了什么——一个壶？仿佛是在邀请月亮加入。

黑压压、叽叽喳喳的椋鸟群如洪水般席卷夜空。

我看不见你。靠近点。

黑暗消失了。她觉得自己被拉走了。

✦

平原上的一条道路。这次，黄色的天空上太阳还是像快熄灭的火炬。除此之外，只有满是尘土的道路和平原。

她被沿着道路拉着走，好像是飞在了离地只有几英寸的地方。

黄色的山峰在远处凸起，笨重又荒芜。她就像被一根弦拽着一样向它们飞去，沿着它们光滑的山坡飞了上去，然后她看到了两座山峰之间的裂痕，一个小孔，一个刺伤，一个山洞。

洞里有什么东西在拽她过去。

她进去了。光在她身边熄灭。

这些山，它们是空的。

不，不是山——是雕像。

但它们模仿的是谁？

洞穴深处有人。她看不见他们。但是她觉得自己看到了一个高大的身影，披着灰布，好像是一件厚实的长袍。

她看不见脸，但是她感觉到自己全身都被视线覆盖着。

你来了。

她看不见手，但是她感觉到自己被人抓住了。

你是怎么进来的？不，那不重要。放我出去。

她看不见动作，但是她感觉到墙壁向她挤压了过来。

放我出去。你必须放我出去。

灰布飘动。离得更近了，但她依然什么都看不见。

他们没有权利。他们没有权利这么对我。

莎拉挣扎着。她伸出了手，试着推开。不！不！

你必须放我出去。

黑暗中升起明亮的火焰。

◆

过了一会儿莎拉才意识到自己站在囚室里。房间中央有一丛令人目眩的火焰，墙上的火光让囚室有种原始的感觉，和她刚才看到的景象很相似。但这时她听到了穆拉盖什的声音喊道,"快出来!莎拉!你站在那干吗!快出来!"她才意识到自己在哪里。

还有个声音。她意识到有人在尖叫。

囚室里的火焰站了起来,看着她,伸出了手。

透过火焰,她看到了一张脸,破裂着,起着水疱。

是那个男孩,他烧得就像浸透了煤油一样。

他再次张嘴尖叫。莎拉看着火焰涌入了他的嘴,涌进他的喉咙。她看到他的舌头在冒泡。

她身后的门被猛地拉开。穆拉盖什抓住了她,把她拽到走廊里。

囚室的门被狠狠地关上了,边缘和裂缝里散发出明亮的火光。门的另一边传来敲击声和尖叫声。警察跑了过来,但是他们不确定该做什么。

"哦,"穆拉盖什说道,"哦,诸海在上。这他妈是什么世界。谁去拿点毛毯来!我们得把那个人身上的火弄灭!快点,所有人,动起来!"

门上的敲击声变弱了,无力了。空气中弥漫着一种蜡烛店里冒着泡的脂肪一样的气味。等到警官们终于找来毛毯和医生的时候,一股黑烟从门上的裂缝里渗了出来。

他们做好准备,拽开了门。门背面已经炭化成了黑色。屋里弥漫着烟雾,像黑色的水一样流淌着。

"不,"穆拉盖什说道,"不。太迟了。太迟了。"

一个黑色的卷曲形体浮现在黑色的烟雾海洋上。莎拉想过去看看,但是穆拉盖什拦住了她。

✦

一片混乱。走廊里满是大喊大叫、拼命要出去的人。莎拉想问，为什么这么喧闹？但是她感觉自己过于震惊和迟钝，问不出口。

她看到塞普尔士兵奋力挤过人群来到她身边；感觉到穆拉盖什把她塞到了他们的怀抱里；感觉到自己从惊慌奔逃的人群中被拽了出去。

她对这些事情有感觉，但是并没有留下印象。恐怕这就是震惊的感觉，她想着，十分好奇。

她被塞进一辆车里，坐在穆拉盖什旁边，车里还有两名士兵。皮特瑞在驾驶员座位上回头看着她，十分惊慌。穆拉盖什告诉他："大使馆。快！"在他们驶离的同时，一辆侧面绘有城邦总督徽章的装甲车也轰鸣着发动起来，紧跟在后面。

"注意上边，"穆拉盖什告诉士兵，"屋顶上。还要盯着小巷。"

"你在让他们找什么？"莎拉轻声问道。

"你疯了吗？找有没有更多的刺客！这是，啊，六小时里的第二次？诸海啊，我甚至都不知道他是怎么做到的……他肯定是带着什么装置，装着油的瓶子还是什么的……我不知道警察怎么就没查出来，除非是他们里面的人在他被收监的时候塞给他的。我不会放过他们的。"

莎拉想，她以为他袭击了我。

但是他没有。我知道那到底是怎么回事。

但是我仅仅在书上读到过……

"当时我背对着他，"莎拉说道，"你看到了什么？"

"不，你没有。"穆拉盖什说道，"你直接注视着他。我还以为是你跟他玩的什么心理战术。你走到门边，打开了观察口，于是我也能看到里边。然后你转过身去，说了关于光的什么事，接着你们俩就……互相凝视着。"

"多长时间？"

"妈的，我不知道。接着他就……烧了起来。我没看见他激活了什么，没有按按钮，也没有点着火柴。他看起来甚至都没动。不管他用了什么，我想要知道到底是什么。他们也许还会用的。"

"那……那你听到房间里的说话声了吗？"

"什么？"

"说话声？在我们互相注视的时候？"

穆拉盖什把目光从街道上挪到了莎拉身上："你吓坏了。你需要躺下来休息。今天让我接手吧。这是我的工作，我的领域。好吗？"

他从世界的中心向我说话。

不——他就是世界的中心。

"你不必，"莎拉轻柔地说道，"命令你的人做这些事。"

"莎拉，先躺下——"

"不，"莎拉说道，"听着。这不是一次计划周密、里应外合的袭击。这也肯定不是未遂的刺杀。"

"那是什么？"

莎拉盘算着要不要告诉她。有些秘密，她告诉自己，不能独自承担。

她坐起身对皮特瑞说："抱歉，皮特瑞，你能不能靠边停一下车？在停车的时候，能不能顺便把后车厢的隔板摇起来？"

"什么？"穆拉盖什说道，"为什么？"

"恐怕你的士兵要和皮特瑞一起坐在前座，"她说道，"因为你看，接下来的对话必须私下进行。"

✦

在汽车飞驰而过的时候，破碎的建筑看起来就像是蛮荒的风景，灰色的冰川滑下山峰。一张苍白的脸孔出现在一扇车窗旁边，一个年轻的女孩扔出一堆数量惊人的粪便。过路人仅仅停了一下——对他们来说，这不是什么少见的情景。

"我读过的大陆历史比世界上其他任何活着的人都要多，"莎拉说道，"在我之上，唯一知道更多的人是埃弗雷姆·庞瑞。当然，他已经去世了。也就是说，现在只有我了。"

"你想说什么？"穆拉盖什问道。

"我读到过大陆上自发燃烧的记载。它已经有几十年没有发生过了，但是曾经，很久以前，它偶尔会发生。在过去，这种自发燃烧事件的起因在这里广为人知：它们是神圣占据的结果。"

"什么？"穆拉盖什问道。

"神圣占据。一个神圣存在可以把自己的智能投射到一个凡间的代言人身上来直接和人类交谈——基本上，就是拿他们当人偶来用。对一些次级神圣存在来说这是很常见的事情，比如精灵、魂灵、精怪，等等。"

"卡吉在大清洗中把它们都杀光了，"穆拉盖什说道，"对吧？"

"大概是。但是主要神明不可能以相同的方式占据凡间代言人。他们的存在过于巨大，过于强力，过于剧烈。凡人的躯体承受不了。我猜，可能是灵魂间的摩擦力，导致了燃烧。"

穆拉盖什沉默了很久很久："那……你是认为刚才发生的就是这种情况。"

"我很确定。"

"为什么？"

"因为，"她吸了一口气，"无论占据了那男孩的是什么，它对我说话了。对于站在外边的你来说，我们看起来只是站着。但对我来说，有什么……把我带到了别的什么地方。我在那里待了一会儿。它把我拉了过去。它想要见我。而且它还想要我把它放出……它被困着的地方。"

"它对你说话了？"

"是的。"

穆拉盖什咽了口口水："你……十分确定吗？"

"是的。"

"这不是你用在那男孩身上的药的副作用？或许你是通过皮肤吸收的？"

"我确定药物起了作用，但不是以你所说的那个方式。就像我说过的，贤者之石通常被用来和神明对话。记录表明它的作用有点像是润滑油。我觉得我可能是无意间使那个男孩被……无论是什么，占据了。"

"无论是什么。"穆拉盖什重复着。

"是的。"

"但它……它不是'无论是什么'。因为听起来你好像知道那是什么。"

"是的。"

"如果你说的是真的的话，那唯一……能让人燃烧的是……"

"是的。一位主要神明。"

"而……如果那就是你见到的情况，控制了那个男孩的是……那就意味着……"

"是的，"莎拉说道，"那就意味着至少有一位神明活了下来。"

阶梯之城

塞普尔历史上最伟大的转折点当然是赢得大战。然而，卡吉和大战往往会掩盖掉大陆垮台之后那几年的重要性——而对塞普尔来说这一时期和神明的死亡一样至关重要。但是这一时期几乎被彻底遗忘了。

也许是因为大战之后发生的事件回忆起来很不愉快。

神明一直保护着大陆——某种程度上，还有塞普尔——不仅仅阻挡着外来入侵者，也阻挡着大量的病毒和疾病。在卡吉杀死最后一位神明之后，这一切变得格外明显。最后一位神明，约科夫死后的二十年里，恐怖的瘟疫和疾病的爆发变得和雨雪一样，可以根据季节来预测。

在瘟疫年代中，全世界死去的人口无可计数。大陆，一直以来格外依赖神明，尤为脆弱：大崩坏之后，几乎三分之一的大陆人口死于不同的疾病。塞普尔士兵们——在大陆上，他们也一样脆弱——在家信中写道：街道上堆满了腐烂的尸体，河流里堆着两人多高的尸体，看不到尽头的垃圾列车把尸体运载到各城邦外的焚烧场；昆虫、老鼠、猫、狼——几乎所有想得到的害虫害兽，肆虐在每一座城邦里；无论到大陆何处，都会闻到难以忍受的腐烂血肉的气味。

然而，塞普尔，作为一个没怎么得到过神明干预的殖民地，在非神迹的卫生系统方面的知识要多得多。他们隔离开受感染的人，在士兵们回家的时候，首先就隔离了他们——当时这个决定在塞普尔激起了民愤。总体来说，尽管瘟疫年代远不能说是和平岁月，但是塞普尔在爆发性的疾病感染中失去了不到一万人。

在科技方面，这种自给自足也帮了塞普尔的忙。在八百六十七年的从属历史里，塞普尔被迫为大陆提供资源，孤立无援——没有神明的帮助。（神明们到底为什么需要塞普尔来生产资源，而不是用神迹来生产它们，在塞普尔历史学家中依然是个非常受欢迎，但也非常臭名昭著的问题。）塞普尔被迫在威胁下取得了这么多科技进步，而突然间发现自己坐拥丰富的资源，还可以据为己有，一夜之间它发生了巨大的科技转变。瓦尔莱查·西纳德什，通常被认为是这个时期代表性工程师里最杰出的一位，在她在沃特娅斯坦消失之前，她的这句话语流传了二十年："从加拉戴什的窗户里往外扔一块石头都会砸到四个天才。"（值得注意的是，卡吉本人也是一位业余科学家，在他的庄园里进行过许多实验。）

相比之下，大陆——瘟疫横行，饥荒肆虐——陷入了孤立无援的境地。各城邦失去了唯一的统治力量，开始了内部争斗。土匪头子像蘑菇一样突然出现。在撤退途中，有些塞普尔士兵记录下了关于食人、折磨、奴隶、大规模强奸的流言。那些人曾经是这个世界受神佑的杰出人物，但几乎在一夜之间就变成了可怕狂暴的野蛮人。

对新成立的塞普尔国会来说，就算这不是一个令人满意的决定，也算是个简单的决定：塞普尔，当了这么久的从属国，终于可以干预大陆事务，维持秩序了。他们将再次入侵，这一次将会打着和平和重建的旗号。

但是我不确定他们是否真的明白大陆的记忆——尽管有大崩坏，尽管有瘟疫年代，尽管有土匪头子——一直流传到了今天，长久而苦涩。

他们记得自己的过去，他们知道自己失去了什么。

——《猝然霸权》，埃弗雷姆·庞瑞博士

阶梯之城

危险的诚实

模糊的晨光流淌过屋顶。莎拉眯着眼想要辨明布里克乌的城墙从哪里开始又在哪里结束,但只能看到清晨的天空——或者只是她想象中的钻石微粒般的星星闪耀在初升的太阳顶上。那并不是太阳,她想,我正看着的也不是天空。那只是城墙产生的,太阳和天空的图像。至少,我认为是这样……布里克乌的鸽子同样分辨不出来:它们从栖息处飞起,抖动着羽毛,以回转的队形降落在城市的街道上。

莎拉并不害怕。她不断告诉自己,用平静冷淡的医生的语气告诉自己。

我从未认为知识是负担,莎拉想,但是我身上的担子太重了……

她心里有个小而平静的声音提醒着她这并不是那么令人惊讶。莎拉在部里花了充足的时间来研究保密信息,明白了塞普尔学校里教授的历史只是故事的一个版本——一个有许多漏洞的版本。但是预期中的噩梦成真了,她对自己说道,并不意味着它就不再可怕了。

她越来越担心仓库里到底有什么。她也越来越担心除了埃弗雷姆之外还有别人进过仓库。那应该是不可能的,但是在和一位本应该死去的神明对话之后,她知道不能把不可能的情况排除在外。

她拿起桌上的早报,第一百次读着昨夜的死亡报告,对其中两段格外在意:

沃翰尼斯·沃特罗夫对自己遇害的职员表示哀悼,并对袭击的发生表示遗憾，但他同时表示并不惊讶："以最近城里的言论看来，我毫不惊讶于某些市民认为暴力是唯一的答案。他们日复一日地被告知新布里克乌将为这座城市带来毁灭和死亡，被告知我们是骗子，是欺诈者。我毫不怀疑这些人觉得自己是出于道德原则才这么做的——这或许是我最遗憾的事情。"

城镇之父厄恩斯特·维科洛夫，沃特罗夫和新布里克乌运动长久的反对者，立刻谴责了这些指控，"认为有人会在这场悲剧中获取政治利益，这种想法简直令人憎恶，"他在袭击后几个小时的采访中说道，"现在是哀悼和沉思的时刻，而不是自以为是故作姿态的时刻。"沃翰尼斯先生还未对此作出回应。

一阵敲门声，然后穆拉盖什探头进来："我本来不想让人来探视，但是我觉得可以破例一次——你的小伙子来了。"

"我的什么？"

穆拉盖什推开了门，显出了站在走廊里的沃翰尼斯，尽管穿着高雅的灰套装和厚实的白色毛皮大衣，但他看起来很是手足无措。

"啊，"莎拉说道，"请进。"

沃翰尼斯一瘸一拐地走了进来。"我得说，很高兴看到你依然完整无缺⋯⋯一天之内两次袭击！我知道你很重要，莎拉，但也⋯⋯"他揉着髋骨，"也没这么重要吧。"

莎拉翻了个白眼："看得出来，你的魅力没有被这些刺激变得无光。请坐下，沃。我有一些相当糟糕的消息要告诉你。"

在他就座的时候，莎拉只有一点点讨厌自己发现了这个非常幸运的巧合：她需要沃翰尼斯感到害怕才能让他去做她需要他做的事情。

"坏消息？"沃问道，"在这些损失和……对我家的玷污之外还有坏消息？"

"我们很乐意补偿你，"莎拉说道，"毕竟，那些损失是由一位外交部雇员造成的。"

"那家伙是为外交部工作的？为你工作？但他是个德瑞凌人，不是吗？他们的小王国崩溃之后难道他们不是都变成野蛮人和海盗了吗？"

"或许是这样没错，"莎拉说道，"但他救了你的命。"

沃翰尼斯停下来拿出了一支烟："好吧，我没想到……，什么？我的命？"

"是的，"莎拉说道，"因为这些人不是冲着我去的。他们是冲着你去的，沃。"

他盯着她，香烟悬在离张开的嘴只有一寸远的地方。

"这就是我刚才提到的坏消息。"她温柔地说道。

"他们……他们什么？"

莎拉简述了一下她从幸存袭击者的审讯中得到的消息。"但是，我可以说你非常幸运地坐到了我的面前，"她温和地说道，"我很可能是现在大陆上唯一一个能帮助你的人。"

"帮助我什么？"

"帮助你活下去。你看到那些人的打扮了吗？"

他的表情变得有点苦涩："科尔卡斯坦人的长袍……"

"是的。他们是神明科尔坎的信徒，在大陆上消失了几十年了。我认为，这不是个政治问题，沃——我认为这是个信仰问题。这些人愿意为信仰而死。而且他们需要你手里的东西。而如果他们愿意为之而死的话，他们肯定愿意再试一次。"

"再试一次……什么？"

"我询问的那个袭击者并没有……处于能提供很多细节的状态，但是他说过他们特别需要你的金属。你知道那是什么意思吗？"

沃翰尼斯愣了快一分钟才回答她的问题："我的金属？"

"是的。我认为他说的不是贵重金属——黄金，白银，或者诸如此类的。但是正如你所说，你参加了资源的游戏……所以我很好奇。"

"好吧……我告诉过你我最大的计划是硝石……那不是金属，你知道的。"

"我熟悉金属的特性，"她说道，"你知道，我们确实一起上过学。"

"是的，是的……我唯一能想到的，"沃翰尼斯挠了挠眉毛，然后理顺了它，"可能就是炼钢厂。但那还很新呢。"

"钢？"

"是的。大陆上没有别人能生产钢——主要是因为没有人能买得起设备。"

"但你能？"

"从某种程度上来说，是的。需要一种特殊的熔炉，修建和维护都很昂贵。现在只是个实验项目，我并不是十分感兴趣，因为太他妈贵了。此外还因为布里克乌并没有在建造什么大到需要钢的东西。"

"但是你在生产钢铁？"

"是的。但是我完全想不到为什么反动的修复派分子会需要它。"

"他表示说是为了在空中航行的船。"

"他说什么？"

莎拉耸耸肩："他就是这么说的。"

"那这个人就是疯了。肯定疯得厉害。我承认，听到这里我有点安心了……"

"这么说吧,他处在一个诱发状态里。但是恐怕我们不能再询问他了。那人已经死了。"

"怎么死的?"

莎拉沉默了。她短暂地想起那个男孩的脸,火焰在他试图尖叫的时候涌进他的嘴里……"现在我不能说,"她说道,"但他死得很惨。这一切对我来说很不愉快,沃。而且我不喜欢你置身其中。你似乎是根引雷针。"她温柔地摸了摸面前的报纸,"我不想让你把事态弄得更糟。"

沃翰尼斯观察着她:"哦……哦,莎拉。我希望你的建议和我想的不一样。"

"我会进一步认为你已经见过了来自支持者和盟友的访客,"莎拉说道,"我认为他们以各种各样的说法,全都跟你说,你刚刚得到了非常有价值的政治资本。遇袭,而且还活了下来,这就是手里一把强有力的武器。我也认为你和他们,都认为从政治利益来考虑的话,上报纸上得越多越好。"

"我遇袭了,"他说道,"还不能谴责袭击者?"

"在我试着抓住他们的时候就不行,"莎拉说道,"我想要你远离报纸,沃,我也不想让你进一步煽动局势。"

短促的笑声:"真的?"

"真的。这次的工作已经够难的了。但是你可以让它简单一点。"

"你的工作很困难?所以你就这么大摇大摆地来到我的城市,然后突然之间它就成了你的舞台了?你就成了决定布里克乌的一切该怎么样的人了?诸神啊……要是我不够开明的话,莎拉,我会说你这种行为简直就是一个典型的……"

莎拉竖起一边的眉毛。

沃翰尼斯咳嗽了一声："听着,莎拉。我花了一生的时间创建事业。我在上面花了大笔财富。我在围绕着这块大陆的隐形墙壁上一再碰壁,试着引进帮助、财富、教育。而现在,就在我快要取得一点点成就的时候,就在我看起来或许能联合起布里克乌的力量的时候……你想让我停下来?在下个月就要进行城镇之父选举的时候?"

"这比选举重要。"

"这不是选举的问题。是这座城市,这个大陆的问题!"

"那也是我在做的事情。"

"人们依赖我!"

"人们也依赖着我。"莎拉说道,"只是他们不知道罢了。"

"哦,几乎所有事情都可以用这个说法来辩解。"

"我不是你的敌人,"她说道,"我是你的盟友。我对你很诚实,沃——危险的诚实。现在你必须信任我。我想让你从公众视野中撤出来,只是一点点。如果你的运动和你宣称的一样成功,抽身出来也不会损失那么惨重。"

正中他虚荣心的恳求似乎把他安抚了下来:"多久?"

"希望不会太久。我完成得越早,你就能越早回去工作,而且不再用带护卫。"

"我……等等,什么护卫?"

莎拉搅拌着茶:"保镖。我将会分派给你的塞普尔小队。"

沃翰尼斯看着她,笑着:"你……你不能派人看着我。这太滑稽了!"

"我能。你依然可以随心所欲地做你喜欢的事情,在一定程度上。他们只是会照看你而已。"

"你知道那看起来有多可怕吗?我在城里到处走,身后还跟着一帮全副武装的塞普尔人?"

"我觉得我们刚才讨论过了,你根本就不应该在城里到处转悠,"莎拉说道,"一段时间里你会适度她当一个秘密市民,而且还会是个安全的市民,如果我的安排奏效的话。但如果你帮我的忙……就可以缩短这段时间。"

"我的天哪……"沃翰尼斯揉着眼睛,"你需要我做的事情?这就是外交部总是能得到它想要的东西的办法?"

"十六个人死了,沃。包括一些你家里的工作人员。我对这事十分认真。你也应该严肃起来。"

"我很严肃。你才是那个告诉我什么都别干的人!"

"不是什么都不做。有个东西存在了一家银行的保险箱里。我不确定是什么,但是我知道我需要它。"

"你想让我去拿?"

她点点头。

"你想让我怎么做?我得穿着一身黑,然后在半夜渗透进那个地方吗?我还以为你有专人去做这种事呢。"

"我想你会想出一个比那简单得多的办法的。首先,因为那家银行属于你。"

沃翰尼斯眨眨眼:"我……是吗?"

"是的。"莎拉递给他一份庞瑞密码破解稿的抄写版。

他查看着: "你确定它属于我吗?它的名字我一点印象都没有……"

"这感觉肯定不错,"莎拉说道,"阔得都不知道自己到底拥有什么产业。只要你能找到办法或者借口取回那保险箱里的东西,把它送给我,那它或许就会帮助我们解决所有的事情,也就意味着我不必再保护你，你就可以正常地回去工作了。"

沃翰尼斯抱怨着什么侵犯权利之类的话，然后把地址叠起来，愤怒地塞进自己的口袋里。他站起身，说道："如果你是我的盟友的话，我希望你表现得像一个盟友。"

"那是什么意思？"

"你自己说的，我们想要的是同一件事：一个和平、繁荣的布里克乌。不是吗？"

莎拉立刻就后悔了——据她所知这可不是外交部想要的。

"和我一起努力。"他说道，"帮助我。"

"是关于你计划开始做弹药的事情吗？"

"我说的是让塞普尔进一步和布里克乌建立紧密关系，"他说道，"真正的紧密联系。真正的帮助，而不是这种花招诡计。现在，我们得到的只不过是一滴水，而我们需要的是一场洪水来把这些萧条一冲而空。摩拳擦掌吧，莎拉。给我全心全意的政治支持。"

"我们不可能公开支持当地的政治家。或许有天可以，但是现在不行。环境——"

"环境永远都不对，"沃翰尼斯说道，"因为这事总是很难。"

"沃……"

"莎拉，我的城市和我的国家贫穷得令人绝望，令人绝望，我由衷地觉得他们正走在一条只会以暴力告终的道路上。我是在给你一个机会试着帮助我们，让我们走上不同的道路。"

"我不能接受，"莎拉说道，"现在不行，沃。我很抱歉。或许在不久的将来，我可以支持你。"

"不。你不相信。你不是改变的人，莎拉。你不会让世界变得更好——你的工作就是维持现状。修复派指望过去，塞普尔希望维持现状，但是没有人考虑未来。"

"我很难过，"莎拉说道，"但是我帮不了你。"

"不，你不难过。你是你们国家的代表。国家是不会难过的。"他转过身，一瘸一拐地离开。

✦

莎拉再次站到窗前。晨光到达了巅峰，照耀着布里克乌的片片屋顶，烟囱里飘出的烟柱上泛着金色的条纹。她喝了一大口茶。进口的，她想，或许是加拉戴什生产的。她短暂考虑了一下，自己对茶里的咖啡因的瘾是不是没有对遥远的家乡的味道和气味的瘾那么大。

她打开窗户——冰冷的空气让她皱起眉头——关上外边的百叶窗，随后关上窗户。

她舔了舔手指，迟疑着，开始往玻璃上写字。

为什么我总是，她想着，在我最虚弱的时候做这件事？

慢慢地，影子开始变化。空气开始奇异地流动。屋里的某个地方，以某种看不见的方式，一道通向其他地方的门打开了。在玻璃里，她看到……

一间空办公室。

莎拉坐下等待。

二十分钟之后，温雅·柯梅德来了，拿着许多文件，穿着她称之为"战甲"的衣服：一套亮红色，极其昂贵的套装，既吸引人又极其庄严。它有着让温雅成为任何房间里不容置疑的中心的奇怪能力。温雅在商店里发现这套衣服之后，买了五套，然后使出手段让这套产品永久下架。我绝对不能让这套衣服落进别人手里，她告诉莎拉的时候强调道,太危险了。

"重要的会议?"莎拉问道。

温雅姑妈抬头看了一眼,皱着眉。"不是,"她有点愤怒地说道,"但是有重要的人在场。你为什么用紧急线路通话?如果你找到了什么东西,就用普通途径送过来。"

"死了十六个人,"莎拉说道,"大陆人。他们死于一场对一位布里克乌政治人物的袭击之中——一位城镇之父。但他活了下来。"

温雅停顿了一下。她看着手里的文件——显然是需要尽快完成的工作——叹了口气,把它放到一边。她走过来坐在玻璃前问道:"怎么回事?"

"他们选择在举办社交活动的时候袭击,而我出席了那次活动。"

温雅翻了个白眼:"啊。你和……他的名字是什么来着……"

"齐格拉德。"

"没错。死了多少人?"

"十六个。"

"那么,他的发挥很正常。诸海在上,莎拉,我……我完全不知道你为什么留着那样的人!我们每天都有德瑞凌的问题!他们是海盗,亲爱的!"

"他们并不是一直这样的,在他们的国王还活着的时候不是这样的。"

"是的,他们死去的国王,他们多么热爱唱诵这件事……他和他们失落的小王子,有一天王子会回到他们身边。我猜他们在烧掉北大陆海岸线的一半的时候也在整天唱着歌!我是说,你必须承认,亲爱的,这些人是野蛮人!"

"我认为他证明了自己的价值,昨晚和很多其他晚上。"

"然而情报工作意味着要避免流血,而不是成桶成桶地放血!"

"而情报工作和其他事情一样受环境影响,"莎拉说道,"我们是在一系列自身无法影响的变数之下行动。"

"我讨厌你引用我的话,"温雅说道,"好吧。那怎么了?有一些乡巴佬对一个市议员下手了,管他是什么呢。那不是新闻。那只是你一周当中普通的一天。你为什么联系我?"

"因为我相信,"莎拉说道,"这事和庞瑞有关系。"

温雅呆住了。她看向一边,然后慢慢地看回来:"什么?"

"我猜测,"莎拉说道,"庞瑞的死可能只是这里反动运动的一部分,意在终止塞普尔的影响,然后把大陆——至少布里克乌——恢复到它旧日的荣光。"

温雅沉默地坐着,然后说道:"你是怎么发现的?"

"他被监视了,"莎拉说道,"我怀疑他是被这个反动运动的手下监视了。"

"你猜测?"

"我认为极有可能。确切地说——尽管我还没有确认——我认为他的死很有可能和他们发现了他在这里做什么有关。而那并不是他们被告知的文化理解的任务。"

温雅叹了口气,按摩着脖子:"啊,这样。"

莎拉点点头:"是的。"

"你发现了他那小小的……历史探索。"

"那么你确实知道仓库的事?"

"我当然知道仓库的事情!"温雅厉声说道,"他就是为这个去的!"

"是你批准的?"

温雅翻了个白眼。

"哦。所以这是你计划的。"

"亲爱的,这当然是我计划的。但这是埃弗雷姆的想法。只不过我有特别的兴趣罢了。"

"是什么想法?"

"哦,好吧,我确定你作为一个神圣学家,可能会知道这些事……或者说如果埃弗雷姆曾被允许出版的话,你就会知道的。他的想法并不是,用我们这个时代的术语来说,被核准的。那依然是非常危险的想法。"

"那是什么想法?"

"我们这里不怎么谈论神明——我们自然是喜欢让那些东西死得透透的——但是当我们谈论这个话题的时候,我们,和大陆一样,假定那是一种自上而下的关系:神明站在最顶上,他们告诉大陆人和……好吧,世界,该做什么,然后一切都会听从他们的安排。现实听从他们的安排。"

"然后呢?"

"然后,"她慢慢说道,"在他的职业生涯中,埃弗雷姆慢慢地开始不再相信这种说法。他认为这种关系中存在着比想象中更多的隐秘妥协。神明们设计了他们自己的世界,自己的现实,我们的历史学家或多或少已经从那些互相冲突的创世故事、后世故事、数据以及诸如此类的东西中推测出来了。"她挥了挥手,想要快点结束这些细枝末节。

"当然了。"莎拉说道——因为这是她非常了解的话题。

同时有六个神明给大陆带来的大问题之一就是,许多许多互相冲突的神话:比如说,这个世界怎么可能既是一块从奥沃丝心脏的火焰

阶梯之城

里取出的一块燃烧着的金色煤块,又是科尔坎从落日背后的山峰上敲下的一块石头?此外,一个人的灵魂怎么可能,在死后,既加入约科夫的棕色椋鸟群,又沿着冥河流到阿哈纳斯的海岸,在那里长成一朵兰花呢?所有的神明对这些事的表示都非常明确,但是他们彼此互不相容。

塞普尔历史学家花了很长时间才研究清楚这在大陆上是怎么一回事。他们起初毫无进展,之后有人指出不协调的神话几乎是按地理区域出现的:离某位神明较近的人就会严格地按照那位神明的神话来记载历史。在历史学家们开始归纳记载故事分布范围的时候,他们发现边界令人震惊的明确:你几乎可以准确地看出一位神明的影响在哪里结束,另一位神明的影响在哪里开始。此外,历史学家们不得不承认,如果你生活在神明影响的范围或者投影里,那么本质上你所生活的现实是不同的,特定神明宣称为正确的一切都是不容置疑的正确。

所以,如果你身处沃特娅的领地,那么世界就是用她在天上的冰原里杀掉的一支军队的骸骨做成的。

但如果你来到阿哈纳斯的领地周边,那么世界就是来自她从河泥里捞起的一粒种子,由她的眼泪灌溉而生。

而如果你继续旅行,来到塔尔哈瓦斯的领地附近,世界就是她用天界材料制造的一台机器,花了好几千年来设计打造。诸如此类,循环往复。

在这些地方,神明们认为是真的那就是真的。然而在卡吉杀了他们之后,这些事情就不再是真的了。

最后一个支持这一理论的证据就是"现实扰动",那是在卡吉成功杀掉六位主神中的第四个之后发生的:世界明显"记得"它的各个部分过去曾经以不同的现实存在着,难以重组自己。塞普尔士兵看到河流流向天空，树木在一天之内枯荣好几次，肥沃的土地在你站到一个特定地点的时候会变成破碎的荒原，却在你离开那里的时候恢复原状。但是，最终世界还是或多或少地恢复了正常，现实扰动的现象从大陆上消失了——这个世界没有毁灭，但也不是十分完整。

温雅继续说道："埃弗雷姆认为神明在凡间的代言人和信徒在这些现实的形成过程中起到了某种作用。但是他一直不确定是什么作用，因为他从来没能接触到正确的历史资料。危险的历史资料。"

"全都在仓库里。"

"没错。实际上，他写了一篇关于这个理论的文章提交了上来，最终到了我这里，这种东西一般都是很受鄙夷的。我认为他们希望我把他关起来，或者流放，或者什么。"

"但是你却把他最想要的东西给他了。为什么？"

"嗯，想想吧，莎拉。"温雅说道，"塞普尔现在是世界上最强大的国家。我们的力量不容争议。这个世界上甚至都没有什么能够假装威胁我们。除了……我们知道神明曾经存在。而尽管他们早就被杀死了，我们却不理解他们是什么，他们是怎么做到那些神迹的，他们从哪里来，甚至连卡吉怎么杀了他们都不知道。"

"你把他们理解成了武器。"

温雅耸耸肩："或许吧。想想吧——如果神明想要一块土地陷入火海，那它就会陷入火海。某种程度上，他们可以说是能够结束我们所理解的现代战争的一种武器。不再有陆军，不再有海军，不再有任何兵种的士兵——只有伤亡。"

莎拉心里升起冰冷的恐惧："你希望……为塞普尔制造一个？"

温雅笑了："老天爷啊，不。不不不。我对现状很满意。引入某个比我——我该怎么说呢？——权力更大的东西那简直就是疯了。我希望的是防止其他人得到。那……那就是让我和很多塞普尔人晚上睡不着觉的原因。如果埃弗雷姆能够准确地回答出神明来自哪里，他们的原理，那我们就能有效地防止他们再次出现。而如果他碰巧发现了关于卡吉武器的信息——直到今天我们对它还是一无所知——那也能让我睡得更好。"

"知道怎么杀死神明会让你睡得更好？"

"这就是权力的负担，"温雅漫不经心地耸耸肩，说道，"埃弗雷姆有一点点不愿意探索这个领域——说实话，我觉得他有点困扰——但是无论什么都比我们所知的现状要好。"

"我们应该……好吧。我们也会知道自己为什么被拒绝了。"莎拉说道。

温雅顿了一下，慢慢点了点头："是的。我们终将知道。"她们俩没有继续这个话题，但根本不需要说出口：塞普尔人每天都在想着自己生活在恶劣奴隶制下的祖先，无人例外。他们也无时无刻地想知道为什么，为什么他们被神明拒绝了？为什么大陆人得到了保佑，得到了守护者，得到了权力，得到了工具和特权，而塞普尔人从未得到？为何存在如此巨大的不公？尽管在世界看来，塞普尔人是奇怪的受过教育有财富的矮个子，任何在塞普尔待过的人都会很快理解塞普尔人的心中存在着冰冷的怒气，使得他们前所未见的残忍。他们叫我们无神者，塞普尔人偶尔会互相说道，就好像我们有得选似的。

"于是我们把它包装成了外交行动，"温雅说道，"一个试图消除我们国家和他们国家之间分歧的举动。我们只是想研读仓库里的书籍，仅此而已。我……我真的没想过埃弗雷姆会陷入险境。我们觉得布里克乌就是布里克乌——混乱又肮脏——他可以轻松地进行自己的工作。"

莎拉暂停片刻，思索着该如何提出最明显的问题。"我……很好奇，"莎拉慢慢说道，"在我去布里克乌的时候你为什么没有告诉我这些？"

温雅吸了吸鼻子，站了起来。但在一秒钟里，在她考虑该怎么回答的时候，她的黑眼睛跃动着。

莎拉略微前倾了一些来仔细观察她的姑妈。

"这是个非常非常保密的项目，"温雅说道，她的眼睛在看向莎拉之前先看向了玻璃板的底部，"如果你抓到了谁，那也不错。如果没抓到，我们就会通过其他的渠道来追查这件事。"

温雅高傲地笑着。

撒谎，莎拉的思绪尖叫着，她在撒谎！撒谎，撒谎，撒谎，撒谎！

这时，莎拉决定不告诉姑妈自己在囚室里看到了什么。这个决定违背了她想得到的所有推理——温雅希望知道如何摧毁任何新神明，所以她当然想要知道莎拉实际上遇到了这样的存在——但是莎拉感到有什么地方错得非常非常非常厉害。她当然知道自己应该忽视自己的多疑——对自己的上级和行动指挥官的多疑，她对自己的线人这么说过，是非常自然的感觉——但是她的姑妈最近已经不是那个精明的她了，莎拉的每一个本能都在喊叫着温雅在撒谎。在经历了几乎十七年的各种面谈和讯问之后，她学会了相信自己的本能。

带着不小的疑虑，她开始猜测自己的姑妈是不是被收买了。真的有人财力雄厚到可以收买首相位置的继承人？腐败的政客，莎拉想，多么不正常的想法。毕竟，谁也不能不做令人不快的妥协就爬上梯子最高的几级。此外，要是撬开温雅姑妈的衣柜门的话，肯定会有一堆骷髅掉出来。

但是莎拉很惊讶自己在做出这个决定之后感到多么内疚和惭愧。

毕竟是这个女人把她抚养长大，在瘟疫年代她父母死后照顾她，监督她的教育。但是，温雅首先是部长，其次才是姑姑，莎拉首先而且优先是特工。

于是莎拉遵循着自己的老格言：有怀疑的时候，耐心，观察。

温雅问道："那么，你说的是什么运动？"

莎拉用几句话简述了一下新布里克乌运动。

"喔，"温雅说道，"喔，我记得这个。这就是那个想要给我们做枪的那个人搞的。"

"是的。沃特罗夫。"

"是的，是的。有一些部长对此非常积极，但是我尽我所能拖延着……我不想让我们在任何方面依赖像布里克乌这样的地方。尤其是火药！昨晚遇袭的人就是沃特罗夫？"

"是的。"莎拉拿捏着该说什么，决定不说明修复派是冲着他的钢去的。

"沃特罗夫……这个姓氏熟悉得奇怪，不知为什么……"

"我们……一起上过学。"

温雅伸出一只手指。"啊，啊。我想起来了。是他？法德胡瑞的那个男孩？就是他想要给我们做枪？我还记得生怕他会弄大你的肚子。"

"温雅姑姑……"

"他没有，是吧？"

"温雅姑姑！"

"好吧好吧……"

"我不认为他会放弃那个弹药提案，"莎拉说道，"就是提个醒。他似乎非常坚持要把工业引入大陆。"

"随他怎么坚持，"温雅说道，"这事在我的任期内不可能发生。

大陆最好还是保持这个样子。现在情况正处于摇摇欲坠的稳定。"

"很明显,"莎拉说道,"这里并不是。"

温雅挥挥手:"大陆是大陆。它总是那样,从大战开始就那样。我希望你没有变得软弱,莎拉。你知道世界上每个国家都想放干塞普尔的血。每一次他们都声称儿童在街头挨饿,无辜者在流血,诸如此类没完没了……我们每天要听几十遍。明智的人照顾好自己,其余的交给命运——特别是大陆的问题。但这些说够了。那么,我猜你想要我延长你在那里的工作。你得到了什么可靠的证据?"

"我们很快就会带来一个疑似修复派的人来讯问了。不做记录。"

"你想抓的这个人是谁?"

"一个……女仆。"

温雅笑了:"一个什么?"

"大学女仆!我提醒过你,就在庞瑞工作的地方。你也知道案件和行动,往往取决于一些地位最低的工人。"

"唔,"温雅说道,"说得好。说起这事,庞瑞谋杀案你有别的什么发现吗?"

来了,莎拉想。她试着保持表情平静,找个托词:"没,还没有。但我们在跟着线索找。"

"没有?什么都没有?"

"目前没有。但是我们在调查。"

"这就有趣了。"温雅的舌头,像石榴一样红,舔着一颗门牙。她笑了:"因为我知道你在两天之前调查了一家银行。你还没说起这件事呢。"

莎拉的血变成了冰。她在看我的背景调查请求?

她急忙寻找借口。"是的,"她说道,"我在调查沃特罗夫。"

阶梯之城

"是吗?"温雅说道,"沃特罗夫在布里克乌有好几家银行,很多都比你要求调查的大不少。而那家他是通过千丝万缕的关系拥有的。于是我很好奇——为什么偏偏是那一家?"

"根据你刚才强调的原因。看起来如果他要藏什么东西的话,他就会藏到那里。"

温雅慢慢点点头:"但要是找那样的东西的话就需要全面经济调查。你并没有申请。"

"我分心了,"莎拉说道,"死人太多了。"

温雅和莎拉的脸都悬在窗玻璃里,彼此注视着,表情坚忍。

"那么,"温雅说道,"并不是因为它是有保险箱的银行里离布里克乌大学最近的,对吧?"

她知道。

"保险箱?"莎拉问道,话语里充满了无辜。

"是的。毕竟那是你最喜欢的秘密情报传送点。你喜欢金融业者。因为他们都是程序导向的,和你自己很像。"

"我在那里的时间还没长到需要一个秘密情报传送点,姑姑。"

"确实。"温雅的眼神似乎向后飘到了脑袋里,莎拉有种奇怪又可怕的被看透了的感觉。她突然间明白了温雅是怎么带着绝对自信控制那么多委员会,监督那么多听证会的。"但是你有可能把这种方法教给了埃弗雷姆。"

我希望我现在没有在流汗。"你想说什么,温雅姑妈?"

"莎拉,亲爱的,"温雅慢慢地说道,"你不是有事瞒着我吧,嗯?"

莎拉挤出个微笑:"我不是瞒着事情的那个人。"

"我是你的上级。我的工作就是限制人们该知道什么。我要跟你说这一切的味道,对我来说……就是你偶然发现了庞瑞的秘密情报传送点，而你还没有拿到手。但是你不想在检查过内容之前上报。但是，亲爱的，我必须提醒你，"她的话语冷若冰霜，莎拉感觉就像挨了一耳光，"庞瑞是我的特工。执行我的行动。现在我不怎么进行行动了，但是在我进行行动的时候，我会确保那一直是我的行动。而那个行动的产物，无论是什么，首先要由我来检查。我，莎拉。它不能由某个碰巧在那里的特工检查，某个不是委派给那个行动的特工。除非那个特工想要被非常突然地拽出那个情报战区。我说清楚了吗？"

莎拉慢慢眨着眼。

"你明白吗，莎拉？"温雅再次问道。

尽管莎拉现在十分被动，她仍在脑海里进行着缜密的辩论。在她看来，自己有四个选择。她可以：

1. 告诉姑妈自己遇到了一个神明，因此需要得到庞瑞留下的东西。（但是，这样就需要告诉一位可能被收买了的官员现代历史中最危险的情报。）

2. 保留庞瑞的情报点以及与神明的接触，不告诉姑妈，自己继续调查这两件事情。（但是，这样就冒着从布里克乌调走的风险，尽管她姑妈现在关心的只有庞瑞的秘密情报点。）

3. 放弃庞瑞保险箱里放着的东西——它的内容很可能就是某人杀了庞瑞试图得到而没有得到的东西——继续独力调查神圣接触和庞瑞的谋杀案。

4. 告诉温雅她不打算阅读那材料，看看女仆有什么要说的，然后再做决定。

好吧，莎拉想，就是第四个了。

阶梯之城

"如果我找到埃弗雷姆留下的任何东西，"莎拉说道，"请放心，我一定会首先把它送给你的，温雅姑妈。"

"不经你的查看？"

"当然不经我查看。我关注埃弗雷姆的行动只想知道是什么导致了他的死亡。"

温雅点点头，灿烂地笑了："真是令人心满意足的简报！这么多阴谋，这么多历史，这么多文化……我相信我很快就会给你派去信使的。恐怕埃弗雷姆的工作确实留下了一些成果，我期待你很快找到它。"

翻译：我知道它已经有了成果，我会派人在你动手脚之前拿回来。

"谢谢你，姑姑，"莎拉说道，"我很感激你提供的帮助。"

"哦，当然了，亲爱的。"温雅说道，"情报部门的强大取决于执勤的现役特工。我们必须支持自己在海外的特工：靴底落地的地方就是完成工作的地方。"她再次笑着，说道，"保重，亲爱的，保持联系。"然后用指尖擦了擦玻璃。

在她姑妈的脸消失的同时，莎拉思考着她从哪个演讲里偷来了那些句子，低语着："哒哒①。"

---

① 原文"Ta‑ta"，可译为"再见，回头见"。

人们对我说，帮助卡吉杀死神明的我是一个多么伟大的女性。他们的眼中满是泪水。他们抓着我的衣服，希望能触碰到我。他们像对待神明一样对待我。

但我对他们说，"我没有用剑指着神明。我并没有打倒他们。我没有冲他们射出过一箭。全是他，也只有他。他是唯一知道他的武器该怎么运作的人。在他死后，他把秘密带进了坟墓。"

他应该这么做。这样的事情应该永远不为人知。

实际上，我们几乎没有在大陆上作战。神明全都死了，或是快死了。土地也死了，或是快死了。我们看到了很多我无法描述的恐怖景象，我也不愿描述。大部分的战斗都发生在我们的灵魂之中。

大陆上唯一和我们战斗过的是一个被大陆人叫做"神佑者"的部族。我听说，他们是人类与神明的后裔，神明或是神明的造物留下的不正当产物。这些存在和其他人，大部分是饥寒交迫的大陆人民，联合起来和我们战斗。

战斗很艰难，我因此仇恨神佑者。他们几乎不可能被杀死，但他们的皮肤不是铁的，他们的力气也不强，他们只是幸运，难以置信的幸运。他们的生命是受到祝福的，因为他们是神明的子嗣。但是他们的血脉和其他凡人混杂得越厉害，他们的神力就越少。

但是，他们的祝福还不够。我们杀掉了他们，消灭了他们小小的军队，把他们的血洒到了街道上。我们把他们的尸体堆在城镇广场里，付之一炬。他们烧起来和其他男人女人都一样，和其他的孩子也一样。

镇里的人们来到外面看着那火焰。我看得出，他们的心和希望也随之而去。

我思索着，我们这些塞普尔的士兵，内心里还是否把自己看作男人，看作女人。

阶梯之城

难道这就是胜利之路?

——卡吉首席副官,金戴·萨格雷莎的回忆录

莎拉第六次看表确认,是的,还是下午三点半。她叹了口气。

这一整天都非常错乱。齐格拉德在工作日开始的时候才被释放,这也意味着他去接大学女仆的时候,她已经出门去工作了——虽然莎拉在外交部的职务可以让她行使很多权力,但走进一个女人的工作场所,强行把人带走,依然是她力有不逮的事情。

莎拉猜测女仆还有一个半小时才会回到公寓。莎拉对皮特瑞轻声说自己要去街角转一转。他表示反对,但是她看了他一眼他就安静了。不过她还是穿了一件带罩帽的大衣,所以她不会立刻就被认出是个塞普尔人。

错列的街道和小巷在她面前展开。潮湿的灰墙,闪光的石头还有卡其色的冰泥浆。她的鼻子变得红肿刺痛,脚趾变得麻木。她以为散步会让头脑变得清晰,但是那些猜测和疑虑依然如影随形。

随后她抬起头,看到了前方街道上的那个人,停了下来。

他只穿了一件浅橙色的长袍,没穿鞋,没戴帽子——实际上,他是个光头——没戴手套。他的手臂也是裸露的,和他的脸一样,晒得黝黑。

她盯着他。不……这不可能。这难道不是违法的吗?

寒风骤起,穿长袍的那人毫不在意。他注意到了她的注视,平和地微笑着说道:"在找什么吗?"他的声音深邃,愉快,"还是你想进来取取暖?"他指着头上的招牌:卓夫斯卡尼街取暖收容所。

"我……不知道。"莎拉说道。

"哦。那你或许是来捐款的?"

她考虑着，然后发现他激起了她的好奇心："可能吧。"

"好极了！"他喊着，"这边走，我会带你看看我们在这里的工作。在天气这么恶劣的日子里给我们捐款，你真是太体贴、太善良了。"

莎拉跟着他："是的……"

"人们都不怎么愿意走出家门，更不用说捐赠了。"

"是的……请原谅。我可以问你点事情吗？"

"你可以问我，"他拉开了门，"想问什么都可以。"

"你是……奥沃丝信徒吗？"

他停下来看着她，脸上的表情既困惑又有点生气。"不是，"他说道，"追随神明是非法的。不是吗？"

莎拉不确定该说什么。穿长袍的男人再次灿烂地微笑着，他们走进了收容所。

衣着破烂的儿童和发抖的男人女人挤在一个又宽又长，放着很多冒着泡的大锅的火炉旁。屋子里充满了咳嗽声和呻吟声，以及孩子们悲惨的呜咽声。

"但是你的长袍，"莎拉说道，"你穿着……"

"它，"他问道，"和神明有什么关系？"

"它……历史上属于奥沃丝信徒。"

"在历史上某人想要赞美神灵的时候，他会抬头看天，伸展手臂。"他从厨房里拖出一口大锅往里面倒着汤，勺子敲着锅边的时候发出了阵阵当当声。"但如果今天有人在街上这么做，他会被逮捕吗？"

莎拉回头看着厨房。她看到很多收容所工作人员穿同样的浅橙色长袍，愉快地工作着，全都是光头，全部暴露在冰冷的空气之中。"如果你不是奥沃丝信徒，"莎拉说道，"你是什么？"

"我们当然是一个取暖收容所。"

阶梯之城

"好吧,这样没错,但是你是谁?"

"我想我是一个人,一个希望帮助别人的人。"

她尝试用另一种方法:"你自己为什么不抵御寒冷?"

"寒冷?"

"外边非常冷。从这,我都能看到有人在冰上钻洞抓鱼。"

"那是水的事情,"他说道,"风的温度,那是风的事情。我的脚,我的手的温度……那是我的事情。"

"因为,"莎拉说道,回忆着古老的文献,"你心里有了秘密的火焰。"

男人停了下来,似乎因为她的话在控制自己的表情和表现得很开心之间进退两难。

"你是奥沃丝信徒吗?"莎拉说道。

"如果奥沃丝已经不在了,"穿长袍的男人说道,"我怎么能是个奥沃丝信徒呢?"

这时她想了起来。"哦,"莎拉说道,"哦,我想起来了。你是……消散者。"

穿长袍的男人做了个表情:你想怎么说就怎么说吧。

在奥沃丝放弃大陆的时候,她的人民并没有放弃——至少没有完全放弃。约科斯坦和沃特娅斯坦这两座城市最先留下了记录,很像奥沃斯坦祭司的人,穿着黄色或者橙色的长袍,没有其他佩饰,没有鞋或者手套甚至头发,十分愉快地把自己暴露在自然之中。这些人似乎在流浪,在村庄和城市间旅行,只是为了在人们绝望地需要帮助的时候帮助他们而存在于世界上。但是他们并没有自称是奥沃丝信徒,或是祭司,或是任何其他高级组织的一部分。尽管有人叫他们"背弃者"或是"消散者",他们自己什么都不宣称。"我们来了,"他们出名的说法就是这个,"还有什么更重要的?"

"恐怕你误解了,"穿长袍的男人说道,"我们并没有自称那个名字。"

"是的,你们不会那么做的。"莎拉说道,"你们抛弃名字,不是吗?"

"没什么要抛弃的。名字是别人的事情,是帮助人们分辨自身之外事物的东西。"

"那你在这里,在布里克乌干什么?你为什么来这?"

他指向火炉旁边那群悲惨的人们。有些是一家人,带着年幼的孩子:一位父亲脱掉了婴儿的小靴子,露出她发青的脚来暖一暖。"这,"穿长袍的人说道,一点快乐的神色都没有了,"似乎就是足够的理由。"

"那么你的生活就是带来希望,就像旧文献说的,成为暗处的光明。"

"旧文献说了很多事情。你把这些事说得好像它们很特别一样——好像一个人看到别人处于痛苦之中,想要帮助他是很特别的一件事一样。这就好像,"他平静地说道,"要做特别的事——或者是你认为是特别的事——他必须要由神明来告知他这么做。"

"好吧,你不是吗?"

"你呢?你还没有捐赠,但如果你捐赠的话——那会是因为你被告知要这么做吗?"他拿起一条黑面包。

"不是。"

"你——很明显,一个塞普尔人——需要神明才能生活吗?"

"那不一样。我们来自不同的国家。"

"我从未看到国家,"穿长袍的人说道,"我看到的只是我脚下的土地。"

阶梯之城

"你做这些事,"莎拉坚持说道,"是因为奥沃丝告诉你们要这么做。"

"我从未遇到奥沃丝,"还没说完,他用一根粗棍子串起黑面包,以便举到煤上,然后继续问道:"你呢?"

"没有奥沃丝,你就不会在这里了,"莎拉说道,"奥沃丝创立了你们的组织。没有她,这个收容所就不会存在。"

"如果这个奥沃丝——我记得,法律上我都不被允许承认她曾经存在过……"

莎拉有点生气,不耐烦地挥着手。

"……如果奥沃丝曾经来过的话,那她留给我们最伟大的东西就是让我们知道我们不需要她也可以做善事。善行可以发生在任何时间,任何地点,可以给任何人,或者来自任何人。我们在生活中想出了这么多规矩……"他扭动着面包,面包皮裂开的时候一股热气升腾而起。"……其实事情可以非常简单。"他把冒着热气的面包递给她,笑着说:"来一块?你看起来很冷。"

在她开口回答之前,皮特瑞沿着街道跑来,喊着她的名字。莎拉弹给穿长袍的人一张十德拉克的钞票——他微笑着以惊人的速度在空中抓住了它——然后匆匆离开了。

他依然在用自己的方式追随着他的神明,她想。那么问题就是:布里克乌还有谁在做着相同的事情,但是却没有这么仁慈的动机?

✧

老女人坐在使馆大厅里,眼睛哭得通红,她上嘴唇上的鼻涕在灯光下泛着光。她的指节由于经年累月泡在肥皂和水里,已经变成了紫红色。

"那就是她？"莎拉平静地问道。

"就是她。"齐格拉德说道,"我确定。"

莎拉仔细地观察着她。那么,这就是那天在大学跟踪他们的那两个"专家"之一:

艾瑞娜·托斯肯尼,庞瑞大学办公室的女仆,可能是个业余的修复派。这个可悲的老家伙有可能是庞瑞谋杀案的同谋吗?

莎拉皱着眉,叹了口气。我绝不能搞砸第二次讯问,她想。"搬一张桌子、两把椅子到接待厅的角落里,靠窗放,"她告诉皮特瑞,"煮点咖啡。好咖啡——有维特洛夫最好。"

"我们有,但是……它很贵。"

"我不在乎,照做就是。把最好的瓷器也拿来,越快越好。"

皮特瑞快步走开了。

"她以为你要杀了她。"齐格拉德温和地说道。

"她为什么会这么想?"莎拉问道。

他耸耸肩。

"她没有搏斗?"

"她来的时候,"齐格拉德说道,"就像等待了一整天一样。"

莎拉又观察了一会儿。艾瑞娜试着擦干眼泪,但是手抖得太厉害了,她不得不用胳膊擦干。如果把她换成别的普通恶棍的话,莎拉想,我会感激涕零的……

在接待厅安排妥当之后,皮特瑞把老女人带到了莎拉等待着的地方。一张大小适度的桌子上放着两套茶杯、茶托、饼干、方糖、奶油,还有一壶冒着热气的咖啡。尽管空间略显宽敞,但是现在这个角落就像是某人家里整洁的客厅。

"坐。"莎拉说道。

艾瑞娜·托斯肯尼,边抽着鼻子边坐下了。

"你想喝点咖啡吗?"莎拉问道。

"咖啡?"

"是的。"莎拉说着,给自己倒了一杯。

"你为什么要给我喝咖啡?"

"为什么不呢?你是我们的客人。"

艾瑞娜思考了一会儿,随后点了点头。莎拉便给她倒了一杯。艾瑞娜闻着小杯子里散发出的热气:"维特洛夫?"

"我急切地等待着你对它的看法,"莎拉说道,"接受我们招待的人经常感觉有义务赞美我们做的所有事情。那……很礼貌,但不是很诚实……你明白吗?"

艾瑞娜抿了一口,咂着嘴:"很好喝,非常好。意外的好。"

莎拉笑了。"好极了,"接着她的微笑变得有点悲伤,"告诉我——你为什么要哭?"

"什么?"

"你刚才为什么在哭?"

"为什么?"艾瑞娜思考着,然后说道,"我为什么不哭?我有哭的理由,因为现在我一无所有。"

"你做错了事情?"

她苦涩地笑着:"难道你不知道?"

莎拉没有回答,只是注视着。

"回顾从前,我所做的一切都是错的。"艾瑞娜说道,"一切,所有事……全都是巨大的错误。这就是他们所需要的,不是吗?这就是理想主义者和空想家要求你做的——替他们去犯他们自己的错误。"

"你替谁犯了错误？"

还是苦涩的笑声。"哦，他们太聪明了，不会让我这样的老东西知道太多的。他们知道我是——我该怎么说呢？——风险。虽是必要的，但却是风险。哦，我的母亲，我的祖母……我能想象她们会怎么看待我，而我……"她几乎再次哭了起来。

但在她哭之前，莎拉问道，"为什么你是必要的？"

"为什么，我是唯一和他一起工作的人，不是吗？"

"教授？"

她点点头。"在大学里，我是唯一能接近他的工作的人。他们找到我，对我说，'难道你不是布里克乌自豪的孩子吗？难道过去不像阴燃煤渣一样燃烧着你的心吗？'而我说是的，当然了。他们并不感到吃惊，或者感到亲切——我猜人们经常对他们说是的。"

莎拉同情地点着头，但是在内心里迅速地调整着手法。她以前只应对过几次像这个女人一样的线人：人们如此愤怒，如此疲劳，如此焦虑，以至于信息会像危险的洪水一样从他们体内喷涌而出。询问她将会是像试图骑疯马一样。

她尝试一个冷静的方法："你的名字是？"

艾瑞娜擦着眼睛："你不知道吗？"

莎拉做了一个悲伤的表情，可以代表任何意思。

"我的名字是艾瑞娜·托斯肯尼。"老女人轻柔地说道，"我是个大学女仆。我把肥皂和水擦到墙上，擦到地板上，干了二十四年了。在它建立——重建的时候我就在那里了。而现在我的感觉是我快要死了，但那些石头也不会记着我。"

"你和庞瑞博士一起工作？"

"工作？呸。你说得就好像我是他的同事，和他地位相同的人一样……就好像他会跟我商量，'看这个，艾瑞娜，看看这个……'我是他的女仆。我收拾他的茶杯，清扫他的地板，擦拭他的铜器，清理他的书架……所有的书架。"她那愤愤不平的讽刺消散了，"你会杀了我吗？"

"我们为什么要做那样的事情？"

"因为他死了。因为我使得你们的同胞死了。"

"'使得'？听起来不像是你杀了他。"

"不。不是。我没有做那件事。但是我觉得我……我觉得我使它发生了。"

"怎么回事，艾瑞娜？请告诉我。"

她吸了一口气，咳嗽了一声："在他们联系我的时候，他才刚到大学几天。他们来到我的公寓。因为我去参加了……会议。那些不想再面对葱……塞普尔人的人的集会。"

莎拉点点头。她明白了，艾瑞娜也看出来她明白了。

"你为此而恨我吗？"艾瑞娜说道。

"过去，我或许会。"莎拉说道，片刻间这种诚实让她自己都有些吃惊。

"但是你现在不会了？"

"我没有时间或是精力去恨了，"莎拉说道，"我只希望能够理解，人就是人。"她无力地笑了笑，耸耸肩：你能怎么办？

艾瑞娜点点头："我觉得这种看待事情的方式非常明智。我以前没有这么明智，所以参加了那些会议。我，我们都很愤怒。然后那些人在那里找到了我。"

"谁？"

"他们从未告诉我他们的名字。我问过，但他们说那不安全。他们说他们总是在危险之中。危险来自谁,他们也没有说。"

"有多少人?"

"三个。"

"他们长什么样?"

艾瑞娜描述着他们,莎拉做着笔记。她所描述的前两个人——矮个,黑眼睛,黑头发,浓密的胡子——几乎可以是布里克乌的任何一个男人。但最后一个不同。"他很高,"她说道,"脸色苍白,非常瘦。好像他只喝汤一样,可怜的家伙。如果他照顾好自己的话,他会很英俊的。而且他说话最少。他只是在注视我,真的。我说的一切都没有让他吃惊。他们知道我在大学工作——怎么知道的,我不知道。但是他们要我为他们服务,就像过去为布里克乌服务一样。我就照做了。"艾瑞娜又咳嗽了一声,"我去监视,教授。我去偷他的手稿,打开抽屉查看他的文件夹。"

"找什么?"

艾瑞娜脸红了,但是没有回答。

"你在找什么,艾瑞娜?"

"我没有在找任何东西。"

"那你怎么知道你找到了什么呢?"

艾瑞娜的脸红得更厉害了:"我只能……我只能靠猜了。"

"为什么?"

"因为,那些词……"她马上就要哭出来了,"它们对我毫无意义。"

"什么意思?"

"我从未学过这些,你懂吗?在我还小的时候,布里克乌没有学校。在他们给我们带来学校的时候,我已经太老了,不能去学校了……我只能假装。我会拿着书,装作在看,然后……"她噘着嘴,

阶梯之城

给莎拉留下非常强烈的、被羞辱的孩子的印象,"我尝试过,"她伸手到口袋里,掏出了一团皱巴巴的东西,看起来像是反塞普尔的宣传海报,"我试着学过。我想要学习正义。我想要知道。但是我只能假装。"

莎拉并不惊讶——大部分大陆人依然是文盲。"那么,在他们要求你监视他的时候,你都做什么?"

"我告诉他们我会做。我不想让他们失望。我……我恨他。我恨教授,总是那么热衷于我们的历史,而我们,我……"她的声音越来越弱。然后说道:"我选择带给他们的是一份清单。"

"一份什么样的清单?"

"我不知道。教授一直在研究这个清单,所以我知道它肯定很重要。但对我来说,它就只是份清单,上面有很多信息。很多表格,整页都是,从上到下,从左到右,里边都是字母和数字。这件事我做了好几个星期。我不可能把它拿出去——要是这么做他肯定会发现的,而且这个清单他一次只看里面的几页——所以我就偷偷拿出一页,也许两页、三四页,拿到清洁间把它抄下来,描下来。第一次的时候很难,但是之后我就能在几分钟里做完了。即便我不知道怎么读,我却知道怎么抄,"她略带自负地说道,"然后我会把抄写的东西带给他们。"

"你给他们带去了多少抄写稿?"

"几十页。或许在那几个星期内超过了一百页。我还挺擅长的,"她说道,感到很自豪,"在我第一次带过去的时候他们非常高兴,简直欣喜若狂。他们哭了。我感觉……我感觉……"她声音越来越小,无法停止思绪。

"你为什么停手了?"

"他们要求的。不是一开始——第一次之后,在我带抄写稿过去的时候,他们越来越不开心。'哦,这个很好,但是不是我们要找的,也根本不是我们需要的。'就好像那都是我的错一样！但接着，有一天，那个高个、苍白的人，他看见了清单里有什么，准确地说，他并没有笑，但是他的眼睛眯了起来，他还点了点头。那两个人笑了起来，说道，'好的！好的好的，非常好！'似乎他们发现了需要的东西。从此之后他们再也没有让我寻找过别的什么。"

莎拉心里涌起一股巨大的恐惧。"那天是哪天？"

"日期？我不确定……"

"那么，月份。"

"那时还很暖和，肯定是深秋。我想是，图瓦之月。"

"关于这份清单，你还能告诉我别的什么吗？"

"我知道的都说了，别的不知道了。"

"你复制了一份，抄写了一百多页。那上面都写了什么？"

艾瑞娜思考着："嗯……上面是页码。"

"除了页码。"

"除了那些，还有……在角落里还有个标志。不，不是标志——某种徽章，在每一页的角落里。就像……一只落在墙上的鸟。"

莎拉没有说话。"鸟的头上是不是有个纹章？它是不是还张开了翅膀？"随后莎拉向她展示着自己的徽章。

"是的。我从未见过那样的鸟。"

那是因为它只生活在塞普尔，莎拉想，她非常了解这个徽章。只有一个带着城邦总督办公室徽章的清单会让修复派如此兴奋：那么我们的敌人不仅仅知道了不可提及的仓库，还知道了好几个月，她想，而且还知道了其中的内容，那甚至是连我都没被允许知道的东西……现在她深深地后悔对姑妈的承诺：或许庞瑞的秘密情报传送点里包含着修复派在寻找什么的线索。

"那是什么意思？"艾瑞娜问道。

"我还不确定。"莎拉说道。

"我以为我恨教授，"艾瑞娜说道，"但是在我知道他死了的时候，我意识到我从未真正恨他。我想要恨他，但是我恨的东西要比他大得多。我恨自己感觉这么……耻辱。"她看着莎拉，眼中满是泪水，"你会怎么处理我？你会杀了我吗？"

"不，艾瑞娜。我不会伤害无辜的人。"

"但我不是无辜的。我让他被杀了。"

"你不可能知道的。正如你说的，你恨的东西比他大得多——而我认为那比你，或我，甚至比教授在这里参与的事情都要大得多。"

艾瑞娜看起来很安心，充满了希望："你是这么认为的？"

莎拉试着不让表情泄露出自己的恐惧："我知道的情况就是这样。"

外边的街道上传来了喊叫声，两个女人都抬起了头："让我进去！让我进去！"

"怎么了？"艾瑞娜说道。

莎拉倾身靠过去，用手指拉开窗帘。使馆大门前聚集着一小群人：莎拉看到了金色肩带的闪光，表明那是一位城镇之父，还有许多面容严肃、穿着灰白色长袍的男人。在他们前面，穆拉盖什笔直地站在大门内侧，双臂交叉，像冒烟的火焰一样散发着蔑视。

莎拉对艾瑞娜微笑着说道："请原谅。"

◆

莎拉还没走出正门就听到了咆哮声。"这是政治上和道德上的挑衅，你听见了吗！"一个男人喊着，"这是等同于宣战的罪行！从她的家里带走一个女人？一个一生都在布里克乌最受喜爱、最受敬重的机构里服务的老女仆？总督，我坚决要求你走到一边，并立刻释放她！如果你不这么做，我会尽我所能确保这事变成国际事件！我说清楚了吗？"

穆拉盖什回头说了什么，但是声音太小了听不见。

"袭击？袭击？"那个男人的声音回答道，"我们唯一需要担心的袭击就是这个对布里克乌市民权利和权益的袭击！"

莎拉走过庭院，她看到齐格拉德靠在使馆院墙上，潜伏在阴影里。外侧的城镇之父抓着大门，就像囚徒抓着铁栏一样。对大陆人来说他很高，脸色是明亮的棕红色。莎拉想到了一个在火炉里烤到光滑的土豆。他的半张脸都隐藏在茂密卷曲的胡子里，眼睛几乎都被遮住了。

莎拉认出了他。报纸上的照片，她想，并没有确切地描绘出真正的厄恩斯特·维科洛夫。

在他身后站着至少十二个人，全都留着胡子，穿着布里克乌辩护律师朴素的灰白色长袍。每个人都在用不以为然的小眼睛观察着穆拉盖什，右手里像别的男人握剑一样拿着小皮包。

现在我们还得应付律师，莎拉想，要是我能马上断气的话，那还真是走了大运。

"因为这座大使馆严格说来属于塞普尔领土——"穆拉盖什说道。

维科洛夫笑了："哦，我确定你看到全世界都被称为塞普尔领土的时候肯定忘乎所以！"

"因为这座大使馆是塞普尔的一部分，"穆拉盖什咬牙切齿地说道，"我们没有义务通知你谁在或者谁不在我们的地盘里。"

"但你根本用不着！因为我的同事和朋友亲眼看到那女人被带到了这里！"

阶梯之城

莎拉看了齐格拉德一眼，他忧虑地皱着眉头：他通常能够发现任何跟踪者，所以要是有人躲过了他的注意，那他们肯定非常有天赋。

维科洛夫继续说道："我告诉你，穆拉盖舍总督，"他故意弄错了她名字的发音，"如果你的手下以任何方式伤害或者威胁到布里克乌的子民，那么街道上就会回荡着拆毁你们使馆，还有你的官邸的呼号，而且还要把你们赶出去，我们许多年前就该那么做了！"

"少来这套，维科洛夫，"穆拉盖什说道，"根本没有人群。只有你，我，和一个空旷的庭院。"

"但是你不释放那个女人的话，会有暴动的！我保证如果你不释放那个可怜的女人，一定会有暴动的！"

"释放？到这里来的人都是自愿的。"

"自愿的！在见过那玩意之后？"维科洛夫用一根手指指着齐格拉德，齐格拉德无聊地挠着鼻子，"这是恐吓！威胁！这和抓捕她有什么区别？"

莎拉清了清喉咙说道："你误会了，先生。托斯肯尼夫人在楼上和我一起喝咖啡呢。我可以亲自作证。"

他把轻蔑的眼光转向了她："你是谁？哦，你是那个粗鄙白痴特鲁尼的接班人？要是这样，那在这件事上我对你的态度和对喝醉傻瓜的态度不会有任何区别！"

莎拉慢慢眨着眼。已经很久没人对她这么说话了。她问道："我猜，你是厄恩斯特·维科洛夫？"

他野蛮地点点头："我知道我的名字肯定在你们的某个名单上。'塞普尔的敌人'，我确定，我很自豪能在胸前戴着你们给的标记！"

"恰恰相反，先生，"莎拉说道，"我只是昨晚在报纸上读到了你的报道。"

穆拉盖什捂住嘴避免自己笑出来。维科洛夫脸红了，"傲慢无礼是你们非常擅长的几件事之一。"他说道，"小姐，你和你的总督都别想蒙混过关，别耍什么外交花样。事实很简单——你有一位布里克乌人质，几乎可以肯定是对昨晚混战的报复！"

"混战？"穆拉盖什说道，"十六个人死了。死得很惨。我在现场看见了尸体。你呢？"

"我不需要进一步确认，"他说道，"你们的残暴。"

"先是混战，现在又是残暴。"穆拉盖什说道。

"事情还没有解决，"维科洛夫说道，"你们的屋子里有没有一个叫做艾瑞娜·托斯肯尼的女人？如果你们坚持撒谎，声称你们没有，那我和我的同事们将会把事态扩大到最大，你们的行为违反了很多国际条约！我会亲自确保你们被赶出我们的土地，再也别想回来！你们明白了吗！"

莎拉表情沉重。她当然没有被这个滑稽的叫嚷吓到，但是维科洛夫看起来非常擅长吸引不必要的注意，而她现在需要的不是这个。自从在囚室里产生幻视以来，莎拉一直感觉自己坐在一桶烈性爆炸物上面，而人们不停地想要把桶踢翻。

"啊！"维科洛夫突然喊道，"她在那！她在那！"

所有人都转过了身。莎拉看到艾瑞娜·托斯肯尼从使馆正门里向外窥视着，她心里一沉。

"看到了吗！"维科洛夫喊着，"你看到她了吗？她被俘虏了！我跟你说过了！那就是她，不是吗？"

莎拉走向艾瑞娜，艾瑞娜用敬畏的眼神注视着维科洛夫。"艾瑞娜，你不应该到楼下来，"莎拉说道，"这不安全。"

"我听见了我的名字，"她轻声说道，"那是个城镇之父吗？那是

阶梯之城

城镇之父维科洛夫吗？"

"你认识他，或是那边任何一个人吗？"莎拉平静地问道。

艾瑞娜摇着头："他们是在找我吗？"

"艾瑞娜！"维科洛夫喊着，"别听她的！到我这里来，艾瑞娜！别听她的！"

"我认为有人在监视你的公寓，"莎拉说道，"他们在跟踪你，严密监视你，甚至是在你替他们干活之后。"

"艾瑞娜！跟我们说话！别管她！"

"我建议你不要跟他们走，艾瑞娜。我不知道他们为什么到这里找你，但是我认为来意不善。"

艾瑞娜注视着庭院对面。维科洛夫晃动着门上的铁栏。穆拉盖什厉声让他停下来，但是维科洛夫喊着："他们要伤害你，艾瑞娜！他们要对你和布里克乌不利！别听那个蠢女人的！"

"艾瑞娜……我不建议你这么做，"莎拉说道，"在这些行动背后的人非常的危险。你知道的。"

"但是城镇之父是不会——"

"我听得见你！"维科洛夫说道——明显的谎言，"我能听见你跟她说的，你在告诉她放弃作为布里克乌子民的权利！艾瑞娜·托斯肯尼，别听她的！"

"艾瑞娜，"莎拉说道，"想想吧。"

但是维科洛夫继续说道："她不是你的同族，你的人民！她也不像我一样，像你的兄弟姐妹一样神圣。说出那样的话会违反他们的法律，但是在你的心里你知道那是真的！"

艾瑞娜抬头看着莎拉，莎拉看得出她已经下定了决心。"我……我很抱歉。"她低声说完，穿过了庭院。

维科洛夫再次晃动铁栏杆，咆哮着要求穆拉盖什打开大门。穆拉盖什看向莎拉，莎拉试着想出什么办法，但是什么都没想出来。于是穆拉盖什僵硬地点点头，表情苦涩。机械开始咔嗒作响，轮子开始旋转，大门慢慢地打开。

阶梯之城

在波涛中延续你的生命
在悬崖间扭曲你的灵魂
用血和盐清洗你的双手
在森林的回声中闭上你的眼睛

我们是风中的利刃
雪中的余烬
波浪下的阴影
我们记得

我们记得出海的日子,黄金的河流
兴奋的征战,无尽的财富
他们叫我们野蛮人
但我们知道自己生活得很平和

我们对暴力了解太深
暴力,我们不受欢迎的朋友
我们在它的阴影下生活了多久
直到王者把我们从它的深渊里救出

窗户里飞出一支钢枪
火把上燃烧着飘忽的火焰
爬上了椽子,爬过了屋顶
黑暗中的叫喊,无人应答

我们失去了他,我们失去了他的家人
我们的家人,因为我们失去了国王

我们甚至不能哀悼他的离去
他们偷偷带走了哈克瓦尔德的尸体
喂给了波浪,喂给了海中的生物
喂给了我们以此养育孩子的丰收

红色的日子现在是,黑暗的日子
海盗和目无法纪的日子
永无休止的战争的日子
海岸空荡,坟墓充实的日子

我们记得他。我们记得他的家人
我们记得他失踪的儿子
我们记得达乌金德

我们知道有一天
他会回来
从我们自身中拯救我们

——佚名德瑞凌歌谣,1700

阶梯之城

历史告诉我们的

莎拉站在庭院里，注视着那群人离开。穆拉盖什和齐格拉德慢慢走到她身边。"嗯，"穆拉盖什说道，"事情……并不顺利。"

莎拉很同意——实际上，过去的三十六个小时一点也不顺利。在她看来，简直是灾难。

她回顾局势：修复派知道不可提及的仓库。更糟的是，他们很有可能知道了仓库里某一样东西非常有用。问题就是，莎拉想，他们是不是已经找到了进入仓库的办法？如果他们进去了，他们有没有开始使用他们找到的那个东西？那是不是我接触到那个神明的原因？

而更奇怪的是：他们为什么在得到想要得到的东西之后还要杀掉庞瑞？特别是在会给布里克乌引来"坏人"的情况下。

莎拉揉着眼睛。她的喉咙里发出了一阵沮丧的低吼。

皮特瑞在门口咳嗽着："你……你还好吗？"

"不好，"莎拉柔和地说道，"不，我不好。"

"我能给你拿点什么来吗？"

莎拉用拇指和食指使劲掐着另一只手的虎口。迟钝的疼痛没能穿透正在她脑海里碎开的冰块。

那么，只剩一件事可做了。

"我需要，"她说道，"一把刀。"

"什么？"皮特瑞说道。

"是的，一把刀。非常锋利的刀。"

"呃。"他警惕地说道。

"还有一个铁锅。"

穆拉盖什抬起了头:"你说什么?"

"以及两个新鲜洋葱、欧芹、盐、胡椒、辣椒粉,还有大约三磅羊肉。"

齐格拉德叹息着捂住脸。莎拉无视了他,走回使馆。"过来,"她说道,对他们挥着手。

"怎么了?"穆拉盖什说道,"这他妈是怎么了?"

齐格拉德抱怨了一会儿,不情愿地解释道:"她总是在真正生气的时候去烹调。"

莎拉停了下来,指着齐格拉德但并没有看他:"你和佣兵还有联系吗?"

"当然。"齐格拉德说道。

"让他们跟着托斯肯尼和维科洛夫。每个小时向我们汇报一次。"

"你不想让我去做?"齐格拉德问道。

"我需要你跟我在一起。"莎拉说道,走向使馆大厅:"我们要去弄清楚一些东西。"

"什么东西?"穆拉盖什问道。

"死掉的东西,"莎拉说道,"或者说应该死掉的东西。"

✦

当一把刀是多么惬意的事情啊,总是急切地走抵抗最少的路线,总是应对最虚弱的部分,就像镰刀割草一样轻松地切开肌腱皮肤和外皮。菜刀又切又削,又旋又转,弄出了成堆的橘子皮、柠檬皮和瓜皮,

阶梯之城

就像一堆卷曲的收报机纸条。它缓慢地来回分割着羊肉,分开了血管和肌肉、肌腱和软骨,切割着羊排,直到它和任何活物身上的任何部分都不再相似。

你需要的只是一把好刀,还有一口好锅,莎拉想,这些简单的工具可以创造出一切。

莎拉划着一根火柴伸到煤气炉上。火焰在炉子里腾空而起,抚摸着铁锅。她往锅里浇着油,然后拿过一个洋葱。

"起初,有六个。"莎拉平静地说道,脸上闪动着煤气火焰的光亮。"至少被人所知的是六个。奥沃丝,光明使者。科尔坎,审判者。沃特娅,战士。阿哈纳斯,播种者。约科夫,欺诈者、椋鸟牧者。还有塔尔哈瓦斯,建造者。"

穆拉盖什握紧了右拳,指节发出一阵阵响声:"我知道这些。所有人都知道这些。"

"你只知道一部分。"莎拉说道。她站在宽敞的使馆厨房火炉前,这个厨房曾经为数不清的社交活动烹饪美食,直到特鲁尼眼看着使馆衰落下去。穆拉盖什和齐格拉德坐在仆人桌旁,制造出一团团烟雾——穆拉盖什抽着小雪茄,齐格拉德抽着烟斗。皮特瑞跑前跑后,从储藏室里拿来了更多的蔬菜、调味料、腌肉。"有很多事情没有在学校里教授。世俗规章要求大陆在这方面保持沉默,塞普尔在这方面的限制一样很多。历史学家只被允许发表一部分发现;其他的就被束之高阁,慢慢被遗忘。特别是涉及到太古之人,至高之人,神圣之人的内容。他们六个在大陆上突然活跃起来——在多久以前,没人能够确定——在这里建立了自己的领地,他们六个像猫狗一样打了……据我们估计,五千多年的仗。"

"我不知道他们打过仗,"穆拉盖什说道,"我还以为他们是盟友。"

莎拉的刀在洋葱皮上划着口子，剥开皮，把有光泽的外层扔到一边。"他们最后成了盟友。但是一开始他们像疯了一样打仗，争夺领地、信徒，争夺一切。但是在700年左右的时候，他们选择停止争斗，联合起来。不久之后，他们选择扩张，迅速地扩张。这就是大陆黄金时代的开始，也是塞普尔被大陆奴役的开始。这段历史我们非常了解，尽管我们更希望它没有发生。"她抽出一个切菜板，试了试它的韧性，把它拍到台子上。"但是，把大陆想象成一个馅饼——因为它大致上是圆形的——切成六块的馅饼。在中间，车轮辐条交会的地方……"

"布里克乌。"齐格拉德说道，这个词伴随着一阵烟雾从他嘴里涌出。

"是的。"莎拉说道。她掰开洋葱，把半个洋葱拍到切菜板上，紧紧地握着，它微小的脉络里流出了白色的液体。菜刀发出断断续续的咔嗒声，白色的切块像波浪一样出现，洋葱逐渐瓦解。"世界之座。所有人的城市，又不属于任何人，是在他们决定联合的时候建立的。毕竟，每个神明都有自己的城市。科尔坎有科尔卡斯坦，塔尔哈瓦斯有塔尔瓦斯坦，阿哈纳斯有阿哈纳斯坦，约科夫有约科夫斯坦，沃特娅有沃特娅斯坦。所以布里克乌是为所有人建立的。"

"但是你只列出了五个。"皮特瑞在芹菜的小山后面说道。

"没错。奥沃丝有过一座城市，曾经有过。但是她在神明选择联合的时候离开了大陆。在她离开的时候，她的信徒们抛弃了她的城市。一个历史学家记录道，他们让它被尘土占据。甚至没有人知道它曾经的位置。"

"她为什么要离开？"穆拉盖什问道。

"没人清楚。或许她只是个不好交际的神明。或许她不赞成某件事情。或许她不想参与大扩张，不想目睹大陆几乎征服世界所有已知的部分。无论理由是什么，她从历史里消失了：最后一次有人见到或是跟奥沃丝说过话的时间是在775年。"

"等等，等等，"穆拉盖什说道，"所以这么多年来所有人都知道有一个神明或许还存在？我还以为卡吉把他们都杀了！"

"是的，但是你被告知由他杀掉的神明具体是哪几个？具体来说？"莎拉数着指头，"沃特娅是在塞普尔被杀掉的，在'赤沙之夜'。塔尔哈瓦斯和阿哈纳斯是在他的军队第一次登上大陆海岸的时候被杀掉的。约科夫是在布里克乌被杀掉的。那么，你什么时候被告知他确定无疑地杀掉了奥沃丝？还有科尔坎。"

"但是……但是所有人都同意在卡吉入侵之后历史变得模糊了，"穆拉盖什说道，"没人能完全确定发生了什么。那他就有可能杀掉了奥沃丝，或是科尔坎，对吧？"

"有几分正确。我们只知道历史的残片告诉我们的事情。我们知道卡吉把他的武器用在了神明身上——无论它是什么——然后他们就消失了。但是那并不意味着他们现在是完全消失的。某些神迹依然有效。无论我们多么努力，多么希望，神力依然没有完全离开大陆。甚至连那些我们确知由卡吉杀掉的神明的记录都不够精确——比如说，约科夫，他在占领布里克乌三年后杀掉了约科夫，在传统文献里根本没有提到这件事。"

"我不知道这件事，"皮特瑞说道，"我以为约科夫是在大清洗的时候被处决的。在学校的时候他们就是这么教我们的。"

"那是因为约科夫的逃避不是个受欢迎的话题，"莎拉说道，"那让卡吉看起来很软弱。约科夫没有攻击或是面对卡吉的部队——他只是躲开他们。然而卡吉继续行动，或许他知道有时在摧毁敌人的身体之前要先摧毁他们的意志。这就是他发动大清洗的原因。"

莎拉用刀压着蒜,把它切成丁,然后扔到洋葱里。"大清洗并不是塞普尔历史书里描写的那个正义行动。卡吉并没有冷酷地用他的武器一次就把大陆上所有的神性生物消灭干净。他也没有把它们赶回天上,或是海里。"

"那是怎么回事?"皮特瑞说道。

"它们从自己的家里被拽了出来,拽到街上。"莎拉说道。她把刀在手里颠倒了过来,手柄又滑又油。"它们像动物一样被驱赶着关了起来,像动物一样被杀戮。和它们的创造者不同,低等神性生物可以用传统方式杀掉。"齐格拉德恶狠狠地咧嘴笑着,玩味着这些凶残的宝贵回忆。"举例来说,布里克乌就有好几个大坟墓,"莎拉继续说道,"要是我们挖开来的话,谁知道会挖出什么样的骨头?阿哈纳斯长着翅膀的小马,吉特尔精致的翅膀?塔尔哈瓦斯庭院里二十根手指的竖琴手,霍夫塔瑞克的指骨?约科夫的恐怖宠物,指节人,马赫沃斯特毁坏的骨头?当然,这是假设卡吉和他的军队没有把他们毁坏得认不出来……坦诚地说,我认为那才是实际情况。或许他们觉得这样做很合理。难道所有塞普尔人过去不是生活在这些生物的鞋跟下吗?难道它们不是危险的怪物吗?但是一个士兵记下了火里传来的痛苦尖叫,这些生物里有一些具有儿童的外表和举止,它们乞求着慈悲,但是并没有得到。"

穆拉盖什一言不发,她的小雪茄散出的烟已经减弱到缓慢的一缕。齐格拉德用手指抚摸着他那把黑刀的刀刃。

莎拉检查了米饭,浸泡在鸡汤和酱汁里,颜色很深又很细腻。她闻了闻,又加了一点大蒜。"在大清洗快要结束的时候,约科夫终于出现了。据说,他躲在了一扇窗户的玻璃里——这到底是什么意思,我说不准。同样,我只知道历史告诉我们的。约科夫直接给卡吉送去了口信，要求见面，单独见面。卡吉同意了，让他的副官们非常吃惊。或许卡吉自有远见，因为在他遇到这位最后的神明的时候，记录说他看到约科夫毫无威胁：这位神明无法自控地哭泣着，大陆上发生着的死亡和混乱让他心神不安。"

"那么，他应该到塞普尔来，"穆拉盖什愤恨地说道，"那他就会准备好面对这种痛苦了。"

"或许如此。他们两人在一处废弃的神殿里见了面。实际上，那是个废墟，而且卡吉副官们的报告里对这个神殿的准确位置语焉不详。他们几乎在那里待了一整夜。他们两人在那里说了什么，没有人知道。在他回来之前，卡吉的副官们做了最坏的打算。这时卡吉出现了，亲自杀掉了约科夫——但是卡吉在哭泣。他不愿说自己为什么在哭，但是他确认约科夫已经死了。"莎拉擦干净刀，"卡吉在这次最终的胜利之后变得喜怒无常，沉默不语，而且开始酗酒。不到四个月，他死于感染——很有可能是瘟疫年代最初的死者之一。"

齐格拉德吸了吸气，揉了揉鼻子。他看起来对这些故事只有一点点兴趣。但是穆拉盖什逐字逐句地听着："那么最后一个被杀死的神明是约科夫。"

莎拉往羊肉上撒着盐，然后把肉扔到炖煮着的蔬菜里。"是的。瘟疫年代紧接着就来了，因为最后一点神圣防护消失了，所以我们可以确定他离开了这个世界。"

穆拉盖什思考着。"感觉真他妈奇怪，"她说道，"把神明逐个列出来，就像是在列出抢劫案的嫌疑犯一样。好像我们可以去把他们排成一排，让受害者进来指认犯人似的。那么，被确认死亡的神明——或者至少是有人目睹死亡的神明——只有沃特娅，塔尔哈瓦斯，阿哈纳斯和约科夫？"

"这是个合理的推测。"莎拉说道。

"那就剩下奥沃丝和科尔坎了。"

"是的。"

"你还没说过科尔坎的事情。"

"没错。我们对他的存在了解不少。但是他的结局……没人知道。我们甚至认为大陆上都没人知道。"

"他也离开了,像奥沃丝一样?"皮特瑞问道。

莎拉洗了洗手,用抹布擦干。"没有,他并没有。至少我们不这么认为。"

"那他发生了什么?"

莎拉看了看时间,离出锅还有二十分钟。

"那,"她说着坐了下来,"是个非常不同的故事。"

❖

"据说,科尔坎是审判和秩序之神。他是岩石之人,高地之人,远方的牧人。他被描绘成许多样子,但是最常见的外形是一个坐在山上的男人,双手向前伸出,手掌向上,等着权衡,平衡,审判,你懂的。到目前为止他是六个神明当中最活跃的。约科夫对自己的凡人信徒耍诡计,把他们变成动物——有时候是狼,但最常见的是棕色的椋鸟——有的时候甚至会让他们怀孕,不论性别,如果你能相信的话。"皮特瑞张大了嘴,但莎拉接着说了下去,"塔尔哈瓦斯和阿哈纳斯,作为建造者和播种者,有更大的事业,对凡人的生活只有大体上的关注。奥沃丝,你们知道的,决定要离开。而沃特娅非常热衷于自己的职能,亲自率领着好战者和突击队。但是他们没人比得上科尔坎,他很着迷——如果不是沉迷的话——凡间生物的事情。"

莎拉轻轻把羊肉翻了过来。脂肪发出噼啪声和嗞嗞声。她在油花溅到指节上之前抽回了手。

"科尔坎别无所求，只希望他的信徒过上有秩序的好生活。在科尔卡斯坦建立之后，他告诉自己的信徒有任何问题、任何疑虑都可以来找他，他会回答他们，裁决他们，帮助他们。他们的回应相当热切。记录表明人们排队排到了五里、十里、十五里长。在他们等待的时候，有人昏倒，有人挨饿，有人生病变得虚弱。历史上的数据很模糊，但是据估测科尔坎倾听了数百万人的问题，日日夜夜都在裁决，坐在同一个地方坐了超过一百六十年。"

"诸海啊。"穆拉盖什低语道。

"是的，"莎拉说道，"历史学家同意这或许对科尔坎产生了一些影响。最后他意识到这个过程太没效率了。于是他结束了裁决时期，从神殿出来，开始根据自己裁决时期的经历颁布法令。"

齐格拉德从储藏室里拿出了一根熏火腿。他坐了下来，用黑刀切下完美的一卷，开始吃着肉片，心不在焉地看着剩下的那些硬肉。

"在两年的时间里，科尔坎颁布了一千两百条法令。以我们现代的标准看来，它们是粗暴无理、十分武断的规定：不要把这种石头堆放在那种石头上边；女人的头发不应该梳成这种样式；一天里的这些时间是适合说话的，这些时间应该沉默；这些肉类可以腌制，这些不可以等等，等等，等等。你以为普通人会抗拒，试着解放自己……但是科尔坎信徒却没有。他们迎接了这些法令，全部一千二百条。毕竟，他们的神明说这些法令是他们应得的，谁能说不是呢？"

"你不是认真的吧。"皮特瑞说道。

"我非常认真。他们真挚地试着遵守他的法令，无论多么古怪。可是，很明显，没人是完美的，很少有人能完全遵守那些法令。但是法令不可能有错——人们喜欢被告诉该做什么。所以，在某个时刻，科尔坎判定问题在于人们没有足够的动力来遵守法令。"莎拉拿起米饭锅上的锅盖。一阵热气腾起，模糊了她的眼镜。她退后一步，把锅盖放到一边，以便擦拭眼镜。"惩罚令就这么出现了。一个'活着'的，不断发展、经常改变的文件，关于人们该被怎么样……鼓励遵守法令。随着时间流逝，出现了逐渐增长的——我该怎么说呢？——损坏肉体的趋势。"

"损坏？"穆拉盖什说道。

"鞭打、烙印、断足、挖眼，最严重的违背者还会被截肢——砍掉盗贼的右手，等等。没有死刑，因为科尔坎规定生命是神圣的。甚至连他自己都不会违背这个声明。最著名的惩罚措施叫做科尔坎之指：一小块圆形的石头，当它碰到血肉的时候，会变得越来越重，越来越热。惩罚者会把牺牲品绑住，把科尔坎之指放到他们的腿上，或者肚子上，或者……"

齐格拉德的皮手套发出了短促的吱嘎声：他的右手颤抖着握成了拳头；他紧咬着烟斗；黑刀深深地插到了火腿里。

莎拉咳嗽了一声。"你们知道大意，"她说道，"这些惩罚措施几乎毫无反抗地实施了。人们没有抗争。他们以那种自认有罪的人的清醒奉承接受了这些惩罚。"

"随着时间流逝，科尔坎的惩罚和规定越来越严厉，也越来越奇怪。他开始专注在性欲和肉欲上。他希望完全封禁这些东西。他的第一个镇压措施或许能够讽刺地引起塞普尔人的共鸣。他禁止公开承认女性性别或者身体。很像我们自己的法律封禁讨论一样。"

"什么！"穆拉盖什说道，"那不是……那根本不像世俗规章！我们是在试着压制危险的东西!"

"对科尔坎来说,没有比性欲更危险的了。塞普尔历史学家不确定他为什么选择压制女性……在某些专家之间这是个引起过激烈辩论的问题。但是科尔坎要求他的祭司和圣徒强迫女人在公众场合完全包裹住自己的身体,而且禁止在公众场合提到女性身体、性别、体形——任何方面。这被称之为'消除不洁'。那导致了一个黑色幽默的难题:在禁止提及这件事情,即使是在法律里也不能提及的情况下,如何才能颁布一项法律禁止这个事情?立法者最后选择了这个模糊的词语'秘密特质',这个词其实可以代表任何事。于是这个法律既可以非常仁慈,也可以非常残忍,完全取决于公断人。"

囚室的寒冷,阴影的抓握。年轻的男孩低语着,别用你的秘密特质来纠缠我!

"情况变得越来越糟。他开始要求他所有的信徒'掩盖肉体',并且拒绝所有的凡人的乐趣:食品饮料的味道,裸露的人类皮肤的感觉,甚至还有舒适的睡眠,科尔坎的所有信徒都被迫睡在石头的床上。任何身体上的愉悦都被禁止了。他的惩罚也变得荒唐。阉割、阴蒂切除、极端可怕的截肢等等。"

"这时其他神明开始注意到了。尽管神明之间确实有很多交流——甚至有恋情——但他们基本上乐于远离其他神明的事情。但是科尔坎的执迷已经到了无法收拾的程度。他坚持要求布里克乌接受自己在性方面的观点——比如说同性恋和乱交行为,更开明的神明是允许的,在布里克乌成为了非法行为。约科夫尤其积极地反对,但是科尔坎的观点扎下了根,尽管之后发生了许多事,却再也没有离开过布里克乌。最终,约科夫说服了其他神明采取行动。"

"什么行动?"穆拉盖什问道,"你可别跟我说没人知道还发生了第二场战争。"

"没有，"莎拉说道，"没有战争。因为在 1442 年，科尔坎消失了。没有解释没有原因。"

一片寂静。

"他就这么……消失了？"皮特瑞问道。

"是的。"

"就像被卡吉的武器击中了一样？"穆拉盖什问道。

"不一样，"莎拉说道，"科尔坎的造物全都没有消失，科尔卡斯坦完整无缺。但是有几项变化：一夜之间，那些被科尔坎截肢的人突然间变得完整，伤口也愈合了。当然，除了那些已经去世的。这件事本身就够奇怪的了，但是受害者全都想不起来曾经被惩罚过——就好像这些记忆在他们脑中被抹去了。"

"那么……"齐格拉德抬起眼睛，整理着自己的问题，"你怎么才能知道他们被惩罚过？"

莎拉点点头："问得好。塞普尔历史学家花了段时间才指出 1442 年是历史大混乱的一年。他们在各个地区追查——科尔卡斯坦和布里克乌所有的历史记录，在科尔坎实施惩罚的那些年份里的日记以及法庭证词突然间变得一片空白。我们只知道从远离布里克乌和科尔卡斯坦找到的东西——这些东西不知怎么逃脱了这次历史清洗。"

"而你认为是因为另外四位神明。"穆拉盖什说道。

"我这么认为——主要是因为其他的神明根本没有提及科尔坎突然的消失。我们没有发现声明或者解释的迹象……他们根本就没有提起过他。就好像他从来没有存在过一样。现实被修改——不，被覆盖了。"

"而这个……"穆拉盖什说道，"你认为那就是你看见的东西吗？

消失的神明，而不是死去的？"

莎拉思考着。她最终说道："不是。"

"为什么不是？"

"袭击者的穿着谈吐无疑像是传统的科尔坎信徒。但是我看过与神明沟通的报告。我在那个囚室里遇到的那个东西没有那么条理分明。它像是嘈杂的声音和影像——很多人合而为一。我不知道该叫它什么。我认为，就算是科尔坎也该比和我说话的东西更有理智。"

他们沉默不语。齐格拉德轻轻打了个嗝。"那些人，"又一个嗝，"之后怎么样了？"

"哪些人？"

他挥了挥手："科尔坎的人。"

"哦。你知道吗，他们差不多一直做着同样的事情？他们穿着科尔卡斯坦人的长袍，遵守科尔卡斯坦的戒律，甚至还在一定程度上实施着惩罚令。他们对科尔坎的记忆很模糊，却保留着他的法令——那些并没有被抹去——他们继续做着一直以来所做的事情。那并不像是在科尔坎本人的统治下那么恐怖那么有惩罚性，但是同样的观点，同样的信念……即使在今天，在布里克乌和科尔卡斯坦依然存留着，你们知道的。"

"所以沃特罗夫的艺术展被认为不道德的原因，"穆拉盖什慢慢地说道，"是因为某个发疯的神明三百年前的想法？"

"差不多。"她先检查了时间，然后是羊肉：大部分脂肪已经炖出来了。她把肉块盛出来沥汤。"我认为这些东西就像惯性一样，"她说道，"一旦你动起来，就很难停下。"

脂肪落在炉面上，像岩浆入海一样嗞嗞地响着。

❖

齐格拉德、穆拉盖什和皮特瑞的吃相就像是快饿死的难民。咖喱羊肉、白米饭、炸菜糕、猪肉包瓜。几分钟之内莎拉精美的菜品就变成了残羹剩饭。

"这真是,"穆拉盖什打着嗝,"妙极了。这是我这么多年来吃到的最好的咖喱,和在家里吃到的一样好。你是在哪学会烹饪的?"

"从另一个特工那里,"她喝了一口茶,但是没有吃东西,"在行动中,经常会困在一个地方。你就得学着利用手头的东西。"她坐到椅子上,看着上方。石头天花板上满是油烟的污迹,其间夹杂着油腻的光泽:这污渍毫无疑问,来自几十道冒着泡的菜肴。"你十分确定仓库没有任何变数?"

"没有,"穆拉盖什吃了满嘴东西,"我刚才派了个听差去检查。但是我很确定他们没有资源发起对仓库的袭击。"

"为什么?"

"对沃特罗夫的袭击耗费了很多人力。那不是佯攻。要说的话,我觉得有绝望的味道。我不认为他们能同时发起两次行动。"

"但我们会往仓库增派卫兵。"

"当然了。"

"里面,和外面?"

"嗯,不是,"穆拉盖什咳嗽了一声,擦了擦嘴,"我们在仓库里没有任何卫兵。"

"没有?"

"没有。没人能进仓库。"

"巡逻兵也不行?"

阶梯之城

"就算我想派巡逻兵,恐怕我也找不到人进去。那里满是鬼魂,莎拉。我们不想打扰里边的东西。"

"但是你确实有一份仓库里物品的清单?"

"哦,是的。当然了。"

"那么我猜,"她慢慢地说道,"你不只有一份?既然埃弗雷姆拿出了一部分清单来研究,我猜你会有备份以免发生什么……"

"我们有两份,没错。你在想什么?"

"我在想,"莎拉慢慢地说道,"艾瑞娜告诉我她复制了大约清单里的一百页,然后修复派在里边找到了他们要找的东西,或者找到了对他们有用的东西。"

"所以?"

"所以,我们知道他们感兴趣的是最后几页。在他们找到要找的东西,或是能帮上忙的东西之后,他们就停手了。艾瑞娜说,这发生在图瓦之月。所以我们只需要找到他在那段时间里查看过的那部分清单……"

"……然后我们就会知道修复派找到了什么!当然了!妈的,真是聪明!"

"不,这只是从在稻草堆里找一根针,变成了在小一点的稻草堆里找。"莎拉说道,"从艾瑞娜告诉我的关于清单的事情来看,每一页上有几十条。所以我们可以把条目的数量从几千个降低到,哦,大约只有几百个。"

穆拉盖什脸色一沉:"几百个……"

"至少,这是个起点。"莎拉说道,"而说到艾瑞娜……"她转头看着齐格拉德。

"我们看着呢。"齐格拉德说道。

"你对你雇的人有把握?"

"我知道我们给的价钱,"他说道,"对这么简单的工作来说,不会有麻烦的。我得知,她回到了家。他们把她一个人留在了那里。我们看着呢。"

"你必须确保不能跟丢。她是我们仅有的有把握的线索。我们也必须紧盯着维科洛夫。"

"我们,"齐格拉德把刀从火腿里拔了出来,"看着呢。"

莎拉轻轻敲着茶杯壁。坐在线索上,有句话说,直到它们在你的重压下破裂。

"如果你只在工作的时候喝茶,"穆拉盖什说道,"那我建议你换成咖啡。我看到未来有很多工作,咖啡劲头更大。"

"咖啡振作身体,"莎拉说道,"茶振作灵魂。"

"你的灵魂已经这么伤痕累累了?"

莎拉没有回应。

"你不吃吗?"皮特瑞说道,"在我们全吃光之前吃点吧。"

"我们绝对吃不光的。"穆拉盖什说道。

"唔。不了。"莎拉说道,沉浸在思绪之中。

"为什么?你不饿吗?"

"那不是关键。我发现,"莎拉说着倒满了茶杯,"那味道有点让我过于想家。要是我想要一点加拉戴什的味道,那我更喜欢喝茶。"

阶梯之城

◆

　　棺材严丝合缝地放置在运输板条箱里，四周连一寸的空隙都没有。我想知道，莎拉想，是不是有个专卖装棺材的板条箱的市场？有这么多人死在海外？

　　"你想让我们现在就钉死吗？"工头说道。他和他的三个雇员并没有费心掩盖他们的不耐烦。

　　"再等等。"莎拉平静地说道。她摸着棺材表面：喷过漆的松木，大多数塞普尔人永远不会选择的材料。"能请你再等我一会儿吗？"

　　他迟疑着："好吧……发往阿哈纳斯坦的火车一个小时内就要发车了。如果走晚了，那……"

　　"那他们就会扣你工钱，我知道。如果我让你迟到的话，我很乐意付你差价。就一会儿，可以吗？"

　　工头耸耸肩，对他的手下比画着，莎拉独自待在使馆后边的小巷里。

　　本该有更大的葬礼的，但似乎永远不会有了。她在亚弗拉特的那个特工；科尔卡斯坦的那个矿井监理；约科夫斯坦的那个小贩，挨家挨户推销照相机，拍摄居民的照片表面上作为他推销的一部分……她都没有真的让他们得到安息。他们依然在她的脑海里徘徊，就像他们之前徘徊在生活中那样。

　　如果我能送你回家，她对棺材说，我会看着你安息的。

　　她想起教授在阿哈纳斯坦第一次去找她的情景，看到他就是一直以来她想象中的那个目光明亮、穿着整洁的小个子男人的时候她多么开心。在一天的训练之后，他对她的博学印象深刻："你上的是哪个大学？我很抱歉，我并不熟悉你发表的文章。"而她告诉他自己没发表过文章，她也永远不可能发表文章，她的工作离学术界非常远。他停住了，思考着，然后问道："我很抱歉，但我必须问……你是，呃，阿莎拉·柯梅德，是吧？大家对这件事都保持着沉默……但那就是问题所在，对吧？"

莎拉微微一笑，不情愿地点了点头。

"冈杰士和阿莎卓拉——他们是你的父母？"

她僵住了，但再次点了点头。

他深思了一会："我认识他们，你知道吗。非常遥远的事情，远在改良运动时期。你知道那件事吗？"

莎拉用听起来非常小的声音说："是的。"

"那时他们比我更加活跃。我坐在桌子后边写着信，写着文章。但是他们真的去了贫民窟，去了瘟疫地区，建立起医疗帐篷和医院……恐怕他们是知道那里有危险的——瘟疫感染性极强——但他们还是那么做了。有的时候，和他们的行为比起来，我觉得自己就是个懦夫。一个彻彻底底与世隔绝的学者。"

"我不这么认为。"莎拉说道。

"不？"

"我认为你……你改变了历史。你在我们需要它改变的时候改变了历史。"

他变得有点严肃。"改变？不，我并没有改变什么，柯梅德小姐。我讲述出我认为是真相的东西。我认为，历史学家应该是真相的守护者。我们必须讲述真相——诚实地，不做任何改变。这就是一个人所能做到的最大的善事了。而作为外交部的仆人，你必须问自己——你想要保存下来的是什么样的真相？"

阶梯之城

在那以后,莎拉觉得他有所保留,好像他嗅出了她的不同,感觉到她的价值观与他不同,她保留着他知道自己有一天要驳倒的议题和故事。而莎拉曾经想要说,不,不,不要蔑视我——我是个历史学家,就和你一样。我寻求真相,就和你一样。

但是她没能说出口,因为她自己知道这是谎话。

> 我从未见过拥有特权而没有尽其所能地利用特权的人。关于信仰、党派、经济系统、权力，随你怎么说——在我看来全都是特权以及特权的结果。
>
> 在我看来，国家并不是由支持特权的结构组成的。相反，它们是由否认特权的结构组成的——换句话说，决定谁不能被邀请入席。
>
> 遗憾的是，人们经常放任偏见、怨恨和迷信控制着对特权的否认——实际上冷血无情要来得更加有效率。
>
> ——外交部长，温雅·柯梅德，给首相的信，1707

又一个寒冷的早晨。在莎拉打开使馆正门的时候，庭院守卫的毛皮大衣一直裹到了鼻子，他转过身说道："他在大门口。我们没让他进来，因为……"

"我明白，"莎拉说道。她穿过使馆庭院。树木垂下了头，挂着一层层黑色玻璃一样的东西；使馆墙面上数不清的腐蚀和裂纹里满是珍珠般的白色，仿佛一夜之间被填充材料填平。她手里的咖啡杯在身后留下了一条蒸汽的河流，就像船在尾流里留下的气泡。她思索着，和昨夜维科洛夫像条看门狗一样隔着栏杆吼叫的时候比起来，它在白天看起来多么不同，洁净寒冷而又闪闪发光。

大门铿锵着打开了。一个男孩站在使馆车道里，高举着一个银盘子。她看得出他穿的是男仆的服饰，但他似乎走了很远：上嘴唇上的鼻涕都结成了冰。要是他抖得不这么厉害的话，那他冲着她做出的表情几乎可以算是个微笑："希瓦尼大使？"

"你是谁？"她问道。

"我……给你带了一个消——消息。"他把银盘递给她，中央放着一张白色的小卡片。

阶梯之城

莎拉笨拙地用冰冷的手拿起卡片，眯着眼读着。

沃翰尼斯·沃特罗夫阁下
布里克乌城邦
14，15，16选区城镇之父
邀请您今晚7：30
于勾施托克-索尔达晚餐俱乐部
度过一个美好的夜晚
一定会很愉快

莎拉把卡片握成一团。"谢谢你。"她说完，把它扔到了一边。在这么多可能性中，她想，取得突破的事情却是我告诉温雅我不会看的事情。

"抱歉，小姐，"男孩说道，"我不想打扰您，但是……我能——能走了吗？"

莎拉瞪眼看了他一会儿，接着把那杯咖啡塞到他手里。"给。它对你比对我更有好处。"

男孩步履艰难地离开了。莎拉转过身，快速走回使馆正门。

使馆外有个孩子哭了起来。打雪仗发生了糟糕的一幕：一发雪球里包含了过多的冰块，人行道上充满了指指点点的手指以及持续的喊声，不公平，不公平！

❖

大门打开，勾施托克-索尔达晚餐俱乐部的内部看起来是一道坚固的烟雾墙。莎拉对此困惑不解,但是侍者们似乎毫不在意:他们的姿态就好像致密的烟雾是什么令人愉快的景象一样。外面的风吹了进来,把烟雾吹散,变成了旋转的条纹,这时莎拉才勉强看到了闪烁的烛光,餐叉油腻的光泽,还有男人们大笑的脸孔。

紧接着,势不可挡的烟味扑面而来,她差点被熏得倒退一步。

在进门之后,她的眼睛开始适应。烟雾并没有她一开始想象的那么厚实,然而还是看不到天花板:吊灯仿佛从天而降。领座侍者看着她——惊讶,还有点愤怒——问了名字,就像他并不期待一个塞普尔人还能提供出什么别的一样。"沃特罗夫。"莎拉说道。那人僵硬地点了点头——我就知道——做了个"请"的手势。

莎拉被领过一片隔间和私人包厢的迷宫,其中装满了穿着套装和长袍的男人,满是闪光的灰色牙齿,闪光的光头和闪光的黑皮靴。雪茄烟灰在沉闷的空气中像橘红色的萤火虫一样舞动着。这里仿佛整个地方都浸透着油和烟,她都能感觉到烟雾在裙摆的边缘困惑地吸着鼻子,疑惑着,这是什么?什么怪异生物渗透进了这个地方?这会是什么?

在她走过的时候,一些桌子边的人陷入沉默。光头从隔间里探出来看着她。我,当然,是双重的冒犯,她镇静地想,既是个女人,又是个塞普尔人……

天鹅绒门帘被拉开,显露出一个包间。沃翰尼斯坐在像驳船那么大的桌子的一端,半埋藏在报纸帐篷之中,蜷缩在靠垫椅子里,浅棕色(但沾满了泥)的靴子架在桌子上。在他身后看起来很舒适的椅子里坐着他的塞普尔保镖,有人抬起头,挥挥手抱歉地耸了耸肩:这不是我们的主意。沃翰尼斯的报纸帐篷略微瘪了下去,莎拉看到一只明亮的蓝色眼睛在报纸的顶端窥视着,然后帐篷塌了。

阶梯之城

沃翰尼斯在髋骨允许的范围内尽可能迅速地站了起来，鞠了一躬："希瓦尼小姐！"

他可以当个不错的舞会主持人。"还不到两天，"她说道，"没必要搞得这么隆重。"

"哦，但很有必要搞得隆重一点！特别是在……那句话怎么说的来着？敌人的敌人就是我的……"

"你在说什么呢，沃？你拿到我要你拿的东西了吗？"

"哦，我拿到了。拿到它是一件多么有趣的事情啊。但首先……"沃翰尼斯拍了两下手。他的手套——白色，天鹅绒——沾着报纸的油墨。"哦，先生——可以的话，请给我们拿两瓶白李子酒，还有一盘蜗牛。"

侍者像弹簧玩具一样鞠了一躬："听从差遣。"

"蜗牛？"莎拉问道。

"先生们，"沃翰尼斯转向那些塞普尔保镖，"需要什么点心吗？"

有人张嘴想要回答，看了莎拉一眼，重新考虑了一下，然后摇了摇头。

"如你所愿。请坐。"沃翰尼斯挥手指着身边的椅子，"很高兴你能来。你肯定忙得够呛。"

"你选了一个很有趣的会面地点。我认为麻风病人在这里都会得到更热诚的欢迎。"

"嗯，我觉得如果我能去你工作的地方见你，那你或许也能来我工作的地方见我……尽管这个地方看起来像是老顽固的色情场所，希瓦尼小姐，我向你保证，这里就是布里克乌商业的兴衰之地。如果你能看出这些经济的流动，把它想象成一条悬在我们头顶上的金色河流，这里——就在这里，在这些烟雾和蹩脚的笑话，煮牛肉和光头之中——就是它形成自己最致密、最顽固、最解不开的结的地方。我邀请你来看一看这条摇摇欲坠、满身是屎的船，然后认真考虑让它载着布里克乌的商业航向繁荣之海。"

"我有种奇怪的感觉，"莎拉说道，"你并不喜欢在这里工作……"

"我别无选择，"沃翰尼斯说道，"这里就是这样。尽管它看起来像一座建筑，实际上是好几座。布里克乌的任何房屋都是被分割开的房屋，这座房屋被分割成了带状的，我的战斧。每一条带子都可以用颜色来代表它拥护的党派。你可以在地板上画线——如果弯曲的地板还承受得住的话——标记出某些俱乐部成员永远不敢跨越的路障。但是最近，这个俱乐部——和布里克乌一样——开始聚集在两个主要派别周围。我的派别，还有……"

他把报纸摔到她的膝盖上。一篇文章被圈了出来：维科洛夫挺身而出对抗使馆。

"你吸引了一些墨水啊，亲爱的。"沃翰尼斯说道。

莎拉看了一眼文章。"是的，"她说道，"有人通知我了。你为什么在意这件事？"

"嗯，我一直在考虑怎么帮你。"

"哦，天哪。"

"在维科洛夫的事上，我可以帮你很多。"

侍者带着一瓶白李子酒从烟雾中出现。他向沃翰尼斯展示着瓶子，沃翰尼斯瞥了一眼标签，点了点头，懒懒地伸出了一只手，一个闪亮的水晶杯立即被送到了手里。侍者怀疑地打量着他们，仿佛在说，你真的想让我也为她服务？沃翰尼斯愤怒地点了点头，侍者恼怒地、敷衍了事地为莎拉也做了同样的仪式。

"无礼的混蛋，"侍者离开后沃翰尼斯说道，"你经常遇到这样的事情？"

"你的提议是什么，沃？"

"我的提议，就是我能让你抓住维科洛夫的把柄。而且我会发自肺腑地去做这件事……只要你能干掉那个肥胖的混蛋。"

莎拉抿了一口酒，但仅此而已。她看到沃翰尼斯旁边放着一个手提箱，和他的手套一样是白色天鹅绒的，一样的滑稽。诸海在上。我真的招募了一个小丑当特工？但是，她注意到，在他的另一边还有第二个手提箱。那个保险箱里的东西有这么多？

"你打算怎么让我们在维科洛夫的事情上取得进展？"

"嗯，麻烦就在这……我不是那种鬼鬼祟祟搞狡诈政治诡计的人，尽管现在发生了很多事。我的类型更加，"他快速转动着纤细的手指，思考着，"理想主义。我能赢得支持主要是因为我不会弄脏自己。"

"但你现在愿意这么做了。"

"如果那一坨爬满苍蝇的人形大粪真的，真的和袭击我们，杀了庞瑞的人有关系的话，看到他离开政治舞台并不会让我感到悲伤。既然我不能亲自把匕首插到他背上，那么或许我可以把匕首交到更擅长使用它的人手里。"

侍者突然从难闻的烟雾中出现，拿着一块巨大平坦、开了很多洞的石头。石头浸在黄油里，那些洞里似乎塞着淡棕色的小纽扣。

"你在说什么，沃？"她再次问道。

沃翰尼斯抽了抽鼻子，拿出一把像针那么大的叉子。"我在维科洛夫的商行里有个朋友。你知道的——维科洛夫是守旧派代表人物里为数不多真正涉足商业的人。他靠卖土豆为生。不知怎么，看起来很适合他。长在泥巴里，不见天日……"他戳起一只蜗牛，放到嘴里，咕噜着说道，"哈。唔。"他在牙齿间转动着那一小团肉，喘息着咽了下去。"非常烫。总之,我说服了这个维科洛夫商行里的联络人,弄来了维科洛夫去年所有的投资和购买记录。"他得意地微笑着拍了拍椅子边的第二个手提箱,"这么说吧,我很确定他的长袍下边有非常腐朽的东西。不幸的是,很有可能不是什么淫秽的事情——一日科尔卡斯坦人,终身科尔卡斯坦人,而维科洛夫差不多是他们中最像科尔卡斯坦人的人——但确实有事情。而我希望你去发现。"

莎拉直入主题:"他在资助修复派吗?"

"我大致看了看那些文件,不幸的是,我得承认并没有看到。但是里边很显然有一些奇怪的地方。"

"比如说?"

"比如说那些纺织厂。"

"比如……,什么?"

"纺织厂,"沃翰尼斯再次说道,"维科洛夫全款买了全城的三家纺织厂。你知道的,用来做地毯的巨大纺织工厂?"

"我明白大致的意思……"

"是的。他买下了它们。另外,也不便宜——而且他还没有改名。"

"所以你认为他不想让人知道。"莎拉说道。

"是的。但是在他的全部经历中肯定还有什么事情。我就是看不出来。而且话说回来,我身后可没有巨大的情报部门。"

她考虑着:"他是在图瓦之月之后才买的纺织厂吗?"

"啊……嗯,我一下子想不起确切的时间,但我估计是这样的。"

有趣,她想。"你的线人可靠吗?"

"很可靠。"

"我知道,但是有多可靠?"

沃翰尼斯迟疑着。"我和他之间的关系非常亲密,"他慢慢说道,

阶梯之城

"这对你来说应该就足够了。"

莎拉几乎要继续问下去,但此时她明白了。她不自在地咳嗽了一声,说道:"我懂了。"她看着他又喝了一口酒。他面色苍白,还在流汗,突然间他的脸上看起来满是皱纹,又很柔软,就像上等的亚麻布一样。"听着,沃。我……我要做一件我不经常对自愿的线人做的事情。"

"是什么?"

"我要给你机会重新考虑一下。"

"你什么?"

"我要给你个机会,重新考虑一下你现在做的事情。"莎拉说道,"因为如果你再次向我提供这些文件的话,我会利用它们的。要是我不这么做就不够专业了。而当有人问起我是在哪里得到它们的时候——他们会问的——那么我就不得不告诉他们。我无法预测会发生什么,但一旦这事按预期发生的话,很有可能,在未来的塞普尔的公开讨论会上,有人会声明沃翰尼斯·沃特罗夫,布里克乌的城镇之父,在充分理解了另一个城镇之父会因此身败名裂的情况下,向塞普尔政府提供了宝贵的材料。而那样的事情……是有后果的。"

沃翰尼斯注视着蜡烛的火焰在烛芯上舞动着。

"我以前见过,"莎拉说道,"很久之前我因此失去过线人。我利用别人,沃。那就是我现在的工作并不光彩,会产生很多后果。而且……而且如果你再次向我提供这些材料的话,我会拿走的,因为我不得不这么做。但是我想要你仔细思考一下递交那个手提箱可能会带来的后果。"

沃翰尼斯明亮的蓝色眼睛注视着她。它们肯定,她想象着,还是他婴儿时期那么蓝。

"来为我工作吧。"他突然说道。

"什么?"

"你似乎对自己的现状很不开心。"他戳起一只蜗牛,吹着它,黄油滴落在桌布上。"来为我工作吧,可以改变生活节奏。我们不是守旧派,我的同伴里也没有守旧派。我们在做崭新的大事。而且我还可以付你数量多到可耻的钱。"

莎拉难以置信地盯着他,笑了:"你不是认真的吧。"

"我特别认真。认真得要死。"

"我……我不会为你工作的,沃。"

"那去他妈的吧,拿着。"他大口喝着酒,又吃了一只蜗牛。"一切对我来说都只不过是个小头疼罢了。运营生意。操控资金。我就这么无所事事地获选,然后,我不知道,坐在游行彩车上或是别的事情。"

莎拉用双手托着脸,笑着。

"你在笑什么?"他顽强地想要保持严肃,但是他的微笑出卖了他,"怎么啦。我说真的呢。来吧,"微笑消失了,"来和我一起生活。"

莎拉不笑了。她眨眨眼,叹息道:"哦,沃。为什么?"

"什么为什么?"

"你为什么要这么说?"

"我是说……哦,得了,我是说生活在布里克乌。"

"听起来可不像。而且……而且你毕业的时候就是这么问我的。"

沃翰尼斯难为情地看着塞普尔保镖:"先生们,呃,你们能让我们单独待一会儿吗?"

保镖们耸耸肩,在包间门外找到了驻扎位置。

"那……莎拉,那很明显不是我的意思,"沃翰尼斯说道,绝望地笑着。

"这就是你邀请我到这里来的原因？雅致的餐厅，以及求欢？"

"这里可不是什么雅致的餐厅。我只品得出烟草味，诸神啊……"

一阵沉默。隔壁房间嘶哑的笑声变成了肺气肿的咳嗽声。

"带我回来也不会让我们幸福的。"莎拉说道。

沃翰尼斯被刺痛了，坐到椅子里，盯着自己的酒杯。

"我不是过去的我了，"她说道，"而你也不是过去的你。"

"为什么一切非得这么尴尬呢。"他闷闷不乐地说道。

"你订婚了。"

"哦，是的，订婚了。"他扬起双手，又放了下去：那又有什么意义？"我们是非常快乐的小两口。我们经常狂欢作乐。上报纸。"

"但是你不爱她？"

"有些人的生活中需要爱情。其他人，就不一样了。就像买房子一样：'你想要中央壁炉吗？你想要卧室有窗户吗？你想要爱情吗？'它并不是我的必需品。"

"我不认为这是真的。"

"好吧，我又不是有得选择，"他怒气冲冲地说道，"你……你在进来的时候看见那些隔间里的人了吗？你能想象他们会……？"他再次奋力镇静了下来，"我比你知道的要肮脏，莎拉。"

"你根本不了解什么是肮脏。"

"你根本不了解我。"他注视着她，脸颊抖动着，一滴眼泪在他右眼角里打转着。"我可以把维科洛夫交给你。他罪有应得。抓住他。抓住他，烧了他。"

"看到你这么乐于迫害科尔坎信徒我很难过。"

他阴郁地笑着："难道这不是他们应得的吗？我是说，我该死的家族……你说什么迫害,你怎么不跟那些狂热地这么做了几百年,甚至在他们该死的,"他看着周围,压低了声音,"神不在的时候,也一样这么做的人去说?"

"他们依旧是你的人民,你想要帮助的人民,难道不是吗?沃,你到底是想要改革布里克乌,还是想要把它夷为平地?"

听到这话,沃翰尼斯震惊得一时说不出话来。

"你的家族是科尔卡斯坦人?"莎拉轻声问道。

他点点头。

"你从未告诉过我。"

他的皮肤再次变得苍白如纸。他思索着,额头皱了起来。"没有,"他说道,"我没告诉过你。我觉得没有必要告诉你——过去布里克乌大多数人都是科尔坎信徒。现在也依然如此。大陆的大部分地区依然如此。我猜,他们习惯了没有神的生活。在和卡吉大战之后,对科尔卡斯坦人来说转变要比其他人容易得多……"他倒出了瓶子里剩下的酒,他的一个戒指在拍打出最后几滴酒的时候发出了活泼的叮叮声。"我的父亲是个富裕的科尔卡斯坦人,于是情况更糟。对大部分科尔卡斯坦人来说,你向世间展示着许多耻辱——出生就是耻辱——但是对富裕的教徒来说,你也同时展示着贫穷。你看,只是另一件耻辱的事情而已。严厉的人。如果我们做错了什么,我们就得自己去砍一根棍子,"他伸出了食指,"我们手指那么粗的棍子,给他来揍我们。如果我们找棍子太细了,那就得由他来替我们选。尽管他在生活上是一个吝啬的人,他对棍子却从不吝啬……"一大口酒。"我的哥哥很爱他。他们彼此感情深厚,我猜我应该这么说。或许只是因为沃尔卡年纪更大——父亲总是对孩子们没有像大人一样举止理智感到不满。而在我父亲死后,我哥哥永远没有原谅……嗯。一切。世界,特别是塞普

阶梯之城

尔——因为我们大陆人推测瘟疫是塞普尔的发明。在他十五岁的时候，他加入了一支朝觐者的队伍，徒步跋涉去寒冷的北方试图找到什么该死的神殿。留下了九岁的我和一堆保姆仆人在一起。而他再也没有回来。几年之后我得到消息，整支队伍的人都死了。活活冻死。期待着，"沃翰尼斯把酒杯送到唇边，"从未到来的神迹。当然，或许我是想毁了维科洛夫。他也许是大陆未来路上的障碍——因为我看不出他希望看到明亮的新未来，他更想要死去、沉闷、满布灰尘的过去。无论如何，他离开的时候我是不会流一滴眼泪的。"

莎拉闭上了眼睛。我的腐化，她想，散布得多么轻松。"如果你再次向我提供的话，我就不得不收下了。"

"收下吧，莎拉。如果这就是你的工作，我很乐意看到你对他这么做。"

莎拉睁开了眼睛。"好吧，我会的。我猜保险箱里的东西在另一只手提箱里？"

"你猜得不错。"他拿了起来，把它拍在桌上，开始打开箱子。

"不，不，"莎拉说道，"住手。"

"什么？为什么？"

"我……做了个不幸的承诺。"温雅姑妈记得别人对她做过什么承诺……还记得哪些没有被遵守。她思考着自己愿不愿意违背姑妈，打开箱子。她感到，这么做会让自己置身地狱，特别是在温雅的威胁之后。那么，最后的办法，她想，思考着在傻瓜们理性地解释他们可怜的选择的时候是不是就是这种感觉。"如果你把箱子给我，外交部会十分高兴地补偿你。"

"你想要我就这么把箱子给你？"沃翰尼斯激动地说道，"但是这个东西可花了不少钱呢！"

"多少?"

"我不知道……不是我买的。有人替我去办。"他一边抱怨着一边检查着手提箱,"它应该花了不少钱……"

"寄一张发票过来,我们会相应地补偿你的。"她把一个箱子从桌上滑下去。它不是很重。文件?她紧张地想着。书籍?某种工艺品?接着她从沃翰尼斯手里接过另一只手提箱。她站着,双手各提着一个箱子,感觉很荒唐,就像马上要出发去海滩度假一样。

"为什么,"沃翰尼斯送她到门边,说道,"每次我们处理完事情之后,总感觉我们谁也没有得到自己想要的?"

"或许是因为我们参与了错误的事情。"

❖

逃离俱乐部的空气就像从深海里往上游一样。我得把这些衣服扔了,她想,纤维都中毒了……

"哦,"一个声音说道,"这不是……希瓦尼小姐吗?"

莎拉抬起头,心猛地一沉。伊婉雅·瑞斯特洛伊卡坐在一辆加长的昂贵白色汽车后排,脸白得和雪一样,嘴唇涂成了明亮的血红色。她不知为何,看起来比莎拉上次在沃翰尼斯宴会上看到的还要苍白。一缕黑发从她的毛皮帽子里跑了出来,卷在额头上,绕到了耳后。然而在这些精心修饰过的文雅面容背后,她毫不掩饰自己的震惊,盯着莎拉。

"哦,"莎拉说道,"你好,瑞斯特洛伊卡小姐。"

伊婉雅的黑眼睛看向俱乐部的大门,失望地暗淡下来。"那么,你就是他今晚要见的人。"

"是的。"赶紧迅速思考。"他在为我做一些生意上的介绍。"莎拉慢慢地走到车窗边。"他有很多想要向塞普尔推销的生意。他这么做真是太明智了。"不错的谎言：够用，合理，或许还有六分之一是真的。

"这个俱乐部是布里克乌所有俱乐部里最守旧的。"

"我猜，就像他们说的，时代在变化。"

伊婉雅看着白色的行李箱，点了点头，很明显并不相信："你过去就认识他，是吧？"

莎拉顿了一下："不算认识。"

"唔。我能问你点事情吗，希瓦尼小姐？"

"当然了。"

"请……小心对待他。"

"抱歉？"

"所有那些虚张声势，吹嘘夸口，他比你想的要脆弱得多。"

"你是什么……？"

"他告诉你他是从楼梯上摔下来摔坏了髋骨？"她摇了摇头，"他是在一家俱乐部里。但不是像这样的俱乐部。那也是个男人见男人的俱乐部，我猜可以这么说，但是……相似之处到此为止。"

莎拉感觉心跳得更快了。我早就知道这一切。但我为什么这么吃惊？

"那天晚上警察突袭了那个俱乐部，"伊婉雅说道，"布里克乌，你可能已经知道，从未真正放弃许多科尔卡斯坦的倾向。这样的……做法是严重违法的。而且他们对抓到的人十分粗暴。他差点死了。你知道，髋骨是很难愈合的部位。"她悲伤地微笑着，"但是他没有得到教训。这就是为什么他会参与政治。他想要改变现状。毕竟，是厄恩斯特·维科洛夫下令进行的那次突袭。"

从俱乐部里出来了一群醉汉,大笑着。烟雾像情人的拥抱一样萦绕在他们的衣领上。

"你为什么和他在一起?"莎拉问道。

"因为我爱他。"伊婉雅说道。她悲伤地叹息着:"我爱他,我爱他这个人和他要做的事情。而且我想要照顾他。我希望你也会这么想。"

车灯的光照在白色的汽车上。莎拉听到皮特瑞在使馆的车里叫着她的名字。俱乐部的门打开了,沃翰尼斯走了出来,白色的毛皮大衣在路灯光下闪闪发光。

伊婉雅笑着:"再见了,希瓦尼小姐。祝你晚间愉快。"

❖

莎拉依然记得那一天:很久以前,法德胡瑞第二学年第二学期快结束的时候,她正走在他公寓楼的楼梯上,罗什尼·希德塔瑞从上面冲了下来。她打了招呼,但是罗什尼——头发凌乱,汗流浃背——并没有回答。在她走进沃翰尼斯房间的时候,看到他光着上身坐在椅子里,脚架在窗台上,双手放在脑后,不知为何她脑海里警铃大作——因为他似乎只在做爱之后才会这么做。

在他们聊天的时候——无伤大雅的对话——她悄悄走到了床边,摸了摸床单。

床单是湿的,一个地方——如果你躺在床上的话,那就是腰和屁股的位置——确凿不移的湿透了。

小罗什尼跑得多快啊,简直就像房子着火了一样……

当时她并没有和他对质,而是开始了观察。(这就是我一直以来的

阶梯之城

样子,她想到。一个不会干预自己生活,而是观察,在幕后工作的人。)她观察到沃似乎和年轻男人一起度过了很多时间,他拥抱他们的方式。她观察着他注视他们的方式,在他们身边他的姿态变得越来越放松,越来越倦怠。

他自己知道吗?那时她思索着。我知道吗?

这一天,她再也无法忍受了,于是她悄悄地走进他的公寓里,而他和那个男孩——她都想不起那个男孩的名字了,罗伊还是什么的——正在彼此纠缠,缓慢地温柔地运动着,就在不到两天之前,沃还在这张床上对她耳语着他有多么爱她。

她清了清喉咙,他们的表情剧变。男孩冲出了门。沃愤怒地对着她大喊大叫,而她沉默地站着。

他宁愿她也对着他喊叫。她看得出来。但是她不会这么做的。这不是争吵,她并没有参与他的所作所为。她想不出更纯粹的背叛。

最糟的就是那个男孩长得和她非常相像。莎拉从没有也绝不会拥有特别女性化的体形:她想,她有着一个男孩的身体,肩膀的线条比臀部更加突出,而且很明显没有胸。我只是个替代品?她之后想,我是不用做什么违禁的事情就能体验禁忌之爱的办法?即便如此,她依旧无法胜任,无法拥有真材实料的精髓。

他乞求她说点什么,做点回应,和他争吵。但是她并没有。她走出他的公寓,而且差不多在剩下的在校时间里走出了他的生活。

(她依然对此有点自豪:她是多么平静,多么冷漠,多么镇定。然而她又是如此羞愧:自己是这么震惊,这么懦弱,这么内向,甚至都无法允许自己冲他喊叫?)

她投身学业,突然间激起了爱国主义的热情。几个月之后,他毕业了。他收拾好行李准备坐火车到码头去,然后回到布里克乌。他来找她,乞求她和他一起走,乞求她帮助他成为那个他十分想要成为的人。他试着贿赂她,讲述着小说一般的谎言,告诉她,如果她想的话,在他家里她可以成为公主。而莎拉,像冰一样,像钢一样,尽她所能地伤害了他——亲爱的,我觉得你真正想要的,是王子。但是你回了家就不能拥有了,是吧?他们会杀了你的。——然后她在他脸前摔上了门。

有一天你会知道的,她的姑妈温雅告诉她,你会理解的。你会认清自己。事情会走上正轨。

莎拉经常思考,这是为数不多的几次,温雅姑妈彻底错了。

阶梯之城

我踏上约科斯坦附近的山，我非常恐惧。月亮像是棕黄色的茶渍。山脉光秃秃的，一片白茫茫，长着矮小扭曲的树木。地面十分不平整，逼着你向下，走在山谷的地面上，迷失在黑暗中。至少感觉上是这样的。

有时我看到扭曲的树干上闪烁着火光。黑暗中传来了叫声：动物，或者是人装成动物，或者是动物装成人。有时会传来声音。"到这来！"他们低语道，"来和我们一起跳舞！"

"不，"我说道，"我还有事要办。我有个包袱。我必须亲自把包袱送给约科夫本人，别人不行。"他们笑了。

我多么希望自己还在塔尔瓦斯坦。我多么希望我还在家里。我多么希望我没有从圣徒斯瑞乌斯基那里接过这个包袱。但是，我也很好奇——我不知道是因为风中的声音，还是颤抖的树木那里传来的窃笑，还是黄色月亮的光芒，但约科斯坦是个充满着隐藏的东西，充满着永恒的秘密的地方，我暗地里希望能够见识更多。

我转过拐角，来到一个满是小皮房子的山谷，山谷中央点着篝火。人们围着火堆舞蹈着，尖叫着，歌唱着。我缩到一棵树旁边观察着，满心恐惧，而人们在沙地上狂热地交合着。

我感觉到有人站在我背后。我转过身，看到一位老人站在我身后的小路上。他穿着华丽的长袍，头发编成辫子，在头顶系成了结，和当时其他受尊敬的塔尔瓦斯教徒先生们一样。

他为吓到了我而道歉。我问他是做什么的，他说他是来自布里克乌的商人。我看得出他以为我也是，因为我背着包袱。

"真是野蛮的一群人，你觉得呢？"他问道。

我告诉他我无法理解他们怎么是这样生活的。

"他们相信自己是自由的，"他说道，"但实际上，他们都被自己的欲望奴役了。"

他告诉我他的帐篷就在附近,隐藏得很好,他提出在这个怪异的地方我可以到里边容身。他看起来是个和善的老人,于是我接受了,跟着他穿过了弯曲的树木。

他边走边说:"有时我希望自己年轻一点。因为我很老了,我不仅肉体虚弱,而且还被经年累月积累的东西束缚着。有时我希望自己能鼓起勇气去这么年轻,这么张扬,不受约束,没有负担。"

我告诉他,他应该为自己感到自豪,活了这么久而没有沉湎于堕落的冲动。

"我很惊讶,"他说道,"一个像你这么年轻的人,却对那些禁忌的狂野丝毫不感兴趣?"

我告诉他我憎恶那些事情——一个谎言,我知道。

"难道你不想知道被自身的欲望奴役到底能不能,哪怕一点点,让你自由?"

我感觉自己在出汗。我脖子上的包袱感觉如此沉重。我承认我的思绪有时会迷失在禁忌的地方。而在那一晚,它似乎更加频繁地去向那样的地方。

他在黑色的树冠下急转。我看不到了他了,但是我能跟着他的声音走。

"约科斯坦,这个城市本身,某种程度上也是个禁忌的地方。"他的声音从前边传来,"你知道吗?"

沙地上放着老人的长袍,我走过它——看起来,是在他行走的途中被丢弃了。

一群棕色的椋鸟从前边的树木上起飞,翱翔进夜空之中。

"它移动,变化,"他的声音说道,"它在山上舞动。"

我走过树上垂下的假发——老人编成辫子的头发。

"它永远不在你所期待的位置。"他的声音说道。

我走过灌木丛上的一件衣服。但它并不是衣服,而是面具——老人面孔的面具。

他的声音从树木间传来:"就和约科夫一样。"

我进入一片空地,中间是一个长而低矮的动物皮帐篷。空地的每一棵树上都落着一只棕色的小椋鸟,每一只都用冷漠的黑眼睛注视着我。

我看到脚印通向帐篷的入口。我跟着它们站到帐篷前。

"进来吧,"一个声音兴奋地低语着,"放下你的包袱!"

我迟疑着。诱惑在对我低语,而我倾听着。

椋鸟注视着我,我脱下了长袍,脱掉了凉鞋。我赤裸地颤抖着,凉风吹在我的皮肤上。接着我走了进去。

我就是这么见到约科夫的,天空舞者,面容商人,歌曲之王,椋鸟牧者。在他触碰我之前,我觉得自己已经爱上他了。

——约科夫的祭司及第七十八位配偶,圣徒吉弗雷的回忆录,C.982

幸存者

穆拉盖什奔跑着。

她跑过被冰冻的山丘,跑过泥泞的道路,绕过阴湿的树林。她奔跑着,尽管呼吸在胸腔里燃烧,每跑一步双腿都在抗议。

四十八岁,她知道自己很快就要超过能这么做的年纪了。如果我真想这么做的话,她想,那最好现在抓住机会。她喜欢跑步因为它是最纯粹的竞技运动——每一步,你唯一要对抗的就是自己。而且她与人真实对抗已经是很久以前的事情了(她依然乌青的眼睛每跑一步都会疼),或许这就是现在她唯一能做到的对抗了。

最后一次见到莎拉·柯梅德差不多是一周以前的事情了,但是穆拉盖什无法停止思考"大使"告诉她的事情。诸海啊,我希望那个姑娘是错的,她想。那个想法耗光了她的体力——下一座山感觉比上一座难多了——然而她却无法停止思考。

有一个神明还活着。或许他们根本没有真正离开。

穆拉盖什,和军队里的每个人——塞普尔的每个人——一样,都是怀着当上卡吉的想法长大的。然而在她或许能得到机会的时候,那个想法却让她感到恐惧。每个塞普尔儿童的成长过程中都做过关于神明的噩梦:无法描述的巨大黑色形体遨游在历史的深渊之中……莎拉谈论他们的口气就好像他们是政客或者将军一样,但是对穆拉盖什和其他塞普尔人来说,他们永远都是妖怪中的妖怪,是恐怖的怪物,感觉仅仅提到他们的名字就是违法又可怕的事情。

给我一场真正的战争,随时随地都行,她想,有战壕和弩箭的,人类的,会流血的。作为黑水之夏的老兵,穆拉盖什肯定看得出憧憬着那些满是泥巴雷鸣,在黑暗中作战的糟糕日子是多么的讽刺。短暂而光荣的战争,所有的塞普尔人都这么认为,但穆拉盖什希望永远不要再见到它。

但,还是比这个强。

那个年轻女孩是多么沉着。她读过那么多的书?或者这就是卡吉后裔的样子?

但穆拉盖什记得第二天,年轻的莎拉·柯梅德在毯子下颤抖着,试着专注地端起一杯茶……

诸海啊，她想，我希望那个姑娘是错的。

她小步跑回自己的官邸，发现桌子上放着一小叠文件。她的一个副官在椅子上放了一张便条：

查阅了记录，这就是那个月里借出的文件。花了点时间。或许可以给小崽子们放一天假……仅仅是建议。

她检查着文件：这是不可提及的仓库物品清单中的二十页。

穆拉盖什从未看过这个清单——她一直都不想看——但是现在她浏览着一页，检查着几十年前把这些东西锁在仓库里的那些逝去的塞普尔士兵写下的记录：

368. C5 号架子 158 号。吉弗雷玻璃：弹珠，据称包含着圣徒吉弗雷睡眠中的肉体，这位约科斯坦祭司每夜都会改变性别，约科夫神迹的一部分。神迹本质——未确认。

369. C5 号架子 159 号。小型铁钥匙：名称不详，但有时用于任何门上会通向一处地点不明的热带丛林。机制尚有待确认。依然有效。

370. C5 号架子 160 号。阿哈纳斯胸像：曾经流下具有某种治疗功效的眼泪。眼泪的使用者拥有浮空的倾向。不再有效。

371. C5 号架子 161 号。九个石头茶杯：若放置在阳光照射的地方，这些茶杯会在每天清晨重新装满山羊奶。不再有效。

372. C5 号架子 162 号。约科夫之耳：一个雕花石头门框，其中没有门扇。底座带有铁轮。据推测原为一对，无论另一只耳朵在何处，如果用正确的方式操作，就可以走进一扇门里而从另一扇门里出来。我们推测另一个已被摧毁。不再有效。

373. C5 号架子 163 号。科尔坎法典，783 卷至 797 卷：十五本书，主要记录了科尔坎对舞蹈的态度。总重：378 磅。不具有神性，但内容毫无疑问十分危险。

374. C5 号架子 164 号。玻璃球。包含着一个小池塘和树木，阿哈纳斯在她感到苦恼的时候喜欢来到这里。不再有效。

二十页。接近两百个具有神奇性质的物品，很多非常危险。

"哦，天哪。"穆拉盖什说道。她坐了下来，突然间觉得自己非常非常老。

❖

莎拉走在小巷里，背包叮当作响。收拾这个背包花了她大半天的时间——银币、珍珠、几包雏菊花瓣、玻璃碎片——尽管她整理得很好，包里的东西还是太多了，她听起来就像是在寻找角落演出的单人乐队。在到达这个小巷，可以停下脚步的时候她感到非常高兴。

她仔细地测量着小巷。它和大多数小巷一样，是一条被人遗忘的铺着石头的道路。这条路围绕着圆形的西部建筑外墙，离沃特罗夫宅邸不到三个街区远。

她看着地面，石板上扭曲的轮胎痕迹看起来就像是胡乱画下的笔触。他们在这个拐角转弯,莎拉想,然后开过小巷。她走了几步,跨过一段暴露出来的管道,走过一堆垃圾。黑色的橡胶痕迹在这里变淡了,但仍然能看到一些条纹。过了这个隆起,过了这个管道——她抬起头,注意到一个毁坏的垃圾桶和一些碎玻璃——撞翻了垃圾桶,然后……

轮胎痕迹停止了。

"他停了下来,"她呢喃着,"走了出来,接着……"

发生了什么?一个大活人是怎么在空气中消失的?

莎拉并没有像齐格拉德在沃翰尼斯宴会那晚所做的一样,费心去检查这里的石头和墙壁。相反地,她拿出一支黄色粉笔,在小巷的地面上画了一条线。在这条线的某处,她想,有一扇门。但该如何找到它?

她放下了背包。第一招是古老又简单的一招:她拿出一个装满雏菊花瓣的罐子,——阿哈纳斯的圣物,莎拉想,固执的循环——摇动罐子,然后倒出花瓣。接着她取出一点坟场里的泥土,涂在罐子的玻璃底上,然后擦干净,之后把罐口像望远镜一样放到眼前。

小巷在罐子的透镜里看起来毫无变化。但是,她能看到远处布里克乌的城墙散发着蓝绿色的荧光,亮度足以照亮夜空。

她把罐子拿开。现在城墙当然不再发光了:它们还是一如既往的透明。但是透过辨别神明造物的透镜来观察,它们自然而然凸显了出来。

但是这就意味着,无论袭击者是通过什么样的门消失的,那都不是神明的造物,和布里克乌的城墙不一样。

这应该是不可能的,莎拉想,任何能够让人消失的东西其本质都应该是神圣的。

她开始在小巷里走来走去。过去四个晚上,莎拉一直在调查这里和另一个齐格拉德目击到消失的地方;在这些地方她进行了精心选择的测试和实验,大都徒劳无功。她没别的事可做了:齐格拉德在观察公寓里的托斯肯尼夫人;皮特瑞、尼达因还有其他选拔出来的使馆工作人员在一起调查维科洛夫去年一年所做的投资。莎拉希望自己能在那里监督他们,但是她关于神明的知识更适合这个任务。

而且,奇怪的是维科洛夫在带走托斯肯尼夫人之后就再也没在布里克乌露过面。"他在约科斯坦附近的乡村庄园里,"他的办公室通知他们说,"处理家庭事务。"

这么多的失踪,莎拉翻着背包想着,宝贵的答案却如此少……尽管办公室里确实放着可能装满了答案的财宝箱,沃翰尼斯的白色手提箱——但是她现在不想冒险激怒温雅。至少不能在另一个诱人的谜题摆在她面前的时候。

莎拉用了许多其他办法进行实验:她把罂粟种子撒到地面上,但是它们并没有在任何一个方向排成一线,标记出世界上的神圣裂口;她在羊皮纸上写下一首沃特娅圣歌的三分之一,然后带着它走过小巷——如果它经过了沃特娅的神域,圣歌就会立即以沃特娅的狂野笔迹变得完整。(她对这个失败并不惊讶:自从"赤沙之夜"以来,沃特娅的神迹,无论多么微小,都再也没有成功过。)

另一个花招。

你怎么消失的?

又一个。

你怎么做到的?

再一个。

怎么回事?

阶梯之城

她做了最后一个测试,把一枚银币滚过小巷——如果它遇到了什么神圣障碍的话,无论是不是有意放在那里的,它都会立刻停下来,倒在地面上,就好像被磁力吸引到地面上一样——但是它并没有,而是叮叮当当地一路向前,最后旋转着,摇摇晃晃地停了下来。

她叹息着,伸手从包里拿出了一瓶茶。她喝了一口,一股陈腐的麝香味,这是因为在过于潮湿的地方存放得太久了。

她又叹了一口气,在地面上清理出一块地方,背靠着墙坐在小巷里,回想着自己受训的最后一天,在塞普尔土地上度过的最后几个小时,最后一次喝到真正的好茶的时候。

❖

"你是怎么做到的?"温雅姑姑问道,"告诉我。怎么回事?"

年轻的莎拉·柯梅德——精疲力尽,极度脱水还饿着肚子——在往嘴里塞着食物的时候给了她姑姑一个困惑的眼神。训练设施的食堂其他部分都是空着的,咀嚼的声音在食堂里回荡着。

"无论他们怎么纠缠你审讯你,你都坚持着自己的故事,"温雅说道,"每个回答都是正确的。六天以来的每一个回答都是正确的。你知道这种事多久才会发生一次吗?啊呀,我想在外交部的历史上,你好像是第二个,不对,第三个。"她从半月形眼镜的上方凝视着她十九岁的侄女,显然感到很满意,"他们大都在第三天就不行了,你知道,没有睡眠。而且音乐击溃了他们——相同的低音旋律,不断重复。那会使人崩溃。因此在问问题的时候,他们最终给出了错误的答案。但是你就像什么都没听见一样坚持了下来。"

"你呢?"莎拉嘴里满是土豆,问道。

"我什么?"

"你崩溃了吗?"

温雅笑了:"这个流程是我创立的,亲爱的。我根本不必体验它。那么,告诉我——你是怎么做到的?"

莎拉咕咚地喝着茶:"做到什么,姑姑?"

"哎呀,接着吃吧。你并没有在六天的心理折磨后崩溃。"

莎拉停住了,叉子尖停在了一块鸡胸肉里。

"你不想告诉我?"温雅问道。

"那……很难为情。"

"我是你的姑姑啊,我最亲爱的。"

"你也是我的指挥官。"

"哦……"她挥了挥手,"今晚不是。今晚是很长时间之内我们在一起的最后一晚了。"

"很长时间?"

"嗯。也没多长,亲爱的。那么——怎么回事?"

"我想到……"莎拉咽了口口水,"我想到了我的父母。"

温雅的嘴颤动着:"啊。"

"我想到他们死去的时候都经历了什么。我看过那些故事,我知道瘟疫……是很痛苦的死法。"

温雅悲伤地点点头:"是的。没错。我见过。"

"我想着他们,还有所有塞普尔人经历过的事情。在大陆统治下……那些奴役,那些虐待,那些痛苦。突然间坚持下去就变得简单了。音乐,没有睡眠,没有水,没有食物,问题,不断重复……他们所能对我做的根本比不上那些。比不上。"

温雅微笑着摘下了眼镜:"我认为,你是我见到过的最热忱的爱国者。我感到如此自豪，亲爱的。尤其是因为，嗯……我们有一点点担心。"

"担心什么？"

"嗯，我亲爱的……我早就知道你对历史感兴趣，特别是大陆历史。那一直都是你在法德胡瑞的强项。这时你来找我们，而我们让你接近了保密材料，里边包含了我们不让他们在法德胡瑞教授的东西……哎呀，你花了多少个小时在那里记住了所有发霉的古老文献！这种着迷，在政府里，被认为有点……病态。"

"但是它们解释了很多！"莎拉说道，"在法德胡瑞我只学到了碎片。缺失了那么多东西，但这时它们都出现了，就在书架上！"

"我们应该关注的，"温雅说道，"是现在。但此外，莎拉，我承认我担心你被那个在学校里和你厮混的小子污染了。"

莎拉脸色一变。"别跟我提他，"她厉声说道，"对我来说他已经死了。他既不诚实又毫无价值，我猜就和该死的大陆上的其他东西一样。"

"我知道，我知道，"温雅说道，"你经历了很多。我知道在你毕业的时候你想要改变世界，要实现你所有的梦想，让塞普尔达到你梦想中的境地。"她悲伤地微笑着，"我也知道这可能就是你开始调查拉简德拉的原因。"

莎拉惊吓地看着她："姑姑……我，我并不想——"

"不要害怕过去，亲爱的。你必须接受自己的行为。你怀疑拉简德拉·阿德什有违法行为，认为他在滥用国家党的资金。你是对的。他确实在滥用党派资金。他腐败得非常，非常严重。那是真的。我认为你想通过曝光他的所作所为来给我留下深刻印象，给我们所有人留下深刻印象。但是你必须知道假如腐败有了足够的权力，那它就根本不是腐败——而是法律。没有说过，没有写下，但却是法律。事情就是这样。你明白了吗？"

莎拉垂下了头。

"你毁了所有人都认为会继承首相宝座的人的事业。你毁了执政党的领导。你的调查甚至使得党派会计试图自杀。那个可怜的混蛋甚至都没能称职地完成自己的自杀——他试图在办公室里上吊，结果却把水管从天花板里拽了出来。"温雅咂着嘴，"你是柯梅德家的人，亲爱的，某种程度上，这会保护我们。但这件事会留下数年不息的影响。"

"我很抱歉，姑姑。"莎拉说道。

"我知道。听着——世界上充满了腐败和不平等。"温雅说道，"你成长为一个爱国者，热爱塞普尔，相信它的美德应该被普及到全世界——但这不是你的工作。你在外交部的工作不是阻止腐败和不平等：正好相反，你要把这些当作在任何可能的方面帮助塞普尔的工具。你的工作是确保过去永远不会再发生，我们永远不会再次看到那样的贫穷和无力。腐败和不平等是很有用的．如果对我们有利，那我们就必须全面掌握它们。你明白了吗？"

那时莎拉想起了沃翰尼斯的话：你就用这么单调的讥讽描绘你的世界……

"你明白了吗？"温雅再次问道。

"我明白了。"莎拉说道。

"我知道你热爱塞普尔，"温雅说道，"我知道你像爱父母一样热爱着这个国家，你希望为他们，还有所有在抗争中死去的塞普尔人争光。但是你会在阴影中为塞普尔服务，而塞普尔会要求你背离它的美德来保护它的安全。"

"那么……"

“那么什么？”

“那么，在我完成任务之后……我可以回家吗？”

温雅笑了：“你当然可以回家了。我确定你的服役期只会持续几个月！我们很快就会再次见面的。现在赶紧吃东西，然后去休息。你的船早晨出发。喔，看见自己的侄女为我工作感觉真好！”

她说那句话的时候笑得多么开心啊。

在早上，莎拉想，差不多十六年前……

这十六年里，莎拉接手的任务、完成的工作几乎比世界上任何特工都要多，更不用说大陆上的特工了。尽管莎拉·柯梅德曾经是个精力充沛的爱国者，但是她的热情随着每次死亡和每次背叛慢慢流失，最终引领塞普尔的热情缩减到了保护塞普尔的热情，随后又进一步缩减成了在死前再看一眼家乡的长久渴望：有时她甚至觉得这个渴望不可能实现了。

重复、训练、热情、信仰，她在小巷里喝着茶沉思着。全都没什么成果。或许这就是失去宗教的感觉。

此外，她开始怀疑自己是不是被流放了。她思索着：尽管后果严重，国家党丑闻是否依然存留在所有人的脑海里？那真的是她被隔绝在外的原因？她希望自己还在塞普尔的时候想到过要和国会建立起联系。（但是，她回想起，她和神明相关的经历使得她几乎和不可提及的仓库一样危险而违禁。似乎，她的祖国有许多理由排斥她。）

“希瓦尼大使？”

她回头看去。皮特瑞站在小巷的入口，汽车就停在不远处。她迷失在自己的回忆中,甚至都没注意到他的到来。"皮特瑞?你来这干什么?你为什么没在处理维科洛夫的经济问题?"

"齐格拉德送来了消息,"他说道,"托斯肯尼夫人被带走了。他说维科洛夫和另一个人从家里带走了她。他给了我一个地址,没别的了。"

莎拉装起所有材料的时候发出阵阵叮当声。她走过小巷,拿起那枚银币,然后跳上了后座。

汽车行驶了四分之一里路的时候她才发现银币失去了一些光泽。她对着窗户把银币放到光线充足的地方。

她惊讶地睁大了眼睛,接着笑了。

硬币不再是银的:它完全变成了铅。

✦

莎拉和皮特瑞进入了布里克乌被大崩坏毁坏的区域:她着迷地注视着被截断的建筑和逐渐消失的街道在车边一闪而过。他们开过一个街区,一个拐角上的洗衣店伸展着,扭曲着,缠绕着自身,在转弯处变成了半个银行。一处怪异的住宅正面安装着巨大扭曲的正门,你可以想象,应该不是在人类间流行的式样。它们肯定就是这样一夜之间出现,莎拉想。

"对维科洛夫的调查有什么进展吗?"她问道。

"我们认为,"皮特瑞说道,"你对纺织厂的看法是对的。他是东布里克乌三家工厂的实际拥有人。但是我们注意到在维科洛夫开始买下纺织厂的同时,他也开始从一家塞普尔公司购买原料:韦德阿什股份有限公司。"

阶梯之城

"韦德阿什……"这个名字有一点点熟悉,"等等,那个矿物精炼厂?"

"是的,"皮特瑞说道,把车转过一个弯曲的转角,"看起来维科洛夫一直在从他们那里购买小批量的钢铁。每个月都买,很有规律。同时,数量非常任意——每次都是从一千一百一十五磅到一千九百磅不等。我们不确定为——"

莎拉坐直了身体:"因为重量检查。"

"什么?"

"重量检查!外交部会自动对大批量原料购买者进行背景调查!原油、木材、石材、金属……如果他们买的数量够多的话。因为我们想要知道我们卖给了谁。对钢铁来说,重量检查肯定是——"

"两千磅,"皮特瑞想到了,"所以外交部从来没有检查过他们。"

囚室里那个被下了药的男孩承认他们是为了沃翰尼斯的"金属"而来。这让莎拉思索着——如果他已经用合法的手段购买到了钢铁,为什么还要绑架沃翰尼斯?

除非是我吓到了他们,她想,我想要捅马蜂窝,对吧?他们肯定没能弄到足够的钢铁来建造他们在建造的东西……于是在庞瑞被杀,外交部特工到来之后,他们紧张了,绝望了。

她盯着车窗外,思绪飞驰。他们可能在修造什么?他们要这么多的钢铁干什么?

她不停地思考着,直到她看到有东西在屋顶上窥视着她:一座巨大的黑色塔楼,灰色夜空里一道十层高的黑木条纹。

她心里一紧。

哦不,莎拉想,他们不能把她带到这里来。别来这里……

她还没有见过这个地方。相信它依然存在显得很不自然。

卡吉拆毁了那么多,他为什么留下了那个东西?

◆

皮特瑞在一条小巷里停了车。古老门廊里的黑影颤抖着,齐格拉德从阴影中走出来,走上街道。

"请不要跟我说他们进了那里。"莎拉从车里出来,说道。

"进了哪里?"齐格拉德问道。

"钟楼。"

齐格拉德停了下来,困惑不解:"你为什么问这个?"

莎拉叹了口气,正了正眼镜。"领我去。"她说道。

在布里克乌受大崩坏影响最严重的区域,夜晚的街道几乎是无法穿透的一片黑暗——没人在这里铺设煤气管道,因为干扰影响到了土地深处。一家建筑公司做了勇敢的尝试,却发现在街道下的泥土里悬着一面铁墙,三尺厚,四十尺高,(他们估计)四分之一里长。没人能够用逻辑解释它的存在:最终,和许多偏差一样,他们推测它是大崩坏无意造成的无法解释的结果。尽管铁墙是可以处理的,但公司放弃了竞标,或许是担心布里克乌下方可能埋藏着别的东西。

这片社区的中央是一个开阔的公园。潮湿的土壤里种着冷杉树苗,近期移植的新树苗,因为布里克乌所有自然生长的植物都在气候剧烈变化的时候死掉了。在树苗背后是一座很长的建筑,其北端有一座巨大的塔楼,塔楼顶部是一个扭曲骨架般的结构:一个金属的球形支架,似乎曾经安装过钟琴,但现在是空的。这个结构的底部是松散的黏土墙,它的顶部承受了时光的摧残,平顶下倾着、弯曲着,就像被冰川侵蚀的地面一样。

阶梯之城

"他们进那里了?"莎拉问道。

"没有。"齐格拉德说道。他指着公园边上一座很长的黑色市政建筑。"维科洛夫和另一个人把她带到了那里。在对角方向。你为什么这么担心?"

"因为那里,"莎拉冲着钟楼点了点头,"是布里克乌除城墙之外最古老的建筑。过去它曾经是布里克乌的中心,但是大崩坏的倾斜效果显著地改变了这一点。世界之座的中心。一般被称作世界之座,但是外边的人也这么称呼布里克乌。"

"一座神殿?"

"差不多。据说对神明来说它就像是塞普尔的国会。但在我的想象中,它看起来会壮观得多——我必须得说,它非常简陋,我记得在书里读到过它曾有令人惊奇的彩色玻璃——但是我也知道它并没有在大崩坏中完好无损。很明显塔楼过去要高得多。每个神明都有一座钟放在那里,而每一座钟的响声都有不同的……效果。"

"比如?"

她耸耸肩:"没人知道。这就是为什么我不愿意来这里。来的确实是维科洛夫?"

"维科洛夫和一个随从。他们把托斯肯尼带到了那个小建筑里。接着,四十分钟前,维科洛夫和随从离开了。但是没有看到托斯肯尼。"

"公开行动,还真是大胆。他们随后去了哪里?"

齐格拉德的脸色一沉。

"让我猜猜,"莎拉说道,"他们在街上拐了几次弯,然后就突然——"

"消失了,"齐格拉德说道,"没错。这是第三次了。但我记得,"他拍了拍脑袋,力道大得都拍出了声,"这些人消失的每个地方。我看出来的唯一的规律就是它们都在这个区域，还有西边的地方。"

"被大崩坏破坏最严重的地方。"莎拉说道，"这就支持了我刚刚确认到一半的理论。"她用手抚摸着身后斑驳的砖墙，"为了自己的目的，他们在利用大崩坏的某些伤害或是影响。"

"你怎么这么确定？"

"不到一个小时之前，"莎拉说道，"一枚银币在那些活下来的袭击者消失的小巷里变成了铅。这种事情只在大崩坏刚刚发生之后出现过。"

"你为什么这么确定那不是神迹？"

"因为我用了我知道的所有寻找神迹的办法，"莎拉说道，"一无所获。既然根本不是神圣造物，那唯一可能的原因就是大崩坏。但值得注意的是，之前根本没人能够充分地研究大崩坏。大陆掩护自己的损伤就像老太婆遮掩怨恨一样。有空的时候，我计划研究一下——现在，让我们调查眼下的事情。"

在接近市政建筑的时候，莎拉溜到后面让齐格拉德去侦查。他悄悄走了一圈，接着摇摇头，比画着让她过来。"什么都没有，"在她过来的时候他说道，"门没锁。在我看来，窗户里也没人。但是这座建筑基本就没有窗户。"

"这里是哪？"

"城市建造的什么东西。我认为它或许是想要发展——让这个区域变得更好。但是或许他们随后放弃了。"

我也会放弃的，莎拉想。

齐格拉德走向门口，拔出黑刀。他窥视着里边，接着安静地走了进去。莎拉等了一下，然后跟了上去。

建筑内部几乎没有家具和装饰。房间一个连着一个，由一扇扇小门相连接。这座建筑最了不起的地方就是，和附近的其他建筑不同，它有煤气：蓝色的小灯在天花板上闪烁着，提供了最微弱的照明。"他们没有关灯。"莎拉呢喃着，但是齐格拉德比了个噤声的手势。他抬起头，聆听着，接着做了个古怪的表情，好像他听到了什么令人心烦的噪音。

"有人在这？"莎拉轻声问道。

"还说不准。"

齐格拉德悄悄往里面走着，在莎拉跟上来之前窥视着每一个房间。每一个房间都和上一个类似：很小，无趣，空荡。到处都找不到托斯肯尼夫人。莎拉注意到，门差不多连成了一线，从一扇门里看过去，你就看到了所有……

除了在最里边的那扇门，它是关着的，钥匙孔里透出了微弱的黄光。

我越来越不喜欢这里了，莎拉想。

齐格拉德又停了下来。"我又听到了。它在……笑。"他最后说道。

"笑？"

"是的。一个孩子。非常……安静。"

"在哪里？"

他指着关闭的门。

"你听不到别的了？"

他摇了摇头。

"好吧，"莎拉说道，"我们继续。"

和她想的一样，所有通向关着的门的房间都是空的。在他们靠近的时候，她也听到了：笑声，微弱又柔和，仿佛在那扇门背后有个孩子正在开心地玩游戏。

"我闻到了什么，"齐格拉德说道，"盐，还有灰尘……"

"这有什么异常的？"

"我闻到了异常的数量。"他再次指着门，接着蹲下来从钥匙孔里窥视着。他眯起眼睛聚焦：眼皮在努力观察的时候颤动着。

"你看到什么了吗？"

"我看到……一个圈，在地板上。用白色的粉末画成的。很多蜡烛。很多。还有衣服。"

"衣服？"

"地板上堆了一堆衣服。"他补充道，"女人的衣服。"

莎拉拍了拍他的肩膀，然后接替了他的位置。钥匙孔里照过来的光线令人吃惊：大烛台沿着墙壁放了一圈，每一个都插着五支、十支、二十支蜡烛。房间里到处都有烛火：她能感到热量集中在脸颊上。在眼睛适应之后，她看到地板上有一个白色东西画成的很宽的圆圈。——盐？灰尘？——她认为自己在视线的边缘看到了一堆衣服，就在白色圆圈的另一端。

莎拉心里一沉，那件深蓝色的衣服色调几乎和上次见到托斯肯尼夫人的时候她穿着的一模一样。

然后有什么东西跳进了视野……白色薄纱般的东西，以飘荡的轻盈步态走着——一条白色长裙的裙摆？莎拉吓了一跳，但是没有移开眼睛：在衣服上方她看到一头头发，浓密的黑发在烛光里闪闪发光，随后白色的东西匆忙跑开了。

"有人在里边。"莎拉轻声说道。

再次传来了孩子的笑声。但有什么地方不对劲……

"一个孩子，"她说道，"或许是吧……"

"退后。"齐格拉德说道。

阶梯之城

"但是……我不确定……"

"退后。"

莎拉走开了。他试了试门把：没锁。他蹲下身，手里握着刀，轻轻打开了门。

笑声立刻变成了痛苦的尖叫。莎拉的位置看不到里边的情况——而齐格拉德可以，他没有表示出有威胁的样子：他看了她一眼，很忧虑，很困惑，接着走了进去。

"等等，"莎拉说道，"等等！"

莎拉绕过打开的门进到屋里。

◆

一切移动得太快了，莎拉很难看清楚：烛台发出炫目的光，它们排列得特别密集，她不得不在它们之间穿梭；地板上有一个白色晶体画成的圆圈——很可能是盐；在圆圈正中，坐着一个大约四岁的小女孩，穿着巨大闪亮的白色连衣裙，长着黑色的头发和亮红色的嘴唇。她坐在盐圈里，揉着自己的膝盖……至少莎拉认为她在揉膝盖，因为小女孩几乎隐藏在白色连衣裙里边。莎拉甚至看不到她的手，只能看到白色衣服下揉捏的动作。

"疼！"小女孩喊道，"疼！"

灰尘的味道铺天盖地，它似乎盖住了莎拉的嗓子。

齐格拉德不确定地走上前。"我们应该……做点什么吗？"他问道。盐。

"等等！"莎拉再次说道。她伸出手抓住他的袖子把他拉了回来；齐格拉德体格比她大太多了，他几乎撞倒了她。

小女孩痛苦地抽搐着："帮帮我！"

"你不想让我做点什么？"齐格拉德问道。

"不！别动！看。"莎拉指着下边。两尺外就是盐圈的边缘。

"那是什么？"齐格拉德问道。

"盐，就像——"

"请帮帮我！"小女孩乞求着，"求你了！求你了，你得帮帮我！"

莎拉仔细地看着。对这个小女孩来说，衣服太大了，下边还有一个团块，似乎她有一个膨胀畸形的身体……

我知道这个东西，莎拉说道。

"停下来，齐格拉德。让我试一试……"莎拉清了清喉咙，"如果可以的话，"她对小女孩说道，"请让我们看看你的脚。"

齐格拉德迷惑不解："什么？"

"求你了！"小女孩哭喊着，"求你了，做点什么！"

"我们会帮你的，"莎拉说道，"只要你让我们看看你的脚。"

小女孩呻吟着："你为什么在意这个？你为什么……太疼了！"

"我们很快就会帮助你，"莎拉说道，"我们有医疗经验。只要，请你——给我们看看你的脚！"

小女孩开始在地上前后摇动。"我要死了！"她号叫着，"我在流血！求你了，帮帮我！"

"露出来。马上！"

"我认为，"齐格拉德说道，"你不觉得那是个小女孩。"

女孩发出一声长而痛苦的尖叫。莎拉严肃地摇了摇头："观察。思考。地面上的盐，把她围住……托斯肯尼的衣服，看起来丢弃在了她踏入圆圈的地方……"小女孩依然在痛苦地尖叫，试着向他们爬过来。然而她的行动特别怪异：她根本没有用手或是手臂（莎拉想，她有手臂吗?），而是似乎踢着腿用膝盖爬了过来。她就像是个穿着衣服的玩偶，顶上有个小脑袋，但她的脸颊、眼泪和头发看起来都这么真实……

但是她没有露出自己的脚。在这个奇怪的翻滚动作中一次都没有露出来。

灰尘的味道变浓了：莎拉的嗓子感觉像黏土一样；她的眼睛感觉像沙子一样。

衣服下边有东西。不是小女孩的身体——更大的东西……

哦，诸海啊，莎拉想，不可能……

"帮帮我，求你了！"女孩哭喊着，"太疼了！"

"退后，齐格拉德。别让它靠近你。"

齐格拉德照办了。"不！"女孩喊着。她像虫子一样爬到了盐圈的边上，离他们只有几寸远了。"不！求你了……请不要离开我！"

"你不是真的，"莎拉对小女孩说道，"你是诱饵。"

"诱饵？"齐格拉德说道，"为了什么？"

"为了你和我。"

小女孩大哭起来，蜷缩在边缘。"求你了，"她说道，"请把我拉起来。我困在这里太久了……"

"别演戏了，"莎拉愤怒地说道，"我知道你是什么。"

小女孩尖叫着，声音像剃刀一样刺痛着他们的耳朵。

"停！"莎拉喊道，"别胡闹了！我们不是傻瓜！"

尖叫立刻停下了。声音的意外停止让人一惊。

女孩没有抬头：她蹲坐着，一动不动。

"我不知道你是怎么活下来的，"莎拉说道，"我以为你们都死在大清洗里了……"

女孩的头转向一边，黑发颤动着。

"你是个马赫沃斯特，是吧？约科夫的宠物。"

小女孩坐了起来，但是动作里有种令人不安的机械的感觉，仿佛她是被线拉着一样。她的脸，曾经扭曲地展现着令人心碎的痛苦，现在漠无表情，就像玩偶。

衣服下的东西在变化。小女孩看起来似乎掉到了衣服之中。突然间一股灰尘涌出。

衣服在它身边旋转，它慢慢站了起来。

莎拉看了它一眼就呕吐了。

❖

某种程度上，它很像人：它有躯干，手臂，还有腿。但全都长得出奇，肿胀，关节繁多，仿佛它的身体就只有关节一样，坚硬的骨球在光滑的皮肤下移动着。它的肢体包裹在被灰尘染成灰色的白色衣服里，它的脚像是人脚和鹅掌的混合体：巨大，并趾，有蹼，长着三个肥大的脚趾，每一个上边都长着完美的小趾甲。但它的脑袋是最糟的部分：后脑大致还像一个秃头的人，环绕着颅骨长着一圈灰色参差不齐的长头发；它并没有脸孔或是下颌，脑袋向前延伸，构成了一个看起来像是又宽又长的扁平鸟喙的东西——就像鹅的喙一样。但是比起通常鹅或者鸭子长着的那种坚硬的角质鸟喙，它的喙是由有关节的人类血肉构成的，就像一个人双手相对，掌根构成节点，手指被融合到一起。

马赫沃斯特冲着莎拉开合着喙，发出一阵潮湿的吧唧吧唧吧唧声。在莎拉的脑海里回荡着孩子的笑声，尖叫声，哭声。在它的肉喙摆动的时候，莎拉看到它没有食道，没有牙齿：在喙的深处只有更多骨头突出、多毛的肉。

莎拉再次呕吐到地板上，但是小心地避开了地板上的盐。

齐格拉德茫然地看着这个厌物像矮脚鸡一样在面前走来走去，挑衅他来攻击自己。"这是，"他慢慢地问道，"我应该杀掉的东西吗？"

"不。"莎拉吸了一口气。更多的呕吐物涌了出来。马赫沃斯特的喙一开一合——幽灵儿童的回声再次传来。她想，它在嘲笑我。"别弄坏盐圈！那是唯一保护我们的东西！"

"那个小女孩呢？"

"她从未存在过……这个生物的本质是神奇的，尽管是黑暗的神奇。"

她往地上吐着胆汁。马赫沃斯特挑衅地对她打着手势，动作中的人类成分令人厌恶。她想象着它在说：来呀！来呀！

"是你杀了托斯肯尼夫人，是吧？"莎拉问道，"他们把她带到了这里，而她踏进了盐的屏障。"

马赫沃斯特，它的哑剧怪异却有效，看着那堆衣服，冷漠地耸耸肩：那个老东西？它轻蔑地挥着手，那没什么。然后，它再次冲他们拍打着喙。

"我非常希望，"齐格拉德在手里不断翻动着刀，"它能够停止那么做。"

"它想让你打破圆圈。如果它能抓到你，它就会把你整个吞下去。"

吧唧吧唧吧唧。

齐格拉德怀疑地看了她一眼。

"它是个由皮肤和骨骼构成的生物，"莎拉说道，"但不是它自己的皮肤和骨骼。恐怕，在它的体内，留存着托斯肯尼夫人的残骸。"

马赫沃斯特用多节的手指戳着它的肚子,好像在替她寻找。

一个小丑。当然了,考虑到是谁制造了它,它本该如此。

"你怎么还活着?"莎拉问道,"你不是应该在约科夫死的时候死去吗?"

它停了下来,注视着她,尽管并没有眼睛。接着它退后,向前,退后,向前,仿佛在试探着盐圈的边缘。

"它在干什么?"齐格拉德问道。

"它生气了,"莎拉说道,"这是约科夫在心情不好的时候制造的生物——指节人,衣服下的声音。它本应该愚弄我们,激怒我们——唯一的辨认方式就是要求看它们的脚,因为这是它们唯一无法真正隐藏的地方。但是我完全不知道它怎么还活着……约科夫死了吗?"她问着那个生物。

马赫沃斯特依然在前后踱步,摇了摇头。然后它停了下来,似乎在思考,接着耸了耸肩。

"你怎么在这?"

再次耸耸肩。

"我知道它们可以坚持一段时间,"莎拉说道,"但是我不认为神明的造物能在它死后坚持这么久。"

马赫沃斯特伸出一只又长又扁,令人憎恶的手,来回摆动着它:也许是,也许不是。

"来这里的那两个人,"莎拉说道,"是他们把你困在这里的?"

它继续前后踱步——莎拉觉得自己刚刚激怒了它,所以她肯定是对的。

"他们把你困在这里多久了?"

那东西表演着大笑——莎拉再次考虑着它的哑剧是多么令人震

惊——对她挥了挥手：多么愚蠢的问题！

"那么，很久了。"

它耸耸肩。

"你看起来并不缺吃的。你杀了多少人？"

它摇了摇头，晃动着一根手指：不不不不。接着它慈爱地，亲切地抚摸着肚子，你为什么觉得他们死了？

儿童在莎拉的脑海里大笑。她抵抗着再次干呕的冲动。"他……他们把多少人推到了这个圈里？"

它的喙开合着。耸耸肩。

"很多。"

又耸耸肩。

莎拉低语着："你怎么还活着？"

马赫沃斯特开始在圈里跳着华尔兹，优雅地旋转着。

"我非常想要杀了这东西。"齐格拉德说道。马赫沃斯特旋转着，冲着齐格拉德晃动着瘦骨嶙峋的后背。"远远超出其他我杀过的东西，"他补充道，"我们以前杀过神性生物……"

"听我说，厌物，"莎拉冷漠地说道，"杀了你的种族的人，把你们的神明击倒，杀掉他们的人，几周之内摧毁这片土地的人，我就是他的后裔。我的祖先埋葬了几十个，几百个你的兄弟姐妹，让它们在地里腐烂，直到今天。对你做同样的事情我丝毫不会感到不安。现在，告诉我——你的创造者，神明约科夫，真的离开了这个世界，再也没回来？"

马赫沃斯特慢慢站了起来。它似乎在思考着什么——片刻间，它看起来几乎有点悲伤。然后它转了过来，看着莎拉，摇了摇头。

"那么他在哪里？"

耸肩，但是没有其他几次那么恶毒和幸灾乐祸：这个动作悲哀，迷惑，一个孩子想知道自己为什么被抛弃了。

"在这里的那两个人，有一个是秃头的胖子，对吗？"

它开始在圆圈的边缘走来走去，狂躁地绕着圈。

这，代表"是"，莎拉推测。"另一个——他长什么样？"

马赫沃斯特毫无疑问娘娘腔地走着；它把一只手放在屁股上，另一只手柔弱地弯到腰上；在它转身的时候，它抚摸着喙的底部，就像沉醉于自己美丽动人的面容一样……

那，莎拉想，可不像维科洛夫通常打交道的那种人。

"维科洛夫是怎么把你困到这里的？"她问道。

马赫沃斯特停了下来，看着她，无声地笑着弯下了腰。它冲她挥着手，仿佛在欣赏一个令人愉快的笑话：多么滑稽的想法！

"那么不是维科洛夫，"莎拉说道，"到底是谁？"

它弯下了腰，做出一个女性化的动作，摇头晃脑的方式只有一个词能够形容，"刻薄"。

"另一个人把你困在了这里。那个人是谁？"

它敏捷地翻了个跟斗，倒立起来，开始用手掌小跑。

"他是谁？"

烛台的火苗一晃，屋里的光线闪动着。莎拉注意到，所有的火焰都向着同一个方向飘去。

一阵风？

她检查着墙壁。在远端，在琥珀色的影子里，她觉得自己看到了石头上的裂缝——或许是块嵌板，或者是一扇门。

她低头看着地板。盐圈完美地填充在房间里：想要不通过马赫沃斯特的小小领地走到那扇门那里是不可能的。就像看门狗一样……

阶梯之城

"那扇门里是什么？"莎拉问道。

马赫沃斯特看着她，又翻了个跟斗，用脚站了起来。它像狗一样伸着头，戏剧化地用四个指节的手指挠着自己的秃头。

神明，她想了起来，只能被卡吉的武器杀死。但他们的次级造物更加脆弱，都有自己的弱点。

莎拉要做决定了："你在此囚禁期间吞噬了多少人？"

它再次讥讽地笑着弯下了腰。它舞动着，来到齐格拉德站立的位置，比画着检查着他，装作捏着他的大腿，查看他的肚子……

"我认为很多，"莎拉说道，"而且我认为你很喜欢这么干。"

马赫沃斯特突然向她扑了过来。它用一根手指摸着自己的嘴边：一个令人不安的性欲手势。

莎拉看着自己身边的烛台。"当然，这都是非常违法的东西，"她拿起一根蜡烛，翻了过来。在蜡烛底部，和她预期的一样，铭刻着一个标记，一道火焰位于两条平行线之间——奥沃丝的徽记，林中之火。"这些蜡烛永不熄灭，还能散发出这么明亮的白光。"她伸手感受它的火焰，"但它们散发出的热量……可是真的，不是幻术。"

马赫沃斯特停住了，慢慢地从嘴边拿下了手指。

"这里放了这么多烛台是有原因的，不是吗？"莎拉问道，"因为如果你偶然跑出了牢笼的话，像你这么干燥多尘的生物应该非常小心地落脚，不要被烧着了。"

马赫沃斯特放下了手，退后了一步。

"我打赌托斯肯尼夫人向你跑了过来，是吧？"莎拉轻声说道，"看到一个需要帮助的小女孩。"

莎拉想起那个老妇人低头喝着咖啡：我试着学过。我想要学着成为正义的。我想要知道。但是我只能假装。

马赫沃斯特愤怒地冲着她吧唧着喙：吧唧吧唧吧唧。

莎拉轻轻一弹，把蜡烛丢到它身上。

那生物立刻就烧着了：呼的一声，一道橙色的火焰从它的胸口喷涌而出。几秒钟里它就变成了在橙白色翻滚的云朵里摆动的黑色人形。

在脑海里，莎拉听到了儿童的尖叫。

她再次想起了囚室里的男孩。我一再重复着自己。

燃烧的生物在盐圈边突然改变了方向，就像被隐形的墙壁弹开了一样。一条条闪烁的衣服从它身上飘开，就像发光的橙色樱桃花一样。它抓着头，怪物般的嘴大张着，无声地尖叫着。

它的形体消退了，火焰慢慢熄灭，烛台间飘荡着一簇灰尘。接着它不见了，在地板上留下了烧焦的痕迹。

而奥沃丝说道：
"没什么是真的失去了
世界就如潮汐
在一瞬间，回到它过去占据的地方
或者再次离开相同的地方

那么，庆祝吧，因为你失去的还会回来
那么，微笑吧，因为你的善行将会降临在你身上
那么，哭泣吧，因为你的恶行将会回归到你身上
或你的孩子，或你的孩子的孩子

所收获的正是所播种的。
所播种的正是所收获的。"

——《红莲之书》，第四章，13.51—13.61

再创造

　　莎拉大步走过房间。在跨过盐圈的时候，她准备好面对非常可怕的不幸——或许那个东西会复活，然后扑到她身上——但什么也没发生。

　　她摸着墙上的裂缝，用手指撬动着，但它一动不动。"过来看看，"她说道，"你看到把手了吗？或者按钮？或者是个杠杆……"

　　齐格拉德温柔地用手背把她推到一边，接着后退一步、奋力踢了

一脚墙上的门。

在这个安静的地方，碎裂声震耳欲聋。半扇门被踢了进去。剩余的部分，突然间变成了粉末状，像镜子一样崩裂成碎片。白色刺鼻的烟雾腾起。

莎拉摸着毁坏的门，在指头上留下了白垩一样的残留物。"啊，"她说道，"石膏。"她向前探头看向黑暗之中。

土制的楼梯以陡峭的角度通向下方。

齐格拉德拿起一个噼啪作响的烛台。"我觉得，"他说道，"我们或许用得着这个。"

❖

楼梯无休无止：它们不断地延续，柔软而潮湿，由黑色的黏土和土壤构成。在往下走的时候，她和齐格拉德都没有说话。他们没有谈论刚才遇到的恐怖，他也没问她怎么知道要用这种有效的方式迅速了结它：八九年前，他们或许会说，但现在不会了。他们两人干这种奇怪的工作已经太久，已经没什么值得惊讶的事情了。遇到神奇的东西，该怎么做就怎么做，然后回去工作。但是那东西，莎拉思考着，是很长时间以来最糟的。

"你认为我们在朝哪个方向走？"莎拉问道。

"西。"

"朝着钟楼？"

齐格拉德思索着，点了点头。

"那么，很快我们就会……走到它下边。"

"差不多吧。"

阶梯之城

莎拉回想起煤气公司是怎么放弃这个区域的，别去打扰埋藏在布里克乌下边的东西。

"我想到一个问题，"齐格拉德说道，"怎么才能不被人发现地造出这一切？"

莎拉检查着通道的墙壁。"看起来它投入使用很久了。大部分都磨损了。只是它看起来几乎就像——在一开始建造这条通道的时候，曾被烧过。"

"什么？"

她指着烧焦的位置，还有那些含沙的位置，已经熔化了，像玻璃一样。

"有人烧出了一个这么深的洞？"齐格拉德问道。

"看起来是这样，"莎拉说道，"就像喷灯火焰烧穿一堆金属一样。"

"你之前见过这样的东西吗？"

"事实上……没有。说实话，我觉得这很令人困惑。"

白色的烛光在土墙上摇摆。一阵奇怪的风吹拂着她的脸颊。莎拉扶了扶眼镜。

楼梯似乎在她脚下融化。墙壁退去，变成了石头——不，石质的壁画，花纹令人惊讶的繁杂。尽管摇晃的灯光使她很难看清楚，莎拉很确定她在花纹里看到了阿哈纳斯脆弱的形体以及塔尔哈瓦斯的指尖。

墙壁不断退去。接着它们彻底不见了。

"我的天哪。"莎拉说道。

烛光驱散了黑暗。阴影像窗帘一样拉开，露出了一个巨大的房间……

莎拉瞥到了远处一闪而过的石头……

"我的天哪。"

她观察着。在她看来，这个房间就像个巨大怪异的子宫：天花板和屋顶都是巨大的凹面，二者在中心点交会，构成了一个类似石柱的东西。房间有六个心房，中心汇聚在一起，就像一朵极端复杂的兰花里的花瓣和柱头一样。墙壁、天花板和地板的每一寸都刻着符文、印记和象形文字，描述着怪异而令人困惑的故事：一个人从骷髅里拽出一朵长着荆棘的花朵，然后把它的茎系在自己的舌头上；三个被解剖开的女人在遍布岩石的溪流里洗澡，她们的眼睛像玻璃珠一样，一头牡鹿在岸上注视着；一个女人缝合着腋窝里的一个切口，切口里凸出一个男人面无表情的脸孔，仿佛他在被缝到她的体内；四只乌鸦飞在天上，在它们下方，一个男人用长矛从地里吸出了水……画面不断地继续下去——图像里包含着伟大又可怕的信息，对她来说无法理解。

"这——"齐格拉德喷着鼻息，咳着痰，咕噜一声咽了下去，"这里是什么地方？"

在中央，"石柱"周围，莎拉看到柔软的泥土铺在地面上。但是，她想，土是从哪里来的？她走向前去，迟疑地走在倾斜的地板上。

她看到，石柱实际上是个楼梯，五根柱子支撑着它：本来有六根；但她看出，有一根被拿掉了。

六个心室，她想，六根柱子，六个神明……

楼梯在天花板上一处被封闭起来的缺口处停止了，缺口里满是碎石和泥土，好像上方的东西塌了下来。

"当然了，"她说道，"当然了！"

"什么？"齐格拉德问道。

她检查着一根柱子：它加工得很美丽，刻着花纹，代表着松树的树干，一道火焰爬在它的树皮上。下一根柱子笔直刻板，展示着繁复的重复设计，就像很多数学公式的视觉表达。接下来那根柱子刻着一

阶梯之城

排牙齿或者是匕首,几千把刀刃熔到一起,刀尖朝上,就像棕榈树的树干一样。再下一根看起来像是一圈扭曲的藤蔓,很多木质的茎干彼此缠绕着;柱子有一点点弯曲,艺术地暗示了某种曲线。最后一根是由花朵、毛皮、叶子、沙子,任何事物,一切事物组成的扭曲,混乱的飓风。

莎拉握紧了拳头,像小女生一样颤抖着。"这就是!"她喊着,"这肯定是!真的是!在下边,一直在!"

"是什么?"齐格拉德问道,仍旧不知所以。

"你看不出来吗?所有人都说世界之座的钟楼在大崩坏里缩小了!但那不是真的!因为那就是钟楼的底座!"她指着围绕着楼梯的柱子,"这些楼梯是上去的路!"

"所以……"

"所以钟楼没有缩小!肯定是整个神殿陷到了泥里!上边公园里那个简陋的黏土窝棚从来都不是真正的世界之座!现在所有人,甚至连布里克乌的人都还这么认为呢。这才是!这才是世界之座!这里是神明们见面的地方!"

因为莎拉成年后的生活几乎都献给了历史,她不知所措,不能自已地感到眩晕,尽管这或许有点不爱国;但是她脑海里一个毫不动摇的部分说话了:

> 这不可能是巧合。布里克乌最神圣的建筑碰巧沉降了,于是它就这么隐藏了几乎八十年?而厄恩斯特·维科洛夫碰巧是那个挖地道接近它的人?除非你知道,否则你是不会这么做的——而没人告诉你,你是不会知道的。

莎拉从齐格拉德的烛台上拨下一根蜡烛。"去给穆拉盖什带个话。现在去。如果消息流传到布里克乌的普罗大众耳朵里,这里依然存在而我们不得不公开占领这里,那"黑水之夏"就会重演。让她撒网抓捕维科洛夫。布里克乌城里城外所有的检查站都要密切留意他。我们有足够的把握,至少可以把他带回来问话。"

"你要干什么?"齐格拉德问道。

"待在底下,调查。"

"一根蜡烛够吗?"

"这根蜡烛实际上是给你的。"她把那根孤独的蜡烛递给他,指着烛台,"我需要的是那个,谢谢。"

齐格拉德竖起眉毛,耸耸肩,把烛台递给她,退回到泥土通道里。微弱的烛光在楼梯上跃动着,然后暗淡了,把莎拉独自一人留在开阔的房间里。

蜡烛嗞嗞响着,噼啪响着。某处传来了微弱的滴水声。还有一千只石头眼睛沉默地注视着她。

✦

过了一段时间她才整理好思绪:房间不是地下的洞穴,她提醒着自己,而是一座本来应该在地面上的神殿。这就解释了每个凸出心室墙壁上巨大敞开的窟窿:它们曾经是巨大的窗户,尽管她站在楼梯上很难看得清楚,它们之中只有一个还没坏。这就是故事里记述的彩色玻璃的结局,她想,破碎了,埋藏在布里克乌的泥土里。

她看着六个心室。每个心室的风格都不一样,很有可能是和每个神明相关联的,就像支撑楼梯的柱子一样。莎拉看到了奥沃丝、塔尔哈瓦斯、阿哈纳斯、沃特娅、约科夫的印记，然后……

"唔。"莎拉说道。

除了被埋葬之外，世界之座似乎并没有处于完美的状态：一个心室里完全没有任何的雕刻，就好像有人进来磨平了地板、天花板和墙壁一样。

但莎拉看出近期有人试图修复空白房间里的地板，铺开了刻画的石板，它们的颜色比神殿其余部分的石板深得多。修复目前还没有完成，在地板上留下了杂乱无章的图像、言语和印记，讲述着未完结的故事、支离破碎的传说，房间里还有许多地方是空白的。

这些深色的新石头一遍一遍地展示着相同的画面：一个类人的形体坐在一个房间中央，倾听着某个人。她很熟悉旁边的印记：一座天平，一个方叉支撑着两道横线。

科尔坎之手，她想起来了，等待着权衡和裁决。

她看着身后。和空白房间对应的柱子不见了。

莎拉有一种强烈的荒谬感：自己正看着被修改过的历史。

这里曾经和其他五个部分一样装饰华丽，莎拉想，但是我愿意打赌就在1442年这里变成了一片空白，就在科尔坎从世界上消失的时候。她看着杂乱的新拼图。但现在有人回来纠正记录了。

她得意地笑了。或许他们有点过于严肃地对待"修复派"这个词了。

这是个徒劳的任务。据她估测，足足有几千平方尺的地板、天花板和墙壁需要被完全恢复。而无论是谁在试图做这件事情，很明显他完全不知道科尔坎心室里原来装饰着什么。而话说回来，这些石头到底是从哪来的？

莎拉蹲了下去，开始检查地上的新石板。石头本身非常吸引人——光滑的黑色矿物，她之前从未见过——它们的图画讲述着莎拉从未听说过的事件：科尔坎，被描绘成穿着长袍、戴着兜帽的形象，撕开了一个赤裸的人形，纯净明亮的光线随之而出，挥洒在圆形的山峰上。

或许，这来自另一个神殿。她用手指抚摸着一处线条。有人从科尔坎的一个幸存神殿里拿来了这些石头，试图在这里重建，在世界之座里恢复科尔坎的位置。

厄恩斯特·维科洛夫真的能做到这样的事情？

莎拉看到前边有动静，慢慢抬起头来。墙上有什么在颤动。

在检查了一会儿之后，她看到几码外的前方矗立着一个巨大的空门框；一定是颤动的烛光使得它的影子在背后的墙壁上舞动了起来。

她看了看其他的房间。它们都没有类似的门框。无论是谁试图修复科尔坎的房间——很有可能就是他修造了下来的泥土楼梯，在楼梯前困住了马赫沃斯特作为看门狗——肯定是他把这个东西带到这里来的。

莎拉走了过去。它是个石头门框，大约九尺高。但这时她想起，大陆人在大崩坏之前普遍比现在高得多：那些日子里他们没这么营养不良。和许多来自神明时代的东西一样，门框的石雕工艺精致细腻，厚实毛皮、干燥木头、白垩石头的质感逼真，椋鸟栩栩如生。但是这些艺术品和科尔坎没有任何关系，至少在莎拉知道的范围内没有：科尔坎通常都很鄙视一切装饰。

她抚摸着门框上雕刻的椋鸟："你不是约科夫最喜爱的东西吗？"

在她触摸的时候，门框滑开了。她低头看着底座。门框安置在四个小铁轮上。莎拉又推了它一下——吱嘎一声，它后退得更远了。到底为什么会有人想要一个可移动的门框？

阶梯之城

莎拉看着科尔坎心室墙上的窗框。起初，每一个心室都有自己的窗户，每个神明都有自己的彩色玻璃。莎拉读过许多信件，里面描述了世界之座神圣玻璃的美丽——蓝色，红色，无法用视觉去理解，但依然能感受得到——尽管现在窗户很遗憾地都坏了。但莎拉有点迷惑地发现科尔坎的玻璃完整无缺，却是一片空白。她慢慢把烛台前后移动，观察着反射光：巨大，透明，除此之外就只是一扇普通的窗户。或许它只是在科尔坎消失的时候，她想，变得空白了。但如果是这样的话——为什么它依然是完整的，而其他的都破碎了？

她拿起烛台，注视着其他的房间。

曾经，在她很小的时候，温雅姑妈带她去了加拉戴什的国家图书馆。莎拉那时已经十分热爱阅读，但是在那之前她从未意识到书的意义，它们带来的可能性：你可以永久保护它们，像工程师储存水那样储存它们，无尽的时间和知识蕴藏在墨水里，汇聚在纸张上，存放在书架上……瞬间变得具体，不受影响，完美无缺，就像把死去的黄蜂保存在水晶里一样，一滴毒液永远悬在它的钉刺上。

她感到不知所措。那种感觉——她短暂地回忆起她和沃在图书馆里一起看书——非常像第一次恋爱。

在地下发现了这个地方，就好像大陆所有的经历、言语和历史都能被雨水冲走，被土壤过滤，一滴、一滴、一滴地滴落到土壤中的空洞里，和水晶的缓慢形成过程一样……

在布里克乌地下的黑暗中，莎拉·柯梅德跨过古老的石头，再次陷入爱河。

◆

震颤的脚步声传来,莎拉从一幅奥沃丝的壁画上抬起头来,看到楼梯在烛光下变得明亮。

穆拉盖什走了进来,身旁是齐格拉德和两名拿着烛台的士兵。她看了一眼空旷的神殿,肩膀一沉——哦,这一团糟——叹了口气:"啊,见鬼。"

"了不起的发现,不是吗?"莎拉走过心室,说道。

"可以这么说,"穆拉盖什说道,"是的。"

"你派人守住了入口?"

"是的,我在外边留了五个人。"

"这里,"莎拉走出一个泥坑,"大极了。大极了!我想这是大战之后,大崩坏之后最重大的神明发现!历史上最伟大的……呃,历史发现。这里的任何一部分,任何壁画碎片在加拉戴什都将是革命性的发现,而发现了几乎完整无缺的整个建筑,就是,就是……"莎拉气喘吁吁,吸了口气,"简直无法想象。"

穆拉盖什注视着弧形的天花板,用指节抚摸着下颌上的伤疤:"当然是了。"

"这!瞧着,这个部分!"莎拉弯下了腰,"这几码的雕刻提供的关于阿哈纳斯的知识比任何人几年间发现的都要多。我们对她几乎一无所知!阿哈纳斯坦,你可能知道,是被大崩坏影响最严重的地方——整座城市几乎全都消失了。现在那里的一切几乎都是塞普尔建造的。"

"嗯哼。"

阶梯之城

"但是这个壁画解释了它为什么消失！它证实了阿哈纳斯种植出整个城市的理论，播下神奇的种子，生长成活着的建筑、住宅、街道、路灯……在夜晚发光的桃子，像路灯一样，藤蔓送来饮水、带走垃圾……引人入胜。"

穆拉盖什摸着嘴角："嗯。"

"在阿哈纳斯死后，一切都消失了。另外，它提供了知识缺口的第二种解释：如果这种说法是正确的，阿哈纳斯坦人认为所有生命和所有身体部位都是神圣的——他们从没用过药物，从不剪头发，从不刮胡子，从不剪指甲，从不刷牙，从不……嗯……清理他们的下体。"

"哦。"

"但那是因为他们不用那么做！阿哈纳斯能够满足他们所有的需求！他们和这座巨大的有机城市完全和谐相处！但是在大崩坏之后，当疾病开始在大陆上肆虐的时候，他们肯定拒绝了所有医疗，所有帮助……所以大陆上的阿哈纳斯坦人几乎都死光了！你能想象吗？你能想象得到吗？"

"是的。"穆拉盖什说道。接着，她和蔼可亲地说："那么，你知道我们要把那个通道弄塌吧？"

"还有这里这个部分，"莎拉说道，"它……它……"她低下头慢慢吐了一口气，然后抬起头看着穆拉盖什。

穆拉盖什严肃地微笑着，点点头。"是的。你知道的。你知道我们不可能把这样的东西保密。这么大的东西可不行。我们会派出守卫。然后就有人会问关于守卫的问题，他们在守卫什么，他们就一直不断地问问题，最后他们就会发现。或许我们会试图发掘它，研究它，记录它，就会有人看到那些设备，那些人员，他们就会问问题，他们就一直不断地问问题，最后他们就会发现。麻烦，"穆拉盖什在一个雕刻的边缘磨平了粗糙的指甲,"不可避免。更糟的是,维科洛夫知道这里,所以如果我们试着待在这里做什么的话,那就往他的手里放了一把刀:'看塞普尔做了什么,把我们最神圣的神殿秘密藏在地下,用他们肮脏的外国手指摸遍了它。'你能想象那种后果吗?你能想象会发生什么吗,大使?不是对你的研究,而是对大陆,对塞普尔的后果?"

莎拉叹息着。这个辩论在她预料之中,但是她期望解决方案没有这么激烈。"你真的想要……把它弄塌?你认为那是我们最好的选择?"

"我宁愿用混凝土把这个该死的通道弄塌,但是那些设备会吸引太多的目光。门口有一些木杆,很明显是承重的。不会超过一个小时。"

"但是,这里有证据。有人在这里,修复科尔坎的心室。他们甚至在这里放了一个石头门框,但是我不明白为什么。那……那肯定是维科洛夫的同伙!"

"你确定吗?冒着大陆人发现这个地方的风险?"

莎拉揉了揉眼睛,接着坐在地上注视着世界之座。"看着它,我就知道,"她说道,"我愿意化一生的时间来研究这里。"

"如果你是个历史学家的话,"穆拉盖什说道,"但你并不是。"

莎拉一颤,被刺痛了。

"你是个仆人,大使,"穆拉盖什平和地说道,"我们都有各自的职责。我们谁也无法在这里完成使命。"

在莎拉的脑海里,埃弗雷姆·庞瑞说道:你想要保存下来的是什么样的真相?

烛台晃动着。一千个影子舞动着。古老的面孔瞪着眼,消失了。

"动手吧。"莎拉说道。

阶梯之城

✧

返回楼梯的路程似乎无休无止。莎拉保证自己会把看到的一切，读到的一切都记住。诸海在上，她告诉自己，我们不会失去这些的。

"那么，下边没有什么神奇的东西？"穆拉盖什问道。

"我没看到。"莎拉心不在焉地说道。

"令人欣慰。"穆拉盖什说道。她从外衣口袋里拿出一个信封，递给了莎拉。"我们一直在检查仓库清单失窃的页码。一想到这些东西会出现在光天化日之下，我就要做噩梦。我们认为这二十页就是让修复派激动万分的部分——或者，至少是里边的什么东西。但是他们或许得到了许多，许多。"

如果只有一件事能打破莎拉的专注，那就是这件事。她从穆拉盖什手里一把抓过信封，撕开，读着：

356．C4号架子145号。特拉维迪之靴：不知为何能让穿戴者的步幅变为几里长——不到一天之内就能横穿大陆。必须有一只脚踩在地面上：原有两双，测试者跳了一下，飘进了空气中。剩下这双依然有效。

357．C4号架子146号。科尔坎的地毯：小块地毯，确定无疑拥有飞行能力。非常难驾驭。记录表明科尔坎用飞行神迹祝福了地毯里的每一根线，所以理论上每根线都能抬起几吨重的物体——但是我们还没有这么尝试过，我们也不会去尝试。依然有效。

358．C4号架子147号。玩具马车：在新月的夜晚消失，在满月时重新出现，满载着印有约科夫头像的铜币。曾经载着一车骨头（不是人类的）回来。依然有效。

359．C4号架子148号。玻璃窗户：起初数不清的阿哈纳斯坦囚犯困在玻璃里边，是座监牢。在阿哈纳斯死后，玻璃连续流血两个月——没有找到囚犯。不再有效。

360．C4号架子149号。科尔坎法典：237至243卷。七本书籍，主要讲述了女人的鞋应该怎么打理，穿着，废弃，清洗，等等。

"哦，"莎拉轻声说道，"哦，我的天哪。"

穆拉盖什短暂停了一下，在通道墙壁凸出来的石头上划着了一根火柴："是的。"

"这就是仓库里的东西？"

"他们得到了清单的一部分，里边记录了大量有效的神奇物品。但里边有很多是玻璃器皿。"

"神明喜欢用玻璃器皿作为安全地点。"莎拉低语着。

"你是什么意思？"

"他们在玻璃里藏东西，躲到玻璃里。所有神明的祭司都知道很多释放神迹的方法——他们会拿出一颗朴素的玻璃珠，使用正确的神迹，打破玻璃，然后，"她上下摇摆着手指，"成堆的金子，豪宅，城堡，新娘，或者……什么都有可能。"她看着清单，声音越来越小，翻阅着剩下的条目，挣扎在入迷和恐惧之间。她几乎没注意到她们走出了通道，只注意到了马赫沃斯特房间里明亮的烛光。

穆拉盖什对两个拿着斧头和大锤的年轻士兵点了点头。"去吧。"她说道。

士兵走进了通道。

莎拉读着最后几页。

她的手握紧了：几乎把纸张撕成了两半。

"等等！"她说道，"等等，停下！"

"等等？"穆拉盖什问道，"为什么？"

"看，"莎拉说道，指着一个条目：

372．C5号架子162号。约科夫之耳：一个雕花石头门框，其中没有门扇。底座带有铁轮。据推测原为一对，无论另一只耳朵在何处，如果用正确的方式操作，就可以走进一扇门从另一扇门里出来。我们推测另一个已被摧毁。不再有效。

"你记不记得，"莎拉问道，"我们刚才在科尔坎心室里看到的石门？"

"嗯……"穆拉盖什的脸色没有变化，从清单上移开眼睛看着莎拉，"你……你认为……"

"是的。"

穆拉盖什必须思考一会。"那么如果另一只耳朵在下边……"

"而如果那一只还在仓库里……"

两人彼此注视了一秒钟，接着冲回到楼梯里。

齐格拉德和另外两个士兵注视着，困惑不解，然后跟着进去了。

❖

"考虑到一切之后，最明智的办法还是，"穆拉盖什在阴影里说道，"把那个该死的东西毁了。"

莎拉把烛台举高了一点，检查着门框。"你宁愿我们不知道有没有人使用了这个门进入了仓库？"

一阵吸气声，穆拉盖什抽着小雪茄。"他们可能进去了，碰了什么不该碰的，然后死了。"

"那么，我个人想要见到尸体。"她研究着雕花门框，寻找着词语、字母、开关，或是按钮。但是它们不需要任何机械的东西，她提醒着自己，神奇物品都是以更加抽象的机制来运作的……

齐格拉德躺在神殿地板上，注视着天花板，仿佛是在晴朗的天气里躺在山坡上注视着蓝天。"或许，"他说道，"你必须对另一扇门做点什么。"

"我宁愿是那样。"莎拉说道。她低语了几句《约科斯塔瓦》的内容，门毫无变化。"那么这个门基本就没用了。只要仓库的守卫够牢固。"

"确实够牢固。"穆拉盖什说道。

莎拉试着赞扬几个重要的约科夫圣徒的名字。门一动不动。这肯定就是，她想，浪荡子试着从宴会上带走姑娘的感觉。

"我认为，"她最后说道，"我尝试的方向错了。"

穆拉盖什压住了大哈欠："你怎么想到的？"

莎拉看着远处约科夫心室里的一幅壁画，描绘着一次极端复杂的狂欢。"约科夫不尊重语言，或是表达忠诚。他一直都更加在意行动，狂野，毫无计划。"在狂欢刚开始的部分，一个戴着尖帽的人物高举着一罐酒和一把刀。"献祭要通过血、汗、泪、情感……"

她想起了《约科斯塔瓦》里的一个著名篇章："那些不愿与他们的血和恐惧分离的人；拒绝酒和狂野的人；那些面临着选择，机会，却恐惧颤抖的人——我为什么要接纳他们进入我的阴影？"

酒，莎拉想，还有血肉。

"齐格拉德，"她说道，"把你的酒瓶给我。"

齐格拉德抬起头，皱着眉。

"我知道你有一个。我不在乎。把它给我。再给我一把刀。"

穆拉盖什在墙上按灭了烟头，火星飘出："我不喜欢这件事的发展方向。"

齐格拉德爬起来，在衣服里摸索着——一阵金属的叮当声：很明显，是一些令人不快的道具——拿出一个深棕色的玻璃瓶子。

"这是什么？"莎拉问道。

"他们说是李子酒。"他说道，"但是从气味来看……我觉得店员或许没那么诚实。"

"那……你尝过了吗？"

"是的。而我还没有瞎。所以。"他递过一把小刀。

这要么会成功，莎拉想，要么就会非常尴尬。齐格拉德打开瓶子——气味足以让她窒息——她用牙咬掉另一只手上戴着的手套。然后她做好准备，划开了手掌。

穆拉盖什大吃一惊："这是干——？"

莎拉把手凑到嘴边吸着伤口。它在流血：盐和铜的味道弥漫在嘴里，几乎呛住了她。接着她把手挪开，迅速地从瓶子里喝了一口。

那不是——肯定不是——她之前曾经喝过的任何一种酒。呕吐凝结在她的胃里，冲刷着食管；她强压了下去。她面对着门框，憋了一口气，把酒和血的混合物喷到上面。

她甚至都没有足够的自控力来看清有没有生效。她把瓶子和刀还给齐格拉德，四肢着地趴了下去，开始剧烈地干呕，但是因为刚才看到马赫沃斯特的时候她就已把胃里的东西吐得差不多了，已经没什么能吐出来了。

她听到穆拉盖什说："唔。呃……"

齐格拉德的黑刀从鞘里拔了出来，发出轻微的摩擦声。

"怎么了？"莎拉低哑地说道。她擦干了眼泪，"怎么了？有效吗？"

她抬头看，发现情况很难说。

门框里是一片完全不透光的黑暗，仿佛有人趁她不注意往里面插入了一片石墨。穆拉盖什的一个士兵，好奇地站到门后：谁也没法透过门框看到她。士兵从另一边探出头问道："什么也没发生？"

"什么也没发生，"穆拉盖什说道，"这就是它本来的，"她努力寻找着词语，"功能？"

"至少，这是个反应，"莎拉说道。她抓着烛台接近了门框。

"小心！"穆拉盖什说道，"可能……我也不清楚，会有东西从里边出来。"

门里的黑暗，莎拉看到，并没有她想的那么牢不可破：在她靠近时，影子逐渐退去，她认出了门口两边高大的方形框架，还有连接不牢靠的木地板。

架子，她想到了，我看到的是一排一排的架子。

"哦，我的海洋和星星啊，"穆拉盖什低语道，"那是什么？"

这会是——莎拉的心颤抖着——C5号架子162号的视野吗，另一

阶梯之城

个约科夫之耳放置的位置？

莎拉弯腰捡起了一块泥土。她估算着距离，然后把它扔进了门里。

土块飞进门框，飞进阴影，砰的一声落在木地板上。

"它过去了。"齐格拉德评论道。

因此，她沉思着，约科夫阁下允许我们进入他的阴影。

这让她很担忧，但是她没有说出来：她不仅仅发现了约科夫的一个神性生物还活着，现在还发现他的一个神奇装置依然运作着。除了卡吉本人，她想，还有谁实际目睹了约科夫的死亡？

她回到手头的任务上："我们去看看吧，好吗？"

✦

一道阴影流过——她手里烛台的烛光几乎缩到看不见了——一阵令人不安的风，然后是脚下木头的吱嘎声。

莎拉过来了。

她吸了口气，立刻开始咳嗽。

不可提及的仓库内部发霉特别严重，比世界之座还要严重：感觉就像走进了一对极其古老的收藏癖老夫妇的家里。莎拉把手帕盖在嘴上，悲惨地干咳着："这里就没有通风设备吗？"

穆拉盖什在走进来之前在头上系了一块大手帕。"这里到底为什么该有通风设备呢？"她恼怒地说道。

齐格拉德跟在她后面进来了。即便空气让他感觉不适，他也没有表现出来。

穆拉盖什转过身看着第二个石头门框，舒适地坐到 C5 号架子的底层上。莎拉看得到穆拉盖什的两个士兵焦虑地在门的另一边注视着

City of Stairs

他们。

"我们真的到了?"穆拉盖什大声问道,"我们真的就这么,一下来到了布里克乌几里外的地方?"

莎拉举起了烛台:上方的架子接近三四层楼高。莎拉觉得自己在头顶上很远的地方看到了铁皮屋顶。一架古老滚梯的框架放在十几尺外的地方。"要我说,就是这,"她说道,"没错的。"

他们三人站在不可提及的仓库里倾听着。

黑暗的空气中充满了叹息、尖叫和低沉的嗡嗡声。硬币的响声,刮木头的声音。屋里的气压感觉好像一直在变化:要么就是仓库里有什么东西迷失在莎拉的皮肤、内耳和鼻窦上,要么就是有数不清的力量在压向她,然后消失,就像洋流一样。

这里有多少神迹陪着我们,莎拉想,在黑暗中运作着?还有多少神明的言语依然在这里回荡着?

齐格拉德指着下方:"看。"

木地板上覆盖着沉积的灰尘,然而这条过道里的灰尘被新近的脚印打乱了。

"我猜,"穆拉盖什说道,"那就是我们神秘敌人的通道。"

莎拉努力集中精力:这里有很多行脚印,没有一行是完全清楚的。侵入者肯定走过这条过道很多次。"我们需要寻找扰动的痕迹,"她说道,"然后,我们需要看看有没有什么不见了。我猜如果有东西丢失的话,那肯定是这几页当中的东西,因为这几页里记录着修复派感兴趣的东西。那么,"她翻动着页面,"我们需要查看 C4,C5 和 C6 号架子。"

"或许他只是随机地偷走了什么。"穆拉盖什说道。

"是的。或许是那样。"谢谢你,她想,强调出我们搜查的无用性。

"我们都有照明，是吧？那就各自分开，互相照应……我们要尽快离开这个地方。我认为我不需要说这个，但是不要碰任何东西。如果有什么在吸引你的注意，或者要求你的干预……无视它。"

"这些……东西真的有自己的思想吗？"齐格拉德问道。

莎拉的记忆力告诉了她一长串神奇物品的名字，要么是活的，要么声称是活的。"不要碰任何东西，"她说道，"离架子远一点。"

莎拉负责C4，穆拉盖什C5，齐格拉德C6。在她走向自己的过道的时候，莎拉考虑着这个地方的年龄。这些架子已经接近八十年了，她想，倾听着吱嘎声，它们看起来正是八十年的样子。"卡吉从未打算把这里修成永久设施，是吧？"她查看过道的时候低语道，"我们不断地无视它，希望这个问题会自己消失。"

架子上每个空间都由一小块上边带数字的金属牌标记着。除此之外，完全没有对这些毫无规律的物品做任何解释。

一个架子大部分都被一座巨大的、被拆解开的雕像占据了。它的脸是空白的，毫无特征，只有一个扭曲的、碎片状的设计盖过了整个头部。塔尔哈瓦斯，莎拉想，或者是他的一个化身。

一个缠着锁链挂满锁头的木箱子扭动着；一阵抓挠的声音从里边传来，仿佛有很多长着爪子的小生物在木头上走动。莎拉快速走了过去。

在她上方，一把金色的剑散发着怪异的光芒。在它旁边放着十二个又短又粗、平平常常的玻璃柱。在它们旁边，放着一个有很多珠宝的大银杯。然后是成堆成堆的书籍和卷轴。

她继续走着。接下来她看到了六块玻璃。一只铜做的脚。一具裹在毯子里的尸体，用银线捆扎着。

莎拉看不到过道的终点。这里有不止一千五百年的神奇物品，她想。

她心里的历史学家说道,真是幸运,卡吉把它们都储存了起来。

她心里的特工说道,他应该在有机会的时候把它们全都毁掉。

"大使?"穆拉盖什的声音喊道。

"怎么了?"

"你……说什么了吗?"

"没有,"莎拉顿了一下,"至少,我认为我没有。"

长时间的沉默。莎拉调查着一套银制拇指戒指。

"这些东西有可能在你脑袋里说话吗?"穆拉盖什问道。

"这里一切都有可能,"莎拉说道,"无视它。"

一个装满童鞋的桶。

一根用马鬃制造的手杖。

一个装满了古代羊皮纸的柜子。

一个布面具,做成了一个老人的面孔。

一个木雕,这个男人身上长着七个长短不一的勃起部位。

她试图保持专注,但思绪一直在所有那些牢记着的故事里搜索。那个结就是在纠缠中藏着暴风雨,解开之后会带来无尽暴雨的那个吗?那是霍夫塔瑞克的竖琴吗?来自塔尔哈瓦斯的庭院,琴声能让挂毯活过来?那是沃特娅制造的红箭吗?它击穿了潮汐波浪,把它变成了温柔的细流?

"不,"齐格拉德的声音说道,"不。不是那样的。"

"齐格拉德?"莎拉说道,"你没事吧?"

几码外传来了低沉的嗡嗡声。

"不!"齐格拉德说道,"那是谎话!"

莎拉快速走过过道,看到齐格拉德站在一个架子的前面,注视着放在内衬为天鹅绒的盒子里的一枚擦亮的小黑球。

"齐格拉德?"

"不,"他对小球说道,"我离开了那里。我……我不在那里了。"

"他没事吧?"穆拉盖什喊道。

"齐格拉德,听我说。"莎拉说道。

"他们死了是因为,"他寻找着解释,"因为他们试图伤害我。"

"齐格拉德……"

"不。不!不,我不会的!"

在天鹅绒盒子里,玻璃状的黑球轻轻转向了左边;莎拉想起了一条束起脑袋的狗:为什么不呢?

"因为我,"齐格拉德强有力地说道,"不是,国王!"

"齐格拉德!"莎拉喊道。

他眨了眨眼,吃了一惊。黑球往天鹅绒里缩了缩,好像很失望失去了自己的玩伴。

齐格拉德慢慢转身看着她:"什么……?发生了什么?"

"你在这里,"她说道,"你和我,在仓库里。"

他颤抖地揉着太阳穴。

"这里的东西……它们非常古老,"她解释道,"我认为它们很无聊。它们一直在……以彼此为食。就像被困在逐渐缩小的池塘里的鱼一样。"

"我没找到丢失的东西,"他抱怨着,"架子很满。甚至,有点过于满了。"

"我也是,"穆拉盖什的声音从下一条过道传来,"你没打算让我们爬梯子,是吧?"

"梯子看起来像是被移动过吗?"莎拉问道,"看看那灰尘。"

沉默。"不。"

"那它就肯定是前几层里的什么东西。"

莎拉把注意力集中在自己过道里剩下的低层架子上，继续搜寻。

四个黄铜油灯。一张空白的抛光木板。孩子的玩偶。一个纺车，转轮慢慢地转着，但是没有亚麻，更没有纺织工。

然后，在最后的地方，就在前边……

什么都没有。

或许是什么也没有。至少，在她所见范围内，什么都没有。

莎拉想，丢了什么？

她快步朝空白处走去。她的眼睛习惯于看到随机的东西出现在视野里，根本没去注意下方有什么。但是在她靠近架子上空白处的时候，她短暂地想了想，我是不是看到了地上有什么东西在闪光？

好像，是根线？

她的脚踝碰到了什么——拉紧了，绷断了——发出微弱的砰的一声。

旁边的过道传来了金属的叮当声，一把小铁钥匙掠过木板。

齐格拉德立刻咆哮道："趴下！快！"

一阵黑烟从她右边的过道传了出来。

接着是一道绽放的橙色火焰，然后是震荡冲击。

一阵热浪冲在她身体右侧。莎拉被抛离了地面，撞到旁边的架子上，古代的宝物四处乱飞：一个皮包在空中翻滚着，洒出无止境的金币溪流；一个苍白的彩色缎带落到地面上，变成了树叶。

灰尘，金属和旧木头在她身边旋转着。她摔到地上，抓着一个架子，但是站不起来。

火焰在她右边爆发出来。烟雾旋转着喷向天花板，就像一只在阳光里寻找庇护所的黑猫。

在她左边，塔尔哈瓦斯的雕像从架子上落了下来。齐格拉德艰难地爬了过来，跪在她身边。

"你没事吧?"他问道，摸着她的脑袋，"你失去了一些头发……"

"那是什么，"她喘息着，"该死的神迹?"

"不是神迹，"他说道，看着蔓延的火势，"是地雷。燃烧弹，我觉得，要不然就是它没有充分引爆。"

"那边怎么了?"穆拉盖什的声音喊道。

在黑暗中的某个地方，很多微小的声音叽叽喳喳着。

火焰在地板的灰尘中窜行，跳上了一个架子，钻进了毯子包裹的尸体。

"我们得走了，"齐格拉德说道，"这个地方，古老又干燥——它很快就会烧毁的。"

莎拉看着越来越强的火焰，她右边的架子顶部几乎已经完全燃烧起来了。"那里有个空白的地方，"她低语着，"就在前边的架子上。有什么东西被偷走了。"她试着用手去指；指头像喝醉了一样在地面上不稳地滑动。

"我们得走了。"齐格拉德再次说道。

黑暗中传来爆裂声。有什么在火焰中尖叫着。

"到底他妈的怎么了?"穆拉盖什咆哮着。

莎拉看着齐格拉德，点了点头。

他轻松地把她扛到肩上。"我们要走了!"他对穆拉盖什喊道。

齐格拉德跑过过道，转向右边，笔直地朝着石头门框跑去。

矗立的架子间闪烁着亮红色的火光。

几十年，莎拉想，几百年，更多。

没了，全没了。

✦

在回到世界之座的时候，齐格拉德把莎拉放了下来。

她咳嗽着，虚弱地问道："我的情况有多糟？"

他要求她摆动手指和脚趾。她照做了。"大体上，"他说道，"还不错。少了一边眉毛。一些头发。你的脸烤红了。但是没有烧伤——不严重。你很幸运。"他抬头看着在石头门框另一边肆虐的炼狱。"我不认为架设陷阱的人知道自己在干什么。但是在我听到的时候……"他摇了摇头，"世界上只有一个东西听起来是那样的。"

穆拉盖什在人群里倚着一个士兵，试图点一支烟。"所以说，那些混蛋在仓库里埋了雷？以防我们跟过去？"

一股炙热的热量从石头门框里涌出。

每时每刻，莎拉想，他们都领先我一步。

"把那个该死的通道弄塌，"莎拉说道，"然后离开这个鬼地方。"

✦

在仓库的黑暗中，传奇和宝藏在火焰中枯萎，死亡。数以千计的书籍化为灰烬。画作被火焰从内部吞噬一空。许多堆积在架子上的蜡烛流下了蜡液，在地板上积聚，在木头板条间形成扭曲的彩虹。在黑暗中某些更深邃的地方，隐形的声音哀伤地抽泣着。

但不是所有的东西都迎来了毁灭。

阶梯之城

架子上有一个巨大的黏土瓶子,沐浴在热浪中。上过釉的表面上有许多精致的黑色笔触:力量的印记,禁锢的印记,束缚的印记。

在狂暴的热量中,墨水冒着泡,崩裂了,消退了。软木塞周围的蜡封熔化了,沿着边缘流淌下来。

瓶子里的东西开始低吼,慢慢意识到自己的监牢正在消失。

瓶子开始前后晃动。它从架子上骤然落下,在地上摔成了碎片。

瓶子在黑暗中破碎,里边装着的东西迅速地伸展,把架子像多米诺骨牌一样推倒。瓶子里的囚犯不断生长,最后它的顶端几乎碰到了仓库的屋顶。

一只黄色的眼睛看着火焰、烟雾、燃烧的架子。

一个尖厉的声音以胜利的愤怒号叫着:自由!终于自由了!终于自由了!

我对你们很温柔，我的孩子们，因为我爱你们。

但是爱和温柔并不会孕育出纯洁：纯洁是通过艰难、惩罚和教诲获得的。所以我创造了这些神圣存在来帮助你们找到方向，教导你们我无法教导的课程。

乌克玛，天空行者、墙壁行者、观察者、低语者。他会看到你们自己看不到的弱点，并且他会让你们与之抗争，超越自己。

乌辛娜，旅行者、漫游者、窗户攀登者、灰烬之女。注意遭到你虐待的可怜人，因为那可能就是乌辛娜，而她的复仇长久而痛苦。

对那些不可净化、不愿忏悔、不愿了解我们所有人心中都存在的羞愧的人，我创造了乌拉夫，海洋巨兽、河流泳者、牙齿繁多、独眼烛明、黑暗住民。那些看不到光明的罪人，他们会在他的肚子里度过永恒，在他轻蔑的注视下燃烧，直到他们理解知晓我的正义，我的宽恕，还有我的爱。

——《科尔卡斯塔瓦》，卷三

汝将知痛

沃德·德林斯基坐在索尔达河的河岸上，试图说服自己还没有感觉上的那么醉。他喝了大半瓶李子酒，他告诉自己如果确实喝醉了的话，酒就会开始变得苦涩发酸，但目前为止酒喝起来仍然非常甘甜美味。而且他需要酒来抵抗寒冷——为什么，看看他呼吸结霜的样子！看看索尔达河上巨大的浮冰，黑色的河水在像玻璃一样薄而透明的地方冒着泡！夜晚这么寒冷，所以他觉得自己的嗜好应该被原谅，是吧？

阶梯之城

他看向东方的布里克乌城墙，巨大的白色悬崖在月光下闪闪发光。他瞪着它们说道："我应该！"打了个嗝，"我应该被原谅！"

在他观察的时候，他注意到背后的山上有古怪的橙色光芒在闪烁。

火灾。看来是山上建筑群里的一个仓库烧着了。

"哦，天哪。"他挠了挠头。他应该叫人来吗？此时，那看起来是个麻烦的提议，于是他又喝了一口酒，再次叹息着说道："哦，天哪。"

一道漆黑的影子出现在仓库群周围的铁丝围栏旁。像是某个巨大低矮的东西。

一声又长又刺耳的尖叫。黑影冲向了铁丝网围栏，编织的铁丝像琴弦一样被拉伸，然后断裂。

某个大家伙冲下了山坡。沃德推测那是头熊。那肯定是头熊，因为只有熊才会这么大，叫声这么响，喘息着，咆哮着……但它听起来比熊大得多得多。

一声巨响，它撞破了河流的冰层，垂直落入下方的黑色河水里。沃德看到冰下有东西在移动：现在那东西看起来长而平滑，就像是美丽的花朵。它优雅地迎着水流向着布里克乌的白墙游去。在它翻身的时候，他看到它的皮肤上亮着一盏柔和的黄灯，这柔和的荧光让他感到非常不安。

那生物消失在下游。他看着足有两尺厚的破碎的冰层，那说明跳进去的那个东西非常，非常重……

沃德拿起瓶子闻了闻，从瓶口望向内部，不确定自己还想不想再买这个牌子了。

索尔达桥下的简陋小屋里,费维瑞和索何夫瑞纳照料着一盏微弱的灯。现在在索尔达河捕鱼很不合法,但是这两个人认识一些悄悄这么做的人:在桥下,索尔达河最宽最深的地方,几十条鳟鱼聚集在这里,或许像费维瑞推测的一样,它们在寻找食物储存热量。"而且尽它们所能地远离寒风。"他每次把黑色鱼线投进小洞里的时候都要说一遍。

"它们,"索何夫瑞纳抱怨着,"很聪明。"

"你在抱怨?你昨晚抓到了多少?"

索何夫瑞纳把沾湿的双手靠近悬挂着的火盆。"六条。"他承认道。

"前天晚上呢?"

"八条。但是我必须在抓到的鱼和冻掉的脚指头之间权衡。"

"呸,"费维瑞说道,"真正的渔夫必须有坚韧不拔的精神。这是男人的工作,需要的是男子汉。"

但是男人的另一个工作,索何夫瑞纳想,是在女人柔软温暖的怀抱里。他希望自己在那里,而不是在这里,这会显得他不像男人吗?

小屋里响起了轻柔的拍打声。

"钓上了?"索何夫瑞纳问道。

费维瑞检查悬挂在冰层六寸大的洞里的钓具,黑色鱼线上的白色旗子轻轻摇晃。"没有,"他说道,"或许是它们在戏弄它。"

接着拍打声里增加了尖利的叫声,就像有人用手刮着玻璃一样。在索何夫瑞纳做出评论之前,他的钓具上的旗子也晃动了起来。"这里也是,"他说道,"不是上钩,而是……移动。"

阶梯之城

费维瑞猛拉着黑线。"或许我错——等等。"他再次拉着鱼线,"它钩住了什么东西。"

索何夫瑞纳看着费维瑞钓具上晃动的旗子。"你确定不是上钩的鱼?"他问道。

"它没有拉伸。感觉像是挂在了石头上。这个难以忍受的尖叫是怎么回事?"

"或许是风?"索何夫瑞纳好奇地拽着自己的线。它也没有拉伸。"我的也一样。我们的鱼线都挂在东西上了?"他摇了摇头,"几分钟之前鱼线上还什么都没有。"

"我们的线或许是挂在了冲到下游的漂浮物上边。"

"那为什么线没有绷断?"索何夫瑞纳检查着下边的冰层。或许是看花眼了,但是他觉得自己看到了一个地方闪烁着柔和的黄光。

"那是什么?"他用手指着那里,问道。

费维瑞也看了一眼,注视着那个黄光:"那是什么?"

"我说的就是那个。"

两人看着它,然后望着彼此。

火盆里的火焰融化了冰层上的一些雪,但为了让冰层更加透明,他们站起来,用脚清理掉了更多的雪。

费维瑞抽了一口冷气:"这到底……?天啊,这是……?"

有什么东西紧贴在冰层下面,就在他们脚下。索何夫瑞纳想起了他曾经见过从海岸边带回来的海星,但这个更大,直径几乎有三十尺,长着很多很多的手臂,一些很粗,一些很纤细。在中央,有一个明亮发光的灯,一张长着许多牙齿的嘴啃食着冰层,黑色的牙龈发出吱嘎声。

拍打声和崩裂声变大了。索何夫瑞纳看到怪物的手臂末端有很多小爪子，正以完美的圆形抓住了他们周围的冰层。

"哦，不。"索何夫瑞纳惊呼道。

灯光闪烁了两下。索何夫瑞纳想，眼睛，那是一只眼睛。

他们脚下的冰层伴随着巨大的声音破碎了，一张长着一千颗牙齿的嘴无声地张开。

❖

无论天气如何，沃斯科文尼茶馆的生意总是那么兴旺。玛戈雅·沃斯科文尼知道吸引客人的不一定是茶的成色——因为她知道她的茶农都是没天赋的笨蛋——由于热气腾腾的开水、沸腾的大锅和几十盏照亮她生意的煤气灯，玛戈雅的茶馆始终充斥着闷热的湿气，这在正常天气里会令人窒息，但是在残酷的冬夜却非常吸引人。

这几十年间茶叶贸易在大陆突飞猛进，过去喝茶被认为是讨厌的塞普尔怪癖，但随着气候一年比一年寒冷，现在变得越来越吸引人。此外，另一个原因是玛戈雅发现了当地草药学里几乎被人遗忘的古老记载：和一点罂粟果一起煮出来的茶似乎比其他的茶更加……令人放松。在使用这个秘方之后，玛戈雅的利润翻了五倍。

玛戈雅在厨房门框里眯眼看着顾客。她的顾客像难民寻找避难所一样紧靠在桌子周围。他们的头发在热气中卷曲，闪亮。铜灯在湿透的木头墙壁上照出了黄褐色的锥形光芒。西边的窗户平时能看到一段风景优美的河流，但现在就像被过量的奶油烤过一样起着雾气。

吧台旁的一个人有气无力地抓着茶杯，像猫头鹰一样严肃地眨着眼；玛戈雅拦住一个侍者，朝那个人点了点头，说道："太多了。"然后让侍者去干活。

"以这个时间来说，生意不错。"她的一个侍者说道，停下来擦了擦脑门。

"实际上，有点过头了。"玛戈雅说道，"除了二楼阳台之外都满了。"

"这怎么是过头了？"

"我们不能让贪婪战胜理智，亲爱的。"玛戈雅拍了拍脸颊，思考着，"下星期不提供特殊配方。"

她的侍者试图控制自己震惊的表情："一点不给？"

"一点不给。我不希望引起任何怀疑。"

"但是在人们抱怨茶的……品质的时候我们该怎么说？"

"我们就说，"玛戈雅答道，"我们被迫换了一种新茶，影响到了口感。就说是因为塞普尔的贸易规定。他们会相信的。然后告诉他们我们会尽快改善这个情况。"

吧台旁一个中年男子抱着一个非常轻佻、曲线毕露的年轻女人。他们粗鲁地招呼着侍者。在我奶奶那时候，玛戈雅想，这样的公开举动会让你遭受鞭刑。可是时代在变迁……"去吧，"她说道，"给他们点什么东西，堵住他们的嘴。"

侍者离开了。玛戈雅的眼睛一直在搜索麻烦，她发现上层阳台有什么东西不对劲：一盏灯开始闪烁。

她抱怨着，走上台阶发现自己弄错了：不是灯在闪烁，而是在随着链条上下晃动，就像上钩的鱼一样。

"这到底是……"玛戈雅抬头看挂着链条的梁。

她惊恐地发现横梁在弯曲，好像屋顶上有东西在拽着它一样。屋顶的石膏上还有裂痕，像重压之下冰面上的裂纹一样快速扩散着。

玛戈雅第一个念头就是看向窗户，但是她想起窗户已经被凝结的水雾弄得不透明了……但是她发现自己又错了：有东西在西窗户外边擦干净了部分凝霜。

但是我们在离河面三十尺高的地方，玛戈雅想，谁能这么干？

她走向窗户，擦干内部的凝水，透过模糊的玻璃观察。

她首先看到的是下方河岸上的一盏黄色的孤灯。

然后她看到一个黑色的庞然大物，紧贴在店铺外墙上，闪着光，就像铺了一层沥青的树干，但是它在伸展，把自己越来越紧地贴在墙上。

最后，就在她的眼前，她似乎看到一根长而纤细的黑色手指在窗户的另一边伸起，手指末端的黑色爪子轻轻敲了一下玻璃。

"什么？"玛戈雅说道。

紧接着，一阵隆隆声后，木头和石膏的碎片像雨点一样落下，沃斯科文尼茶馆的屋顶和上层墙壁被完全撕掉，珍贵的湿气随之而去，流失到冬夜之中。

玛戈雅眨着眼，风吹在她身上。她的主顾们大部分都震惊地发不出声来，但还是有一些尖叫了起来。因为下层墙壁紧随其后，倒塌进冰封的河流里，带走了二层阳台——还有玛戈雅·沃斯科文尼。

玛戈雅在下坠的过程中看到很多顾客遭到同样的命运。我们会像鸡蛋一样，她发疯地想着，摔到冰面上。但在这无止境的几秒钟里，她不停地空中翻滚，发现没有看到冰面，只有那盏黄灯，许多舞动的触手，一张满是牙齿的嘴正震颤着张开。

◆

"我说我需要所有能干活的士兵去帮助救火队！"穆拉盖什在楼下

咆哮着,"一定要在电报里尽你所能地强调这一点!让下士知道,如果他在让士兵去干活的过程里有一点不情愿,都会带来可怕的后果!"

莎拉在办公室里皱着脸。穆拉盖什彻底接管了楼下的使馆办公室,不仅征用了所有电报机,还在各个入口都驻扎了部队。一般来说她会在自己的官邸做这些事情,但是使馆要近得多。"联系萨格雷莎要塞的诺尔将军,"穆拉盖什喊叫着,"必须告诉他我们需要他能提供的所有援助。一有消息就来通知我,哪怕是我特意强调不要打扰的时候也一样!"

莎拉揉着太阳穴。"诸海啊,"她嘟囔着,"这女人就不能小声点说话吗?"莎拉愿意让穆拉盖什处理这场灾难,因为严格说来这是穆拉盖什的管辖范围,莎拉有许多理由置身事外。但是内心里她希望穆拉盖什和其他人等能够就此离开。

齐格拉德坐在办公室的角落里,磨着他的黑刀。嚓啦嚓啦的声音越来越大,最终莎拉满脑子都是这个声音。

"你就非得现在磨?"她问道。

齐格拉德磨得稍微轻了一点:"你看起来情绪不佳。"

"我昨晚差点就被炸死了。"

他耸耸肩,往刀上吐了口口水:"又不是第一次。"

"我们烧毁了好几百年里的无价历史!"她嘶声说道,不敢喊出来。

"那又怎么了?"

"我……我在职业生涯里还从未经历过这样的失败!我不喜欢失败。我不习惯。"

在他思考的时候,嚓啦嚓啦的声音慢了下来:"我们确实从没有犯过这样的错误。"

"错误?自从我们到布里克乌以后,我们一无所成,到处犯错!"

她像水手喝威士忌一样大口灌着茶。

"我觉得,把错误一次性都犯了是有好处的。"

"我并不欣赏你的乐观,"莎拉说道,"我几乎后悔到这里来了。"

"几乎?"

"是的,几乎。因为尽管……尽管这个任务已经浑身是屎了,我依然不能相信部里的其他人。想想吧,换成科马尔塔或者约瑟夫在这里会怎么样!"

"我甚至都不知道这俩人还活着。我以为他们早就把自己害死了。"

"没错!"她站起来走向窗户,并推开了它,"我需要新鲜空气。因为我脑袋里全都是噪音!"她喘了一会儿,倾听着,愤愤地揉着眼睛,"就连外边的街道也都是尖叫声!这个该死的城市就没有安静的地……"她的声音越来越弱,"等等,几点了?"

齐格拉德也走到窗边。"很晚了,晚到不该有这样的噪音。"他侧着头,"那确实是尖叫声。你没有夸大。"

莎拉看着布里克乌黑暗的街道:"发生了什么?"

夜色里又传来一声尖叫。有人跑到了外边的街道上,胡乱地喊叫着。

"我不知道。"齐格拉德说道。

穆拉盖什在楼下愤怒地口述着给诺尔将军的回复,强调这并不是直接攻击,因为那意味着对他们安保措施的谴责。但是诺尔应该像对待直接攻击一样对待这件事,因为他们需要立即援助。

莎拉打开了全部的窗户。她听到河边传来了隆隆声。一阵白烟飘在屋顶上。"有建筑倒塌了?"她问道。

越来越多的人跑到街上。窗户里点燃了蜡烛,门被猛地打开。一个男人喊叫着,一遍一遍地询问着出了什么事。终于有人回答道:"水里有东西!水里有东西!"

莎拉看着齐格拉德,却只能说:"什么?"

这时楼下传来了喊声。"莎拉!"穆拉盖什的声音喊道,"有个傻瓜来找你了!"

莎拉和齐格拉德下了楼。皮特瑞站在入口,旁边是一位看起来非常紧张的布里克乌警官。

"给希瓦尼大使的消息,"皮特瑞说道,"来自布里克乌警察局的奈斯瑞夫警长。"

"解决这个人。"穆拉盖什说道,"我这边的麻烦事够多的了。"

莎拉强作镇定却是徒劳无功:"什么事?"

警官咽了口口水,满头大汗。"啊,我——我们在疏散河流附近所有的住宅和建筑里的居民。使馆是首要目标,"他好像是建议一样说道,而我不得不完成我的职责,"所以我们需要你们到外边去,马上。"

穆拉盖什结束了另一次通讯,接着突然说道:"等等,你他妈在说什么?我们哪都不去。"

"嗯……奈斯瑞夫警长——"

"是个出色的好警察,但是他不能命令我们做任何事情。这里是塞普尔领地。"

"我们……非常清楚那一点,总督,但是……但是我强烈建议你和大使赶紧离开。"

"为什么?"莎拉问道。

警官的汗流得更厉害了:"我们……嗯,我们现在还说不准。"

"这和外边发生的事情有关吗?"莎拉问道。

警官不情愿地点了点头。

"那么,外边发生了什么?"

警官似乎在权衡要不要告诉他们，接着肩膀一沉，就像要忏悔羞耻的事一样。"有……东西在索尔达河里。"他说道，"大怪物。"

"然后呢？"

"然后它在……杀人，把他们从河岸上抓下去。"

穆拉盖什揉着眉心："哦，诸海啊……"

"它甚至上岸攻击了建筑，"警官说道，"它的体形……很庞大。我们不知道它是什么，但是我们在疏散河流附近的所有人员。那也包括使馆。"

"这事是刚刚才发生的？"莎拉问道，"几个小时内？"

警官点了点头。

莎拉和齐格拉德无声地交流了片刻。莎拉的眼神说道，仓库里的？齐格拉德严肃地点了点头：毫无疑问。

"谢谢你通知我们，警官。"莎拉说道。她伸出一只手，齐格拉德递过她的外衣。"我们很快就会离开使馆。奈斯瑞夫现在在哪？"

"他在索尔达桥上监视着那个东西。"警官说道，"你为什么——"

"好极了，"莎拉穿上了外衣，"我们很乐意去找他。"

◆

索尔达桥的矮墙无法抵挡寒风，几乎所有人都尽其所能蹲了下去。莎拉希望把自己的四肢都包裹在毛皮里，脚裹在橡胶里。穆拉盖什从离开使馆之后就没有停止咒骂，但是她的咒骂声现在有点颤抖。奈斯瑞夫警长靠着墙坐着，接收着信使送来的消息，警官们分布在河流两岸的街道和住宅之中。只有齐格拉德裸露着脸，跪下来注视着宽阔冰冷的河面，不惧寒风。

阶梯之城

莎拉隔着墙观察。索尔达像一块错综复杂的拼图，冰面上开着巨大完美的圆洞。在西岸，两座建筑的正面和墙壁被彻底拆掉了：白色的石灰石像农家干酪一样散落在泥土里。"那……"莎拉问道，"它袭击了那里？"

"是的，"奈斯瑞夫说道，"通知得太晚了，我们没有看到。它是个神迹，"他克制了自己，但莎拉挥挥手让他继续，"无论它是什么，好在它没有攻击桥梁。我们希望它无法毁坏桥梁，因为这是周边四里范围内通过索尔达河的唯一途径。"

"死了多少人？"穆拉盖什问道。

"已收到二十七人死亡或失踪的报告。"奈斯瑞夫说道，"不是被推到了河岸下，就是被吸到了冰面下，或者是从家里被卷走了。"

"我的天，"莎拉低语着，"那么……它是什么？"

奈斯瑞夫迟疑道："我们听说，它是个海怪，有许多触手。"

莎拉分析着，奈斯瑞夫和警官们看着她，等待着这条消息将会被如何接收。"像龙一样？"她问道。

看到她严肃对待这个信息，奈斯瑞夫松了一口气："不，像……像海兽。但是体形很大。"

莎拉点了点头，思索着。多臂的海兽，她想，那是个很短的备选名单……

"那么，你知道那东西到底是什么吗？"奈斯瑞夫问道。

莎拉注视着毁坏的建筑"嘭"的一声倒塌，掉落到河里。"我有几个想法，"她说道，"但是……嗯，我认为这个东西违反了世俗规章。"

老练的奈斯瑞夫第一次表现出震惊："你是说，这个东西是有神性的？"

"或许吧。不是所有的神性生物都是闪亮的或者神圣的。"莎拉说道。

"那么你打算怎么办?"奈斯瑞夫的一个副官问道,"罚它的款吗?"

齐格拉德发出了嘘的声音。

莎拉坐了起来:"你看到它了吗?"

"我看到了,"他侧着头,"东西。"

所有人都把头伸出索尔达桥墙外。南方几百尺外的地方,微弱的黄光在致密的冰层下朝着东岸游去。

"米克哈尔和奥诺思特在那里,"奈斯瑞夫忧虑地说道,"就在银行的墙后边。"

黄光停了下来,接着从河里传来微弱的崩裂声。莎拉惊愕地看着一个巨大的圆圈出现在冰面上,就好像有人在水里仔细地切割着冰块一样。

"维克托,"奈斯瑞夫对一个警官说道,"到那边告诉那两个人赶紧跑。"警官马上跑开了。

圆形的冰块慢慢沉了下去,在冰冻的河流底下滑开。所以,它是个灵巧的生物,莎拉想着。黄光慢慢挪到了洞穴中央。奈斯瑞夫花样繁多地咒骂着。一个非常细小的东西从洞里探了出来,在空气中旋转着,仿佛在用嗅觉寻找着什么。接着更多的附肢——触手?——出现在冰窟窿的边缘。

黄光沉得深了一些。它在准备,莎拉意识到,跳跃……

它冲出水面,破碎的冰块飞射而出;它的爆发强而有力,甚至连这里都淋到了水雾。

奈斯瑞夫和他的手下开始尖叫;穆拉盖什用手捂住了嘴;莎拉和齐格拉德,早已习惯了这种恐怖景象,静静地站着观察。

阶梯之城

实际上,它不太像水母,也不太像鱿鱼,更不像虾,而像是这三种生物的混合体,长达三十尺:一个略微有点透明的生物,背上——或许——还有头上长着黑色的壳,脸部几乎隐藏在蠕动的触手里,触手的长度足以探查河岸,它们慢慢抬了起来,就像方阵的矛尖一样。

两个人影出现在河岸上,奔跑着,尖叫着。一个人似乎太慢了——一只触手挥向他,身影旋转着。"诸神啊,不。"奈斯瑞夫低语着。但另一个警官拿着火把跑来,对着靠近的触手挥舞着。那个生物因为这个打扰停顿了一会儿,足够让警官们逃离它的触及范围,跑上索尔达的河堤。

那个生物往河堤上爬了爬,用像鸟类一样的奇怪声音对着他们尖叫着。它的触手在河岸上摸索着,抓起石头,向撤退的警官们扔去。石头没有打中警官,而是落在一座不幸的小房子的屋顶和墙壁上。接着那生物尖叫了两声,退回到冰下,向着下游游去。

"诸神啊,"奈斯瑞夫说道,"我的神啊。这东西是什么?"

莎拉点点头,很满意自己的直觉是对的。"我想我知道。"她用围巾擦了擦眼镜。他在暗处等待,她想,抓住无价值的人,吞噬他们……"奈斯瑞夫警长,我认为,我们刚才看到的是传说中的乌拉夫。"

短暂的沉默。

"乌拉夫?"一个警官说道,"惩罚者乌拉夫?"

奈斯瑞夫怒气冲冲地拍打他,仿佛在说,你知道自己在和谁说话吗?

"别这么瞪他,警长,"莎拉说道,"你完全可以承认你知道它。即便承认这样的东西是违反世俗规章的行为。但现在是……情有可原的情况。"

"我以为乌拉夫只是个传说。"一个警官不情愿地说道。

"哦,不是的,"莎拉说道,"科尔坎很喜欢用精怪和神性生物去做他的工作。乌拉夫是最坏、最危险的——很可能也是他最喜欢的。"她观察着那个黄色的眼睛在冰下游移,或许是在观察河岸,寻找罪人。对乌拉夫来说,莎拉回想着,谁不是罪人?"在这个深渊生物的肚子里,受诅咒的灵魂在它的凝视下畏缩。"

"那它他妈的为什么在我的城市里屠杀无辜的人?"奈斯瑞夫质问道。

"现在还不清楚。"莎拉说道,这是个谎言。她回想起自己在加拉戴什看过的东西:在科尔坎突然失踪之后,据称乌拉夫因为没有了创造者的监管,发疯了。约科夫被迫抓捕它,把它引诱到一瓶由人类罪孽蒸馏而成的酒里,然后把它困在了那里。

如果这都是真的,莎拉想,那这个瓶子只可能保存在一个地方。

她无声地责骂自己绊倒在那根线上。谁知道我到底放出了什么东西?

"我们到底能把那玩意儿怎么办?"穆拉盖什问道。

"嗯,"莎拉说道,"某些低等神性生物可以用普通方法杀掉。它们一定程度上有自己的力量,这也使它们脆弱。我是说,想想大清洗——那是用匕首、长枪和斧头完成的。"

警官们听到这种禁忌的话题,不安地挪动着身体。有些人看起来很愤怒,甚至感觉受到了侮辱。莎拉很高兴没有提到就在几个小时之前她还亲自完成了同样的功绩。

"我不喜欢这个主意,"奈斯瑞夫说道,"让我的警官们冒风险,射击这个冰下面的东西。"

"不管怎样,弩箭是射不穿冰层的。"穆拉盖什说道。

阶梯之城

"我们应该等冰融化。"奈斯瑞夫说道,"或许可以在上边点火来融化它,然后看看我们能做什么。"

"那么到时候你打算做什么?"穆拉盖什问道,"坐船攻击它?用长矛?像捕鲸一样?"

奈斯瑞夫迟疑着,他看了一圈其他警官,他们看起来不是很满意这个主意。

齐格拉德又发出了嘘声,仿佛在脑海里衡量着什么。然后说道:"我能杀死它。"

沉默。

所有人都慢慢转过身看着他。

莎拉忧虑地看了他一眼:你确定你想这么做吗?但是齐格拉德的表情难以理解。

"什么?"穆拉盖什说道,"怎么做?"

"它是个,"每次他试图翻译德瑞凌词语的时候都会露出这种便秘的表情,"水里的东西,"他总结道,"我杀过很多水里的东西。"

"但是……你……你确定吗?"奈斯瑞夫问道。

"我杀过,"齐格拉德说道,"很多水里的东西。它有点不一样……"他目光锐利地注视着乌拉夫打算在离开之前在冰上再刻出一个洞,"但是也没多不一样。"

"你到底需要我的人做什么?"奈斯瑞夫问道。

"我不认为,"齐格拉德摸着脸颊,思考着,"我会需要你的人。"

"你真的认为,你自己就能杀了那样恐怖的神性生物?"穆拉盖什说道。

齐格拉德沉思了一会儿,然后点了点头:"是的。条件很有利。这条河不宽。"

"索尔达河,"奈斯瑞夫说道,"几乎有一里宽!"

"但它不是海,"齐格拉德说道,"不是海洋,我熟悉的海洋。还有这些冰……"他耸耸肩,"非常有可能成功。"

"先生,它今晚几乎杀了三十个人。"奈斯瑞夫说道,"它要杀死你简直轻而易举。"

"或许吧。但是。如果那样的话……"齐格拉德再次耸耸肩,"那我就这么死吧。"

奈斯瑞夫和其他警官难以置信地盯着他。

莎拉清了清喉咙。"在我们继续考虑这个思路之前,"她说道,"我首先想问问奈斯瑞夫警长是否赞成这么做。"

"你到底为什么要在意这个?"奈斯瑞夫问道,"如果你的人想要送死的话,那该由你来决定。"

"好吧,虽然被世俗规章禁止,但是很多大陆人依然认为冰下的那个东西是神圣的,"莎拉说道,"毕竟,它是你们文化里珍贵的故事和传说中的生物。它是你们传统的一部分。如果你希望我们杀了它——实际上,它是活着的传说——那我们希望你们明确允许这么做。"

奈斯瑞夫脸色一沉。"你,"他说道,"试图让我们替你擦屁股。"

"或许吧。但是乌拉夫是你们宝贵传说中不可缺少的部分。我们不是大陆人。对某些大陆人来说,如果我们成功地杀死乌拉夫,那就相当于摧毁了一件历史艺术品。"

"但这么说来,"穆拉盖什说道,"它是个到处杀人的艺术品。"

莎拉点点头:"没错。"

奈斯瑞夫表情扭曲。在他左右为难的时候,三名警官气喘吁吁地蹒跚着走了回来:其中一个是维克托,派去警告米克哈尔和奥诺思特的警官;另两人大概就是他去找的人。有一个人紧握着自己淌血的右臂。

阶梯之城

"米克哈尔受伤了,"维克托说道,"它抓住了他的胳膊,它……它拽掉了他的几根手指。"

奈斯瑞夫顿了一下,看着冰下的柔光,接着说:"你们两个,回警察局和医院去。"他看向齐格拉德:"你需要什么?"

齐格拉德回头看着河水。"我需要,"他沉思着说道,"两百尺长的拖缆、三条各长一百尺的帆索、一盏灯、两把斧枪、三把结实的鱼叉,还有几升脂肪。"

"什么?"穆拉盖什说道。

"脂肪。"齐格拉德说道,"动物脂肪。有鲸油最好——没有就用牛油或者猪油。"

穆拉盖什看着莎拉,莎拉耸耸肩:我也不知道是怎么回事。

齐格拉德摸着胡子:"在我完事的时候,需要你们点起一大堆火。因为要办这件事,我不得不光着身子。"

✦

"亚麻籽,"莎拉说道,把它扔到了熬着牛油的大锅里,"柳草。打了六个结的麻线。还有雪松松脂。"她回头看着从使馆送材料来的小推车。河边再次回荡着尖叫声。她无视了它们。"盐和白银……这或许很难。"她把一把银制甜品小勺插到了一包岩盐里,摇晃着,"但是,我希望有用……"随后她把盐倒进了大锅里。

皮特瑞注视着她,既入迷又难以置信:"你真的认为这会有用?"

"我希望如此,"莎拉说道,抓起一把竹芋粉扔了进去,"神性生物分别厌恶不同的东西……我们依旧不确定,这是不是神明故意安排的——或许是作为他们凡人信徒抵御神明造物的某种防御手段,以防万一——或许这完全是偶然的,是每个神明,出于天性,无法提防的事情。无论如何,神性生物非常排斥这些东西:会引起它们窒息、红肿、瘫痪、甚至死亡……"

"就像过敏一样?"皮特瑞问道。

莎拉顿了一下,意识到皮特瑞刚刚说出了塞普尔历史学家多少年来一直试图准确表达出来的东西:"是的。完全正确。"

"而乌拉夫对这些……都过敏?"

"我不知道。这里是一些通常能够驱除神性生物的东西。我希望,"她放进去一些苦艾,说道,"这里的一两种能够起作用。可以说,这里什么东西都有。"

齐格拉德和奈斯瑞夫的警官差不多准备好了:他们成功地把结实的拖缆绕过了桥,紧紧地固定住。现在,莎拉看到了齐格拉德体内的海员之魂:他几秒钟就打好了结,在肩膀上绕着成捆的粗绳子,就像脚趾长着爪子一样在桥上攀爬。他把三根帆索扔过桥梁——它们砰的一声落到冰上。他让拖缆剩下的部分也落到了冰上,大约一百多尺。到目前为止,乌拉夫依然没有注意到他们的努力,选择去骚扰下游一里处的码头,寻找着故意无视疏散命令的人。

齐格拉德走到上蜡帆布包裹着的武器旁边。他拿起一支鱼叉,带有倒钩的尖端和莎拉的胳膊一样粗;尾部是一个铁环,适用于非常粗的绳子。那到底是,莎拉想,为什么样的鱼准备的?齐格拉德测试着它的柔韧性,满意地点了点头,跪下来用手指抚摸着斧枪的刀刃。"钢口不错,"他说道,"手艺也不错。"

"而你毫不怀疑,"莎拉问道,"这么做是不明智的?"

"我们以前做过这样的事情,"齐格拉德说道,"这有什么不同?"

"这和马赫沃斯特不一样。"

阶梯之城

"那,"齐格拉德轻蔑地说道,"根本不算是挑战。"

"好吧。这和阿哈纳斯坦的多诺瓦也不一样,"莎拉说道,"这可不是……你可以残暴处决的普通小妖精、小坏蛋!"

"你马上就要说这不是那条龙了。"

"那是条小龙。"莎拉说着,双手伸展到大约三尺宽,"另外,我才是最后杀掉那条龙的人。"

"在我做完所有工作之后。"齐格拉德抽了抽鼻子说道。

"你没有严肃对待这件事。尽管我们的经历或许很有趣,那,"她用一根手指指着河水,"是几十年来,这个世界见到的最接近活跃神明的东西!"

他耸了耸肩。"我跟你说了,"他说道,"它是个水里的东西。水里的东西,本质上,它们都很相似。无论谁创造了它们,或者来自哪里。"

"你对自己就这么有信心,真的要独自去尝试吗?"

"你在海上待得越久,"齐格拉德解释道,"你学到的就越多。你学到的越多,帮助就越来越累赘。"他脱掉外衣、衬衫和马裤,露出非常紧身又非常古老的长内衣。他的肌肉颤动着,肩膀、后背和脖子上的肌肉非常发达,但是它们看起来并不笨重。齐格拉德身形魁梧:他就像一只动物,捕猎消耗的能量远远超出食物所提供的能量。"毕竟,应对死亡是件孤独的事情。"他说道。

"我……我发誓,有的时候我真是受够了你的装腔作势!"莎拉说道。

齐格拉德抬起头,他的表情很困惑,还有一点忧虑。

"你或许觉得你那种滑稽的言简意赅是美德,但是对我来说不是——对任何珍视你生命的人来说都不是,即便你自己并不珍视生命。"她看着他,非常害怕,"我没有要求你这么做。你知道吗?我永远不会要求你这么做。"

"我知道。"他说道。

"那为什么?"

他考虑着。

"为什么?"她再次问道。

"因为那是我所知的一切,"他耸耸肩说道,"我还很擅长。今晚我将拯救生命。唯一有风险的生命就是我自己的。"

莎拉沉默不语。

"我得到你的祝福了吗,莎拉·柯梅德?"

"我可没有祝福人的业务,"她说道,"但是我接受你所做的一切。即便我不喜欢。"

他点点头,说道:"很好。"然后脱掉了他的内衣。莎拉在他们一起工作的时候——不止一次——见过他的裸体,但是她总是会惊讶于他手臂和背上伤疤的种类:烙印、鞭伤、割伤、刺伤……但是她知道他受过的最大伤害隐藏在他右手的手套底下。

他开始脱掉长内衣的另一部分。"我不认为,"莎拉说道,"你有必要脱掉所有的衣——"

"呸。"齐格拉德说完,非常自然地丢下他的内裤。

莎拉叹息着。奈斯瑞夫和他的警官们——全都是阴沉冷漠的布里克乌人——注视着这个坦率的裸体展示。穆拉盖什像鲨鱼一样咧嘴笑着。"有的时候,"她说道,"我还挺喜欢我的工作。"

齐格拉德全身赤裸,身上只有靴子、刀鞘(现在绑在了他的右腿上)、右手的手套,还有左手的金手镯。他把手伸到牛油大锅里捧出一把,拧着眉毛盯着里边漂浮着的竹芋粉和其他东西——"保险。"莎拉解释道——齐格拉德耸了耸肩,开始把它涂抹到肩膀、胸口、手臂、大腿上。"呃,要是需要帮忙的话跟我说一声。"穆拉盖什轻声说道。莎拉愤愤地瞪了她一眼,穆拉盖什再次不知羞耻地咧嘴笑着。

齐格拉德最后在脸上和头发上也涂抹了那些东西。这下他变成了一个原始的东西——一个人类早已抛弃的污秽、野蛮的生物。"我觉得,"他说道,"我准备好了。"他看着奈斯瑞夫,"如果它过来的话,试着让那玩意保持朝向。"

"我不知道我们能做到多少,"奈斯瑞夫说道,"但我们会试一试。"

"别做多余的事情,"齐格拉德说道,"我希望它专注于我。明白吗?"奈斯瑞夫点点头。"很好。"齐格拉德上下打量着桥,似乎不太信任它的牢固程度。接着他举起那堆武器,朝着河岸走去。

穆拉盖什递过一盏灯,他接了过来。"祝你好运,大兵。"她说道。齐格拉德心不在焉地点了点头,就像散步沉思的时候遇到一个熟悉的路人一样。

他在莎拉身边停了下来,从左手腕上摘下金手镯,递给了她。

"我会好好保管的。"她说道。

"我知道。如果我今晚真的死了的话……"他注视着索尔达河冰封的河面迟疑着说道,"我的家人……你会……?"

"我会一直确保你的家人受到良好照顾,"莎拉说道,"你知道的。"

"但你会告诉他们……我的事情吗?我是什么样的人?"

"如果这么做安全的话。"

他点点头,说道:"谢谢你。"然后走下桥梁。

莎拉说道:"听着,齐格拉德——如果真的到了那一步的话,乌拉夫很有可能不会杀了你。"

他回过头来："嗯？"

"甚至今晚被它抓走的人也很有可能没死。事实上，他们或许比死了还糟糕——根据科尔卡斯塔瓦所说，在乌拉夫的肚子里，你是活着的，但你在受惩罚，充满痛苦、羞愧、悔恨……在它的凝视下，没人拥有希望。"

"它是怎么在自己的肚子里，"齐格拉德问道，"凝视你的？"

"它的本质是神圣的。我认为，乌拉夫体内是一个特别的地狱。唯一能拯救你的就是科尔坎的祝福——"

"你能给我？"

"——从大约三百年前，他消失之后就没人得到过。"

"那你在说什么？"

"我是说，如果乌拉夫快要吞噬你了，"她低头看着他绑着刀鞘的地方，"明智的选择就是把事态控制在自己手里。"

他慢慢点点头，再一次说道："谢谢你。"接着又补充道，"顺便说一句，你最好离开这座桥。"

"为什么？"

"没人知道，"齐格拉德说道，"一场恶战会如何发展。"

◆

齐格拉德走在冰面上，靴子发出空洞的砰砰声。他立刻就感觉出冰层大约有两尺厚。冻得不错，他想，可以跑雪橇过马匹。

他在结冻的河流上走着。寒风吹打着他的耳朵。四肢上的油脂挂满了无数的小冰碴；很快他就变成了一个闪闪发光的冰人，跋涉在灰

阶梯之城

蓝色的土地上。

他回想起类似的情景：奔驰在冰雪上，雪橇在身后发出刮擦声；马蹄奔腾；回头看到希尔德和他的女儿们坐在雪橇的毛皮堆里，咯咯地笑着……

我不想想起这些事情。

齐格拉德眨了眨眼，注意力集中在前方桥上垂下来的绳子上。布里克乌的灯光现在似乎非常遥远，仿佛这个大都市只是个偏远海岸上的海滨小镇。

在航海的日子里，他见到过多少次这样的景象？几十次？几百次？他回想起德瑞凌土地上巨大的悬崖，还有分布在海岸上的小屋里的灯光。每天被山顶周围飞行着的鸟儿的叫声吵醒。

我不想想起这些事情，他再次对自己说道。但是回忆痛苦地出现，就像一根刺从血肉里长了出来。

海水的笑声。没有太阳的日子。结霜海岸上的篝火。

他回想起最后一次航行。他还很年轻，急切地想回家见到自己的家人。但是他们在德瑞凌海岸上岸的时候，他和船员们发现村子发生了剧变：

国王。他们杀了国王，还有他所有的儿子。他们烧掉了房子。他们烧掉了城市。我们该怎么办？

听到消息他多么震惊……那时他不明白，不明白这是怎么发生的。而无论他问多少次——所有的儿子？你确定吗？——答案依然不变：哈克瓦尔德王朝结束了。所有的国王都死了，消失了，我们失败了。

冰在齐格拉德脚下破碎。世界是个懦夫，他想，它不在你眼前改变；它等待着你背过身的时候，突然袭击……

齐格拉德走在索尔达河上。肢体上的脂肪已经凝固了；他现在是个奶白色、噼啪作响的蜡烛人像。他继续朝着桥中央拖缆垂下来的地方走着。他在桥上的时候，索尔达桥看起来十分狭窄，不到四十尺宽。而在桥下，它像是一根横跨天空的黑色骨头。

他告诉自己它能够坚持住。如果他做得没错的话，它会坚持住的。

他听到了水声。他看向右边桥下的阴影，冰面上有一个几何学上完美无缺的圆形。一层致密的木头漂浮物困在洞里，上下浮动着。可能是间小屋——它的使用者早已不在了。

最终他来到悬着的绳子旁边。他把粗壮的拖缆末端弯成圈，接着用帆索紧紧地把圈系牢。他很熟悉这个结：他不假思索地行动，利落地处理着绳子。

在他打绳结的时候，他回想着。

他回想起在听到政变的消息之后，跑向自己的家。他回想起发现它时已经焦黑无人；他的田地支离破碎，还被撒了盐。

他回想起在烧毁的卧室里，从潮湿的灰烬里发掘出的易碎白骨。他回想起在庭院里挖掘着坟墓。支离破碎的骨头杂乱无章，毫无规律，仿佛混乱的人类拼图。

他没法在里边认出自己的妻子和女儿。但是他尽自己所能把骨头分类，哭泣着埋葬了它们。

够了。停下。

齐格拉德把剩下的帆索系在绳圈上，然后把它们的末端系在鱼叉上。他把鱼叉在冰上刺成一排，间隔十五尺。

齐格拉德把提灯放在中间鱼叉的前边，然后用斧枪的刀刃在冰上刻着四道又深又长的线，所有线条都交汇在灯前边的一点：在他完成的时候，它看起来就像是冰面上的一颗巨大的星星。然后他坐在交汇点上，赤裸的屁股坐在冰面上，斧枪放在膝盖上，等待着。

一只鸭子苦闷地叫着。

东岸传来一阵尖叫声,袭来一股风。

尽管他想保持专注,但回忆无情。

他回想起听到新国家成立的消息,"德瑞凌共和国",但这个名字和"国家"这个称呼都令人发笑:他们只不过是个海盗国家,腐败又贪婪。

齐格拉德悲伤又愤怒地选择了战斗,和许多人一样。然而,也和许多人一样,他失败了,被丢进斯隆德海姆,悬崖监狱。他们说,那是比死还糟的命运。

他们说得不错。他不确定自己被单独监禁了多少年,靠燕麦粥维生,在黑暗中咆哮。当然,有一部分是自作自受:每次他们把他放出去,他就会试图杀掉一切靠近他的人,而他经常成功。最终,他们决定不再给他出去的机会了,直到他死为止。这也就意味着齐格拉德一辈子都要在黑暗中生活。

但有一天他囚室门上的观察口打开了,他看到一张前所未见的脸:女人的脸,棕色皮肤,长鼻子,黑眼睛黑嘴唇,还戴着眼镜——两片放在眼睛前边的玻璃。但他所有的困惑都在那张脸说话的时候消失了,"你的妻子和孩子们还活着,很安全。我找到了他们。如果你想跟我谈谈的话,我明天还会来。"

观察口关上了。她渐渐走远。

这就是齐格拉德第一次见到莎拉·柯梅德的情景。

现在他和她一起度过了多少年?十年?十一年?他发现,这根本无所谓。这些年的新生活对他来说毫无意义。

齐格拉德眨了眨眼,眼皮上沾着黏糊糊的油脂。

他想起那些他没有机会了解、已经长大了的孩子,以及那个曾经是他妻子的年轻女人。他想知道她是不是找了新丈夫，给他的孩子找了新父亲。

他低头看着自己满是伤疤，闪烁发光的双手。他不再认识它们了。

在地平线上，一道柔和的黄光在冰层下闪烁着。

齐格拉德揉着手掌上的油脂，测试着斧枪的握把。

这就是该有的样子，他想，冰冷，黑暗，逼近的死亡。

他等待着。

❖

黄光游得更近了，它的动作优雅又流畅。齐格拉德听到有东西拍打着冰面，像盲人用手杖探路一样。它在倾听回响，他想，以此来看上边有什么。

他身下的冰吱嘎作响。黄光现在在二十尺外，它本身接近一尺宽。就像巨型乌贼的眼睛，他想，然后回想起，很久以前，他吃过一只混在鱼群里的巨型乌贼。而那只还挺能打的……

他看不到冰下的情况，但他听到了十五尺外，也许十尺外有东西在爆裂。他看到自己周围刻出了一个圈，他也看到自己对那个东西的宽度估计得很好：圆圈的边缘和他在冰上刻的四条线交汇了，看起来就像是他坐在一块被切成八份的巨大馅饼中间。

他慢慢地站起来。冰层被刻线削弱了，在他脚下抱怨着。他拔起鱼叉，站在圆圈的中心。

一个黑色的东西在他脚下旋转着。黄灯几乎就在他的正下方。

我想知道，齐格拉德想着，我会不会品尝到你的味道……

他用右手紧握着鱼叉，深深吸了一口气。

阶梯之城

冰下的东西刻完圆圈之前,他用左手扬起斧枪,巨大的刀刃一挥而下。

脆弱的冰层立刻在他脚下破碎,他骤然坠落到冰冷的水里。

乌拉夫——莎拉的称呼——猛地后退,被这个意外弄得非常吃惊。齐格拉德在它巨大涌动的身躯面前显得十分渺小,就像一只飞向黑色雷雨云的燕子。

齐格拉德看到一堆挥舞的手臂,一只巨大明亮、满布黑色血管的眼睛,下面是一张六尺宽的嘴……但是还没有张开。

他向前挥动鱼叉,带倒钩的刀刃深深扎进乌拉夫的黑色血肉里,离它的大眼睛只有几寸远。

乌拉夫因为痛苦猛地张开了嘴,它的眼睛翻滚后锁定在齐格拉德身上。而他继续往前挥动着斧枪,猛击它的口腔。乌拉夫在水里旋转着,闪光的牙齿像烟花一样绚丽多姿。

乌拉夫气急败坏地扭动着。它的触手猛地挥出,抓住了齐格拉德的双腿,但是厚厚的脂肪层使它无法抓紧……而且,触手立刻缩了回去,仿佛脂肪烫到了它们;齐格拉德看到碰到自己身体的黑色皮层起了水疱。

要是让莎拉知道她的赌博成功了,他想,那就没好日子过了。

四周的水涌动着。他感到另一只触手试着抓住他的脚踝,却同样滑开了。乌拉夫把所有的注意力集中在他身上,数不清的肢体在他周围舞动着,准备攻击。

走,现在走,他想,然后他伸出左手抓住帆索——它系得很牢——把自己拉了起来,拉出水面,落到冰面上。

他的身体因为温度变化有点发抖,但他强迫自己无视这件事,专注地跑向右边的鱼叉。他听到冰面在身后破裂,回头看到乌拉夫挣扎着对抗帆索，冲破冰层想要摆脱它——但是绳索牢牢地系住了。

这个生物愤怒地冲到冰层上，一千只手臂把圆球状的头部拖向前方。一只触手向前猛地一蹿，抓住了齐格拉德的左臂；它的爪子在皮肤上戳了一个洞；他向前摔倒，感到自己被向后拽去。

他挣扎着对抗它；它的触手维持着抓握的状态，即便他看到触手接触到他的地方被烧得咻咻响。乌拉夫痛苦又愤怒地号叫着，咬着冰块，把它嚼成了粗糙的雪。不，不，我不会放开你的。

齐格拉德用斧枪一次次砍向触手，这足够让它的触手松开了，随着噗的一声，齐格拉德逃了出来。

赞美海洋，齐格拉德边跑边想，这头牛喂得很肥……

"射击！"奈斯瑞夫在上面喊着，"打死那个该死的东西！"

弩箭飕飕地飞过空中，扎进冰里。许多弩箭射进了乌拉夫的皮里；它愤怒地吼叫着，抽打着帆索，导致绳子像吉他弦一样嗡嗡作响。

齐格拉德摸到了第二支鱼叉，但是乌拉夫现在盯上了桥上的人。它的触手像一群眼镜蛇一样扬起，抽打在桥上。一阵尖叫声传来，两个躯体在空中旋转着，摔到了桥的另一端。拜托，齐格拉德想，别是莎拉。

乌拉夫的一只触手弯了下去，抓住一个挣扎的警官，把他塞进张开的嘴里。冰面开始抗议这次战斗，发出了巨大的喀嚓声。

齐格拉德想，这可不是我想要的。

他把斧枪夹在胳膊底下向前跑去，并扔出了第二支鱼叉。虽然在那生物抽打绳索的时候他差点失手了，但是鱼叉还是深深地扎进了乌拉夫的背里。乌拉夫再次号叫着抽打四周，黄色的眼睛怒视着他。齐格拉德仅仅看到一只触手朝他加速挥舞过来，就像顺流而下的树干一样；接着他滑过冰面，感觉世界在星星和光芒中爆炸了。

阶梯之城

他等待着第二次攻击，但是没有出现。他呻吟着抬起头，看到乌拉夫拽住了缠在一起的绳索。但是，他扔出的第一支鱼叉上的绳子已经断开了，绳子的缠绕并非永久性的。

齐格拉德咆哮着，摇了摇头，试了试四肢：它们差不多还能用。斧枪在他身边，但是它也断了，现在更像是把短斧。他捡起它，快步跑向第三支也是最后一支鱼叉。

把它缠上，他想，让它自己精疲力尽，然后打死它。砍它的肺，直到它淹死，淹死在自己的血液里……

碎石开始从索尔达桥上跌落。

他想，除非它把桥拆了……

他看着乌拉夫不断击打桥梁，更多的小碎石落到水里。

他希望奈斯瑞夫没有下令射击，乌拉夫还在注意他，只注意他。

这就是我为什么讨厌被帮助。

乌拉夫的抽打几乎打碎了所有桥下的冰；而齐格拉德的最后一支鱼叉插在冰块上，随着冰块上上下下起伏着，就像鱼竿上的浮标。齐格拉德叹了口气，潜到水里——寒冷像锤子一样敲着他的头——游向它，然后拔出鱼叉，最后拉着绳子把自己拉回到结实的冰层上。

他的四肢麻木，双手双脚报告说它们不再存在。乌拉夫扭动着绳子，张着嘴尖叫；齐格拉德没有迟疑，把鱼叉投进那个生物的上颚。

它痛苦地哀号着，扭动着，想摆脱身上的束缚，却暴露出了它像水母一样柔软的黑色腹部。

现在。

他拿起斧枪向前冲，为躲开一只触手而滑过冰面，紧接着手脚并用站了起来……

他开始在躲开挥舞着的触手的同时无情地劈砍那个生物的肚子。

乌拉夫哀号着，哭泣着，尖叫着，挣扎着。黑色的血液不断喷洒在齐格拉德身上。他的身体感受到的要么是刺骨的寒冷，要么是沸腾的炽热。但他不停地砍，不停地劈。

他回想起在庭院里埋葬那些骨头。

他挥动着斧枪。

他回想起在牢房里抬头看到一缕极细的阳光照了进来，试着用手托住那一缕光线。

他挥动着斧枪。

他回想起在塞普尔无畏舰甲板上注视着家乡的海岸逐渐远去。

他挥动着斧枪。他终于意识到自己在尖叫。

他想，我诅咒这个世界，不是因为它从我这里偷走的东西，而是在这个世界把我变成一个不同的人许久之后才告诉我它从未偷走任何东西。

乌拉夫呻吟着，哭泣着，触手变得松弛。这野兽似乎泄了气，像一棵巨大的黑树一样慢慢向后退去。被击败的乌拉夫悬在网里，那些绳子在重量下绷得紧紧的，发出嗡嗡声。

齐格拉德模糊地听到桥上的欢呼声。但是他依旧看到那生物内部的器官跳动着，抽搐着。没死，还没死……

一只明亮的金色眼睛出现在他脚下的触手海洋里。它眯起眼睛，仔细观察着他。

突然间软弱的触手不再无力：它们飞舞起来，抓住了最脆弱的桥柱，用力一拽。

齐格拉德短暂地注意到一个黑色影子出现在自己的右边，越来越大；接着一块大石头在几码外的地方击穿了冰层。

齐格拉德说道，"他妈——"

阶梯之城

他脚下的冰块像跷跷板一样翻了过去,而他至少被扔出了四十尺远。接着他除了寒冷和河水之外一无所知。

他感到水击打着他的鼻子和嘴。一股水流钻进他的鼻窦,挠着他的肺,几乎让他咳嗽了起来。

别淹死。

空气在他体内燃烧。他翻了个身,看着上方:天空是熔化的水晶,无法穿透。

别淹死。

他看到上方的乌拉夫在和绳索搏斗着,这个生物的上方是一道坚固的黑色拱门:索尔达桥。

齐格拉德踢着腿,瞄准上方冰层里一道逐渐扩大的裂缝。

坚固的黑色拱门变得不那么……坚固。透过涌动的水和冰的透镜,它似乎在消失;接着一块十尺见方的石头落进黑色的河水里,一串串气泡在它周围转动着;齐格拉德迅速离开,被它的力量拍了上去。

别淹死,他想,也别被砸死。

更多的石头落了下来,导致更多的震荡不断地把他往上推着……

水面是一张薄膜,把他困在里边;他不确定自己能不能打破它。

他用手抓着它,张开嘴,品尝着冬日的空气。

齐格拉德把自己拉出水面,到了冰面上。谢天谢地,这片远离桥梁的冰面还是坚固的;他回过头看到桥已经消失了:它倒塌到水里,激起了巨浪……到处都看不到乌拉夫。

齐格拉德虚弱地颤抖着,跪在冰面上寻找希望的标记:一堆火,一根绳子,一艘船,任何东西。但是他看到的只有柔和的黄色圆球在水里向他游了过来,把浮冰像纸巾一样拨到一边。

"唔。"他说道。

他看着自己的胳膊和手：油脂在战斗中彻底被水冲掉了，大概也带走了莎拉在里边提供的那些防护措施。

然后一群触手包围了他，接着一张大嘴震颤着张开——失去了很多牙齿的嘴——然后触手温柔地在他背上一推，把他送进嘴里。

✦

齐格拉德睁开眼睛。

他正坐在一片开阔的黑色平原上，头顶的天空同样是黑色的。他知道这里是一片平原，因为地平线上有一只巨大燃烧着的黄色眼睛，昏暗的黄光照在黑色的沙子上。

一个声音说道："**汝将知痛。**"

齐格拉德看着左右：他的身边是一片坐着的尸体，干燥得像灰烬一样，仿佛所有的湿度都被蒸发殆净。一个穿得像警官，另一个拿着捕鱼器材。这些尸体全都是坐着的，面对着燃烧的眼睛，尽管每张脸都是干枯的灰色，却都带着极度痛苦的表情。

接着他看到尸体的胸膛还在动，轻柔地呼吸着。

齐格拉德意识到：他们还活着……

那个声音说道："**汝将知痛，因汝堕落。**"

齐格拉德低头看了看。他还是只穿着靴子，戴着右手手套，右腿绑着他的刀。

他摸着刀想起了莎拉说的话："明智的办法就是把事态控制在自己手里。"

那个声音说道："**汝将知痛，因汝污秽。**"

齐格拉德拔出刀，想用刀刃划过手腕，切开血管……但是某件事让他迟疑了。

那个声音说道："**汝将知痛，经由痛苦，汝将知正义。**"

他等待着，刀尖悬在手腕上。黑色平原像绘画一样旋转变化着，形成了他在斯隆德海姆的旧牢房。在那里，黑暗的日子一点一点吸走了他的生命。他想，这就是乌拉夫的神奇地狱？看起来如此，但是他目前还没有压低刀刃。

他牢房的门上有一只巨大的黄色眼睛。那个声音说道："**汝将知痛。汝将知苦。汝之罪孽将被净化。**"

齐格拉德等待着。他觉得或许他曾经历过的那些创伤和骨折会突然间重新复活，令他再次经受所有痛苦……但却没有发生。

那个声音，现在听起来有一点沮丧，说道："**汝将知痛。**"

齐格拉德环顾四周，刀刃悬在手腕上。"好吧……"他慢慢地说道，"什么时候？"

那个声音沉默了。

"这里不是地狱吗？"齐格拉德问道，"我不是应该在受苦吗？"

那个声音并没有回答。随后墙壁上迅速地出现一系列恐怖景象：他躺在钉床上；他被吊在一座活火山上；他被困在海底；他回到德瑞凌，看到地平线上的烟雾。然而这些景象并没有让他感到任何身体上或精神上的痛苦。

他环视四周。"怎么回事？"他问道，诚实地表示迷惑不解。

墙壁再次旋转。他回到黑色平原，身边还是那些喘息着的干尸，而那只明亮的黄色眼睛愤怒地注视着他。他快速地思考着自己免疫痛苦是不是因为他是个德瑞凌人，但这似乎不太可能。

然后他意识到他的右手掌正在轻轻地跳动。他看着隐藏在手套里的右手，然后明白了。

那个声音说道:"**痛苦是汝之未来,痛苦是汝之净化。**"

齐格拉德说道:"但是你不能教给我痛苦,"他开始拽下手套,"因为我早已知道。"

他拽掉了手套。

手掌的中央有一个骇人的亮红色伤疤,和烙印很相似,但是它深深地铭刻在他的血肉里:一个圆圈中央画着一个简略的天平。

他回想起来,科尔坎之手,等待着权衡和裁决。

他向明亮的黄色眼睛伸出手。"我被你的神明触碰过,"他说道,"而我活了下来。我知道他所谓的痛苦,并且承受着。我每一天承受着。所以你无法伤害我,是吧?你无法教给我我早就知道的东西。"

大眼睛凝视着。

接着,它眨了眨。

齐格拉德向前猛冲,用刀刺中了它。

※

在河边,莎拉和穆拉盖什望向乌拉夫退到水下的位置。"走!"奈斯瑞夫喊着,"走啊!"莎拉和穆拉盖什都湿透了,她们把奈斯瑞夫从索尔达河里拉了出来。他断了两只胳膊,一条腿,还有点体温过低。"看在诸神的分上,把我带走吧。"他哭喊着,但莎拉无视了他,注视着河水,等待着难以置信的抽动:或许乌拉夫会浮出水面,把齐格拉德吐出来,然后他像块石头一样滑过水面……

但河里只有冰块温柔地拍打着水面。

"我们得走了。"穆拉盖什说道。

"是的!"奈斯瑞夫喊道,"是的,诸神啊,我一直都在说这事。"

"什么?"莎拉轻声说道。

穆拉盖什再次说道:"我们得离开这条河,那东西现在生气了。我知道你不想离开你的朋友,但是我们得走了。"

警官在河堤上彼此喊着命令。奈斯瑞夫哀号着,呻吟着。没人知道该怎么渡过索尔达河。现场一片混乱,根本没人指挥,但警官们似乎达成了一致意见:要往河里倒煤油,然后把它点燃。

"我们现在必须走了。"穆拉盖什说道。

莎拉想出了主意,把她的斗篷变成吊床,他们两人把奈斯瑞夫放进里面开始往河堤上拖。其余的警官把一辆装满了油桶的马车正往河里推。他们甚至都没试着把油桶拿下来往河里倒,而是用斧子砍破油桶的侧面,让煤油流到河里。

莎拉在脑海里搜寻着解决办法,某个神秘招数——科尔坎的祈祷或者《约科斯塔瓦》里的词句——但什么都没想到。

火焰盘旋着爬过河面。浮冰嘶嘶地变得像大理石一样光滑,接着迅速退去。

在火焰开始剧烈下沉的时候,他们几乎快走到河堤上的人行道了。"快看!"莎拉说道。

火焰开始嘶嘶地扰动着。

"哦,天哪,"奈斯瑞夫悲鸣着,"别停下来。"

乌拉夫翻滚的身体从索尔达河里钻了出来,恐怖地尖叫着,开始用它的众多触手拍打着地面。

"火!"一个声音尖叫着,"成功了!"

但是莎拉没有这么确定。乌拉夫看起来并没有对任何东西作出反应:相反,它似乎在遭受着攻击。她想起过去在公园里看到的中风发作的老人,四肢抽搐着、舞动着……

乌拉夫尖叫着撞开浮冰，翻滚着通过火焰之湖，触手拍打在河岸上，在索尔达桥的残骸上碰撞着，最终登上了河岸人行道。它巨大颤抖的嘴一开一合，像受惊的狗一样呜咽哀号。

"这他妈是怎么了？"穆拉盖什问道。

乌拉夫张开了嘴，不断地尖利号叫着……就在它张开的大嘴下方，一颗黑色的牙齿钻出了它的肚子。

不——不是牙齿，是一把刀。

"不，"莎拉说道，"不，这不可能……"

乌拉夫再次尖叫。而那把刀扭动着，慢慢切开了那个生物的肚子。热血喷洒在地面上，冰冷的河面上发出嗞嗞声。一只手从长长的口子里伸了出来，手指并拢如同刀刃。

"你一定是在开玩笑。"穆拉盖什说道。

那只能被描述成恐怖扭曲的分娩过程：腐臭的内脏喷涌而出，接着浸透在脂肪和血液之中的齐格拉德滑出濒死怪物的切口，躺在地面上注视着天空，接着翻了个身，四肢着地趴在地上，剧烈地呕吐起来。

❖

莎拉从人行道飞快地跑向齐格拉德躺着的地方，几乎听不到远处的欢呼声。在靠近他的时候她被迫慢了下来：恶臭几乎浓烈得让人无法通行。但她挣扎着穿过臭气跪在他的身边。

"你是怎么！"她哭喊着。他的耳朵上挂着一些腺体，她温柔地拿掉了。"你是怎么做到的？你是怎么活下来的？"

齐格拉德翻身躺下，大口大口地喘着。他咳嗽后从嘴里拉出一些又长又韧的灰色组织。"幸运，"他喘着气，把那玩意儿扔到一边。它击中了一摊内脏，发出湿乎乎的噗的一声，"幸运还有愚蠢。"

乌拉夫的死尸里有什么东西在变化——更多的内脏像山体滑坡一样滑了出来。在它们聚集到他们身边之前，莎拉把齐格拉德拽了起来。她注意到他的右手没有戴手套，她从未见过他不戴手套。

齐格拉德难以置信地回头看向乌拉夫。"想到……"他把手指压到右鼻孔上，从左鼻孔里喷出了一摊黑色的血液，"想到整个空间都在那个生物的……"

"是什么？那里真的是地狱吗，齐格拉德？"

齐格拉德又咳嗽了一声，跪倒在地。越来越强的欢呼声从索尔达河两岸传来。莎拉抬头看到在河堤上庆祝的不仅是那几十个警官，还有普通市民，他们从家里涌出，鼓掌唱歌。

哦天哪，莎拉想，这也太隐蔽了，不是吗？

她左边传来一阵闪光：三名摄影师架好了三脚架，正在上发条准备拍第二轮照片。

他们身后是一个莎拉没有预期会见到的人。

沃翰尼斯·沃特罗夫站在人群后排。他似乎避开了自己平时那浮华的长袍，而是穿着深棕色的外衣和纽扣系到脖子的黑色衬衫。他看起来苍白而憔悴，平静地以轻视的表情看着莎拉，就像看着一只不断撞到窗户玻璃上的昆虫一样。她过了一会儿才注意到他没有挂着手杖。

人群从沃翰尼斯和摄影师身旁涌了过来。齐格拉德和莎拉被包围在潮水般的拍肩和咆哮般的祝贺之中。当她设法回头看向摄影师的时候，他已经不见了。

我不会责备任何颂扬塞普尔历史的人——历史毕竟是故事，有的时候它很美妙，但你必须记住它的全貌——依照真相——避免选择性遗忘。因为大战并不是被大陆人侵而发生的，也不是由于神明沃特娅的死亡而开始的。

实际上，它是由一个孩子开始的。

我不知道她的名字。我希望我知道——考虑到发生在她身上的事情，她理应被铭记。但是从法庭记录来看，我知道她和父母一起生活在塞普尔马力戴什省的一个农场里，我也知道她是个头脑简单的孩子，一个被自然阻碍了智力发育的孩子。像很多特定年龄的孩子一样，她被火吸引了，而或许她简单的天性使这种吸引更强烈了。

1631年的一天，她发现了一架被废弃的，翻转的马车倒在路上。它装着成箱成箱的纸——看到这么多纸，又知道附近没有大人，我想这对她来说太有诱惑力了。

她在路中央点起了一堆火，用一根火柴点燃了纸张，一页又一页。

这时马车的乘客回来了。他们是大陆人，富裕的塔尔瓦斯坦人，拥有很多附近的稻田。看到她在烧纸的时候，他们怒不可遏——因为她无意中烧掉了《塔尔瓦斯塔瓦圣书》的抄本，对他们来说这是严重的罪行。

他们把她带到当地的大陆治安法官那里，要求严惩这个异端行为。女孩的父母乞求着宽恕，因为她头脑简单，不知道自己做了什么。镇民加入了他们的呼吁，请求轻判，如果可能的话。

但是那些大陆人告诉法官，如果有塞普尔人想把神圣的言语烧掉，那么他们也应该被烧掉。那个法官——大陆人——听从了。

他们在马力戴什的镇广场里，在所有镇民的注视下把小女孩活活烧死了。法庭记录告诉我们他们用链条把她吊在一棵树上，在她脚下点起了一堆火——在她哭泣着攀爬在锁链上躲火的时候,他们砍掉了她的手脚,她到底是失血而死还是被烧死的,我不知道。

我不认为大陆人预见到了那些人会做出这种反应——毕竟,他们是贫穷的塞普尔人,不是什么有力量有勇气的人,残忍的羞辱他们早已习以为常。但这次恐怖的景象让整个马力戴什的人暴动,拆掉了治安法官的办公室,用石头砸死了里边的人,包括女孩的行刑人。

一个星期的时间里,他们欢庆着自由。我很想说殖民地叛乱由此而起,我想说塞普尔被这个英勇的举动所鼓舞。卡吉挺身而出,征服了大陆。但下一个星期,大陆人带着军队回来了……马力戴什从地图上消失了,只留下海岸边一个烧黑的地方,一个六分之一里长的土包——马力戴什获胜居民最后的安息地。

大屠杀的消息传开了。沉默,仇恨的愤怒开始在殖民地中渗透。

我们对卡吉所知不多。我们甚至都不知道他的母亲是谁。但是我们知道他住在托梅省,就在马力戴什旁边;我们知道就在这次屠杀之后他开始了自己的实验,后来创造出了随后用于推翻大陆的武器。

一次雪崩向海里投入了一颗小石子。然后,经由神秘的命运,小石子激起了海啸。

我希望我不知道过去的某些部分;我希望它们从未发生。但过去就是过去,必须有人铭记,有人传诵。

——《失落的历史》,埃弗雷姆·庞瑞博士

救赎

"没有骨折,"医生说道,"或许有一些骨裂。很明显的瘀伤,因此我想肯定也有一些骨挫伤。当然,如果病人允许我进一步检查的话,我就能发现……"

齐格拉德倚在床上,膝盖上放着一锅土豆酒,发出咕哝声。他半张脸是亮红色的;另外半张脸是黑灰色的,就像发霉的水果。在使馆煤气灯暗淡的灯光下,他看起来像个食尸鬼。他只允许医生戳了戳他的肚子,看看他能够移动的脑袋、胳膊还有腿;除此之外,齐格拉德只用咕哝声来回答医生的请求。

"他没有报告腹痛,"医生说道,"我必须承认,这难以置信。我也没有发现冻伤的迹象——同样难以置信。"

"什么是冻伤?"齐格拉德问道,"我从未听说过这个叫冻伤的东西。"

"你是说,"医生说道,"德瑞凌人从来不会被冻伤?"

"只有冷,"齐格拉德喝了一大口酒,"和不那么冷。"

医生既紧张又沮丧,对莎拉说道:"我认为如果他能活过今晚,那就没什么大碍。我也认为如果他想健康地活下去,他就应该允许医学专家完成他们的工作,而不是像对待……性骚扰一样对待我们。"

齐格拉德恶劣地笑着。

莎拉笑了:"谢谢你,医生。就这样吧。"

医生发着牢骚鞠了一躬,莎拉领他出去了。一群人聚集在使馆大门前，从河边一直跟到了这里。"如果可以的话，"莎拉说道，"我们希望你能保密。避免讨论你在这里看到的细节……"

"泄密是有违我的职业精神的，"医生说道，"另外，这次检查进行得如此糟糕，我宁愿没人知道这件事。"他戴上帽子走开了。人群中有人喊道："她在那！"接着门口闪烁着闪光灯的光亮。

莎拉苦恼地关上了门。摄影是个相对较新的发明，还不到五年，但她已经知道自己讨厌它：捕捉图像，她想，给我的工作带来了多少麻烦……

她回到室内，走上楼梯；使馆工作人员带着黑眼圈，精疲力尽地盯着她，等待着睡觉的许可；穆拉盖什烦恼地跺着脚走下了楼。"仓库的火扑灭了。"她说道，拿起一个瓶子喝了一口，"在我们弄清楚这个城市会不会因为杀死他们神明的宠物——不管那是什么——杀了我们之前，我要封锁使馆。城镇之父们决定自己应对桥的问题。我要喝到醉，然后睡觉。剩下的你去处理吧。"

"我会的。"莎拉轻轻说道。

"而且你最好能保证在这一切都结束之后我能去亚乌莱特！"

"我会的。"

她离开穆拉盖什，走进齐格拉德的房间，坐在他的床脚上。齐格拉德用食指抚摸着瓶口，一遍又一遍。

"给。"莎拉说道。她拿出齐格拉德的手镯放在他的大手里。

"谢谢你。"他说道，把它紧紧系在自己的左手腕上。

"你真的没事吗？"莎拉问道。

"我觉得是的，"齐格拉德说道，"更糟的情况我都活下来了。"

"真的？"

齐格拉德沉思后点点头。

"你怎么活下来的?"

他思考后抬起了包裹在医用纱布里的右手。然后他解开纱布,露出了手掌上亮红色的天平刻痕。"靠这个。"

她看着它:"但是……这不是科尔坎的祝福……"

"或许不是。但是我认为……被科尔坎惩罚,和被他祝福……它们或许是一回事。"

莎拉回想起埃弗雷姆读着奥沃丝的《红莲之书》,大声地评论着,神明不了解自己就像我们不了解自己一样,他们无意识的举动经常比有意识的举动更能说明他们。

齐格拉德注视着自己的手掌。他的眼睛在肿胀的眼皮下闪烁着,就像蜜蜂翅膀之间的柔软背部。他眨眨眼——她看得出他喝醉了——说道:"你知道我怎么获得这个的吗?"

"大概吧,"她说道,"我知道这是科尔坎之指的印记。"

他点点头,没有再说话。寂静蔓延开来。

"我知道你有,"她说道,"我也知道它是什么。但是我从来都不觉得应该问你。"

"聪明。伤疤是通向苦痛的窗户——最好不要触碰它们。"他揉着手掌说道,"我不知道他们是怎么把它弄到斯隆德海姆的。这么罕见又强大的东西——尽管它看起来只不过是个弹珠——一颗灰色的弹珠,上面画着一个小天平的印记。他们用盒子装进来的,里面铺着某种衬里……"

"灰色羊毛,也许是,"莎拉说道,"对科尔卡斯坦人来说,它有特殊的敬意。"

"就照你的说法吧。我们有九个人,他们把我们关在一间牢房里。我们喝着管道里漏出来的锈水,在角落里拉屎,饿了很久。饿得要死。

阶梯之城

我不知道他们饿了我们多久。但是有一天我们的看守来了，拿着盒子里的小石头和一盘鸡肉——一整只鸡——说道，'如果你们之中有谁能够把这块小小的石头在手里握住一分钟，我们就让他吃东西。'所有人都冲上前去按看守要求的做，但是我不为所动，因为我了解那些人。在斯隆德海姆，他们玩弄我们。欺骗我们彼此争斗，彼此残杀……"他活动着左拳，指节上粉红色的伤疤变成了白色，"所以我知道这事不对劲。第一个人试着握住石头，刚拿起来就开始尖叫。他的手像是被捅了一刀一样流着血。他扔掉了它——它落在地上的时候听起来像是一块巨石——看守们笑着说道，'捡起来，捡起来。'那个人做不到，因为它好像重达一千吨。看守只能用灰布把它裹着捡起来。我们不知道它是什么，但是我们知道我们快饿死了，所以我们还想尝试，想吃东西，哪怕只吃一点……他们中没人能做到。有人坚持了二十秒，有人坚持到了三十秒。他们的手血流成河。他们全都放弃握住那颗小石头。"他喝了一口酒，"然后……我去尝试。但是在我把它捡起来之前，我想……我想着我失去的一切。我心里那个让我想要活下去的东西——那团火，它熄灭了。即使现在它也还是熄灭的。而……而我希望这颗石头压碎我。你明白吗？我渴望痛苦。所以我把它捡了起来，握在手里。"他翻动着有伤的手，就像石头还在手里一样。"我现在依然能回想起握着它的感觉，就像现在还握着它一样。我握住它不是为了要吃东西，而是想要死。"他的手握成了拳头。"但我吃到了东西。我承受了科尔坎之指不止一分钟，而是三分钟。接着他们把石头从我手里拿走，不高兴地说道，'你可以吃东西，因为你赢了。但是在你开始吃之前，你必须决定——你是要自己吃光一只鸡，还是和你的狱友分享？'他们全都盯着我——鬼一样的人，苍白消瘦，饿得要死，仿佛他们在我眼前渐渐消失……"

齐格拉德开始重新包裹他的手。"我根本没犹豫,"他轻声说道,"一秒钟都没有。看守把我带到另一个牢房里,离开了他们,独享食物,然后睡觉。不到一星期,他们开始从我的旧牢房里往外拖尸体。"他系好绷带,按摩着手掌,"神明或许创造了不少地狱,"他说道,"但是我觉得它们在人类为自己创造的地狱面前相形见绌。"

❖

莎拉关上齐格拉德房间的门,站在走廊里,双腿颤抖着。过了好一会儿她才意识到自己快要崩溃了,她坐在走廊里,深深吸了一口气。

莎拉在职业生涯中遇到过许多特工,经历过许多不幸。一段时间里,她觉得自己是个完美的专业人士:高效,个人生活与工作分得很清楚,理智和良知埋藏在一个远离可怕现实的密封小球里。

但是想象失去齐格拉德……她以为自己了解恐惧,可当她看到他消失在索尔达河那黑色河水里的时候……

他还活着,她告诉自己,他还活着,他会没事的。至少,他那样的人所谓的没事,就是浑身青肿地待在发臭的小房间里。

莎拉摇了摇头。现在和过去多么相似,她想。十年前,但在今天看来就像一生。

莎拉记得那个舱门多么的小,小得连天窗都算不上,很可能是塞普尔无畏舰上最小的舱室。她敲了敲门,当当声回荡在船的走廊里,但没有得到回应。她打开门,恶臭袭来,双腿已经因为无畏舰的晃动而不稳,在这气味之下颤抖得更加厉害。接着塞普尔海军上尉咳嗽着提醒她:"请当心,女士。"似乎在琢磨她是不是要找死,这个当时还不到二十五岁的姑娘。

阶梯之城

她走了进去。房间里没有灯，但是她看得到那个巨人盘腿坐在角落里。他散发出一种丧家犬的气息：头发纠缠在一起，皮肤上满是伤痕和感染。他的头低垂着，因此她看不到他的双眼——眼睛，她不断提醒自己——但是他畏缩在光线下。

她关上门坐在他对面的角落里，等待着。他几乎一动不动。

"我们要离开德瑞凌水域了，"莎拉问着他，"你不想最后看一眼你的祖国吗？"

他没有回答。

"你没有离开过你的房间，"她说道，"你自由了。这么多年之后你不想活动活动吗？"

没有回答。

"你不想洗个澡吗？我们有热水。"

巨人轻轻咕哝着，仿佛他想要说话但是又重新考虑了一下。

"什么？"

他的口音浓重，几乎无法理解："这……不是真的。"

"什么？"

他挥了挥手："这一切。"

"是真的。我向你保证，是真的。你的门没锁。你自由了。"

他摇了摇头："不。不可能。她们……我的家人……"

莎拉等待着，但他没有再说。

"她们还活着，我告诉过你她们活着。"她轻声说道。

"我埋葬了她们。我的手里捧着她们的骨头。"

"我无法证实那些骨头是谁的，但是它们不是你家人的。"

"你在骗我。"

"我没有。你的妻子，希尔德，和你的两个女儿在政变之前被你的一个仆人偷偷带出了国境。在政变结束的两天前，他们穿过国境线来到了沃特娅斯坦。过去六年间她们一直生活在那里，声称是你仆人的亲戚。她们像农民一样工作——我猜是穷苦的农民，而且我怀疑像你妻子那种出身的人到底种过地没有，但她们不得不这么做。"

长时间的沉默后，他问："你……你有什么证据？"

"你的家人在我找到她们的时候并不是十分安全。她们一直在被搜索着——仍然有许多特工在搜索你家族里的幸存者。我们把你的家人从沃特娅斯坦带走了，因为我不认为那个地方是安全的。那不是什么简单的事情——你的妻子，该怎么说呢，是个意志相当坚定的女人。"

齐格拉德轻轻微笑着。

"但是，我们做到了。在成功之后，你的妻子把一件礼物送给了我们的一个官员，作为答谢。"莎拉伸手从口袋里掏出一个粗麻小口袋。她打开口袋，拿出一条闪光的金手镯，上面凿刻着起伏的海浪。

她递给了他："你认识它吗？"

他盯着它，金属在他污秽有疤的手掌里显得如此明亮，如此洁净。他的手指开始颤抖。

"你为什么不跟我到甲板上来？"她温柔地问道。

他慢慢站了起来，依然注视着手镯。她打开门，他跟在她后边走了出去，走上楼梯时像困倦的孩子们去睡觉一样。

寒风的吹打让莎拉停了下来，然后她弯下腰蹒跚地走上无畏舰的甲板。巨人毫不在意：他跨过门槛，惊奇而沉默地注视着天空。在他们把他带上船的时候他没有抬头，她曾经对此很好奇。当然了，她想，他已经多久没到过室外了？明亮的天空一定让他恐惧。

"来。"她说道，领着他来到栏杆旁。德瑞凌黑色的悬崖海岸远在波涛之外。"我听说它并没有看起来那么远。但是你或许比我知道的更多。"

他低头看着金手镯，把它系在自己的手腕上，举起手臂仔细观察着。"我不能见她们，是吧？"

她摇了摇头："那不安全，对你对她们来说都一样。现在不行。但或许有一天可以。"

"你想从我这里得到什么？"他问道。

"得到什么？暂时什么也不需要。"

"你救出了我的家人，从监狱中解救了我。为什么？"

"我相信你掌握的有关德瑞凌的国家信息肯定十分有价值。"莎拉说道，"它很有可能会动摇德瑞凌共和国和大陆之间的关系。"她的声音中混着一丝得意：这是她职业生涯中第一次取得重大的情报胜利，而她还没有足够的经验来隐藏自己的骄傲。

"还不够。"

"什么不够？"

"不够回报你为我所做的一切。"

莎拉顿了一下，不确定该说什么。

"要求我做点什么。"他说道。

"什么？"

"要求我做点什么。任何事都可以。"

"我不需要你做什么。"

他笑了："不，你需要。"

"我是个塞普尔情报官员，"她恼怒地说道，"我不需要你的任何——"

"你是个小姑娘，"那人说道，"不能航海，不能战斗，一生中从未流过血。你或许很聪明，可是我认为，你非常需要我。但是你过于骄傲,无法开口。"

莎拉瞪着他:"你觉得你能干什么?我的打手?我的秘书?你会自降身份吗?"

"自降身份?"他回头看着海面,"自降身份……你根本不知道这个词的意思。你根本不知道他们在那里对我做了什么。无法用语言形容。现在,扛水、送饭、战斗、杀戮——无论未来如何,我都将无动于衷。无动于衷。"他再次说道,仿佛在试图说服自己,然后转身望着她,面色苍白,表情焦虑,"要求我做点什么。要求我吧。"

尽管他的脸很脏还满是疤痕,莎拉觉得自己能够看穿他,她明白他是在用某种扭曲的方式请求赴死的许可,因为他再也想不到该做什么别的事情了。

莎拉回头看着逐渐远去的德瑞凌悬崖,做了一件她现在绝对不会做的事情:敞开心扉,告诉他真相,做一个不知道能不能遵守的承诺。她慢慢地说道:"那么我要求你知道这不是告别,有一天我会帮助你回到故土。我会帮助你重组被打破的东西。我答应你,我会带你回来的。"

他看着海洋,独眼里光芒闪烁。然后,让她大吃一惊的是,他跪倒在地,抓着栏杆,大哭起来。

✦

"你确定你不会再考虑考虑?"一个声音问道。

"我很确定我没有被允许考虑,"穆拉盖什的声音回答道,"你那该死的议会甚至都没给我机会。"

"但是,他们甚至都不能投票!"那声音说道,"议会是不完整的!

你只能施加影响了，图瑞茵！"

"喔，诸海在上，"喝醉的穆拉盖什嘟囔着，十分困倦，"我今晚施加的影响还不够吗？告诉我什么我就做什么，谢谢，而他们非常清楚地告诉我滚开。"

莎拉走进厨房看到了沃翰尼斯·沃特罗夫，此时他穿着平时穿的白色毛皮大衣，站在穆拉盖什面前，她眼光锐利地越过威士忌酒杯的边缘看着他。沃特罗夫的手杖在靴跟边不耐烦地敲打着。

"我还以为我们封锁了使馆不允许访客进入了呢。"莎拉说道，"尤其是这一位。"

沃翰尼斯转身对她咧嘴一笑："瞧！这就是刚刚完成壮举的英雄，得胜的战士。你今晚真是了不起！"

"沃，我真的没时间应付你那所谓的魅力。你怎么进来的？"

"当然是依靠我所谓的魅力了，"沃翰尼斯说道，"帮帮我——我们必须说服穆拉盖什总督站起来。因为你们正在错失一个非凡的机会！"

"我不会，"穆拉盖什说道，"把屁股从这把椅子上挪开一寸。今晚绝对不会。"

"但是城市现在的状态一塌糊涂！"沃翰尼斯说道，"只有沿着城墙绕行才能走到另一半去！可是，我知道布里克乌没有资源开始重建索尔达桥。"

"你不是拥有这城市里大部分的建筑公司吗？"莎拉问道。

"嗯，是的……尽管我的公司可以开始取得一点点进展，但和城邦总督办公室……或者地区总督办公室的影响力比起来……"

"我们为什么要这么做？"

"整个布里克乌都要依靠你们的设计师和开发商，"沃翰尼斯问道，

"你认为你们得不到什么吗?"

"而且我们还得和他的公司合作。"穆拉盖什说道。

"只是小小的额外好处。"沃翰尼斯说道。

"确实,好处。"穆拉盖什说道。

"今晚死了几十个人,沃,"莎拉说道,"我知道你有你的使命,你的安排,但你就不能表现得得体一点吗?难道你不应该为你的人民哀悼吗?"

沃翰尼斯的笑容变成了恶意的表情。"我不愿意当那个告诉你这些的人,大使,"他刻薄地说道,"但这不是布里克乌首次遭受的灾难。奥什科夫大街被大崩坏造成的随机空洞破坏了,突然塌陷,带走了两栋公寓楼和一所学校,那又怎么说?我们当时哀悼了哭泣了,但是对我们有什么帮助吗?大陆煤气公司笨拙地想在索尔达区安装管道,引起的火灾六天都没有熄灭,那又怎么说?我们当时哀悼了哭泣了,但是对我们有什么帮助吗?"

莎拉看了穆拉盖什一眼,她不情愿地耸了耸肩:不,他没有编造这些事。

"在布里克乌,灾难是我们的老朋友,大使。"沃翰尼斯说道,"悲伤和体面只不过是挂在真正问题上边的装饰品而已:布里克乌绝望得需要帮助和重建。可真正的重建,我们自己做不到!"

"我很抱歉,"莎拉说道,"我不应该那么说。"她坐了下来——她的双腿唱着赞美诗——再次揉着眼睛。"但是桥刚刚倒塌,"她呻吟着,"我们就已经要开始重新规划……议会是怎么回事?"

"城镇之父们召开了紧急会议讨论该怎么办。"沃翰尼斯说道,"在决定了基本的搜救事宜之后,我想要他们向塞普尔寻求帮助。最后他们投票反对我,尽管他们也没有其他的计划。但是投票并不是真正合法的，因为到处都找不到维科洛夫。"

莎拉的手指敲着桌面："是吗？"

"是的。挺有趣，不是吗？快一个星期的时间里没人见过他，实际上，自从他在使馆门前痛骂你们之后就再也没人见过他。"

但是齐格拉德看到他把托斯肯尼送给了马赫沃斯特，莎拉想，然后消失在一条小巷里……她思考着，然后困倦地看着穆拉盖什寻求帮助。

"请不要让我站起来。"穆拉盖什乞求着。

"我不会的，"莎拉说道，"今晚不会。这……沃，这事必须等到早晨。"

"你必须趁热打铁！"沃翰尼斯说道。

"我不能决定公共政策！"

"但是你肯定有很多身居高位的朋友，不是吗？"

"在今晚发生这些事情之后，他们的友谊受到了检验，或者将要被检验。"她叹息着，"沃，你不知道过去几个小时里都发生了什么。我说的这件事是严格保密的，我们承受了相当大的损失。而我们依然想不出敌人是谁，或者他们要干什么！所以现在不是做大计划的时候。今天晚上，我们要把布里克乌的事情留给布里克乌来处理。"

"几乎可以肯定，"沃翰尼斯说道，"这个政策就是一开始导致修复派出现的原因，它也会成为之后所有事情的起源。这座城市被困在了自己的城墙里。每一场灾难都是一个机会，莎拉！好好利用这次的机会。"

"我今晚遭受了许多磨难，"她空洞地笑着，"你不会想让我参与你的事情的，沃。在日出的时候，我可能就没有工作了。"

"我非常怀疑这一点。尤其是现在，布里克乌所有的男人、女人和孩子都认为你们是伟大的，光荣的英雄。"

穆拉盖什和莎拉都在椅子里困得直点头，但听到这个称呼她们都睁开了眼睛。

"什——什么？"穆拉盖什说道。

"你在问什么，什么？"沃翰尼斯说道。

"我是说……你刚才说什么？"

"哦？你们真的没意识到？外边的人群……"他指着北方，大门的地方，"你们认为他们生气了？想要拆毁大门？不是，他们是过于惊讶！你们在恐慌的城市面前杀掉了一只怪物！它可是……嗯，它可是传说中的东西。"

莎拉说道："但是它是个神圣的生物……过去在城市广场里还有一座乌拉夫的神殿呢！这个国家过去崇拜那个东西！"

"关键词是过去。那是三百多年前的事了！它想要把我们都杀了！"

"但是……但那都是齐格拉德的功劳！"

他耸耸肩："功劳扩散了。城镇之父们不知道该做什么。在布里克乌的历史中，你可能是第一个得到赞赏的塞普尔人。如果你或者加拉戴什的某个人够努力的话，塞普尔就能驶进这个城市，重建桥梁，然后从此都被看作是救世主！"

莎拉和穆拉盖什目瞪口呆地坐着。沃翰尼斯从一个小银盒子里拿出一支烟，装进烟嘴里。他说道："但是希望他们不会发现你究竟是谁。得知你的家族历史会导致一些糟糕的事情，不是吗？"

阶梯之城

◆

莎拉喝着酒。这么做感觉很合适：她是士兵中的一员，在许多人死去的时候庆祝着自己的胜利。酒混合着疲劳，沃翰尼斯和穆拉盖什也喝了起来，这个让人神经紧绷幻想起可怕创伤的夜晚变成了他们过去在学校的晚上——和同学一起坐在公共休息室里，聊着闲话，故意忽视外边疯狂的世界。

莎拉想，普通，是一件多么美妙的事情。

清晨前的紫色时光里，穆拉盖什在椅子里打着鼾。沃翰尼斯不得不帮莎拉走上楼梯。她在宽大的楼梯窗户旁边停下来换换气。星辰点缀在柔软的紫色云彩中，下方是布里克乌的城墙和风光。整个画面优美得像是一位多愁善感的画家的作品。

沃翰尼斯慢慢地一瘸一拐地跟着她，突然变得十分虚弱。

"我……"莎拉知道她要说一些她不该说的话了，但是她醉得无法阻止自己，"对你的事故我很抱歉，沃。"

"事情一向如此。"他轻声说道。即便他知道她知晓他受伤的真相，他也没有表现出来。"我只是请求你帮助我改变它们。"

他们终于走到了她的房间，她捧着额头，坐在床上。房间旋转着摇晃着，像是在甲板上一样。

"我已经很久没有，"沃翰尼斯的声音在黑暗中说道，"进过女人的卧室了……"

"你和伊婉雅……？"

他摇了摇头："事情……不是那样的。"

她躺倒在床上。沃翰尼斯傻笑着坐在她身边，一只手支撑着自己往后靠着，他整个人罩在她身上，他们的腰靠到了一起。

莎拉惊讶地眨了眨眼。"我不认为，"她说道，"这是你感兴趣的事情。"

"嗯，事情……也不是那样的。"

她略带悲伤地笑了笑。可怜的沃，她想，总是困在两个世界之间……

"我不让你反感吗？"她问道。

"你为什么会这么想？"

"我没有做你想要的事情。我没有帮助你，或是布里克乌，或是大陆。我是你的敌人，你的障碍。"

"你的政策是我的敌人，"他叹息着，"有一天我会改变你的想法。或许我今晚就会。"

"别傻了。你这样的大亨经常占喝醉酒的女人的便宜？"

"唔。你知道吗，"沃翰尼斯说道，"在我回来的时候，有谣言说我找了一个塞普尔夫人。我被憎恨了，你懂的。而且，我觉得，也被妒忌了……但是这对我毫无影响。"他的眼睛蒙上了一层东西，他是在哭吗？"我不是为了在异域放纵才被你吸引的——我被你吸引是因为你就是你。"

他凭什么，莎拉想，长得这么好看？

"如果你不想让我待在这，"他说道，"说'不'，我就会走的。"

她想了一下，夸张地叹了口气："你总是能引起这么复杂的问题……"

他吻着她的脖子。他的胡子弄痒了她的下颌。

"唔，"她说道，"好吧……好吧。"她伸出手抓住床罩的一角，把它拉开，"我认为，"在他吻着她锁骨的时候她压抑着笑声，"你最好钻进来。"

"我有什么资格不服从大使的安排?"他耸肩脱掉了白色的毛皮大衣。

议会的会议如此重要,莎拉想着,他还得换衣服?

她肯定是说出了声,因为沃翰尼斯看了她一眼说道:"我没换衣服。我整晚都穿着这件衣服。"

莎拉试着专注于一个念头——那不对劲——但接着他开始解开衬衫的扣子,而她开始同时想着许多不同的事情。

✦

"你想让我躺下来吗?"

"你想怎么样?"

"嗯,我是说……你的髋骨……"

"哦。哦,是的……好吧。"

"这里……这样行吗?"

"这样就行。这样非常好。唔。"

这不是个好主意,莎拉想,但是她试着无视这个想法,沉醉在小小的乐趣之中……

但是她做不到。"沃……"

"怎么了?"

"你……你觉得舒服吗?"

"是的。"

"你确定吗?"

"是的。"

"我问是因为……"

"我知道!我知道……这……酒喝多了……"

"你确定我没有弄疼你吗?"

"没有!你很好!你非常……你很好。"

"嗯……或许让我换到……这边。好点了吗?"

"这是,"他声音里的决心比情欲要多,"这是……"

"怎么啦?"

"这……"

"……嗯?"

"这不应该这么……困难……"

"沃……要是你不想……"

"我确实想!"

"我知道,但是……但是你不应该觉得你必须——"

"我只是……我只是……神啊。"他躺倒在她身边。

时间在黑暗的屋子里一秒一秒流逝着。她想他是不是睡着了。

"我很抱歉。"他轻声说道。

"不必。"

"我猜我已经不是,"他低语道,"过去的我了。"

"没人要求你还是过去的你。"

他呼吸粗重,她猜想他是在哭。"世界是我们的熔炉,"他低语道,"我们随着每一次燃烧而被塑造。"

莎拉知道这句话:"《科尔卡斯塔瓦》?"

他苦涩地笑着:"或许沃尔卡是对的。一日科尔卡斯坦人……"

接着他沉默了。

莎拉想知道什么样的人会裸体躺在女人床上的时候想起自己的哥

哥。随后两人都发现自己睡不着了。

❖

莎拉挣扎着清醒过来，就像宿醉之后翻滚在油腻的黑色水面上。她脸上的枕套像砂纸一样，露在外边的胳膊要冻掉了；脚却深藏在羽绒被里，热得难受。

一个声音吼叫着："起来。起来！"

她头上的枕头被拿掉了，强烈的阳光刺了进来。

"翻过来，"穆拉盖什的声音说道，"起床！"

莎拉在床上翻着身。穆拉盖什站在她床边，拿着一份早报，就像拿着敌人被砍掉的脑袋一样。

"什么？"莎拉说道，"怎么了？"谢天谢地，她还穿着衬裙。但是，沃翰尼斯早就走了。她想知道他是不是羞愧地逃跑了，他也许对她没感觉这件事感到很受伤。

"读这个。"穆拉盖什说道，指着一篇模糊的文章。

"你想要我干——"

"读！快读。"

莎拉在枕头间挖掘着自己的眼镜，把它胡乱放到鼻子上。她看到自己的脸，黑白照片印在报纸的头版。照片里她站在索尔达河边：在她身后是乌拉夫死去的身体，脚边是满身血迹的齐格拉德，他的脸隐藏在油腻的头发底下。她想，这是她一生之中看到过的自己最好的照片：她的侧脸很威严，吹拂着头发的风恰到好处，使得头发看起来像是一条柔软的乌木色河流垂在脑后。

在读到下边标题的时候，她的困惑消失了：

布里克乌被拯救了!

　　昨夜布里克乌中心区域突然遭受了来自索尔达河的无法解释的恐怖袭击。经确认,一个水生性的巨大生物(那个生物的本质迫使本报只能把它称为"那个生物",更加精确的描述会导致法律上的种种问题)沿着索尔达河逆流而上,击破冰层,把过路人从著名的河边行道上拽到冰冷的河水里。

　　那个生物的体形和重量如此之大,以至于在市政力量做出反应之前它摧毁了几座河边建筑。身亡的市民数量多达二十七名。凌晨四点,更多的报告依然不断地涌进,然而只找到了几具尸体。

　　布里克乌警察局迅速发起了攻击,意在抓捕或杀掉那个生物,但是却导致它破坏索尔达桥,直到桥梁崩塌。六名警官身亡,九名警官受伤,包括著名的米克拉夫·奈斯瑞夫警长。到今天早晨,奈斯瑞夫警长情况稳定,正在"七姐妹医院"进行康复治疗。

　　这一威胁的解决方式也许是最令人惊奇的部分,因为那个生物最终由一名对布里克乌来说非常不可能的英雄击倒:据透露,近期被分派到塞普尔大使馆的阿莎拉·希瓦尼实际上是阿莎拉·柯梅德,塞普尔外交部部长温雅·柯梅德的侄女;充满争议、声名狼藉的末任卡吉,艾威沙克塔·齐·柯梅德将军的曾孙女。消息来源确认是在她的努力和计划下,那个生物最后才被阻止并被杀死了。

　　"大使和她的助理们认出了那个生物的本质,提出了控制并杀死它的方法。"一位不愿意透露姓名的市政府官员表示,"没有她的帮助,布里克乌将会失去几十或者几百名市民。"

阶梯之城

几名警官也称赞了大使在袭击中的表现。"我们试图疏散使馆人员,但她坚持要来帮忙,"布里克乌警察局的巡官维克托·泼乌洛伊说道,"她和她的同事们立刻着手行动。我从未见过更加大胆,执行更快速的计划。"

大使和布里克乌城邦总督图瑞茵·穆拉盖什,同样拯救了奈斯瑞夫警长的生命。"没有她们,"泼乌洛伊证实,"他会被淹死或冻死。"

然而,许多问题依然有待解答:大使为什么隐瞒了自己的身份?她为什么意外地擅长与这样的生物搏斗?柯梅德家族的人再一次获得了这座城市的权力位置,这对布里克乌来说意味着什么?

在本报出版时,使馆方面依然没有做出官方回应。

莎拉凝视着报纸,疯狂地希望这些词句能够跳起来重新安排自己的位置,直到它讲述出另外一个完全不同的故事。

"哦,不。"她低语道。

伪装暴露……被敌人认出,在一个遥远致命的部门里有你的档案编纂成册,那是一回事:所有特工都准备好面对这件事了。

但是你的名字和故事明晃晃地刊登在报纸上,不是在秘密的政府报告里出名,而是在全世界的前厅、餐厅和公共场所里出名……那是超出恐怖的恐怖。

"不,"莎拉再次说道,"不。那……那不可能……"

"是的。"穆拉盖什说道。

"这是……这……"

"《大陆先驱报》。"

"所以它不仅是在布里克乌发行,而且……"

"在全大陆发行。"穆拉盖什说道,"没错。"

现实崩塌在她身上:"哦……哦不,哦不,哦不!"

"谁知道你到底是谁?"穆拉盖什问道。

"你,"莎拉说道,"齐格拉德,沃……这里有几个雇员怀疑我不仅仅是我所说的身份,但是这和我是……"

"卡吉的曾孙女,"穆拉盖什,"是的。不开玩笑,我知道我什么都没说。我从来不和媒体说话。"

"齐格拉德也不会,"莎拉说道,"那么……"

她分析着每一种可能性。

或许,是温雅?莎拉不再确定该如何看待她的姑妈;她几乎可以确定温雅不知怎样被收买了,但是对温雅来说,收买极有可能是政治上的,放弃权力只是为了有机会获得更大的权力。而这在政治上,将会是非常有害的。

她不断归纳着自己的选择,反反复复,希望能够避开那个她越发觉得无法规避的结论。

"那只可能是沃翰尼斯。"她最终说道。

"好的,但是……为什么?"

这是对昨夜的小气复仇?她思索着。似乎不可能。或者是他在惩罚她拒绝介入布里克乌的事情?或者……"他……他有可能是试图利用我来得到加拉戴什的注意?"她出声问道。

"揭露你的伪装怎么可能达到这个目的?"穆拉盖什问道。

"好吧……这是个好故事,不是吗?卡吉的曾孙女突然来访,拯救了布里克乌。人们会谈论这件事……在地缘政治的领域里,谈论和行动一样重要。这会把全世界的注意力都吸引到布里克乌——接着他就可以宣传自己。我是说,你也见过他。沃需要的只是聚光灯。"

"是的,但是……但是那肯定是,"穆拉盖什说道,"最愚蠢的激励加拉戴什采取行动的办法!不是吗?"

莎拉不是完全不同意,但也不是完全同意。她想起了昨夜沃咕哝的话:一日科尔卡斯坦人……

她不由得觉得自己遗漏了什么。但是无论如何,她知道自己不能再信任沃,而且她也觉得起初信任他就是愚蠢的:和这样热情、破碎意见不一的人合作就是个错误的决定。

附近传来了一声清嗓子的声音。

穆拉盖什看着窗户说道:"什么声音?"

但是莎拉很熟悉这个声音,她整个童年都听着这个声音:三分之二是不耐烦,三分之一是傲慢……

"外边没东西,"穆拉盖什说道,从拉着窗帘的窗户里往外窥视,"当然,除了人群之外。我没有幻听,是吧?"

莎拉看着桌子旁边百叶窗关闭的窗户。左下角玻璃上的反光有点异常,怪异地闪烁着。

"总督,"莎拉说道,"你能……让我自己待会儿吗?"

"你要吐吗?"

"也许吧。我只是需要……打起精神。"

"我在楼下,"穆拉盖什说道,"但是我不会待很久。有太多事情要处理,我很快就得回我的官邸。"

"我明白。"

卧室的门关上了。莎拉走回床边,随后她姑妈的脸出现了。

City of Stairs

❖

"我认为……我几乎和你一样该受谴责。"温雅说道。

莎拉什么都没说。她一动不动,没有说话。她只是观察。温雅对她来说,和莎拉一样沉默、疏远。这两个人透过玻璃彼此注视着,表情里同时有一点怀疑,一点受伤,还有一点委屈。

"我应该在你小时候就阻止你,"温雅说道,"你对大陆的兴趣一直相当不健康。而我越来越信任你,放任你自由自在,不受我的监管……但现在我后悔了。或许我应该让你在家里多待待。或许你是对的。我希望你能来这里,看看国会的变化,以及……以及一切有多么脆弱和不稳定。"

啊,我威胁到了她的政治事业。在昨晚目睹了火灾和乌拉夫之后,莎拉发现自己很难同情一个应付国会争端的人。实际上,莎拉发现自己不愿意在这次对话中做任何事情。她乐于让她姑妈说下去,让自己看着温雅的意图和动机在玻璃里像秋天的初霜一样逐渐成形。

"讨论几乎在一夜之间发生了巨大的变化。许久以来,甚至没人想过要参与大陆的事情,但现在……现在我们对这个想法很开放。现在,突然之间我们开始好奇。虽然过去十年间我一直在努力,但现在各部门都在重新考虑他们对大陆的立场。所有的副官和助理都在检查所有来自大陆的私人通信,而他们发现一个名字出现在好几百份请愿书上:沃特罗夫,沃特罗夫……"

莎拉胃里一颤,她没有预期到这个。她的想法没错?揭露她的伪装真的是沃的一次疯狂赌博?而且更加疯狂的是——赌博成功了?此外,马上就要选举城镇之父了……

"我推测你在等待，"温雅说道，"等待我告诉你我会采取什么行动。"

莎拉噘起嘴唇，眨着眼。除此之外，她什么也没有暴露给温雅。

温雅摇了摇头。"我早该告诉你不要进入仓库，"她说道，"我早该知道像你那么迷恋大陆历史的人，会觉得仓库完全无法抗拒。"

莎拉竖起眉毛："等等，你在——？"

"你一知道它的存在，就找到了进去的方法，"温雅继续说道，"你闯了进去，窥察着它，无论如何都要翻看它的架子。"

"什么！温雅姑妈，我根本不想进入仓库！但我不得不进！"

"哦？哦，是吗？上次我听到的是，你在询问一个大学女仆，调查庞瑞博士的谋杀案。然后，你闯进了仓库——这个世界上最机密的建筑，还把它烧毁了，接着你就在众人的面前和神性生物搏斗！暴露了伪装！我努力去理解这些事是怎么自然地混杂到一起的，莎拉！那看起来更像是你，像你这么迷恋发霉的死去神明的人，闯进去看看里边有什么，好像它是个该死的博物馆一样，而最后却被烫到了，还释放出了一个可怕的神性生物！"

莎拉大吃一惊。她彻彻底底地惊呆了：过去四十八小时里她经历过那么多疯狂的事情，在这件事面前它们简直不值一提。"我……仓库被埋了地雷！"

"哦，那些修复派的人？"温雅说着这个名字，就好像他们是一群种土豆的文盲农民一样。

"是的！"

"他们是怎么进去的？"

"他们……他们用了一个神迹！"

"啊，"温雅说道，"神迹。那还真是方便。特别是在，理论上，它们大多数都应该不再有效的时候。仓库里全都是他们自己的圣物,那他们为什么要在里边埋雷?"

"掩盖他们的踪迹!"

"那么他们的踪迹通向哪里,亲爱的?"

"那里……那里有他们想偷的东西!"

"具体是?"

"我不知道!它被埋了雷!"

"是你触发了地雷。"

莎拉愤怒得几乎说不出话来:"他们在用一个古老的神迹进入仓库!他们进去好几个月了!"

"那么他们想要用从仓库里偷出来的东西干什么?"

"我不知道!"

"你不知道。"

"不知道!现在还不知道!我知道……那和钢铁有关!"莎拉自己听着这句话都觉得可悲,"我正在调查情况!"

温雅点点头慢慢坐回椅子里,思考着。

"问穆拉盖什!问齐格拉德!问这里的任何人!"莎拉喊着。

"穆拉盖什的名声不像过去那么出色了,"温雅说道,"因为仓库是她的管辖范围,而现在烧成了灰。我不会听你那个德瑞凌人说话,就像我不会和疯狗商量事情一样。但最重要的是,莎拉,我亲爱的,大陆上没有别的特工报告过关于这个阴谋的任何线索。"

"那是因为那些该死的人很出色!不像我们!我来到布里克乌只发现城墙里密布着老鼠!这些阴谋早在我来这里之前就开始了!"

温雅翻了个白眼,摇了摇头,很担忧,很焦虑,就像在晚餐的时候听一个精神错乱的亲戚说话那样。

阶梯之城

"你不相信我。"莎拉绝望地说道。

"莎拉,你是主动去布里克乌调查一个灾难性的政治丑闻的。而现在,你引起了另一个大丑闻。感谢诸海,大陆不知道仓库的事情。如果他们知道你烧毁了几百年的历史,他们会要了你的命,还有我的!你能想象后果吗?而且很明显,在这些事情的过程中,你不知怎么暴露了自己的伪装。在这一点上,我倒是并不吃惊。你要么是自负又愚蠢,要么就是鲁莽又愚蠢,我不确定我倾向于哪一个。我还注意到,到现在你还没有提起庞瑞的谋杀案。除非是我误解了,不然那才是我允许你在布里克乌待着的首要原因——不是吗?你对这些巨大黑暗阴谋的调查,查出来到底是谁杀了他,以及杀他的原因了吗?"

莎拉看了一眼放在桌子底下的沃翰尼斯的白色手提箱。"或许我能发现什么,"她粗暴地说道,"如果你允许我查看他秘密情报传送点里的材料的话!"

温雅厉声说道:"如果你那么做的话,那么你就是直接违背了外交部的命令!那些材料必须首先由我查阅!如果我认为它对你有用的话,那么我会批准你查看的!这就是命令链工作的方式!这就是我们整个情报部门的基础!而我不会让我自大的侄女抵制这个系统,只是因为她觉得自己读了足够多的旧书,她就比其他任何情报官员都有洞察力!你对神明的迷恋一直是个缺点,不是优点!我现在就告诉你,现在,我的直觉反应就是把你从布里克乌调走,塞进船里立刻回到这里来!"

虽然在争吵,虽然听到了惩罚的保证,虽然发生了这一切,听到这句话,莎拉心里一跳。回到加拉戴什的家……但是她有种感觉,温雅对她的失望有点过于完整了。难道温雅在积极地败坏我的声誉?这个想法让她非常震惊,但莎拉意识到自己也曾经很多次这么对待过敌人:毕竟,在能够把他们变成不称职的傻瓜时,为什么要杀了他们呢?

"但是，"温雅接着说道，"我不能。因为你的所作所为，在塞普尔你是个光荣的英雄，莎拉。布里克乌的勇士成功战胜了她自己导致的危机。向英雄致敬！现在权力部门里流传着这样的言论，我根本不知道最终的解决办法是什么。我希望我能告诉他们你是怎么笨手笨脚地搞砸了一切，但是那就需要告诉他们仓库的事情——很明显我不能这么做。所以，与其危及到我运转有效的政策，还不如什么都不做。我什么都不会做，只会给他们最想要的东西——你。"

"我？"

"是的。我要提拔你，亲爱的。我要全面承认你作为布里克乌首席外交官的身份。而且我还要把你放到一个不可能继续危害任何行动的地方。"

莎拉脸色煞白："哦不。"

"哦是的。你会变成一个公众人物。我要暂停你所有的情报资格。你会失去所有保密材料、所有行动的所有权限。你对任何其他外交部特工提出的任何请求都不会得到答复。实际上，你将成为塞普尔在布里克乌非常出名、非常好接近的代言人。而且我确定将会有人为你鼓掌庆祝这件事。"她尖刻地说道。

莎拉觉得恶心。没有什么——没有——更让情报特工恐惧的事情：待在公众办公室里，脆弱地暴露在那些申诉和限制之下。之前在影子般的生活里他们可以轻松地避开它们。

"我想，你会非常忙碌，"温雅说道，"布里克乌和塞普尔似乎很想彼此交流。而它们会通过你来交谈。我不知道你和那个人，沃特罗夫，有没有一起研究过这个计划，但是如果真是那样的话，你肯定会因计划成功了而非常自豪——于是我将会确保暂时由你来承受大部分的负担。"

所以这就是她的惩罚,莎拉想,我似乎更喜欢被起诉,被囚禁。但是温雅从来都不喜欢仁慈。

莎拉清了清喉咙。她越来越觉得自己正在玩一场巴特兰,而她的对手正在秘密地玩着别的游戏,但是她现在愿意尝试任何事情:"温雅姑妈……听我说。"

"什么?"

"如果……如果我告诉你在布里克乌真的有巨大威胁……我亲眼目睹了原有神明中的一个,以某种形态或者方法还活着的证据……你会怎么做?"

温雅同情地看着她:"这就是你的大秘密?你恐怖的怀疑?那就是你为什么进了仓库?"

"是的。我很确定。我真的确定,温雅姑妈。"

"哦,莎拉……我会做我上次——两个月前听到这消息的时候做的事情。还有上上次,七个月前。还有上上上次,还有上上上上次,还有上上上上上次……我每年,平均要收到十个报告告诉我神明没有死,他们存在于某个地方,计划着卷土重来。在大战之后我们稳定地接收着这种消息。要是我们都留下来的话,报告将会足足有三层楼那么高!而且它们全都非常确定这事将要发生——因为整个大陆都确信这会发生。那是他们的愚蠢童话,他们绝望的梦想,就像德瑞凌人和他们的达乌金德一样。失踪的国王和王后有一天将会回来……这毫无意义,莎拉。"

"但是……我是在神明事务方面最有经验的专家。这难道没有什么价值吗?"

"你是最迷恋神明事务的特工,"温雅温柔地说道,"而这是完全不同的事情。你可以有自己的兴趣,培养好奇心,莎拉——但是你首先是塞普尔的仆人。"

莎拉几乎要喊叫出来,像你一样?谁拥有你呢,姑妈?谁得到了你?你为什么突然变得比以前更加遮遮掩掩,更加荒谬无理?但是她当然并没有喊叫:以这种方式摊牌是不明智的。

"或许这会对你有好处,"温雅说道,"或许你终于能从中学到点什么。"

莎拉点点头,看起来很沮丧,但是心里想着,我认为我已经学到了许多,姑妈。

"我不想这么说,但是请不要再用这个方式联系我了,亲爱的。"温雅说道,"在一切安顿下来之前别用。这一切发生之后我们必须格外小心,我们现在都被严密地监视着。而神迹,你知道的,特别危险。"她悲伤地笑着,"再见,亲爱的。"

她用手指擦了擦玻璃,消失了。

莎拉站在空荡的房间里,突然间感觉自己比一生中任何时候都要孤独。

❖

莎拉慢慢拉上了百叶窗,她的手因愤怒而颤抖着。她从未这么彻底地感觉自己遭受着迫害:就好像是亲眼目睹自己被人刺杀的场景,却无能为力。太完美了,她告诉自己,温雅把我拆解得太完美了。那就是我为什么这么愤怒——她知道该说什么。但是,这并没有让她不那么生气。

莎拉希望自己能跟谁谈谈。但是唯一和她诚挚地谈论过神明事宜的人是埃弗雷姆·庞瑞,在那短短的几天里。

她回头看着桌子底下的白色手提箱。

她走过去，把它放在桌上，思索着。

莎拉·柯梅德从外交部训练部门结业的时候，创下了过失数量最少的记录。她从法德胡瑞毕业的时候拿到了满分。而她一直都是外交部里少数几个亲自完成文书工作的高级特工——一个她非常自豪的优点。

一直都是优秀的士兵。从未有一个脚趾头越界。看看它给我带来了什么。

但是她依旧无法鼓起勇气打开箱子。

记得，她告诉自己，你没有什么事业可以失去了。

锁啪的一声打开，盖子抬了起来。

箱子里是一堆用线捆在一起的文件。文件上写满了细长的笔记，她都不需要寻找歪倒的 T 或是凹凸不平的 M 就能认出埃弗雷姆的笔迹。第一页和下边的文件不同，写得很仓促，马虎地放在这堆文件的最上边。

只有今天能读了，她想。在乌拉夫这件事之后，温雅的人肯定很快就会出现在使馆。

莎拉坐在椅子上，解开了绳子。

你好。

如果你在看着这个，那么就是你沿着一系列的化名，发现了保险箱属于加拉戴什的埃弗雷姆·庞瑞。

你似乎不可能不知道这些事情，既然指示了这个保险箱存在的消息是用杰沙提语、抽投坎语、德瑞凌语和阿兰提语混编的密码写成的，那么概率表明只有在古代语翻译上有丰富经验的人才能找到这个保险箱。

我猜我想说的是——你好,莎拉。

如果你在看这个,那么我要么是死了,要么是失踪了,要么就是安全地处于你的保护之下。我希望是最后一种:我希望在你看这个的时候,我就在你的对面,我们一起嘲笑这封夸张的信,以及它是多么没有必要。

但现在,我根本不认为这是没有必要的。

接下来是我的个人日志(至少是我能从办公室里拿出来的东西),我在布里克乌这段时间的记录,从蝎子之月12日到老鼠之月4日。

我希望我给你的东西足够完成我的研究。我接触到了布里克乌的危险真相,我感觉自己的生命正处于危险之中——但是我不确定是哪种真相。然而你,在很多方面,都比我所能梦想的更明智更老练,我希望你能在我失败的地方取得成功。

我希望再次见到你,而如果我不能的话,我希望你能安全地研究。

此致,

埃弗雷姆·庞瑞

老鼠之月16日

埃弗雷姆·庞瑞的日志

蝎子之月12日

布里克乌

阶梯之城

这简直荒谬。

我在我的办公室里(再也找不到更昏暗更破败的地方了)看着我的笔记,还有柯梅德部长的仓库清单,我惊异于我们保存下来的东西,以及我面前任务的庞大。

目前我大约完成了一份清单的四分之三,仅限于文件:大陆祭司、神明或者神明代理人发布出来的法令,任何记载了重大"政策改变"的东西(我不得不用这个讨厌的词语来描述我寻找的东西)。堆积的文件现在快要到膝盖高了。我曾经开玩笑地预测过自己将会被文件埋葬,但是现在那个预测显得愈发有可能了。无可否认,那是令人着迷的材料——几个月前我宁愿送命也要拿到它的一部分——但现在我感觉自己会溺毙在财宝之中。

草稿,草稿……我希望能找个地方保存所有的草稿……

蝎子之月27日

一个规律已经浮现。

我必须承认我可能有偏见。我看着相关性最明显的机会——召集之夜,以及布里克乌的创建——而尽管我察觉到很多相关性,但那并不意味着我是对的。

但事实依旧。

717年,在神明和他们的人民依然在为了领地争论打斗的时候,一位塔尔瓦斯坦尼祭司写了一系列文章详细论述了和约科夫斯坦联盟的好处。这些文章在塔尔瓦斯坦广受欢迎,在数不清的聚集点被朗读。

720年,在大陆的另一边,一个严守沃特娅斯坦戒律的士兵帮助一名迷路的奥沃斯坦僧侣回了家,并且思考着他们与交战的邻居之间有多少相似之处。这件事在寄给最重要的沃特娅斯坦祭司的几封信中都有记载，而祭司表示他也赞同这种态度。

同一年，在阿哈纳斯坦，一位县治安法官写信给他的姐姐，讲述了一次城镇会议，会议表达了对科尔卡斯坦人的理解，尽管当时六方混战正在发生。

等等，等等，我几乎可以再引用三十多个例子来表明这种毫不遮掩的对其他神明派系的同情，还有更多的记载从故纸堆中探出头来，尽管神明战争此时正在进行。

然后——"突然"——在 723 年，六个神明全都感到有必要坐下来谈谈，在召集之夜，在未来布里克乌的位置，讨论了他们的分歧，组建了一个差不多众神平等的众神殿……然而我查看过的所有宗教文献都表示这个决定和他们的凡人信徒毫无关系！件事据传说，是神明们"单方面"的决定，正如所料，因为神怎么会像政客和选民那样，和自己的信徒商量呢？但是很明显这个改变已经在他们的凡人信徒群体中酝酿了许多年了！

这两个群体——凡人和神明——并不像历史让我们以为的那么割裂。

这是个很荒唐的例子，很像是通过海鸟被风吹动的方式来判断一艘船的目的地……但这个说法把我的想法的大概轮廓描述出来了。

我希望我能给莎拉写封信。但是我不是完全确定她对我的兴趣到底有多么真诚——你怎么才能确定这种人说话的真伪？

我发现自己经常去一家咖啡馆，就在世界之座的斜对面。布里克乌是一个杂乱无章的城市，那里——大崩坏依然回荡在城市的骨骼里——在那里我注视着孩子们玩耍打闹，妻子们闲谈说笑，男人们抽烟喝酒玩牌以及经常徒劳无功地向女人献殷勤。

阶梯之城

即使在这样疯狂的地方,人们还是会爱上傻乎乎的事情,为了傻乎乎的事情而争吵。生活照旧,而我必须微笑。

懒惰之月 15 日

我得说,我,图书馆里的老兵,开始对任务感到厌倦了。我期待着完成这个任务,然后开始下一个任务:研究卡吉。这真是太可笑了,那个男人的肖像出现在硬币上,旗帜上,等等等等,而我们对他的了解却几乎和对神明的了解一样少。尤其是在他到底是怎么刺杀了神明的事情上。我能够理解部长为什么希望我首先调查这个课题,但是我,愚蠢地向她说明大陆人依然觉得神明有一定的正统性,所以调查他们的本质将会带来更多地缘政治上的利益。

听我说的,我说话像莎拉一样。

没错,下一个任务的草坪总是更绿,但是卡吉一直都是我着迷的事情。他就像突然出现似的,一个和大陆结合的富裕家庭的儿子,在历史里崭露头角,向前猛进。我调查了无数家族系谱,对这个人几乎一无所获。在某些系谱里他的父亲甚至一直都没有结婚!难道卡吉不是合法婚姻的产物吗?他真的是那个人的儿子吗?

我说话不再像莎拉了,现在我说话像是爱讲闲话的接生婆。

有时我会去这个城市被大崩坏干扰最严重的部分。那里的阶梯看起来就像田野里的巨大秸秆,通向天空,突然中断。孩子们玩着一个有趣的游戏:他们跑上阶梯,看谁最勇敢能跑到最高处,然后跑回来。

他们在楼梯上跑着,上上下下,来来回回,总是跑得很快,但是哪里也到不了。

我感到同情。

我必须专注……我必须检查历史的线索,日历和年表,看看它们是否一致。

如果它们像我预期的一样不一致的话，那么这对大陆是何意义？这对塞普尔来说是何意义？

懒惰之月 29 日

昨天发生了一件我不确定是不是合法的事情：我遇到了一个奥沃斯坦僧侣。

我觉得那是个僧侣……我不确定。我正在休息，在索尔达河边晒太阳，画着索尔达桥（它比我见到过的所有桥梁都要狭窄，当然，我忘记了它只是为了步行和马匹设计的）和它后方城墙的速写，这时她走了过来：穿着橙色长袍的矮小、光头的女人。

她问我正在干什么，我告诉了她。我向她展示了我的作品，她非常欣赏。"你准确地抓住了它的神髓。"她说道，"他们还说世上已经没有神迹了！"

我问了她的名字。她回答她没有名字。我问她她的教会的名字。她说她没有教会，只有"教不会"。（我猜，这是个玩笑。）我问她对现在的布里克乌有什么看法。她耸耸肩："它在被改造。"

我问她是什么意思。

"遗忘，"她说道，"是美丽的东西。当你遗忘，你就会重塑自我。大陆必须遗忘过去。它正在试图不要遗忘——但是它必须遗忘。一只毛虫想要成为蝴蝶，它必须彻底遗忘自己曾经是只毛虫。就好像毛虫从未存在过一样，世上只有蝴蝶。"

我被这话深深地打动了，沉思了很久。

她拿起两块石头在索尔达河里打着水漂，对我鞠了一躬，离开了。

阶梯之城

乌龟之月2日

惊人的发现，也是恐怖的发现。我所发现的那些发生在大扩张之前的讨论会进一步阐明了神明和凡人之间奇怪的关系。

768年至769年：

在阿哈纳斯坦，一位祭司每天站在海岸边，宣讲着他对外国土地的看法；在沃特娅斯坦，一位拳击大师指着位于（当时的）德瑞凌土地旁边，朝向东方的山谷，谈论着雨水肯定落到了山的另一边，这激励了数不清的探索团队；随后，在约科斯坦，一位椋鸟咏者（过后必须调查这个术语）唱了一首长达三天的长诗，讲述着海洋里的洋流，是如何把人送到遥远的地方，或许还会遇到远方的人……

由此可以看出，大陆人在想着自己土地之外的土地。我发现大量的文献探寻着他们地理知识的边界。

然而我跋涉在相同时期里的各种各样的神明法令之中，却没有发现任何神明提到过大陆边界和海岸之外的任何事情！

但是看看这些论述在771年至774年是如何在大陆人中改变的：

在科尔卡斯坦，一位镇治安法官表示，既然大陆受着神明的祝福，那么没有什么是不属于他们的——他们拥有星星、云彩、海洋里的波涛；在沃特娅斯坦，一位"绞刑女祭司"问道，既然不再有战争，不再流血，那他们为什么还要制造刀剑，争论这到底是不是罪孽；在阿哈纳斯坦，一位"莫斯灵"（某种修女？）写了一首富有诗意的叙事诗，讲述了阿哈纳斯坦变得如此巨大（那城市是"活的"？我必须进一步调查）以至于它会伤到自己，然后导致失调、饥荒和枯竭。这首叙事诗非常成功，引发了许多辩论和焦虑，甚至有人要求把那位莫斯灵投入监狱。

无论多么微弱，但大陆人当时的确在考虑扩张。很显然，他们害怕枯竭、饥荒，而且他们开始觉得自己本就应该扩张，去拥有新发现的土地。

但是，神明们并没有考虑扩张——科尔坎随着公开审判时期的展开，开始了一连串的思考；塔尔哈瓦斯一直是最疏远的神明，在扩建着布里克乌的城墙——我认为同时也在很多深刻、无形的方面改变着布里克乌的本质……他们都在忙着自己的事情，而大陆上的人民在烦恼着未来。

而这时，772年，六个神明齐聚布里克乌，选择——我们之前认为是以一种不可理解的自发方式——开始大扩张，侵略并统治所有邻近的国家和地区，包括塞普尔在内。

就连大陆人自己也对这个决定表示惊讶——如果他们自己早已开始考虑这个问题的话，为什么要惊讶？

我提出的争议或许很牵强，但是有大量的证据支持着这个观点——在我的研究里，在规模更小的事情上我发现了接近六百个相似情形的例子：发布于公众意见成型之后的法令，在所有人已经如此行动之后颁布的法律，早在神明或相关的机构宣布之前就早已存在的歧视和迫害……

清单无穷无尽。

这个规律不可否认：大陆人作出决定，形成观点……然后神明们遵循，正式发布。

谁在领导着谁？难道这是当时神明们制定的、无意识选举的证据吗？

有时我想知道，大陆人是不是就像一群鱼，一条鱼最微小的摇动都会导致其他鱼跟进，直到整个闪烁的鱼群最终改变方向。

神明们是不是就是这鱼群的总和？或许，是国家潜意识的体现？或者他们从几百万人的思想和赞颂中得到力量，但也被每一个思想束缚着——巨大、可怕的玩偶被几百万个玩偶师牵着的绳子强迫着舞蹈？

我觉得，这个想法非常危险。大陆人在得到神明赞同这件事里得到了这么多骄傲，这么多力量……但他们是不是只是在听着被奇怪的山洞和通道强化之后的自己声音的回声？在他们向神明说话的时候，他们是不是在对着自己巨大的投影说话？

而如果我是正确的话，那也就意味着大陆人从来没有被命令入侵塞普尔，从来没有被命令奴役我们，从来没有被命令在全世界实行他们的残酷政体：神明们只不过是执行者，因为大陆人希望如此。

我们所知的一切都是谎言。

神明来自哪里？他们是什么？

知道了这些之后，我难以入睡。晚上，我在使馆的屋顶上玩牌消遣。你能看到城市里的疤痕。就像是冲突着的现实里的路标……

如此多的事情被遗忘了。如果这个城市是个蛹的话，它也是一个丑陋的蛹。

乌龟之月 24 日

部长对我的进展很满意，但是要求更多的实证。我在大陆历史里收集到了许多矛盾——而这对我来说就够了——但我会为她找到更多。

但是奇怪的事情发生了：在我办公室的文稿堆里，我发现了一些破碎的信件，写信人是一名士兵，和萨格雷莎副官很亲近……因此和卡吉本人也很亲近！我怎么忘了或错过了这个？也许是我从未看过它们……但是有时候我觉得我在大学的办公室被人动过手脚。但这可能只是愚蠢的多疑。

但是那名士兵写下的内容也算得上令人大开眼界：

一段时间以来，我们怀疑卡吉用了某种抛射武器：炮、枪，或是弩枪，武器能够发射一种特殊的火焰或是闪电，神明对此毫无抵抗能力。

但是我认为我们的思考方向错了：我们想的是枪炮本身，而不是它发射的东西。但是这个士兵记录了关于卡吉制造、储存并且保护一种"坚硬金属"或者"黑铅"的故事！这一段，关于卡吉处决神明约科夫的事情：

"我们跟着卡吉来到城市里的一个地方——一座银白色的神殿，墙壁的花纹像是紫色玻璃上的星星。我看不见神殿里的神明，担心这是个陷阱，但是我们的将军并不担心，把他的黑铅装填进手炮里，走了进去。时间流逝，我们越来越担心，但是一声炮响，我们的将军——哭泣着！——慢慢走了出来。"

这无疑是无价的历史记录，同时也是革命性的记录！

如果重要的根本不是炮呢？如果重要的只是所发射的金属呢？我们知道卡吉算得上是个炼金术士：我们有他实验的记录。就像我们无法影响快要射穿自己心脏的箭一样，如果他制造出了一种神明无法影响的材料呢？

更奇怪的是，那士兵写道：卡吉提起过在他父亲塞普尔宅邸里的一个"精怪"。我们知道某些和大陆合作的人会被赐予神性仆役作为奖励，但是如果有人发现卡吉和神明的仆人有过接触，那将会是个丑闻！精怪仆人替它们的主人铺床，端饭倒酒……我无法想象如果最终发现卡吉过去被这种方式娇生惯养着，大家会怎么说。

我会等到我得知更多信息之后再把这个发送给部长。

猫之月 20 日

我不确定我找到的东西对研究卡吉有没有帮助……我发现了更多

来自他身边人员的信件，讲述了他在大陆上的事情，就在征服布里克乌之后，他陷入了深深的忧郁，根本没和别人说过话。

我确认了卡吉的神秘武器实际就是"黑铅"或者"坚硬金属"——一种无法被神明手段改变本质的金属。神明和他们的仆人对此毫无抵抗能力：卡吉只需要找到方法把它向前投射出去，就像普通人使用普通火器一样。

但他是如何创造出它的……我并没有猜测到。

在马力戴什残忍的大屠杀之后，在那个头脑简单的女孩被恐怖地处刑之后，塞普尔人奋起反抗，卡吉似乎非常恐惧非常愤怒，他确实做了些实验，和我们猜测的一样……但他是在家族的精怪仆人身上做的实验！据我所看到的记载，实验听起来非常像是折磨，甚至可以说是骇人听闻的折磨：精怪仆人必须听从柯梅德家族的意愿，于是卡吉强迫它服从他的指令，燃烧它，伤害它，最终他创造出了一种不止对精怪，而且对所有神性生物，包括神明本身都有效的材料……而在成功的时候，他处决了自己童年的仆人。

这会让塞普尔的民族主义派系更喜欢他吗？还是他们会像我一样，对我得知的一切感到恐惧？我依然没有找到任何关于卡吉母系血统的记录……难道他和神明一样，就这么毫无解释地从历史的海洋里出现在塞普尔的海岸上？

熊之月 19 日

我不再相信自己是安全的。

我被监视了——我非常确定。街上的马车夫，大学里的女仆，那个似乎从来没有离开过这条街道、也从来没有卖过报的卖报人……我被监视了。

City of Stairs

　　今天我做了个测试——我通过通讯设备把报告发给了部长，观察着街道。卖报人还在那，还在监视我，但一个年轻男人跑了过来，在他的耳边说着什么，然后又跑开了……卖报人在那里又待了几分钟，然后悄悄离开了。

　　他在看我的报告？我们的通讯被阻截了？

　　我怎么才能告诉部长？或许我可以通知莎拉？总督？

　　我的行动真的能避开他们的耳目吗？

云雀之月6日

　　我确定我的一些草稿被偷走了，总督的仓库清单也被偷走了一些……但是我不确定能不能相信总督。或许她的手下里就有告密者！

　　城镇之父们责骂着我。他们希望我被绞死，被杀害……大学周围举行了抗议活动，使馆毫无帮助，因为首席外交官是个胡说八道的癞蛤蟆。我真是个傻瓜，才会同意来这里！

　　我向部长发送着信息，希望能引起她的怀疑，而不是愤怒，拖延，借口，等等。她必须意识到有什么东西不对劲。

　　但是我甚至开始怀疑她了。我整天想着神佑者的事情，以及这对塞普尔，还有大陆的意义……

　　我们相信的一切都是谎言？

云雀之月29

　　我真的应该诚实地写

　　诚实地诚实地

　　甚至无法拼写了

　　神佑者

阶梯之城

注意窗户,注意

老鼠之月4日

历史不会让我们遗忘:它披着伪装,重新向我们介绍着自己,声称自己多么崭新美妙……但是它不会让我们遗忘。

我认为,我会死在布里克乌。

或许到那时,蛹会打开……

✦

莎拉拿起最后一页,温柔地翻了个面,把它和其他纸张放到一起。

楼下有人在喊着要更多的咖啡,一个声音回答着马上就来。

鸽子在使馆屋顶上咕咕地叫着,用它们自己的语言聊着闲话。

莎拉晕倒了,几乎摔下了椅子。

世界观就是一系列的假设,以及感知到的可能性;因为一切一直如此,所以事物必须以这种方式存在,不可能以其他方式存在:任何其他方式,任何其他世界,对这个世界观来说都是完全不可想象的。

莎拉一直觉得某些世界观比其他的更加灵活:有些缺乏远见而又严格,其他的却非常广阔,边界和边缘都有渗透性,思想和时间可以没有任何阻碍地在其中进出……许久以来,莎拉一直认为自己拥有的是后一种。

但现在……现在好像支撑起她的世界的所有假设和可能性都在脚下溶解,她将不断地下坠,下坠,下坠……

这个世界是多么脆弱的小东西。

过去几天里所有那些秘密、谋杀和阴谋收缩着,它们对她毫无意义。

　　谎言。一切都是谎言。我们所知的一切都是谎言。

　　她用一根新绳子扎紧文件,把它们放回白色手提箱里,关上了盖子。

我歌唱　我雀跃

我舞蹈　我旋转

我编织过许多快乐的图案

但不要惹怒我，孩子们

因为布里克乌燃烧的煤炭

南海愤怒的风暴

这个世界或这片土地上的一切

都比不上我的怒火

我的名字是约科夫

我不会遗忘

——《约科斯塔瓦》，卷六

圣城

日子慢慢过去。

安排，安排。莎拉不再是个人：她是个人物，办公室的实体象征。而讽刺的是，成为这样的东西反倒让她变得无力。她从一间会议室被送到另一间会议室，倾听着布里克乌的要求、大陆的要求、纳税人的要求；商人的要求；富人的要求；穷人的要求……她维生的三餐就是日程安排，她走过门口就会有日程塞到她手里，每天检阅着空洞乏味的名字："现在是吉弗雷区立法联合协会"，有人告诉她，或是"在这之后是布里克乌中心区城市规划与选区重划事务组"。

没有比委员会工作更残忍的地狱,莎拉断定,而且温雅得知之后一定会非常开心。莎拉现在坐在决定将谁指派为其他委员会主席的委员会会议里;在这之后,她将出席撰写未来会议议程的会议;再在这之后,她还要参加决定谁将被任命为委员会委员的会议。

莎拉微笑着面对这一切,她觉得自己相当了不起:内心里满载着令人心潮澎湃的、无可奈何的秘密。有的时候她感觉这座城市里装满了嘀嗒作响的炸弹,随时都有可能爆炸。只有她知道这件事,但是她却不能开口警告任何人。每天早晨她都满头大汗地惊醒,冲过去看报纸,确定会发现某些致命的阴谋就发生在几条街以外的地方。

但世界安静又平稳。塞普尔起重机在一段一段地重建索尔达桥。自那个笨拙的夜晚之后沃翰尼斯就没有联系过她,莎拉还无法决定这是不是该死的证据——即便她没有怀疑他是揭露她伪装的人,她依然不确定自己能不能注视他的眼睛。厄恩斯特·维科洛夫的失踪越来越久。穆拉盖什在收到地区总督几封刻薄的电报之后,不情愿地回到了日常工作中。莎拉毫不费力就看出了温雅姑妈的手段。

在莎拉的脑海里,庞瑞日志的页面在思绪中翻飞,而她在听着布里克乌和大陆的疑虑的时候必须装出微笑,自始至终思索着:这些都是谎言。这全都是谎言。这些人相信的一切,塞普尔相信的一切,全都建立在谎言之上。而我是世界上唯一知道这一切的人。

最令人沮丧的是,在庞瑞的谋杀案上她还是没什么进展。在这些罪行、背叛和可怕的发现之后,起初把她带到布里克乌来的事情依然躲避着她。

坚持,坚持。坐在线索上直到它们破裂……

她已经一个多星期没有见到齐格拉德了,但其实这是好事——她让他去监视维科洛夫的纺织厂。那个人本身或许消失了，但是他不可能把整个工厂带走。而纺织厂组成了修复派三重计划里的一条腿——另外两条腿是钢铁，以及仓库里被偷走的那件东西。温雅或许警告过莎拉不要尝试进行任何形式的秘密工作，但是站在街上看着一栋建筑并不能算是秘密工作，对吧？

于是目前，她观察着，等待着。

具体来说，她等待着黄昏。因为今晚她可以完成一些真正的工作。

❖

齐格拉德跪在小巷里，抬起了头。天黑得都看不见他缺的是哪只眼睛。"你迟到了。"他说道。

"闭嘴。"莎拉慢跑着出现，厉声说道，"我整晚都在试图逃跑。这些会议，它们就像小偷一样——跟在附近，等到你不注意的时候再突然袭击。"她停下来靠在墙上，大口喘着粗气。在齐格拉德前边，小巷的地面上用粉笔画着一条线——就像莎拉几星期前，第一次试着弄清楚人是怎么在城市中央消失的时候画的那条线。"你带来了吗？"

齐格拉德递过一个帆布包，它轻轻地响着："不便宜。"

"哦，我也不认为古币会有多便宜。让我们看看。"

她坐在地上细看着包里的东西，里边装着大约六磅重的硬币，全都是不同的种类，来自不同的地区。然而，有两个共通的地方：它们都非常古老，都是大陆的硬币。

"看起来我们涵盖了所有城邦，"莎拉低语着，"塔尔瓦斯坦，沃特娅斯坦，科尔卡斯坦，阿哈纳斯坦，奥……，奥沃斯坦？"

齐格拉德耸耸肩。

"这是无价的古董!"

"你让我尽量全面。别问我是怎么做到这么全面的。"

莎拉研究着硬币:"好吧……不同的印记,不同的意义……问题在于——哪些意义是有意义的?"

齐格拉德茫然地注视着她:"什么?"

"没什么,"莎拉说道,"只有一个办法来发现。"她把包翻了个个儿,把硬币倒在小巷里,让它们越过粉笔线。它们在混凝土上叮当作响,跳跃着滚动着停在垃圾堆旁边。

齐格拉德和莎拉等待着它们静止下来,然后走过小巷检查它们。"银的、银的,"齐格拉德说道,"银的……啊,给。铅的。"莎拉伸过手,他把硬币放在她的手掌里,然后他们继续寻找,"银的、银的、银的……银的……铅的。银的……两个铅的……"

莎拉和齐格拉德每星期里有两个晚上能在这里碰面。莎拉很想安排三个晚上,但是她的日程安排不允许——晚间的活动太多了,接待会、晚宴,等等,全都需要布里克乌首席外交官亲自出席。但是这条小巷,它隐形的门,才是时刻占据着莎拉清醒时间的东西。

这条小巷是按日历生效的?按时间?按月相?必须从特定的角度进入?齐格拉德看到有人跑进,也有人摔进这些隐形的门,所以最后一种可能似乎不太可能。需要有人在门的另一边接应他们进入?它只对男人有效,女人不行?不,当然不是,别傻了……

试验然后失败,再试验然后失败。尝试了所有的可能性,最后只剩下一个。

在捡了十分钟铅硬币之后,莎拉拿到了一大把。她坐下来,一个一个地研究着它们。

"那么?"齐格拉德说道。

阶梯之城

莎拉继续数着硬币。

"那么?"

"没错!没错。和我想的一样——所有的铅币要么是约科斯坦的,要么是科尔卡斯坦或者奥沃斯坦的。其他的仍然是银币。"

齐格拉德点着了烟斗,满是疤痕的砖墙闪烁着橘红色的光芒,他的独眼闪闪发光:"所以?"

"所以,无论这条小巷里发生了什么,它只会发生在带有特定印记的特定物品上。一个反应——像化学反应一样,在等待着正确的东西。它不是在等待咒语,或者某个手势,而是在……我不知道,等待着看起来对的东西。"

"像守卫一样。"齐格拉德说道。

"像什么?"

"像守卫,看守着要塞的大门。你戴徽章了吗?你的肤色对吗?你拿着正确的旗子吗?如果没有,你就进不去。"

"是的,我想是的,那可能像是制——"莎拉停下来,慢慢坐了回去,注视着小巷。

"怎么了?"齐格拉德说道。

"制服……齐格拉德——最后一个在这里消失的东西是什么?"莎拉轻声问道。

"那个开车的男人。"

"是的。但是把这条小巷想象成要塞的大门,这里有个隐形的东西,起着像你所说的守卫的作用……"

"……检查制服,"齐格拉德说道,"所以你是说……"

"我是在问你,"她抬头看着他,眼镜在月光里闪着光,"拿到被你杀死的那些人身上穿着的科尔卡斯坦长袍,这件事对你来说有多简单?"

齐格拉德叹了口气:"哦天哪。"

✦

另一个寒冷的夜晚,天空被薄云笼罩着,月亮的形状像是咖啡渍,暗淡无光。莎拉站在那里,齐格拉德从人行道上跑向她,一个背包在肩膀上晃动着。"这次你迟到了。怎么花了这么长时间?拿到那些衣服就这么难?"

"那些长袍,"他慢慢地说道,"不是问题。我拿到了。"他伸手从背包里拿出一件,递给莎拉。

那是一团坚硬、粗糙、致密的灰色羊毛。纤维编织得非常紧凑,几乎就像海豹皮一样。但它当然是这样的,莎拉想,科尔卡斯坦人根本不会让任何部位暴露在外。"好极了……好极了!"她说道,"我需要知道你是怎么拿到手的吗?"

他耸耸肩:"我带了几个警官去嫖娼。我发现,最简单的办法就是最好的办法。在乌拉夫的事情之后,他们很喜欢我。"

莎拉抚摸着织物的边缘,纤细的手指感受着毛线。"快点,快点……肯定有——等等。"领子周围的纤维坚硬粗糙,好像上边有干掉的颜料,或是……"等等,这是……? 这是血迹?"

"你觉得我有时间把它们洗一洗?"

莎拉叹了口气。"好吧。一切为了工作。现在……唔。是的。在这。"她在领子上摸到了什么坚硬的东西,把领子翻了过来,拽开了羊毛线。那是一条铭刻着科尔坎印记的铜项链。她抚摸着衣服剩下的部分,发现硬块分布在手腕、脚踝、腰间……全都是承载着科尔坎天平的饰品和首饰。

她笑了。"好的,"她说道,"终于!这就是我期待的!它们不是硬币,但它们明显带有相似的印记和徽章。这是个突破!太明显了!我不知道我怎么没……"她抬头看着齐格拉德,咧嘴笑着,但是她看到他阴郁地注视着她。"怎么了?"

"我在想……该怎么告诉你一件事。"他说道。

"怎么告诉我?我希望,平铺直叙。"

他揉了揉下巴:"好吧。那些纺织厂……你让我去监视的那些……"

"怎么了?"

"很长时间里,一切正常。就是……羊毛。线。工人。地毯。无聊。"

"是的,然后呢?"

"但是今天和昨天,我在两家纺织厂……看到了某个人。这个人在这两个地方巡查。"

莎拉慢慢放下了衣服:"谁?"

齐格拉德有点使劲地揉着下巴:"沃特罗夫。"

"什么?"

"我明白。"

莎拉注视着他:"沃翰尼斯·沃特罗夫在巡查那些纺织厂?"

他点点头,皱着眉:"是的。"

"但是……他为什么要那么做?"

"我不知道。但是我看到了沃翰尼斯·沃特罗夫本人。那是非常……秘密的巡查,他试着从后门进去。我当时想,'或许他想要买下这些纺织厂。'你知道,也许是往维科洛夫的伤口上撒盐。但我检查过了——它们的拥有者还是维科洛夫，目前还没有任何人想要改变现状的记录。这就是我迟到的原因。"

"你……你确定。"

"我确定是沃翰尼斯·沃特罗夫。看得清清楚楚。但是，他看起来不太好。他看上去非常虚弱，而且一点也不高兴。他看起来，我觉得，像个快死的人。甚至连他穿的衣服都不一样了。他穿得像是个可悲的僧侣。"

这件事让莎拉非常困惑，她甚至无法思考小巷的事情了。"你是说沃翰尼斯·沃特罗夫的行为就像他和修复派串通一气了？"

齐格拉德举起手，仿佛在防卫自己："我是在告诉你我看到的事情。他悄悄进入维科洛夫名下的工厂，做了什么，然后动身到下一家工厂去。那里的人似乎认识他。在我看来，这不是他第一次出现在那里。"

"那为什么……如果他在……无论他在那里做什么，为什么他要告诉我们纺织厂的事情，让我们怀疑他们？"

齐格拉德耸了耸肩："他似乎生病了。实话实说，我觉得他是个病人。"

他的这些话直接指出了莎拉心里潜伏了许久的怀疑：沃翰尼斯·沃特罗夫不再是他自己了。他的行为太莫名其妙了。他为什么要泄露她的身份？他为什么从塞普尔政府那里得到自己想要的东西之后，不跟她说话，不跟塞普尔在布里克乌的首脑说话？一个一生毁于科尔卡斯坦养育方式的人，为什么会在醉酒的沉睡中低语出《科尔卡斯塔瓦》的句子？

唯一的答案就是，沃翰尼斯，一个早已分裂的人，比她想象中的还要分裂。分裂或许已经让他感觉到不舒服，他不知道自己到底在做什么。

"这事我们无能为力,"莎拉最后说道,"我们……我们必须坚持下去。"

"好吧。"齐格拉德说道,"你刚才想说什么?"

莎拉试着重新专注:"这些长袍,它们附着着微弱的咒语。带有科尔坎印记的小挂件、手镯和金属片——某种程度上,就像那些硬币一样。所以这些衣服,无论何时它们接触到小巷里的那个地方,都会像那些硬币一样引起某种反应。"

"也就是说……"

"也就是说……"莎拉把那件衣服卷成一个结实的球,转过身把它朝着小巷里的粉笔线扔了过去。

然而它没有越过线。

齐格拉德眨了眨眼。

灰色衣服的球不见了。

"很好,"莎拉说道,"说实话吧,我也不确定到底有没有效果。"

"什么……?"

"我想我确实觉得这有点不明智——我希望你不只带来了一两件……"

"刚才……刚才发生了什么?"

"我认为我是对的,"莎拉说道,"这条小巷被大崩坏严重地损坏了。不仅仅是小巷,现实,"她搓着手看着那条粉笔线,"那是自大战结束以来发现的第一个现实扰动。"

City of Stairs

❖

"在战后,在神明死后,现实花了很长时间才弄清楚该怎么办,"莎拉说道,"在一个城市里,一种信条是绝对的正确;然后,在另一个城市里完全相反。在神明被杀死的时候,这两个地区不得不彼此协调,决定它们的真实状态到底是什么。在这一切解决的过程中,就是——"

"扰动。"齐格拉德说道。

"完全正确。规则暂停的地方。大崩坏导致的是对现实基础本质的严重伤害。"

"这里的现实怎么会一直是损坏的,却没人注意到?"

"我认为一部分是因为,"莎拉对着街道挥了下手,"它协调得很好。"这片地区很像布里克乌:扭曲、反常、千疮百孔;建筑被困在建筑之中;街道在阶梯的纠缠中结束。"任何人一眼就能看出来,布里克乌从未真正从大崩坏中恢复回来。"

"那么在另一边,"他指着空间里看不见的一点,思考着该怎么叫它,"在扰动的另一边,是另一个现实?"

"我认为是这样,"莎拉说道,"确切地说,那是个会关注你崇敬哪位神明,佩戴着谁的印记、徽章、标志的现实。"

"那么我想老话说得对——人靠衣装……"

"你还有几套衣服?"

他看了看背包:"三套。"

"那请把最小的一套给我。我们要过去了。"

莎拉和齐格拉德各自穿上了一套衣服:对莎拉来说,衣服大得可笑,对齐格拉德来说,小得可笑。"我真希望你把它们洗一洗,"莎拉说道,"这一套里边还是硬的。"

"你确定这么干会有效?"齐格拉德问道。

"是的。因为有一次你差点到了那里。"

齐格拉德皱着眉:"是吗?"

"是的。你第一次看到消失的那个人跳到小巷里的时候,你说你在片刻间,看到了高大细长,白色、金色相间的建筑……我认为你看到那些景色的唯一原因,"她指着他灰色手套里的右手,"是因为那个。"

"因为我曾经,"齐格拉德说道,"被科尔坎之指触碰过。"

"你带着神明的印记,所以它愿意接受你。至少,有一半。"

莎拉拉上科尔卡斯坦衣服的头巾走向粉笔线。

"你应该让我先过去,"齐格拉德说道,"在那边是敌人的领地。进过那里的人只有我们的袭击者。"

莎拉咧嘴一笑,感觉像是几个星期以来第一次笑:"我花了生命里的一半时间阅读关于其他现实的记载。我永远不会拒绝当第一个踏进其他现实的人,哪怕是冒着生命危险。"

她向前走去。

❖

没有变化,不像她钻过门框去向不可提及的仓库的时候。她甚至不确定到底发生什么了:她依然站在小巷里的石头地面上,面对着一条看起来几乎一模一样的街道。

她低下头,脚边是一件科尔卡斯坦长袍,裹成了结实的一团。

她转过身看到齐格拉德显现——没有其他合适的词了——在小巷的中间。在科尔卡斯坦头巾下面他眨着独眼,问道,"我们过来了?"

"我觉得是,"莎拉说道,"但是我们所在的位置似乎没什么不——"她突然停下来,紧盯着齐格拉德的肩膀。

"什么?"他说完,转头观察,接着只说了个"哦"。

第一个显著的区别就是,这里是白天。不仅仅是白天,而且是美妙的白天——没有云彩,鲜艳的蓝天。莎拉回头看着另一个方向,看到那些建筑上笼罩着烟熏般的深紫色天空:她刚刚从中过来的夜空。在这个地方,甚至连时间都不一致……

但是这根本算不上真正的区别:在小巷的尽头,美妙的白天开始的地方,矗立着巨大、壮观、美丽的白色摩天大楼,装点着金子,覆盖着成卷的缎带和交错的植物图案瓷砖,遍布着纤细的白色拱顶和装饰性的窗轴,铺着一层一层的珍珠和玻璃。

"那,"齐格拉德说道,"是什么?"

莎拉喘不过气来,跟跄地走在街上,发现整个街区排列着华丽的白百合色建筑,每一栋都有自己的饰带。墙壁上展示着类似扭曲藤蔓一样的书法,或是一行行文字:她看到一栋建筑上覆盖着引用自沃特娅斯坦《长矛之书》里的词句。莎拉的脑子在试图辨识这些含义的时候过热了:圣徒瓦尔切克在绿色黎明的死亡……塔尔哈瓦斯修理着世界下的拱门……阿哈纳斯找回了太阳的种子……

"哦,我的天哪,"她在发抖,跪倒在地,"哦我的天哪……"

"我们在哪?"齐格拉德走过来,问道。

她想起了圣徒吉弗雷所说的话:那就像是生活在一座花瓣做成的城市里。

"布里克乌,"莎拉说道,"但是,是旧布里克乌。圣城。"

阶梯之城

✦

"我还以为这些都被摧毁了。"齐格拉德说道。

"不——它消失了!"莎拉说道,"布里克乌在大崩坏中缩小了很多——城市的整个区域都突然消失了。当然,有一些被摧毁了——但似乎,不是全部。这……这个部分的布里克乌肯定是被分隔开保存了下来,由一些联系和我们的现实拴到了一起。"

飞蛾在阳光里飞舞着,旋转着。一个庭院里的水晶窗户透出金色的棱柱,在街道上舞蹈着。

"所以这就是他们坚持要回来的地方?"他的独眼打量着一座半里高的塔楼,顶端是一个很宽的金色钟罩,"我明白为什么了。"

"这里只是它的一小部分,"莎拉说道,"更多的只是消失了,连同建筑里的人一起。"

一座雕刻成一束茉莉花形状的喷泉欢快地喷射着。蜻蜓从一边飞到另一边,它们的眼睛闪烁着绿色光芒。

"那么是好几千人。"齐格拉德说道。

她摇了摇头。"几百万人。"然后她想了想,"来。我想试验一下……"

她伸出手,开始低语着什么。她的前三次试验失败了——"你在干什么?"齐格拉德问道——但是第四次……

一个苹果大小的玻璃球出现在她手里。她高兴地笑着:"成功啦!成功啦!让我看看我能不能……"她移动着它,让它吸收到一缕阳光:玻璃球立刻亮了起来,散发出纯洁、明亮的金光。莎拉咯咯笑着,把球体放到了地上,滚向齐格拉德。他用靴子挡住了它:它依然在发光,从下方照耀着他。

"神迹,"莎拉说道,"来自奥沃丝的《红莲之书》。在……嗯,我们的布里克乌从未成功过。但在这……"

"非常有效。"

"因为这个现实遵守不同的规则。看着——把它滚给我。"莎拉拿起它,高举着,然后喊道,"停住,展示!"发光的球体悬停在离他们十尺高的地方,周围的整条街都沐浴在柔和的光里。"过去在布里克乌到处都是它们,而不是路灯。方便多了。"

"还是个告诉别人我们在哪的好办法,"齐格拉德不赞同地说道,"请把它弄下来。"

"嗯……实际上,我不知道那该怎么做。"

齐格拉德发着牢骚,捡起一块石头朝球体扔去。莎拉尖叫着抱住头。石头准确命中,球体砰的一声爆炸成一团灰尘,吹散在街上。

"至少石头在这里还有效。"齐格拉德说道。

◆

他们漫步在旧布里克乌——莎拉的称呼——不确定自己在寻找什么。这座城市彻底废弃了:荒芜的花园,空荡的庭院。但一切都是干净的白色。莎拉很高兴穿着科尔卡斯坦长袍,因为它能抵挡强光。尽管这座城市非常美丽,她还是无法不想起埃弗雷姆的理论:到底是神明创造了这个地方,她想,还是他们只不过是创造出了大陆人想要他们创造的东西?

有的时候,他们往这座空旷城市的小巷窗户里看去的时候,他们并没有看到预期的景象:不是更多的小巷,或者建筑物的内部,他们

阶梯之城

看到杂乱污秽的街道，挤满皱着眉头的大陆人，或者是一条通向索尔达河的排水沟，又或者只是一面空白的砖墙。

"更多的现实扰动，"莎拉说道，"与新布里克乌之间的联系——我们的布里克乌。"

齐格拉德停下来看向一扇窗户，它显示着一位老妇人的厨房。他看着她砍掉了四条鳟鱼的脑袋。"他们一点也看不见我们？"

"你好，"莎拉冲着窗户说道，"你好！"

老妇人嘟囔着："我讨厌鳟鱼。诸神在上，我讨厌鳟鱼……"

"我猜是的，"莎拉说道，"走吧。"

走过几个街区之后他们来到一座广阔的庄园前，里边坐落着一栋白色墙壁的豪宅，马蹄形拱门，草坪庭院（现在长着杂草），还有几十个倒影池，全都布置在能映照出花朵形城堡的位置。

"我想知道是什么显贵人士住在这里，"莎拉说道，"高阶祭司，或许是一个神佑者……"

齐格拉德指着一个马蹄形拱门："实际上，是我们认识的人。"

在拱门的顶上写着：沃特罗夫宅邸。

"啊，"莎拉轻声说道，"我该猜到的……沃翰尼斯确实说过原来的房子在大崩坏的时候消失了。但是我没想到它这么漂亮。"

"你说神佑者，那是什么意思？"齐格拉德问道。

"那些和神明交配的人，"莎拉说道，"他们的后代是英雄，圣徒……异常幸运，传奇般的人。这个世界在神佑者周围重新安排自己来满足他们的需要。"

莎拉回想起埃弗雷姆日志里最后几篇里边的一个词：神佑者。

"那感觉肯定不错，"齐格拉德说道，"你觉得沃特罗夫家族就是其中之一？"

"哦，不，根本不是。这种血脉总是会被详细地记载。如果他真的是，我确定他的家人不会让任何人忘记这件事的。等等，快看。"她指着庭院里杂草被分开的地方，"近期有人来过这。"

齐格拉德走到那里，蹲下去检查着地面上的痕迹。"很多人。很多。男人，我觉得是。而且，就像你说的，时间很近。"他小心地走进前边的杂草丛里，"他们大多数人都带着东西。扛着……沉重的东西。"他指着前方，朝着另一个马蹄形拱门的地方通往一处向下的山坡。"他们去了那里，"他指着沃特罗夫宅邸的城堡，"他们是从那里来的。"

"你能追踪这足迹吗？"

他看着她，仿佛在说：你刚才真的这么问了？

莎拉盘算着分头行动，但是决定不这么做。如果我们在这里迷路了，我们怎么才能出去？"我们要跟着他们的去向，"她说道，"而如果有时间的话，我们会研究他们来自哪里。"

他们悄悄走在白色的街道里，穿过庭院，绕过花园。沉默一点点啃食着莎拉的轻松感，最终每个闪光都被她误认为是压低的弩枪。

所有的大陆人都在密谋反对我们。我根本不该让沃翰尼斯钻进我的床。

"你为什么没有跳舞？"齐格拉德问道。

"什么？跳舞？"

"我以为，"他解释道，"看到布里克乌会让你跳起舞来。跑前跑后，试着画几张速写……"

"像埃弗雷姆那样。"她思考着，"我确实希望那样。如果可以的话，我很乐意在这里度过余生。但是这里，在布里克乌，每段历史感觉都密布着剃刀，我越试着靠近它观察它，自己就会伤得越深。"

一栋弧形的房子，设计为一座火山的样子，横跨在一条满是白色鹅卵石的小溪上空。

"我不认为那是历史的本质。"齐格拉德说道。

"哦？那它是什么？"

"那，"他说道，"是生命的本质。"

"你是这么想的？我觉得是个消沉的观点。"

"生命充满了美丽的危险和危险的美丽。"齐格拉德说道。他注视着天空，白色的阳光盖住了他的许多伤痕。"它们以我们看不到的方式在伤害我们：一个渐渐扩散开的伤口，就像扔进水里的石头一样，影响着未来许多年后的时刻。"

"我觉得你说得对。"

"我们觉得我们在移动，我们跑，我们奋力向前，但是，我觉得，在许多方面我们依然在原地奔跑，被困在一个许多年前发生在我们身上的时刻里。"

"那么我们该怎么办？"

他耸耸肩："我们必须学会接受现实。"

风吹起一个小小的尘卷风，沿着白色石头过道摇晃着。

"这个地方让你沉思？"莎拉问道。

"没有，"他说道，"我觉得我很久以前就开始这么想了。"

在一栋圆形房子的顶部，一个凸出来的窗户俘获了蓝天，伸展着，变成了一个完美的天青色泡泡。

"你不是，"莎拉说道，"我从监狱释放的那个人。"

他又耸了耸肩："也许不是。"

"你比他更明智。我觉得，你比我更明智。你想过回家的事情吗？"

齐格拉德的追踪短暂地停了一下，他的眼睛盯着奶白色的卵石。然后说道："没有。"

"没有？从来没有？"

"她们不再认识我了。那是很久以前的事情了。她们现在是不同的人，就像我一样。而且她们也不会想要看到我现在这个样子。"

他们沉默地追踪着足迹。

"我觉得你错了。"莎拉说道。

齐格拉德说道："随你怎么想。"

◆

足迹继续向前，向前，向前。"他们当然没法带汽车进来，是吧？"莎拉出声沉思着，"现实扰动不会让它们进来的，太现代了。"

"我倒是希望他们带进来一两匹马。"

"他们会就这样把它们留给咱们？那可真是幸运——"莎拉停下来，凝视着她左边的一个高大的圆形建筑。

"怎么了？"齐格拉德问道。

莎拉观察着墙壁，上边的窗户式样是八角星，装着亮紫色的玻璃。

"怎么了？"齐格拉德再次问道。

莎拉研究着正面，在顶上是一句节选自《约科斯塔瓦》的话：

那些面临着选择和机会，却恐惧颤抖的人——我为什么要接纳他们进入我的阴影？

"我读到过这个地方。"莎拉呢喃着。

"我觉得你读到过这个城市里的每一个地方。"

"不！不是，我最近……最近才读到的这个地方。"

她走向前抚摸着白墙，回想起埃弗雷姆日志里的话，引用自塞普尔士兵的信件，讲述了约科夫的死亡：我们跟着卡吉来到城市里的一

阶梯之城

个地方——一座银白色的神殿,墙壁的花纹像是紫色玻璃上的星星。我看不见神殿里的神明,担心这是个陷阱。但是我们的将军并不担心,把他的黑铅装填进他的手炮里,走了进去。

莎拉感觉木然。她走到神殿门前——木头上刷着白漆,雕刻着星星和毛皮的花纹——推开了它。

大门打开,里边是一个巨大空旷的庭院。围墙很高,框出了一块亮蓝色的天空。庭院的中央是一个干涸的喷泉,周围放置着四把小长凳。

莎拉慢慢走向长凳。她摸了摸它们,仿佛要确认它们真的存在。

这里,她想,曾经坐着一位神明?

我的曾祖父曾坐在他身边,还是站在他身边?

她慢慢坐到长凳上。木头轻轻发出吱嘎声。

这里真的是约科夫死去的地方?真的被我发现了?

她认为是这样的。长久以来,这个地方从真正的世界中消失,被困在现实的碎片里。这一切都显得这么不真实,但是她知道这非常有可能。大崩坏之后混乱不堪,现实的碎片突然出现,又突然消失……

她看向右边,低矮的走廊环绕着庭院,白色的木柱支撑着沉重的脊角屋顶。

一根柱子里有个黑色的小洞,如果你坐着的话,大约在肩膀的位置。

坐着,也许还拿着手枪,也许枪口还对着某个人的脑袋。

她走了过去,奇怪地感觉小洞里有东西在看着她。我一直在这里等你,小洞似乎在说,等了这么久!

"齐格拉德,"她嘶哑地说道,"把你的刀给我。"

他把那把沉重的黑刀放到她手里。她吸了一口气,把刀刃插到木头的洞里。

它碰到了什么金属的东西，发出了叮的一声响。她开始砍着柱子，砍掉木头，直到里边的东西开始松动。

一个又小又黑的东西掉到了庭院地上。莎拉弯腰捡了起来。

一颗非常黑的金属，大概有一颗无花果那么大，击中木头的地方有点扁平。

她把它放在手掌里掂量，感受着它的重量。

约科夫肯定是死了，莎拉想，他肯定是死了。不然的话，这里怎么会有这东西？

"那是什么？"齐格拉德问道。

"就是这个小东西，"莎拉轻声说道，"杀死了神明。"

✦

他们继续追踪着足迹，它在街道里扭曲转弯，最终意外地在似乎是某户人家客厅的中央结束了。

"他们在哪？"齐格拉德说道，"足迹在这里结束了。"

莎拉跪下来检查地板，但是她什么也看不出来。"我永远都弄不清楚你到底是怎么追踪人的。足迹结束的地方在哪？"

齐格拉德指着地板上的一个地方，既不在角落也不在房间中央。

"我认为，是另一处扰动，"莎拉说道，"只不过是非常隐秘，非常难以发现的一个。"

"你认为我们可以穿回去？"

"我不认为我们的现实——真正的现实——会拒绝任何人。和这一个不一样。问题在于，我们会回到哪里？"

阶梯之城

"我认为这一次应该让我先过去,"齐格拉德说道,"我们知道敌人在哪里,在某个地方,做着……什么。让你先过去太愚蠢了。好吗?"

"好的。"

齐格拉德走向那个位置,渐渐地消失了:他迈出去的脚先消失了,然后是他的手腕和肩膀。但是这一切都发生得非常迅速,她的眼睛还没有真正看明白。

她等待着,接着就看到了怪异的景象:齐格拉德的脑袋和手在半空中出现。

他比画着叫她跟过去,但是把一根手指放到了嘴唇上。

她打起精神,走向那个位置。

上一次她的周围看起来根本没有变化,但这一次变化非常明显:白色的城市不见了,蓝紫色的天空在头顶铺开,周围是坚实多沙的山峰。他们周围的白垩土壤里生长着低矮稀疏的树木,向下弯曲着靠近地面。

"那么,"齐格拉德说道,"我们现在在哪?"

莎拉飞速运转着大脑:"不在布里克乌,这是肯定的。有意思……看起来在旧布里克乌和真正的布里克乌之间没有固定的地理关系。"

齐格拉德不耐烦地转动着食指:接着说。

"我认为……我们是在约科斯坦城外。"莎拉伸出手,抓住了一根纤细的树枝,检查着它的叶片,"我觉得是这样的。这种杜松只生长在约科斯坦附近。它们和浆果可以给酒调味。"

"所以……这些事的背后还有约科斯坦?"

"我真的不知道。"莎拉说道。她转过身检查着他们刚刚通过的位置:它承受着一些大崩坏的微弱影响——沙子被熔到了一起,很多树

City of Stairs

木都弯曲变形——但是除此之外你根本看不出这个地方有什么现实扰动的痕迹。

她从附近的树上折了一根树枝，剥下树皮露出里边绿色的表皮，插到地里。"标记我们的入口，"她说道，"现在——继续。"

足迹通往一个山谷，然后上山，向上向上，最终他们来到了山顶，然后……

"趴下，"齐格拉德悄声说道，"趴下！"他抓着她的肩膀把她推倒在山坡柔软的沙地上。

莎拉一动不动地躺着，倾听着。她听到：说话声，锤打声。

齐格拉德隔着灌木丛窥探着。

"我们被发现了吗？"莎拉悄声说道。

他摇了摇头："没有。但我不确定我看到的是什么。"

"我现在移动安全吗？"

"我觉得可以，"他说道，"他们在下面非常远的山谷里……他们也非常忙。"

她抬起头爬到一个能够观察的地方。山谷底部点缀着篝火，这些人似乎准备工作到深夜。但是很难看清他们的工作对象：六个又长又宽，反光的金属物体。莎拉一开始以为是巨大的鞋子，前边尖后边方，就像他们在沃特娅斯坦穿的那种木鞋。但是金属鞋上边还有门窗，楼梯和活板门……中间的东西看起来像是没挂帆的桅杆。

莎拉说道："它们看起来几乎就是——"

"船，"齐格拉德说道，"巨大的金属船，没有海洋，没有风帆。"

她眯着眼看到人影在船周围急匆匆地走着，拧着螺丝，把铁板焊到一起。所有的工人都穿着传统的科尔卡斯坦长袍。

"他们肯定是修复派，"她低语着，"但是他们到底为什么在这里，在乡下建造金属船？我们离海洋足有几百里远！可我猜这就是他们需要钢铁的原因……"

"这不算是个大舰队，"齐格拉德有点轻蔑地说道，"只有六艘船？就算他们能航行到什么地方去，这么点力量也干不了什么。"

莎拉考虑着："每个月接近两千磅钢铁，持续了一年多——造不了几艘船。但这肯定就是他们需要钢铁的原因！"

"那又怎么了？"

"我不确定。或许他们在仓库里找到了能在你需要的地方创造出海洋的东西。"

八个人在把什么东西从一个斜坡推到其中一艘金属船上。尽管光线很暗，看到它的时候莎拉的心几乎停止了跳动。

"天哪。"她说道。

"那是我以为的东西吗？"齐格拉德说道。

"是的，"她说道，"六寸口径的大炮。我只在塞普尔无畏舰上见过它们。"她看了一眼其他船上的炮位，"看起来他们弄到了，或者打算弄到，三十六门该死的东西。"

"他们打算用它们来干什么呢？炮击山峰？和松鼠展开战争？"

"我不知道，"莎拉说道，"但是将由你来发现。"

沉默。

齐格拉德说道："什么？"

"我要回布里克乌，"莎拉回过头，困惑地看到真正的布里克乌根本不在视野之中，"真正的布里克乌，给穆拉盖什发电报。但是我们不能对这些修复派……嗯……不管不顾。"

"所以你打算，"齐格拉德说道，"让我留在这里和六艘装着大炮的金属船搏斗？"

"我需要你观察。除非他们有所行动,否则不要行动。"

"我所谓的行动是……"

"如果可以的话,渗透。你那时候肯定接触过几个偷渡者,对吧?希望你从他们身上学了几招。如果我及时赶回布里克乌的话,几天之内我们就能带着一只小部队回来。"

"几天?"

莎拉捏了捏他的肩膀,说道:"祝你好运。"然后爬下了山坡。

✦

穿过旧布里克乌回去的旅程对莎拉来说既怪异又沉重。她试着集中精力思考面前的那些神秘事件——准备入侵的内陆船只;沃翰尼斯和维科洛夫串通一气,而且,很有可能为修复派安排了在旧布里克乌进出的道路。然而她的思绪不断回到她口袋里的硬块,每走一步它都随之晃动。

我身上带着一个品尝过神明血液的东西。

过了一会儿她才意识到这给自己带来了巨大的技术优势:无论维科洛夫、沃翰尼斯和修复派在计划着什么,他们根本想象不到她拥有了一件卡吉的武器,虽然很小。但是要怎么使用这个比弹珠没大多少的东西呢?

在她回到布里克乌之后——真正的、现在的布里克乌——她立刻脱下科尔卡斯坦长袍,直接去了一家铁匠铺。

"我能为您——?"店员突然注意到自己面对着的是著名的乌拉夫征服者。

"我需要你为我做个东西。"她在他开口评论之前说道。

"哦，啊……当然了。是什么？"

她把那个金属小球放到柜台上。"一个弩箭箭头，"她说道，"或者一把小刀。"

"好的……你喜欢哪一个？箭头还是小刀？"

"如果可以的话，两者合一。我需要一把多用途的东西。"

店员拿起那颗黑色金属："如果不介意的话，能告诉我你要捕猎什么吗？"

莎拉微笑着说道："鹿？"

◆

  CD 柯梅德启 GHS512
  紧急情况
  修复派密谋全面进攻
  调动所有城邦的部队到布里克乌设防
  CES512

  PG 穆拉盖什启 CES512
  你他妈疯了吗
  你都不该继续调查此事
  必须提供更多细节
  GHS512

  CD 柯梅德启 GHS512
  无法提供细节

并非因为不确定而是篇幅有限

由于威胁等级管辖权无关紧要

立刻调动部队

CES512

PG 穆拉盖什启 CES512

请提供威胁等级的说明

任何说明

调动五百名武装部队到市区可不是往马车里装土豆

GHS512

CD 柯梅德启 GHS512

确认修复派拥有三十余门安置在无畏舰上的六寸火炮

目标暂时不详

CES512

PG 穆拉盖什启 CES512

如果我遵从意见你能替我承受外交部的怒火吗

亚乌莱特那事怎么办

GHS512

CD 柯梅德启 GHS512

如果不立刻做出军事反应

外交部继续存在的可能性极低

更不用说亚乌莱特了

阶梯之城

CES512

PG 穆拉盖什启 CES512
将会立刻开始调动
如果你让我发动另一场战争我不会原谅你的
GHS512

CD 柯梅德启 GHS512
战争已经开始了
CES512

※

就这一次,就让我睡八个小时吧,莎拉想,我愿意付钱,偷窃,什么都行。

但是莎拉不能睡。她在赶时间——几小时内穆拉盖什的部队就会到达——但是她知道自己肯定遗漏了什么。她感觉自己被信息淹没了:埃弗雷姆的日志、仓库的清单、财务往来、大陆历史、封禁名单、沃特罗夫子公司、纺织厂的所有人——全都在她眼前跃动着,她无法放开任何一个想法,求求你,冷静下来,停止思考冷静下来,停下,停下,停下……

敲门声。莎拉喊着:"不!"

沉默。皮特瑞的声音:"嗯,你——"

"不!不去开会。全都不去!我跟你说过了!"

"我知道,但是——"

"取消所有的会议!所有的。告诉他们我……告诉他们我病了!告诉他们我快死了,我不在乎。"

"好吧,但是……这有点不一样,"他慢慢走进房间,"是封信。"

"哦,皮特瑞……"她揉着眼睛,"你为什么要这么对待我?穆拉盖什的信?"

"不是。沃特罗夫的。一个男孩用银盘子送来的。而且它……非常奇怪。"

莎拉拿过信件,上面写着:

在特沃斯瓦对局中,一步就可以结束全局,但是你的对手要过一段时间才会意识到对局已经结束了。

我知道自己是在什么时候失败的。

来新索尔达桥,但是请独自前来。

我不想让媒体知道。我不想伤害到我曾经尝试去做的那些好事。

沃。

莎拉来回读了几遍:"他一定是在开玩笑。"

"他说了什么?"

"说实话,我一点也不知道。"莎拉说道。沃特罗夫真的和修复派沆瀣一气?这很荒谬,但是如果是这样,召集军队真的拦腰截断了他们的计划?即便如此,他是怎么知道的?

根本无法理解。要么是沃翰尼斯已经疯了——她还没有排除掉这个可能性——要么就是她遗漏了一块非常大的拼图。

"你打算怎么办?"皮特瑞问道。

阶梯之城

"嗯，"她说道，"要是他让我去他家，或者别的私密的地方，我是肯定不会去的。但是新索尔达桥既是公共场合又非常受欢迎。我认为他不会疯狂到在那里动手。"

但是这个问题依然没有解决：她打算怎么办？特工必须亲自处理他们的线人，她告诉自己，尽管他不是线人，他依然是我的人。内心深处，她不想让其他外交部官员来处理沃。许多叛乱者和敌方特工最终都消失了，迎来了恐怖的结局。

如果需要派个人去把沃从他自己爬上去的悬崖上劝说下来，她想，那应该是我。

"如果可以的话，皮特瑞，请把我的外衣拿给我，再拿一瓶茶。"莎拉说道，"如果两个小时以后我还没有回来，我需要你在穆拉盖什到这里的时候让她突袭沃特罗夫宅邸。那个人身上发生了非常奇怪的事情。"

皮特瑞匆匆离开，莎拉重新读着信。我从来都分辨不出我和沃玩的到底是什么游戏。

但是这次她或许会发现的。

✦

步行对莎拉的头脑很有好处：尖叫着的含混问题消退了，被旋转的楼梯和弯曲的街道带走了，现在她只是一个沿着索尔达河散步的人。

想想吧，她对自己说道，在这座倒塌的城市背后隐藏着一个神秘的天堂，只需要用指甲在现实的表皮上刮一刮就能发现。

海鸥和鸭子盘旋着、鸣叫着，为了一块面包渣彼此追逐着。

但无论神明们制造了多么美丽的神迹，她提醒自己，他们或许和塞普尔一样，都只是大陆的奴隶。

一群无家可归的人在河岸上用锅子炸鱼；其中一个明显喝醉了，宣称他的每一条鱼都是乌拉夫的一部分，大家叫嚷着要求他坐下去。

莎拉突然决定，在维科洛夫和沃特罗夫这些事情结束以后——将会如何结束，她不知道——她要退出外交部，回到旧布里克乌，继续埃弗雷姆的研究。两个月前她会认为退出的想法简直是疯了，但是现在看来，温雅姑妈似乎会执掌大局直到永远，加拉戴什和它所有的权力现在对她来说苦涩无比，而且那些发现恢复了她对大陆历史的兴趣。和在旧布里克乌那几分钟相比，她在外交部的整个职业生涯黯然失色，简直就像山间空气和刺鼻气味的对比。

而且，她暗自期待着施展神迹时那种淘气的快乐。她想知道还有什么神迹能在旧布里克乌生效：穿墙，从天空或地面召唤食物，甚至飞行，或者……

或者……

莎拉停了一下。

两只海鸥在半空里厮打着，争夺一条土豆皮。

"飞行。"她呢喃道。

她回想起不可提及的仓库清单里的一个条目：

> 科尔坎的地毯：小块地毯，确定无疑拥有飞行能力。非常难驾驭。记录表明科尔坎用飞行神迹祝福了地毯里的每一根线，所以理论上每根线都能抬起几吨重的物体。

一块地毯，每一根线都受到了保佑。

纺织厂可以轻松把地毯拆解。

阶梯之城

山谷里的一支小舰队,没有海洋。

警察局囚室里的男孩低语着,我们没法用木船在天上飞。

或许他们根本就不需要海洋。

"哦,我的天哪。"莎拉低语道。

✦

齐格拉德听到咣当声,抬起了头。他把注意力从进出山谷的道路上转移到困在地面上的六艘船。桅杆上扬起了帆,它们的左右舷伸展开了某种东西。

钢桅杆上的风帆很不寻常:齐格拉德见过各种各样的风帆,但是这些帆似乎是为了猛烈得难以置信的狂风设计的。每艘船两边伸展开的物体是他一生之中前所未见的东西。这些东西很长,很宽,很薄,安装着许多转轴。它们让齐格拉德想起了鱼身上的鳍,如果不了解情况的话,他会认为它们是……

"翅膀。"他轻声说道。

他看着那些人做着出航的准备。

除非他们有所行动,莎拉说道,否则不要行动。

这当然算是有所行动。

他检查了一下,刀还在鞘里,然后开始爬下山去。

✦

新索尔达桥还是一堆脚手架和框架。在塞普尔工程师的指挥下,塞普尔起重机把巨大的混凝土底座放进冰冷的河水里。大陆人在河岸上或是屋顶上观看着，对这一力量展示感到不情愿的敬畏。

莎拉的脑子依然被刚才的想法搅动着：任何地方都可以建造这些船，任何地方都可以停泊这些船，没有人能够提前准备好应对来自天空的袭击。

另一个烦心的问题盘问着她的思绪：如果沃翰尼斯和这事有关，修复派为什么要袭击他的房子？

她看到了自己当面问他的机会：他坐在前边的一条公园长凳上，优雅地交叉着双腿，双手放在膝盖上，注视着下方的河边行道，并没有看到她。他没有穿平时那身时髦的衣服，莎拉看到他穿着杀死乌拉夫那天晚上的深棕色外衣和扣子系到脖颈的黑衬衫。

她想起齐格拉德说，甚至连他穿的衣服都不一样了。他穿得像是个悲伤的僧侣。

她观察着人群。沃翰尼斯孤身一人。但是他似乎看见了她又把目光移走了，她只能看到他的后脑……

"你怎么了，沃？"她在走近的时候说道，"你病了，你疯了，还是你一直都在做这件事？"

他转过身微笑着。她看到他没有带手杖。"我很高兴地说，是最后一种。"他愉快地说道。

莎拉一动不动，立刻明白了他为什么一直背对着她。

这张脸几乎和她认识的那张脸一模一样：一样棱角分明的下巴，一样灿烂的微笑。但是这个人的眼睛颜色更深，而且它们深陷在他的脑袋里。

莎拉毫不迟疑，转身跑开。

一个过路人——个子很矮，毫无威胁的年轻人，伸出腿绊倒了她。

她摔倒在地上。

那个陌生人站了起来,愉快地向她走了过来。"我确实怀疑过你会不会来,"他说道,"但是我猜关于图沃斯瓦的那句话打消了你的疑虑。说到底,那个游戏还是我教给他的。看到它有效真是愉快!"

她试图站起来。陌生人指着她,嘴里嘟囔着什么。一声抽鞭子一样的声音。她低下头发现自己现在是完全透明的:她能透过自己的腿,或者说本来应该是腿的地方,看到地面上的卵石。

帕尔尼斯橱柜,莎拉想,随后有人从她身后用一块破布盖住了她的嘴:她的鼻孔里充满了难闻的气味,她的眼睛变得朦胧,她突然间站不住了。

她摔倒在他们怀里:两个人,或许是三个。那个陌生人——不是沃翰尼斯——擦了擦鼻子。"好极了,"他说道,"快走。"

他们扛着她走过河边行道。气味进一步深入她的脑子。她想,为什么没有人帮我?但是旁观者只是好奇地看着他们,琢磨着这些人为什么要装出一副拿着什么重物的样子。

莎拉屈服了,气味包围了她,她睡着了。

翻过积雪的山峰

走过结冰的河流

穿过茂密的树林

我将等待你

我将永远在那等待你

我的火在燃烧

寒冷中的光明

给你我的光明

因为我如此爱你

尽管有时我似乎不在

须知我的火永远准备着

为那些心中有爱

愿意分享的人

——《红莲之书》，第二章，9.12—9.24

家庭纽带

莎拉醒了过来，面对着一面空白的灰色墙壁。一缕空气在她的肺里展开，随后她咳嗽起来。

"哟呵！"一个愉快的声音说道，"天哪！她醒了。"

她翻个身，脑袋昏昏沉沉的，看到自己在一间没有窗户的荒废小屋里，不知为何感觉有点熟悉。

房间有两扇门，一扇关着，另一扇开着。陌生人站在打开的门口，现在穿着一件科尔卡斯坦长袍。他对她微笑着。他的眼睛像是安在脑袋里的潮湿石头。

"我真的找不出，"他说道，"他看上了你哪一点。"

莎拉倦怠地眨着眼睛。氯仿，她想起来了，在我清醒之前肯定过了一个小时……

"在我看来，你只是个普普通通的塞普尔人。"他说道，"个子很小，土棕色皮肤——或许泥棕色才是合适的词，泥土的、麝香的、难看的颜色根本不像肉体的深颜色——长着典型的尖瘦下巴和钩鼻子。你的手腕纤细脆弱，你的手臂多毛讨人嫌，你身体其他地方也一样——我猜你必须经常剃毛才能和圣地的任何女人的身体相比。你的胸部也不是我经常在你们血统里见到的悬垂沉重的那种，但它们也没有要变成那种胸部的迹象——事实上，它们几乎根本不存在。而你的眼睛，亲爱的……看看那眼镜。你的眼睛还正常吗？我想——作为这样矮小无意识的小生物是什么感觉？你的生活一定非常可悲，作为活在灰烬之地，由黏土制造的人……"他摇头微笑着。那是沃翰尼斯的笑容恐怖扭曲之后的样子：沃的笑容里充满了无尽的热情魅力，这个人的笑容里只有愤怒。"但是你所犯的罪行的本质——你真正的违法行为，和你们所有人所做的一样，是拒绝承认。你拒绝承认你自己的缺陷——你自己悲惨，难看的缺陷！你不知道羞耻！你没有隐藏自己的皮肤和身体！你没有跪拜在我们的脚下！你没有认识到，你没有被神明触碰过，被剥夺了保佑。未经启迪，是不必要的，无意识的，只有缺点没有优点！你的种族抱有傲慢的借口——那才是你真正的罪孽，如果像你这样的生物能够有罪孽的话。"

在许多方面他都和沃翰尼斯很像：很多手势和举止都和沃的一样。但是这个人有一种奇怪的更腐朽、脆弱的感觉：他撅着屁股的样子，他交叉手臂的方式……她想起了那个马赫沃斯特，还有它娘娘腔前后走动的样子，模仿着一个她没有见过的人。

莎拉咽了口口水，问道："你是……？"

"要是我把你劈开的话，"陌生人说道，"在里边，你会是空的……一个人形的黏土外壳，引人注目的只有你的外表。你到底喜欢她什么，沃翰尼斯？"

陌生人看向房间的角落。

沃翰尼斯坐在角落的地上，手臂被捆在膝盖上；他的脸受伤非常严重，一只眼睛肿胀着，颜色和青蛙皮肤一样，上嘴唇留着干涸的血迹。

"沃……"莎拉呢喃着。

"我之前希望她至少能有点肉体上的诱惑，"陌生人说道，"那么或许你就能给自己的风流找个借口了。但是她身上没有什么能拿来诱惑你的东西。我真的看不出你到底看上这家伙什么地方。我真的看不出，弟弟。"

莎拉眨了眨眼。

弟弟？

她说道，"沃……沃……"

陌生人慢慢转向她，竖起了眉毛。

沃翰尼斯的声音回荡在她脑袋里：他加入了一支朝觐者的队伍，跋涉去寒冷的北方，试图找到什么该死的神殿。

"沃……沃尔卡？"她说道，"沃尔卡·沃特罗夫？"

他笑了："啊！这么说，你知道我的名字，小土人。"

阶梯之城

她试着整理自己昏沉沉的思绪："我……我以为你死了……"

他笑容满面地摇了摇头。"死亡，"他说道，"是给弱者的。"

❖

"'对那些想要了解我，'"沃尔卡说道，"'那些想要被我看到、被爱的人来说，没有承受不了的痛苦，没有接受不了的审判，没有无法经历的惩罚。因为你们是我的孩子，你们必须受苦来达到伟大。'"

沃尔卡对沃翰尼斯宠溺地笑着，但说话的人却是莎拉："《科尔卡斯塔瓦》。"

沃尔卡的笑容暗淡了，冷漠地注视着她。

"我想，是卷二，"莎拉说道，"他写给圣徒摩恩维瓦的令状，解释了为什么摩恩维瓦的侄子会死于雪崩。"

"而摩恩维瓦如此不知羞耻，"沃尔卡说道，"他居然询问圣父科尔坎为什么会这样，居然以这种方式质问他——"

"——摩恩维瓦砍掉了自己的右手，"莎拉说道，"右脚，刺瞎了右眼，摘除了右边的睾丸。"

沃尔卡咧嘴笑着："听到你这样的东西说出这些来真是奇怪！就像看到鸟说话一样。"

"你是在暗示，"莎拉问道，"通过折磨我们，你会改善我们？"

"我不会折磨你的。至少，不会超过我对我弟弟所做的程度。但是是的，它会改善你。你将知道羞耻。那会除去你眼睛里高傲的闪光。你真的知道你说了什么吗？"

"我赌你认为科尔坎还活着。"莎拉说道。

沃尔卡的笑容现在彻底消失了。

"沃特罗夫先生,你去了哪里?"她问道,"你怎么活下来的?我听说你死了。"

"哦,但是我确实死了,小土人,"沃尔卡说道,"我死在遥远的北方的一座山里,然后重获新生。"

他把手翻了过来:手掌里闪烁着烛光,但莎拉看不到火焰。"古老的神迹依然活在我的体内。"他握住那看不见的火焰,光芒消失了。"那是灵魂的审判。但那正是开始我们去科瓦斯塔修道院的原因。其他人都死在了朝觐的旅途中。所有人都比我年长,更有经验,更强壮。他们不是饿死了,就是冻死了,或者病死了。只有我跋涉前行。只有我是有价值的。只有我迎风冒雪在参差的山脉里找到了那个地方,科瓦斯塔,最后的修道院,圣父科尔坎被遗忘的居所,他在那里想出了他的神圣法令,整顿了世界。我在那里度过了接近三十年的岁月,孤身一人待在围墙之中,吃着残羹剩饭,喝着融化的雪水……读书学习。我学会了许多东西。"他伸出食指触摸着什么,就像在门口有一块玻璃一样:他用食指抚摸着它,按在一个透明的屏障上,指尖变得扁平发白。"蝴蝶之钟。科尔坎最古老的神迹之一。它本来是用于强迫人们忏悔自己的罪行的——你看,空气无法进出,而只有在死亡的边缘我们才会变得诚实……但是不要担心。那不是你的命运。"他看着莎拉,"你失败了,你知道吗?你和你的人民都失败了。"

莎拉沉默不语。

"你知道吗?"

"不,"莎拉说道,"我不知道你在说什么。"

"你当然不知道了。没开化的东西……因为在那里,我找到了他。"他伸手从长袍里拿出挂在脖子上的护符:科尔坎的天平。"我冥想了许多年,什么也没有听到。终于有一天,我决定在听到他的低语之前要

阶梯之城

一直冥想到死为止,因为死也比苦涩的寂静要强……我差点饿死了。也许我确实饿死了。但那时我听到了他,在布里克乌低语着。我听到了圣父科尔坎!他从未死去!他从未离开这个世界!他从未……被你的卡吉触碰过!"最后的词汇变成了凶猛的咆哮:莎拉看到了棕黄色的牙齿。"我看到了幻象:有一部分布里克乌——真正的布里克乌,圣城——没有受到你们的影响!躲开了你们,躲开了所有人!那时我知道我的人民还有希望。暴风雨中还有一线光明,救赎在等待着圣洁本分的人。我将会回来,从囚禁中解放我们所有人。然后要接近他,找到他,解救他……我们的圣父。我们失踪的圣父。"

"和过去一样,"沃翰尼斯说道,"跑向爸爸……"

沃尔卡安详的喜悦消失了。"住口!"他咆哮着,"住口!你这个叛徒闭上污秽的嘴!"

沃翰尼斯沉默了。

沃尔卡看着他,颤抖着:"你……你那腐坏的嘴!你的嘴碰过什么,你这条脏狗?它碰过什么肉体?女人的?男人的?孩子的?"

沃翰尼斯翻了个白眼:"真是恶心。"

"你知道你是畸形的,"沃尔卡说道,"你一直都知道,小沃。你一直都有点不对劲——应该被剔除的瑕疵血统。"

沃翰尼斯毫不关心,吸了吸气,擦了擦鼻子。

"你不为自己辩解吗?"

"我不认为,"沃翰尼斯说道,"我需要什么辩解。"

"父亲同意我的看法。你知道吗?他曾经告诉过我,他希望你和母亲都死在你出生的时候!他说那会卸去他的负担——意志软弱的妻子和儿子。"

沃翰尼斯无动于衷地咽了口口水。"这件事情,"他说道,"一点都没有让我吃惊。爸爸过去还真是个温柔的人。"

"轻蔑我们父亲的名字仅仅会让我更加恨你。"

"我,"沃翰尼斯厉声说道,"在父亲的名字上拉屎,在沃特罗夫这个姓氏上拉屎,在科尔坎的名字上拉屎!我很高兴卡吉没有杀掉科尔坎,因为在塞普尔人把他像其他神明那样杀掉的时候,我就有机会爬到他的下巴上,往他的嘴里拉屎了!"

沃尔卡震惊地看着他。"你不会有那个机会的,"他低语道,"我会让你们活着,你和她,这样科尔坎就能够审判你们两个,宣布他的法令。你们还不知道呢,是吧?他一直都在这,在布里克乌,清点着这里的罪恶。他一直在观察你们。他一直在等待。他知道你们都做了什么。我将会把世界之座从它的坟墓里升起。在他出现的时候,汝将知痛,弟弟。"

莎拉确定自己知道这个房间,没有家具和装饰的房间:她回忆起马赫沃斯特是怎么冲着她笑的,她是怎么把蜡烛丢进它的胸膛,还有通向下方的楼梯……

我知道我们在哪,她想,也知道科尔坎在哪。

"他在下边的世界之座里,是吧?"她大声说道。

沃尔卡看着她,就像她刚扇了他一巴掌似的。

沃翰尼斯皱着眉:"在那个老得发霉的地方?"

"不,不。在地下,真正的世界之座藏在地下,在我们现在的位置下方几码远的地方。"她闭上了眼睛。破布的气味把她的头脑包裹在雾气里,但是她无法阻止涌动的思绪。"神明们喜欢用玻璃作为储藏室……阿哈纳斯在一块窗玻璃里隐藏了囚犯,甚至还把一个度假胜地存放在玻璃球里。约科夫把圣徒吉弗雷的身体储存在玻璃珠里。我在下面,在世界之座里面的时候,我寻找着总是听人说起的著名的彩色玻璃……但是所有的窗户都破碎了。除了科尔坎心室里的窗户。那时我觉得它很奇怪，完整无缺，但却是空白的。"

她睁开眼睛："那就是其他神明囚禁他的地方，不是吗？那就是过去三百年来科尔坎被囚禁的地方。活着的神明，被束缚在一块玻璃里。"

✦

"我不是很了解事情的情况，"沃翰尼斯活泼地说道，"但是这还挺有意思的，不是吗，沃尔卡？"

"你打算怎么释放他？"莎拉问道。

沃尔卡狂怒地瞪着她，呼吸粗重。

"除非，"莎拉说道，"那是个简单的神迹……任何祭司都知道的神迹。"

"不是任何祭司都知道。"沃尔卡嘶哑地说道。

"那它肯定强力得多。或许……"莎拉慢慢说道，"或许是来自科瓦斯塔的僧侣？你在他们地下室里发现的？"

沃尔卡像是被打中了一样怒吼着。

"哥哥，你真的确定，"沃翰尼斯问道，"她比你低等？"

"维科洛夫呢？"莎拉问道，"他会参与吗？指使他的人是你，对吗？你就是那个把马赫沃斯特困在这里，拿它当看门狗的人。"

"和你们将要遭受的事情相比，发生在维科洛夫身上的事情简直就是祝福，"沃尔卡厉声说道，"维科洛夫，他……他是个信徒。一个真正的科尔卡斯坦人。但是他把你领到了世界之座，让你意识到我是怎么发现赃物仓库的，我无法原谅他。"

"你干了什么？"莎拉问道。

沃尔卡耸耸肩："我总得想办法试试蝴蝶之钟到底有没有效果。我之前没见过它施展出来的效果。维科洛夫……算是个可以接受的试验品。我提醒着自己——我们只不过是神明手中的工具。我并不介意你追查维科洛夫。你很明显并不知道我的存在，在你到来之前的好几年里我就安排好了计划。"

"但是我吓到你了，不是吗？"莎拉说道，"在我到来的时候，你觉得应该抓紧时间——所以你袭击了沃翰尼斯的房子，试着强迫他把你想要的东西给你。"

"卡吉曾孙女的到来会让任何真正的大陆人感到心烦，"沃尔卡说道，"而且我知道你是谁。"棕黄得像老木头一样的牙齿再次显现，"我曾经盯着卡吉的肖像连续几个小时，连续几天，想着他，仇恨他，希望我能够在当时结束他的生命，阻止历史把我们带向现在……我一看到你——你的眼睛、你的鼻子、你的嘴——就看到了过去重获新生。因此很简单地发现了你是谁，知道你是他的后裔，然后我告诉了我的同胞。"

"……是你揭穿了我的伪装？"她看了沃翰尼斯一眼，正困惑地看着另外两个人。

"但是他们并没有像我预期的那样奋起反抗，也没有把你吊死在街头，"沃尔卡说道，"他们称赞你杀死了乌拉夫，科尔坎神圣的孩子之一。我确实不知道你是真的有才能，还是你所有不合时宜的出现都只是巧合。就像今天：你是真的跟着我们来到了真正的沃特罗夫宅邸，还是误打误撞闯了进去？"

"哦，"莎拉说道，"你当时在房子里，是吗？在齐格拉德和我来到旧布里克乌的时候。你看见我们了。"

阶梯之城

"如果事情照我预期的发展,我现在就不会进行这个仪式。"沃尔卡说道,"但是,你的干扰再一次迫使我们加快速度。你去了真正的布里克乌,看到了蓄势待发的舰队。所以,非常武断,非常不幸的是,新时代将在今天开始。"

"你会用你的战舰摧毁这个城市?"莎拉问道,"要是你打算释放一位神明的话,还要飞行战舰干什么?科尔坎不是可以用一根手指把我们都变成石头吗?"

"我们为什么要打扰这座城市?"沃尔卡说道,"明智的举动是各个击破。塞普尔与海洋息息相关——它的力量在于战舰。在你们那个渎神的国家意识到发生了什么之前,我们的飞船将会直奔塞普尔,轰炸它的港口和船坞。我们本希望造出更多的船来,但是我毫不怀疑哪怕只有六艘船,我们也依然优于任何塞普尔武器。尽管塞普尔很强大,它绝对不会预料到来自空中的袭击。我们将会从云层里洒下火焰,将会像天使一样从空中降下毁灭,我们将会阉割掉你那卑鄙的国家,那是它应得的。"

荒谬的是,这件事比神明的复苏更让她害怕。每艘船大概六门六寸大炮,她迅速地想着,一共三十六门炮。在一天之内,它们就会摧毁我们的基础设施,让塞普尔的海军残废好几个月,甚至好几年。我们将会是把双手捆在背后来作战。

"这很好,你知道吗,"沃尔卡说道,"这是对的。世界是我们的熔炉,我们随着每一次燃烧而被塑造。汝将知痛。你们两个人都会了解痛苦,而且你们必须了解。在惩罚了肉体,剥离了罪孽之后,你们的一部分——一些骨头——或许会被拯救,成为他眼中有价值的。"他吸了口气,"而他将会看到你们两人。他将会对我多么满意啊——不仅献上了古老方式最大的背叛者,而且献上了杀害神明凶手的直系子孙。"

沃尔卡走向一边。接着两个穿着科尔卡斯坦长袍的壮汉出现在门口。沃尔卡的蝴蝶之钟消失的时候发出了非常微弱的一声噗。那两人走向莎拉和沃翰尼斯,粗暴地把他们两人推倒在地,紧紧绑上他们的双手。莎拉依然懒洋洋地没法反抗,而沃翰尼斯很明显伤得很重。

"哦,沃尔卡?"莎拉被拉着站起来的时候说道,"关于你刚才对我的评论……你应该知道原来的大陆人几乎和塞普尔人一样是棕色的吧?今天的大陆人肤色更浅是因为气候改变了,你们不再能晒到那么多太阳了。所以尽管你个人可能很喜欢浅肤色,但它并不是——我想应该这么说——神圣的特征。但是你应该会知道的,如果你读过其他神明而不仅仅是科尔坎的文献的话——他倾向于根本不提及肉体,更不用说肤色了。"

沃尔卡装出一副高贵的样子。"葱佬说的全是谎话。"他低语着,走开了。

※

摩恩维瓦号的穆斯克·阿什科乌斯基船长隔着风镜的绿色镜片注视着五颜六色的黄昏。云彩像报纸的标题一样贴在地平线上。在下方——可能是几里外的下方,穆斯克不太确定——大陆灰黑色的乡村飞驰而过。

穆斯克在套衫口袋里摸索了一阵,掏出怀表估测道:"两小时!"他在狂风中大喊着,"还有两小时到岸!"

船员们欢呼着。他们全都穿着厚实的保暖衣物,戴着风镜和面具,然后用结实的绳子将自己系在了摩恩维瓦号的甲板上;雅克比已经成

阶梯之城

了右舷一股强风的受害者,跌跌撞撞地摔了下去,被同伴们拉回到甲板上后,一边咒骂着一边吐着痰,脸色吓得发紫。

两个小时,穆斯克想着。两个小时后他就能发现摩恩维瓦号——和它的二十三个船员,六门大炮,以及三百发六寸炮弹——除了能在离地面非常高的地方笔直地飞得非常快之外,还能做到什么。他之前甚至都不确定它能不能离开地面,因为科尔坎的地毯的试验并不总是能成功:一开始他们只用了一根线,在沃尔卡的祭司吟诵仪式启动它的时候,那根线飞快地飞了起来,毫无准备的祭司被切掉了大半张脸。"神迹,"沃尔卡在那人尖叫的时候评论道,"需要非常小心处理。"过了好几个月才创造出能稳定线的设计——以摩恩维瓦号来说,五根线,每根线抬起八百吨重量——又过了好几个月才弄到设计所需的钢铁。那段时间里,穆斯克——尽管他觉得自己十分虔诚——一直不太相信它能成功。

但是现在他们成功了,飞驰在空中被剑一样的风帆和巨大的翅膀引导着飞得比阿哈纳斯坦最高的建筑还要高。

不要忘记,他提醒自己,你背负着使命,责任。我们不是为了你的荣耀飞行,穆斯克·阿什科乌斯基,也不是为了船员的荣耀,而是为了圣父科尔坎的荣耀。暗地里,穆斯克等不及要看看科尔坎对这些大炮给该死的塞普尔人造成的破坏有何感想。这一次,塞普尔人将会被凌驾。想象着把加拉戴什巨大可怖的船坞炸成燃烧的瓦砾……这让他心里乐开了花。

穆斯克大概第七次来到甲板下查看大炮。从未有哪个大陆人拥有过这种级别的火力,看到这些巨大沉重的火炮和比穆斯克的前臂更长更粗的巨大炮弹,带给他一种前所未有的力量感。这全部都机械化了:只需要拉一个杠杆就可以发射任何一门火炮。

City of Stairs

穆斯克检查着三门左舷炮：圣徒吉弗雷、圣徒奥什科、圣徒瓦西里，全部状况良好。然后他又检查三门右舷炮：圣徒什沃斯卡、圣徒戈乌罗斯，然后是圣徒——

穆斯克在圣徒托什基前停了下来。一个穿着裂开的科尔卡斯坦长袍的高大男人倚在这门炮上，从炮位里注视着舰队右侧的乌辛娜号和乌克玛号穿过云层。

穆斯克船长困惑不解地盯着他："你是……谁？"

"我从未乘坐过会飞的船，"那人评论道，"我乘坐过许多东西，但是从未乘坐过会飞的船。"

穆斯克想要问他为什么没有戴风镜，为什么没有穿制服，为什么没系着安全绳。但是这些问题都是荒谬的，因为穆斯克知道他的船员里没有这么大块头的人……是吧？

那人看着穆斯克，在科尔卡斯坦头巾里，他的一只眼睛是黑暗的。"它就像，"他问道，"普通船只那样航行吗？"

"嗯……"穆斯克看向背后，琢磨着该如何应对这件古怪的事情，"你为什么没在甲板上，水手？你为什么没系在桅杆上？你会掉下去的——"

"还有这些炮？它们也能用作对空火炮吗？"

"我……为什么？"

"我认为可以。是的。是的，我认为可以。"那人侧着头出声思考着，"船上六门炮，还有五艘船……一发一艘……然后就没有麻烦了。"他点点头，"谢谢你。很高兴知道这一点。"

接着穆斯克船长眼前一花，感觉自己刚刚吞下了一大块冰。

他低下头，看到一把大刀的刀柄从自己的肋骨之间探了出来。这艘船开始在他周围旋转。

阶梯之城

"对船长来说,"那人的声音说道,"最好在看到自己船员死亡之前死去。平静地去吧,感激地去吧。"

穆斯克最后看到,那个人站到了圣徒托什基后面,用手里的刀比量着把大炮对准远方的乌辛娜号。

✦

他们被逼着走在一条莎拉很熟悉的路线上:走过空旷狭窄的走廊,来到马赫沃斯特所在的房间——盐圈依然在地板上——回到通向下方世界之座的通道里,她注意到通道完全被恢复了。

"你们弄塌了这条通道,但是它很容易被修复,"沃尔卡说道,"我怀疑你能不能猜到我用哪个神迹创造出通道的。"

莎拉没有想过这条通道是用神迹创造出来的,但是现在她开始考虑了,她得出了明显的结论。"奥维斯基烛光。"她说道。

沃尔卡脸色一紧,举着他那隐形的火焰,领着他们走进通道。沃翰尼斯偷笑着。

他还没有释放科尔坎,莎拉想,或许穆拉盖什……或许她能……莎拉意识到,穆拉盖什现在更可能是在突袭沃特罗夫宅邸,或者是在使馆里驻防。无论穆拉盖什在做什么都无法拯救他们俩。而齐格拉德远在遥远的约科斯坦郊外。因此,他们孤立无援。

通道向下延伸。莎拉想象着科尔坎在下边等待着他们,黏土之人坐在洞穴的北部,他的眼睛是空洞的灰色。

"我很抱歉,沃。"莎拉在黑暗中悄声说道。

"没什么要道歉的,"沃说道,"我很抱歉你遇到了这个小混——"

"安静。"一个押送者说着捅了一下沃翰尼斯的腰。沃翰尼斯一瘸一拐地，挣扎着继续走着。

他们进入世界之座时，沃翰尼斯由于震惊而吸了口冷气："我的天哪……"莎拉希望她也能像第一次发现这里的时候那样惊奇，但是现在她感觉这座神殿黑暗而扭曲，黑暗的角落充满了低语。

二十多个修复派成员，全都穿着科尔卡斯坦长袍，站在科尔坎心室的空白窗户前。在窗户旁边，莎拉看到了一架梯子。

这真的要发生了。

沃尔卡走向通往世界之座不复存在的钟楼的楼梯。他举起手，手掌中闪烁着橙色的光芒。"首先让这座神殿恢复昔日的荣耀。"他说道。然后他指着莎拉和沃翰尼斯，嘟囔着什么。一阵吱吱声传来，就像手指摩擦着玻璃的声音一样。莎拉的双手被绑住了，但是她伸出脚趾测试着，感觉到一堵隐形的墙壁。又是蝴蝶之钟。

"不要呼吸得太频繁，"沃尔卡微笑着说，"这个要小得多。"他笑得像个自大的尖子生，登上通向钟楼的阶梯，很快就消失在视野之外。

"他肯定也找到了恢复钟楼的办法。"莎拉说道。

"安静。"一个修复派成员说道。

"那里几天之前才被泥土填充着。"

"安静！"

"你打算怎么办，隔着屏障揍我们？"沃翰尼斯说道。

那个修复派成员对他做了一个威胁的手势，然后放弃了，好像他有别的事情可做一样。

"我应该料到的，"莎拉说道，"我应该料到这一切的。"

"莎拉，闭嘴。"沃翰尼斯说道，"听着……你……你肯定有所准备，对吧？你一向都有准备？"

"嗯……不。实际上，没有。我没有准备。"

阶梯之城

"但是你调动了军队来，对吧？他们会注意到你不见了——是吧？"

"他们或许会发现，但是肯定不会来这里找。"

"好吧，但是……莎拉，拜托。想想！"他嘶声说道，"你得想想办法！你得想点办法，因为我肯定想不出来。我根本就不知道这他妈是怎么回事！所以拜托——有什么办法吗？"

莎拉努力思考着，但是她完全不知道该怎么穿透蝴蝶之钟——一个她到现在才知道其存在的神迹。而且就算他们出去了，又能怎么办？一个受伤的瘸子和一个被下了药的九十磅重的女人对抗二十五个修复派成员？我可以用奥维斯基烛光炸开一条路……要是我知道奥维斯基烛光的话。但是我不知道。我只是听说过它，这不是一回事。要是有什么别的办法隐藏起来，或许可以钻进地里，或者……

……消失。

"帕尔尼斯橱柜。"她悄声说道。

"什么？"沃翰尼斯低声问道。

"帕尔尼斯橱柜——就是你哥哥用来绑架我的办法。它把人装到一个隐形的空气口袋里——神明和凡人都看不到。"因为它是约科夫创造的，她回想着，因此他的祭司就可以潜入科尔坎的修道院。所以它在这里的效果会非常好。

"所以即使科尔坎本人出现了……"

"我们也会躲起来。我们会很安全。"

"好极了！嗯……那你为什么没用呢？"

"因为我的手被绑住了，"莎拉低声说道，"我得说一句《约科斯塔瓦》里边的话，还得做一个手势。"

"妈的。"沃翰尼斯说道，抬头看着那些修复派成员，"来来，试试看我们能不能转个身……"

他们慢慢地转身，最终他们背对着彼此。沃翰尼斯用绑在背后的双手笨拙地解着她的结。

"祝你好运，"莎拉低语道，"但是我认为他们确实知道该怎么打结。"

一个修复派成员笑了："瞧啊，多么完美的诡计！随便你怎么想法儿解开，你这个邪恶的混蛋。唯一能把你们从钟里放出来的人就是圣父科尔坎本人。"

"而在他把你们放出来之后，"另一个人说道，"你们会希望自己已经窒息，死在了里面。"

第三个嘲笑道："这是你第一次碰女人吗，沃特罗夫？我想是这样的……"

沃翰尼斯无视了他们，低语："你真的认为我哥哥能释放科尔坎吗？"

莎拉看了一眼科尔坎心室里的透明玻璃："嗯。我得说我认为里边确实有某个神明。"

"但……不是科尔坎？"

"我认为，我实际上和那个神明交谈过。"莎拉说道，"在他们袭击你家的那天晚上。我看到了很多来自不同神明文献里的情景……但它们都是没有条理的。此外，我看到很多约科夫的神迹依然有效——帕尔尼斯橱柜就是其中之一——因此我不再确定约科夫真的死了。"

沃翰尼斯拽着一个不愿让步的结，嘟哝着："所以你说的是……你不知道。"

"没错。"

"好极了。"

他不停地拽着绳子。莎拉带着点不正常的愉悦，她意识到这是自乌拉夫死亡的那天晚上以来他们最亲密的行为了。

"我很高兴在世界末日的时候,"沃翰尼斯说道,"我和你在一起。"

"在我们解开绳子之后,跟紧我,"莎拉说道,"帕尔尼斯橱柜并不大。"

"好吧,但是我想告诉你……我很高兴,莎拉。你明白吗?"

莎拉沉默了,接着说道:"你不应该高兴。"

"为什么?"

"因为在我的伪装被揭穿的时候……我以为是你干的。"

他停住了解绳子的手:"我?"

"是的。你……你突然间得到了想要的一切,沃。一切。而且你是唯一知道我身份的外人。我们认为在纺织厂看到了你,但那其实不是你。那肯定是——"

"沃尔卡。"她看不见他,但是沃翰尼斯相当平静,"但是……莎拉,我……我永远不会那么对你的。永远不会。我做不到。"

"我知道!我现在知道了,沃。但是我,我以为你病了!我以为你有什么毛病。你看起来那么悲惨,那么痛苦……"

她感觉到沃翰尼斯在看着四周。"或许你没说错,"他轻声说道,"我确实有什么毛病。但是我或许永远也好不了。"

"你在说什么?"

"我是说……我是说,看看这些人,这些和我一起长大的人!"修复派成员聚集在科尔坎心室里,跪在地上开始祈祷。"看看他们!他们在祈祷着痛苦,祈祷着惩罚!他们认为仇恨是神圣的,身为人类的一切都是错的。所以我长大之后当然有毛病!在这样的地方长大没人好得了!"

莎拉听到，远方的某处传来了钟声。

"那是什么？"沃问道。

"我们得抓紧时间。"莎拉说道。某处，另一口钟响了。

"为什么？"

另一口钟响起。又一口。又一口。它们都有着不同的音色，仿佛有的非常大而其他的非常小，但除此之外，每一口钟都有只能被思维的不同部分感觉到的共鸣：这口钟响起的时候，她觉得自己看到了炎热阴暗的沼泽、纠缠着的藤蔓以及一簇盛开的兰花；当另一口钟响起的时候，她闻到了燃烧的沥青、木屑和砂浆的味道；下一口钟响起的时候，有战争中的嚎叫；下一口钟，她品尝到了酒、生肉、糖、血液，还有据她猜测是精液的味道；下一口钟，她听到了巨石挤压在一起发出的巨大摩擦声，可怕的重量压在她身上；接下来，当最后一口钟开始鸣响的时候，她感觉到手臂上有一股冬日的寒意，但脚上和心里摇曳着火焰。

每口钟对应一个神明，莎拉想。我不知道他是怎么做到的，也不知道他在做什么，但是沃尔卡找到了鸣响世界之座所有钟的办法。

"发生什么了，莎拉？"沃翰尼斯问道。

"看看窗户，"莎拉说道，"然后你就知道了。"

微弱的光线随着每一次钟声出现在窗户上。金色的阳光，强烈得仿佛能够穿透层层土壤照耀这个黑暗沉寂的地方。

阳光没有从土壤里穿进来，她想，是我们在上升。

"他在移动它，"她说道，"他在升起这里。他在升起世界之座。"

阶梯之城

◆

　　光线开始变化的时候,穆拉盖什的士兵们正在敷衍了事地干着加固使馆庭院的工作。

　　穆拉盖什本人在使馆大门监视着他们的工作:使馆的白色围墙很高,顶部装着铁栏杆,尽管它们很漂亮却没有军事防御能力。使馆本身的位置也非常暴露,它坐落在两条主要道路的交会处:一条路沿着围墙的方向;另一条横穿布里克乌,直接通向使馆大门。穆拉盖什能从大门栏杆里直接清楚地看到布里克乌市中心。如果莎拉说的六寸大炮的事是真的,她想,那么那些东西大概有一百万个角度能把我们炸平。

　　尽管位置这么暴露,但穆拉盖什还是没有过于催促她的士兵,主要是因为她暗自希望莎拉错得非常非常厉害。但是在她听到远处钟声响起,铁栏杆的影子开始在庭院石头上舞动的时候,她张大了嘴,嘴里的雪茄掉了下去。

　　她转过身,发现太阳在动——虽然它被布里克乌的城墙弄得有点模糊怪异,它还是像一滴金子一样挂在天空上,但是它快速地从地平线的正上方旋转着向左边跃动,扭动着穿过天空,变得略微大了一些,最后停在地平线的另一端,准备下落。

　　穆拉盖什想着:难道整整一天就这么从我们眼前飞过?

　　嘈杂的钟声击打着她的感官,仿佛每一声钟声都在拆除隐形的建筑然后又重建它们。

　　橙黄色的阳光在布里克乌的屋顶上跃动。一缕阳光照射下来,就像穿透了厚厚的云层——但是她看不到有任何云彩——在城市中心的钟楼上折射出明亮的光。

穆拉盖什和士兵们被迫转开眼睛。在回头的时候，他们看到阳光——落日的阳光——闪耀在一个巨大光亮的屋顶上。穆拉盖什不得不用手遮住眼睛以免被阳光刺瞎。

一座巨大华丽的奶白色神殿矗立在布里克乌的中心，它的钟楼几乎有半里高。

"那是什么？"她的一个副官问道，"从哪来的？"

穆拉盖什叹了口气。我真是讨厌，她想，危言耸听成真的时候。

"好了！"她咆哮着，"把你们的眼睛从天边收回来，挪动屁股去干活！开始在使馆墙上筑造工事和炮台，赶紧干！"

"炮台？"一个下士问道，二十多岁的女孩，她紧张地擦着脑门，"总督您确定吗？"

"我完全确定。动起来，要是你们需要我的靴子督促你们干活，我很乐意踢你们的小屁股！盯着我干什么？他妈的动起来！"

我迷失在命运和时间的海洋里

但至少我还有爱情

——法德胡瑞学院公共休息室墙上潦草的讯息

所收获的

沃尔卡满意地从楼梯上走了下来。"我干得不错。"他大声说道,"我认为圣父科尔坎会很满意的。"

沃翰尼斯情不自禁地嘲笑着他。

"现在,"沃尔卡走下了楼梯最后一阶,"带他回家。"他看着旁边沃翰尼斯和莎拉被困住的地方。"或许在这之后,我们能像真正的兄弟一样彼此拥抱。或许他会净化你。或许他会展现仁慈。"

"如果他在幻象中造就了你,沃尔卡,"沃翰尼斯说道,"那我还真他妈怀疑他有没有慈悲。"

沃尔卡吸了吸鼻子,走向科尔坎心室。修复派成员们聚集在透明玻璃前,跪在地上等待着他们的先知。沃尔卡镇定地走在他们之间——莎拉想起了舞会里的社交名媛——停在一个人面前。

莎拉的绳结变得松动了。"继续努力。"她绝望地说道,"加油,沃。"

沃翰尼斯低吼着,用力拽着绳子。

"锤子。"沃尔卡轻声说道。

那个人拿出一把很长的银锤子。沃尔卡优雅地接过它,接着走上梯子,慢慢向着玻璃爬去。

莎拉有一根拇指几乎从一个绳圈里松脱出来了,但这却把手腕上的绳圈拉得更紧了。

沃尔卡把银锤子拿到嘴边,对着它低语着,吟诵着什么。

我不想见到他,莎拉想,我不想。除了他谁都行,不要见到科尔坎……

她扭动着绳子。一些热乎乎的东西滴到了手掌上。她感觉到一个绳圈滑过她发红的指节,然后滑过拇指。

银锤子的边缘变得模糊,金属本身似乎正在颤抖,充满了它几乎无法容纳的能量。

沃翰尼斯抓住绳子;莎拉往前一扑,希望能绷断绳子,但是它们很结实。

沃尔卡高高举起锤子。橘黄色的阳光照耀在锤头上。

莎拉手掌上滴落的热量变成了细流,又黏又湿。

来人帮忙啊,莎拉想。

沃尔卡大声喊叫着向前挥动锤子。

"啪"的一声,玻璃破碎了。

金色的阳光照射进来,照亮了神殿白色的石头地板,地板明亮地闪耀着。那是太阳,星星,光明的火焰。纯净,可怕,并不发热。

沃翰尼斯和莎拉头晕目眩,开始喊叫。光芒强烈地爆发,他们扭动着身体倒了下去。莎拉的手腕很不舒服:或许是关节扭伤。

沉默。莎拉等待着,然后抬起了头。

穿着科尔卡斯坦长袍的人凝视着他们面前的什么东西。

一个身影站在破碎的窗前,阳光照在它的肩上。

它很像人,但是非常高大:至少有九尺高。他——如果真的是个男性的话——从头到脚裹在厚实的灰色长袍里,他的脸、手、脚全被遮住了;但是他迷惑地转动着脑袋,理解着自己的处境,看着跪倒在面前的人群，仿佛刚从一场怪梦中醒来。

"不。"莎拉悄声说道。

"他还活着，"沃尔卡说道，"他活着！"

穿着长袍的身影转过头看着他。

"圣父科尔坎！"沃尔卡哭喊着，"圣父科尔坎，您回到我们身边了！我们被拯救了！我们被拯救了！"

✦

沃尔卡从梯子上下来，走到科尔坎面前的人群里，他依然一动不动。沃尔卡跪倒在地，脸贴在地上，朝着神明的脚趾张开双手。

"圣父科尔坎，"沃尔卡说道，"您还好吗？"

科尔坎沉默不语。如果不是微风吹动了长袍的话，他看起来就像是座雕像。

"您离开了许多许多年，"沃尔卡说道，"我希望我能在您醒来的时候告诉您世界安然无恙。但是在您离开的时候，一切都变了：我们的殖民地叛乱了，他们谋杀了您的兄弟姐妹，他们还奴役了我们！"

他身边的人点点头，窥视着科尔坎，期待着他做出震惊的反应；但是科尔坎依然在灰色长袍下沉默地一动不动。

"沃。"莎拉悄声说道。

"怎么？"

"照我的样子做。"她低语道。她依然被捆绑着，用脸部、膝盖翻着身，向前鞠躬直到她的额头碰在地板上。

"你在干——？"

"忏悔。"莎拉悄声说道，"科尔坎能够认出忏悔。"

"什么?"

"拜倒在他面前!除此之外什么也别干!任何行为都会被视为冒犯!"

沃翰尼斯不情愿地翻过身趴了下去。

要是科尔坎没注意到的话,莎拉想,或许我可以接着沃翰尼斯的成果解开我的绳结。

"沃特娅在殖民地被杀了,"沃尔卡说道,"塔尔哈瓦斯和阿哈纳斯在殖民地入侵的时候被杀了。约科夫,懦夫约科夫,向他们投降,然后被处决了!殖民地的人统治着我们,好像我们是狗一样,他们禁止我们爱您,圣父科尔坎。我们不准随心所欲地崇拜您,在心里敬拜您。但是我们等待着您,圣父科尔坎!我的追随者和我坚持信仰,努力把您带了回来!我们甚至为您重建了您在世界之座的心室!我吃力地把这些石头从科瓦斯塔带到这里,这样在您回来的时候您就会被赞美和崇拜的印记迎接!我们还抓住了最异端的背叛者,还有那个推翻了我们圣地的人的孩子!"沃尔卡向后指着莎拉和沃翰尼斯,看到他们向前趴在地上忏悔的时候恍然大悟。"聪明的懦夫,他们听任您的处置。但是我们同样如此!我们全都听任您的处置,圣父科尔坎!我们是您忠实的仆人!我们在天空中为您创造了一支军队,但是我们担心这些还不够!我们祈求您,帮助我们挣脱枷锁,奋起反抗,把正义和荣耀带回到世界!"

世界之座一片寂静。莎拉轻轻侧过头观察,悄悄从绳子里挣脱一只手。

科尔坎来回转动着头,似乎在调查这群穿着黑衣的信众。

他一步一步地走着,察看着世界之座其余的部分。

接着神殿某处传来了一个声音;莎拉不是用耳朵听到的,而是在

阶梯之城

脑海里的某处——一个低沉的声音，就像是石头被挤压到了一起，但是只有一个词：

"在哪？"

沃尔卡迟疑地抬起了头："什么在哪，我的圣父科尔坎？"

科尔坎继续凝视着世界之座。声音再次响起："**火焰和麻雀在哪？**"

沃尔卡眨着眼回头看着他的副手们，他们和他一样目瞪口呆："我……我不确定您的意思，圣父科尔坎。"

"**迎接我的时候，**"那声音说道，"**要带着火焰和麻雀。**"

长久的停顿。

"**你为什么没有带着它们？**"

"我……从未听说过这个仪式，圣父科尔坎。"沃尔卡说道。他直起身，和其他追随者一样单膝跪地。"我读过许多关于您的书，但是……但是您离开这个世界好几百年了。这肯定是一个被我遗漏掉的仪式。"

"**你是在，**"那声音问道，"**侮辱我吗？**"

"不！不，不！不，圣父科尔坎，我们永远不会那么做！"沃尔卡和追随者们使劲摇着头。

"**那你为什么没有带着它们？**"

"我只是……我不知道，圣父科尔坎。我甚至不确定它们是——"

"**无知，**"那声音说道，"**不是借口。**"

科尔坎向前走了一步，看着自己的信众。他来回侧着头，仿佛看到了他们的许多事情。

"**你们毫无价值。**"

沃尔卡震惊得说不出话来。

那声音说道："**你们用海水洗水果。你们在衣服里混用了亚麻和棉花。你们制造了有缺陷的玻璃。你们品尝了鸣鸟的肉。我看到了你们的罪过。你们对此不知悔改。而现在,在我出现的时候,你们没有带着火焰和麻雀迎接我。"

沃尔卡和他的追随者面面相觑,不知该做什么。"圣——圣父科尔坎,请,"沃尔卡呢喃着,"请原谅我们。我们遵循了能找到的,我们知道的您的所有法令。但是我们释放了您,圣父科尔坎!请原谅我——"

科尔坎指着他。沃尔卡像结冻一样停住了。

"原谅,"科尔坎的声音说道,"只给有价值的人。"

科尔坎看着沃尔卡的追随者:"你们就像灰尘、石头和泥土一样。"

在莎拉看来,没有任何变化,没有闪光;但是在这一瞬间,他们还是人,而下一瞬间,他们全都变成了黑色的石头雕像。

沃尔卡站在科尔坎面前,依然一动不动,但是还活着:莎拉看到他的眼睛还在眼眶里转动。

"而你……"科尔坎的声音说道,"你觉得自己不是灰尘、石头和泥土。你将会回想起你的身份。"

科尔坎在他身上施展的法力消失了,沃尔卡摔到地上,喘息着。"我……我会的。"他说道,"我会的,圣父科尔坎。我会想起——"他噎住了,猛地向前一扑,痛苦地尖叫着。"啊!啊,我的肚子,它——"莎拉看到他的肚子凸了出来,膨胀着,就像怀孕一样。她恐惧地转过头看着地面。

沃尔卡的尖叫声越来越大,最终变成了咯咯的声音。她听到他摔倒在地。他们周围的蝴蝶之钟噗的一声消失了,沃尔卡沉默着,但是她听得到他在挣扎。

"汝将知痛。"

阶梯之城

厚实的布匹撕裂的声音。莎拉无法控制自己，抬头看了一眼。数以百计的黑色圆石从沃尔卡裂开的肚子里滚了出来，在血液中闪烁着光芒，石头的数量在莎拉注视的时候依然在增长。

她吸了一口凉气。科尔坎轻轻抬起了头，她低下头继续看着地面。

"唔。"科尔坎的声音说道。

她和沃翰尼斯一言不发。她能听到身边沃翰尼斯颤抖的呼吸声。

"**我很了解这个景象，**"他的声音说道，"**也很欢迎这个景象。时光流逝，但血肉之躯仍旧需要审判。**"

莎拉感到自己四肢发紧。她想知道是不是科尔坎把他们变成了石头，但是很明显并不是：她被麻痹了，就和沃尔卡一样。

啪的一声，沃翰尼斯开始朝着科尔坎滑去，神殿的石头地板就像是传送带一样。莎拉在眼角的余光里看到沃翰尼斯回过头看着她，恐惧，震惊。不要离开我！他似乎在说，不要！

"**到我面前来，**"科尔坎的声音说道，"**陈述你的罪孽。**"

莎拉看不见，但是听到了沃翰尼斯的声音："我——我的罪孽？"

"**是的。你展示着羞愧忏悔的姿势。陈述你的罪孽，而我将考虑我的裁决。**"

这像是他在发布法令之前的审判，莎拉想，但是沃并不知道他到底在干什么。

长久的沉默。然后沃翰尼斯说道："我——我……我不是个老人，圣父科尔坎。但我经历了许多。我……我失去了家人，失去了朋友。从许多方面来说，我失去了家庭。但是……但是我不会用这些事情让您分心。"

沃翰尼斯几乎是喊出了"分心"这个词。如果她有心情的话，莎拉会翻个白眼。不是什么含蓄的信息，沃……

"我忏悔，圣父科尔坎。"沃翰尼斯说道。他的声音变得坚定："是的。我悲伤。我羞愧。也就是说，我被人要求感到耻辱，因为那是对我的期望。"他咽了口口水，"我感到很耻辱，在某种程度上，我照他们的要求做了。我这么做了，而我确实恨我自己。我恨我自己因为我不知道另一种生活的方式。"

"我悲伤。我悲伤因为我偶然出生在这个世界，在这个世界里你应该做的就是厌恶你自己。我悲伤因为我的同胞觉得身为人类是一件需要压抑的事情，丑陋肮脏的事情。它……它真是他妈的耻辱。它真的是。"

如果莎拉能动的话，她会震惊地张大嘴。

"我忏悔，"沃翰尼斯说道，"我忏悔被这种耻辱毁掉的关心。我忏悔我让自己的耻辱和不幸影响到了别人。我睡过男人我也睡过女人，圣父科尔坎。睡过人也被人睡，那很美妙，真的美妙。那么做的时候我非常开心，而我很乐意再次那么做。我真的乐意。"他笑着，"我很幸运找到、遇见、拥抱过美好的人——事实上，一些美丽、可爱、聪明的人——我的心中充满悔恨，我糟糕的自我厌恶赶走了他们。"

"我爱过你，莎拉。我真的爱过。我非常不擅长去爱，但是我用我自己困惑混乱的方式爱着你。我依然爱你。"

"我不知道是不是你创造了世界，圣父科尔坎。我不知道是你创造了我的人民还是他们创造了自己。但如果在我还是孩子的时候他们教给我的是你的言语，而你的言语鼓励了这种糟糕的自我厌恶，这种荒谬的自我折磨，这种嫉妒有害的想法，认为身为人类，去爱去犯错是错误的，那么……嗯。我想说的是，操你，圣父科尔坎。"

沉默了许久，许久，许久。

科尔坎的声音愤怒地颤动着："你毫无价值。"

阶梯之城

世界之座里响起了尖叫。

莎拉挣扎着对抗着麻痹，希望能站起身跑到沃的身边，但是她做不到：科尔坎施展的神迹限制了她。

她想要和沃翰尼斯一起尖叫，因为科尔坎对他进行着无法描述的折磨——无法忍受，难以理解的尖叫，声音越来越大——他的尖叫声越来越强。

这时神迹失效了，她自由了。

莎拉坐了起来，看到科尔坎站在沃翰尼斯面前，一根包裹在破布里的长手指按在沃翰尼斯的额头上；沃翰尼斯颤抖着，身体战栗着仿佛神明在向他倾泻无休无尽的痛苦，完全遗忘了她。

到他身边去！她体内的一部分这么想着。

另一部分说道，他引诱科尔坎这么做是为了解救你。科尔坎特别愤怒，以至于你暂时躲过了他的思绪——那么你要借这个机会做什么？

她哭泣着把手从松散的绳圈里抽出来，闭上眼睛，回想起《约科斯塔瓦》里的词句，在空气中画了一个门。

一声抽鞭子一样的声音。她走向前踏入橱柜，身体从视野中消失了。

科尔坎抬起了头。沃翰尼斯摔到地面上，苍白如雪，一动不动。

莎拉闭着眼睛，不敢呼吸：帕尔尼斯橱柜并不能隐藏声音。

科尔坎踱步向前，扫视着世界之座。莎拉感到了无穷的压力施加在自己身上，仿佛她在不断地向海洋深处沉没。他在找我，感知我……

"橱柜，"科尔坎的声音说道，"**我记得这个。**"

莎拉恐惧得想吐。现在科尔坎离她只有不到四尺远，而她敬畏于他的体形、他的污秽、他厚实的长袍下泄漏出来的腐败臭气。

"我可以使这座神殿坍塌，"他说道，"砸死你。如果你还在这里的话。"

他抬起头，看着世界之座的天花板。

"但是我有更重要的事情要做。"

接着，科尔坎突然消失了，仿佛他从未在这里出现过。

莎拉依然不敢呼吸。她环视着世界之座，想知道神明是不是躲藏在某个黑暗的角落里。

一个声音从天空隆隆地传来："这座城市毫无价值。"

"哦不。"莎拉说道。她看着沃翰尼斯，希望到他身边去。分清主次，特工的声音在她脑子里说，哀悼是之后的事情。

她低声说道："我很抱歉，沃。"然后她站起身，飞跑出神殿。

❖

布里克乌全境，渔获市场和小巷，索尔达河边和茶店，市民们凝视着突然出现在城市里的巨大白色神殿，科尔坎的声音回荡在街头的时候他们吓了一跳。

"你们违反了无数的法律。"那声音说道。

玩耍的儿童停在原地倾听着。

"你们喜悦地彼此交合。"

一位街道清洁工，握着他的扫帚，慢慢抬头看向天空。

"你们用白色的石头制作地板。"

勾施托克——索尔达晚餐俱乐部里上了年纪的人注视着彼此，然后注视着葡萄酒和威士忌的瓶子。

"你们吃了鲜艳的水果，"那声音说道，"然后让它们的种子在阴

阶梯之城

沟里腐烂。"

索尔达河边的一家理发店里，理发师目瞪口呆地剃掉了一位老人的大部分胡子；那位老人，同样目瞪口呆，还没有发现。

"你们走在光天化日之下，"那声音说道，"**暴露着肉体。你们靠其他血肉之躯的血肉维生。你们看到了自己肉体的秘密，了解了它们，为此我为你们哭泣。**"

在七姐妹医院里，奈斯瑞夫警长，依旧被包裹在许多绷带里，把烟斗放到一边，喊来了护士："这他妈是怎么回事？"

"你们忘记了应有的样子。"那声音说道。

停顿。

"我将恢复你们。"

淡黄色的阳光照耀着布里克乌。市民们挡着眼睛，背对着窗户……

在他们转过头来的时候，他们看到景色改变了：就像是所有的城市街区都被重新安排了，腾出了空间给……

在圣徒勾施托克街和圣徒戈耶里街交会处，一位老妇人恐惧地跪倒在地说道："诸神啊……诸神啊……"

……壮观美丽的白色摩天大楼，装点着金子。它们看起来就像是跋涉在低矮灰色的现代布里克乌沼泽里的巨大的白鹭。

"你们忘却了我所有的教诲，"那声音说道，"**我回来提醒你们。你们的罪孽将被赶出。你们的诱惑将被净化。**"

一阵风吹过圣徒瓦西里路。就像在做梦一样，几十位行人突然走到街中央，肩并肩站到一起，面向北方。他们是母亲，父亲，儿子，女儿；没有人回应朋友家人询问怎么回事的悲哀哭号。

风越来越强。布里克乌的市民不得不举起手，转过脸。一阵铿锵

声传来,仿佛风不知怎么把几千张金属板吹到了街上。在人们放下手回头看的时候,他们被自己看到的东西惊呆了:

现在在那些行人的位置上,五百名武装士兵站在街上。他们穿着的铠甲巨大厚重、闪闪发光,保护着每一寸皮肤:盔甲如此厚重以至于他们甚至也许不是士兵,而是活动的铠甲。他们的头盔描绘着尖叫恶魔的面容;他们的剑极其巨大,长度几乎有六尺,而且摇曳着冰冷的火焰。

只有莎拉·柯梅德,在跑向使馆的时候看了那些士兵一眼,认出了他们:几周前她不是让齐格拉德把那幅画从首席外交官特鲁尼的墙上撕下来了吗?

科尔坎的声音说道:"**汝将知痛,经由痛苦汝将知正义。**"

✦

穆拉盖什看到莎拉朝着工事跑过来,对她喊道:"这声音到底在说什么?"

"那是科尔坎!"莎拉气喘吁吁地说道。

"那个神?"

"是的!他在说着他的法令!"

"白色石头地板?吃鲜艳的水果?"

士兵们帮助莎拉爬过工事。"那就是他的法令,没错!"

"那些白色建筑到底是从哪来的?"

"那是旧布里克乌,"莎拉说道,"布里克乌过去的一部分。他肯定是把它拽了回来,把那些建筑扔进了正常的布里克乌里!"

"我……"穆拉盖什思索着词语,"我他妈根本不知道你在说什么！别管那些了——他想要干吗？我们该怎么办？"

街道上回荡着微弱的叫喊声，穆拉盖什遮住眼睛观察。"有人朝我们跑过来，"她说道，"发生什么了？"

"你看过那幅画吧？赤沙之夜？瑞什娜画的？"

"看过？"

"记得画里卡吉面对的那些大陆军队吗？"

"是的，我——"穆拉盖什放下手，转过身恐惧地盯着莎拉。

"是的，"莎拉说道，"似乎瑞什娜描绘得相当准确。"

"多……？多少？"

"几百个，"莎拉说道，"而科尔坎想的话还可以创造更多。他毕竟是个神明。但或许我有一件他不了解的武器。"

莎拉带着穆拉盖什跑向自己楼上的办公室。她拉开桌子里的抽屉，拿出那块被她重新打造成箭头的黑铅。"这个。"她轻声说道。

"这到底是什么？"

"这是卡吉用来杀死神明的金属。"莎拉说道，"它免疫任何神明的影响。他把这个射进了约科夫的脑袋里，处决了他。我们要做的就是把科尔坎引出来，然后或许有人可以把它射向他，就像大战时期那样。"

"好的……假设你所说的一切都是真的，"穆拉盖什说道，"在大战期间，卡吉肯定有几百个或者几千个这个小箭头吧？"

"嗯……是的。"

"而你只有这一个？"

"是的。"

"好的。我们怎么把他引出来？"

"嗯……"

"如果打偏了呢?"

"嗯,我们……我想,我们就得去捡回来了。"

穆拉盖什目瞪口呆地看着莎拉,脸上的表情一半是难以置信,一半是恼怒。

"我没有时间计划这个!"莎拉说道。

"我哪知道!"

"我完全不知道现在会这样!"

"嗯,它已经这样了!而我必须承认,首席外交官,我不太认为那个计划会有效!"

地板颤动着。士兵们在外边喊叫着。莎拉和穆拉盖什到窗边的时候正好看到十个街区外一座四层高的建筑像是被拆除了一样倒塌下来。闪光的钢铁身影从灰烬和瓦砾中走出,笔直地握着巨大的剑。

"他们强大得可以摧毁建筑?"莎拉难以置信地大声说道。

"那么对这些家伙,"穆拉盖什问道,"你有什么计划?"

她正了正眼镜:"你有多少武器?"

"我们有标准弩枪,还有五门连发小火炮,"穆拉盖什用食指和拇指比了一个圈,"你转动曲柄,它们就会每秒连续发射两发这么大的弹药。"

"没有其他重型大炮?"

她摇了摇头:"没有。条约禁止在大陆部署重型大炮。"

"那么你认为这些弹药能穿透那些……东西的铠甲吗?"

"嗯,那是神圣的铠甲,是吧?"

"但是或许科尔坎,"莎拉边思考边说道,"还不知道火药的事情。"

"我真的不想冒险。我的意见是撤退……但是这些东西似乎移动得非常快。"

"即使我们成功撤退的话，还有飞行战舰的问题。"莎拉说道。

穆拉盖什怀疑地瞪着她："什么飞行战舰？"

"现在没时间解释了。我们有能用的电报机吗？"

穆拉盖什摇了摇头："几分钟之前线路失灵了。实际上，所有电器都失灵了。"

"这肯定是科尔坎的影响。但是我不认为我们能撤退，而我也不认为我们能待在这里，我们也不能通知加拉戴什……"莎拉揉着太阳穴。我总是想自己会不会为国捐躯，她想，但是我从未想过会是这个样子。

她回头看了一眼打开的抽屉，希望——愚蠢地——自己能在里边发现第二块黑铅。

她看到抽屉里有个小皮袋，她知道里边是差不多十几个白色小药丸。

"唔。"莎拉说道，她拿起皮袋看着里边。

"如果你在想办法，"穆拉盖什说道，"我建议你快点想。"

她拿起一颗药丸举了起来："贤者之石。"

"你对囚室里那个小子用的药？"

"是的。它们帮助你和神明沟通，但它们也……它们也可以增强许多神迹的效果。"

"所以？"

这是自杀，莎拉想。

"所以呢？"穆拉盖什再次问道。

不这么做也是自杀。

她不情愿地说道："我知道不少神迹。"

City of Stairs

❖

"注意了！"穆拉盖什喊道，"听好了！"几个街区外另一栋建筑倒塌了；塞普尔士兵们面面相觑，但是穆拉盖什接着说道，"从小时候开始你们就想成为卡吉，不是吗？你们想参加那些战争，赢得那些胜利，感受那些光荣吗？那么，孩子们，我要给你们上一堂历史课……"索尔达河边发生了爆炸，一团二十尺左右的火球飞腾到两座白色的摩天大楼之间。"你们记得'赤沙之夜'是怎么得名的吗？卡吉率领他的部队，一百多名皮包骨头的自由奴隶来到哈德什沙漠，面对的不仅仅是神明沃特娅，还有五千名全副武装的大陆战士。和那些非常相像的战士。"她指着街道，银色的身影劈砍着人群、马车、汽车和建筑——一切。"他们人数上处于一比十的劣势，而且地形平坦，完全没有任何战略优势！任何一个军事家都会认为他们完蛋了！该死的，我也会认为他们完蛋了！但是他们没有，因为卡吉掌出了一门炮，装填了一颗特殊的弹药，直接击穿了沃特娅该死的脸！"说着她拍了拍自己的额头中央，"沃特娅一死，大陆人穿着的所有铠甲——非常厚重，难以穿透，但是不可思议地轻巧——突然间变回正常的重量。军队被它们压垮了。没有神明，那些恐怖的战士无助地困在几百磅重的钢铁里！而卡吉的部队，一群未经训练的奴隶和农民，一生都在被这些士兵惩罚着虐待着，他们冲到大陆人身上，用刀，石头，还有他妈的园艺工具要了他们的命！"一台在新索尔达桥上工作的起重机像节拍器一样来回摆动着，然后坠入冰冷的河水里。一群群棕色的椋鸟在城市上空盘旋，吱吱地鸣叫着。"他们一夜之间屠杀了五千个人！他们杀人就像酿酒师从藤蔓上修剪葡萄一样！地上的血深及脚踝！而这，孩子们，这就是为什么他们把它称作赤沙之夜！"

阶梯之城

莎拉站在庭院中央，数着药丸猜测着正确的剂量。我会发疯吗？科尔坎会闯进我的思想毁了我吗？还是说，我会倒在地上，就这么死掉，让我的士兵和人民在这里等死？还是说就像喝了太多的茶一样……

"现在让我提醒你们我们现在的处境！"穆拉盖什说道，"我们获胜的概率低得可笑，是的！荒谬的概率！但是我们是训练有素的士兵！而在我们身边，有卡吉的曾孙女，她在一个月前杀掉了在这座城市里肆虐的恐怖神性生物！你们想要重温历史？你们的标准就这么低吗？你们将在今天创造历史！你们将会成为被称颂几个世纪的英雄！你们就是传奇！你们终将胜利！"

让莎拉大吃一惊的是，士兵们嗜血般欢呼着。他们开始反复呼喊：柯梅德！柯梅德！柯梅德！

莎拉满脸通红，嘟囔着："我的天哪。"

"现在进驻工事，"穆拉盖什说道，"我要你们瞄准那些东西的眼睛，听到了吗？他们或许穿着铠甲，但他们不是完美的！"

士兵们怒吼着冲到了使馆墙后的工事里。穆拉盖什走到莎拉身边："我表现怎么样？"

"非常好，"莎拉说道，"你都可以靠这个赚钱了。"

"真好笑。"穆拉盖什说着，隔着大门窥视，"那些东西知道我们在这。看起来他们已经摧毁了十几栋建筑，战斗马上就要开始了。你准备好了吗？"

莎拉迟疑着："比起我给那男孩下的量，这里是五倍的剂量。"

"所以？"

"所以我完全不知道效力是不是和数量成正比。"

"所以？"

"所以我想说,即便这有效,我也很有可能因服用过量而死掉。"

穆拉盖什耸耸肩:"也许吧。欢迎参战。但是,让我们看看在你真的死掉之前能不能做点什么,好吗?"

"你怎么……?你怎么能这么冷静?"

穆拉盖什注视着步步逼近的铠甲士兵。"就和游泳一样,"她说道,"你以为自己忘了怎么做,但你一跳进水里,突然间就像是你根本没有停止过游泳一样。如果你打算这么做,首席外交官,"她指着莎拉手里的药丸,"那就做吧。因为我们很快就会发现枪炮对这些该死的东西到底有没有用了。"

❖

铠甲士兵整齐划一地向使馆进军。令人胆寒的铿锵声回荡在街道和围墙上。穆拉盖什登上最前方的炮台喊道:"瞄准最右边的那个!"连发火炮慢慢转动着瞄准最右边的铠甲士兵,它毫无反应。

穆拉盖什等着铠甲士兵走进射程,然后放下手,咆哮着:"开火!"

莎拉发现,连发火炮动作的声音听起来一点也不像火炮,更像是锯木厂里的大锯。黄铜弹壳以彩虹般的弧线翻滚出炮位边缘,在使馆庭院上叮当作响。莎拉注视着,希望那些铠甲士兵能够就这么爆炸:士兵慢了下来,小洞和凹痕出现在它的胸甲、面甲和腿甲上。声音就像是无穷无尽的锅碗瓢盆从厨房橱柜里倾泻了出来。

连发火炮维持着连续的炮弹;铠甲士兵开始摇摇晃晃,双腿破烂不堪;在射击了差不多半分钟之后,那名士兵才倒下。铠甲四散开来,仿佛之前是被绳子系到一起的,一群棕色椋鸟立刻从铠甲的开口处飞了出来。棕色椋鸟,莎拉惊讶地想,但那是约科夫的把戏。它后方的

阶梯之城

士兵毫不妥协地踩到破烂的铠甲上，似乎战友的死亡毫无意义。

穆拉盖什回头看着莎拉，严峻地摇着头：没用。"继续射击！"她对士兵们喊着，他们对着前进的铠甲士兵持续射击，他们慢了下来但没能停下来。

一共十个，莎拉想，要整整五分钟才能杀光他们。

那些士兵只有一百码远了。它们每走一步都铿锵作响。

"莎拉，行动！"穆拉盖什喊道，"我们拖不住了！"

莎拉低头看着手里的白色小药丸。

七十码。

"行动！"

我全心全意地，莎拉想，诅咒我的命运。

她把药丸塞到嘴里咽了下去。

✧

莎拉等待着。什么也没发生。

铠甲士兵只有五十码远了。

"哦天哪，"莎拉说道，"哦不。它根本没用！它——"

莎拉噎住了。接着她猝然向前一动，抓着肚子，捂着嘴。

"我感觉……"她咽了口口水，"唔，我感觉不对……"

她跪倒在地，咳嗽着，开始呕吐，但是她吐出来的是白雪的河流。她体内仿佛有一座刚经历雪崩的山峰，崩塌的雪全都从她的嘴里倾泻了出来，混杂着石头、棍棒和一团团黑色的泥土。

一个士兵厌恶地转过了头："诸海啊……"

世界在她周围起伏。她的眼角爆裂着色彩。天空是张羊皮纸；地面是沥青；布里克乌白色的摩天大楼像是被火炬点燃了一样燃烧着。

我的天哪我的天哪我的天哪。

她的皮肤是火焰和寒冰。她的眼睛在眼眶里燃烧着。她的舌头对嘴来说太大了。她尖叫了五秒钟才控制住了自己。

"大使？"穆拉盖什问道，"你没事吧？"

这些都是幻觉，她不断告诉自己。

词句写在了她面前的石头上：这些都是幻觉。

莎拉说道："真是个有趣的药，"但是从她嘴里说出的话出现在她的手背上。"多么神奇！"

"如果你打算做点什么"——穆拉盖什尖叫的言语在空气中变成了火圈——"那么赶紧做！"

莎拉抬头看着步步临近的士兵。她数了数它们喊道："九！"因为理智已经离她而去。她立刻看出它们是纠缠成一团的神迹，但是内部都是真正的人类，被强迫征召为科尔坎服役的人类。然而铠甲一旦被破坏，她发现，神迹会把他们变成椋鸟，把它们送走……这肯定是约科夫的把戏。

她跑到工事上对着那些铠甲士兵喊道："你们穿着什么铠甲？科尔坎的，还是约科夫的？你们效忠的是哪个神明？"当然，它们没有回答。接着她疯狂地笑着："哦，等等。等等！我忘了！我忘了，我忘了，我忘了！"

二十码。

"忘了什么！"穆拉盖什喊道。

"我忘了我确实知道奥维斯基烛光！"莎拉快乐地叫喊着，"我很久以前读到过！"

她面对着那一排铠甲士兵——她想他们是——回想起这个神迹的

阶梯之城

本质：所有的心都像是蜡烛。专注于你自己的光芒，而它将会扫除一切障碍。

莎拉想象着这些士兵就是她面前的一道金属墙。

士兵闪烁着金黄色的光芒。然后……

仿佛一道巨大的燃烧风暴吹过了它们：士兵们开始变得红热，模糊……

突然间街上出现了一大群椋鸟，吱吱地鸣叫着。它们拍打着翅膀穿过建筑的峡谷，飞上天空，像是一朵降下羽毛雨的乌云。

铠甲士兵崩塌成一个熔化金属的湖泊。他们只有小腿以下的部分留存了下来，在明亮的黄红色浪潮里矗立着，像九双被遗忘的金属靴子一样。

莎拉盯着自己的手。她的手掌里用大写的字体写着：**我他妈不敢相信**。

"我他妈不敢相信！"穆拉盖什喊叫着。士兵们怀疑又喜悦地欢呼着，把弩枪扔到了使馆墙上。

又有三个铠甲士兵转过来沿着街道朝他们走来。连发火炮转了过去，开始射击，金属士兵像发冷一样颤抖着，但没有停下。

神迹只是正式请求，莎拉疯狂地想，那就像是拿到一份预先印制好的表格，填写完毕递交上去，然后得到你想要的东西！但是你不必非得那么做！只要你的做法正确，你可以随意创造！

"她在喊什么？"穆拉盖什说道。

"有关填表格的什么东西？"一个士兵困惑地说道。

莎拉指着剩下的铠甲士兵。你是一个，她冲着它想，穿着汤勺铠甲的人！

那个铠甲士兵像孩子堆的沙堡被海浪冲垮一样分解，变成了几千把哐啷响着滚落到混凝土地面上的汤勺。又一群椋鸟,飞进了越来越暗的天空。

莎拉大笑着拍着手,像是个看魔术演出的孩子一样。"这是怎么了?"穆拉盖什说道。莎拉指着旁边的两个铠甲士兵喊道:"汤勺!汤勺!"那两人同样分解了。更多的椋鸟飞了出来,就像它们的栖息地在下方倒塌了一样。

"这很简单!"莎拉喊道,"只要你想通了这就很简单!我只是从未往正确的方向想过!你有很多可以活动的肌肉,你只是不知道而已!"

天空摇动着,仿佛是一张背景纸,有人在后面——非常巨大的人——碰了碰它。

空气里传来似乎只有莎拉能感觉到的脉动。

她听到科尔坎的声音轻柔地在她耳边说道,奥沃丝?是你吗?

莎拉停止了微笑。

"喔,"她说道,"哦,天哪。"

"怎么了?"穆拉盖什问道。

莎拉脑海里的声音说道,奥沃丝?你在干什么?你为什么不帮我们?

"发生什么了?"穆拉盖什不耐烦地问道。

"他知道我在这,"莎拉说道,"科尔坎知道我在这。"

阶梯之城

❖

"你确定你不是产生了幻觉?"穆拉盖什问道。

那声音说道,奥沃丝?姐姐——妻子?你为什么要躲开我,躲开我们?

"我很确定,"莎拉说道,"我不认为我能产生这么奇怪的幻觉。"

"你打算怎么办?"

莎拉揉着下巴。"我将要为这个特别的攻击建筑我自己的工事。"她转过身看着这个城市。但是他为什么,她想,认为我是奥沃丝?

她感觉像是有一只手伸进自己的脑海里试着去抓住这个想法。奥沃丝?那声音说道,真的是你吗?你和我们一样受伤了吗?

她必须清醒头脑。她不得不清醒头脑。

她从周围的物理现实开始着手:那些士兵都是纯粹的物理造物,所以她展开使馆墙外的那条街(塞普尔士兵注视着石头和沥青消失),然后往里面填满冰冷的水:冷得足以让金属收缩破裂的水⋯⋯

一条厚实的雾气带被放置在使馆门前。两个铠甲士兵从一家商店的废墟里走了出来;连发火炮短暂地射击了一会儿,接着它们走进了起着漩涡的冰冷迷雾之湖里;一阵金属剧烈收缩的嘶嘶声传来,那两个士兵覆盖上了一层冰霜。连发火炮的下一轮射击使它们像破裂的镜子一样爆炸开来,几百只棕色椋鸟飞上了天空。

那个声音——还是两个声音?——在她脑海里问道,你为什么和我们战斗?你做错什么了吗?

我必须建立起屏障,莎拉想,我必须把它赶出去⋯⋯

信息,莎拉意识到,可以用很多不同的渠道接收,而只有少数几个渠道可以彼此通信：就像触角不能接收电报，无线电发报机不能理解一份简单文件一样，虽然它们实际上都是信息。人类大脑只有数量有限的几个渠道——几个触角，几个接收器……但是莎拉的大脑，她现在意识到，刚刚增加了数不清的触角和接收器，所以过去她看不到的那些消息现在全都直接进入了她的脑海。

莎拉看着布里克乌，发现了现实背后的机制，那些轮子、齿轮和支撑结构，发现了它是多么破旧。这座城市在大崩坏之前是多么惊人的复杂——超出任何人的想象！这是塔尔哈瓦斯，她想，在他死前制造的……在幕后，一连串的神迹驱动着神迹永远运转。

她开始用周围亚现实①的残骸来建造一个掩体。在穆拉盖什和士兵看来，莎拉在指挥着一个隐形的交响乐团，但是他们看不到那些沉重得难以置信的砖块被她搬到合适的位置，因为神明的结构在他们眼前隐藏。这就像是，莎拉想，用桥梁的瓦砾修建一座破屋。

她脑海中的声音说道，你为什么要离开我们？你为什么遗弃了我们，奥沃丝？

莎拉想知道，到底发生了什么。

她转动着一大块砖堵住了一个缺口，就在她这么做的时候世界变成了黑色，然后她看到……

科尔坎站在她面前，站在黑暗海洋的水面上，灰色的长袍随风起伏。他们囚禁了我，他低语道，他们把我关了起来，把我塞进宇宙的一个小角落里，仅仅是因为我试图帮助我的人民……然后约科夫来找我了。他来囚牢里探视我，他伤害了我。他深深伤害了我……

科尔坎消失了，在他的位置出现了一个骨瘦如柴的男人，戴着一

---

① 此处的残骸是非实体的，指的是神明的构造。

阶梯之城

顶挂着铃铛的三角帽,穿着一件用毛皮制作的小丑外套。我不得不那么做!那人怒吼着。他的声音像是一千只椋鸟在叫。他们要杀了我们!他们杀了我们的孩子们!他们把孩子们的尸体堆在一起,在巨大的坟墓里腐烂!我必须做点什么!我必须躲起来!

幻视消失了。莎拉浑身浸透了冷汗,颤抖着。

我必须把他们挡在外边,她对自己说,我必须把他们挡在外边。

在眼角的余光里,她看到几个铠甲士兵走近,接触到雾气,被冻住了。"开火。"穆拉盖什说道。连发火炮消灭了它们,街道里盘旋着椋鸟。

莎拉调查着自己脑海里的无形屏障。她几乎看到了那些孔洞,因为从那些空缺里看到的天空是黄色羊皮纸的颜色。在外边,她想,科尔坎正在把真实世界变成自己的——他的神圣影响正在改造布里克乌的现实。她拽出更多神圣支柱,用它们堵住缺口,但是在她这么做的时候……

科尔坎出现了,说道,你是唯一比我年长的。我听从你,奥沃丝。在你走后,我变得害怕,我让我的信徒告诉我该做什么……我觉得我犯了很多错误,奥沃丝……

科尔坎再次消失。戴着三角帽,骨瘦如柴的男人出现了,愤怒地喊着,我寻找过你!我搜寻过你,奥沃丝!除我之外,你是唯一的幸存者!我需要你的帮助!我被迫伪装我的死亡,破坏我的造物,让我的孩子们去死!我被迫和科尔坎一起躲在他悲惨的监牢里过了好多好多年!

莎拉试着集中精神。

约科夫也活着,她一边震惊地想着,一边堵住缺口。但是为什么在玻璃破碎的时候出现的只有科尔坎?

这么多小孔……这么多微小的地方，他或者他们，无论那到底是什么，能够从中溜进来。

这不是在阻止他，莎拉想，这只是在防御，拖延一切，与此同时布里克乌在燃烧，人民在死去。

又有十五个铠甲士兵接触到冰冷的雾气，结冻了。穆拉盖什的连发火炮把它们打得粉碎。椋鸟像一群苍蝇一样飞走了。

科尔坎出现在她面前：我该做什么？我们该做什么？然后他消失了。

约科夫出现了，愤愤地咆哮着：杀光他们！为他们的所作所为杀光他们！乱伦，弑母，苦痛，恐惧！我自己的了嗣，我自己的神佑者孩子起身反抗我们，像屠宰绵羊一样杀了我们！烧死他们！烧死他们！

随后她明白了：不……不，这不可能。我在世界之座只看到了一个神明，只听到了一个声音——不是吗？

然后天空像黑色的湖面一样起伏着。

科尔坎的声音回荡在布里克乌："停。"

铿锵的铠甲士兵立刻停住了。

莎拉感到巨大的眼睛转过来注视着她。

她低头看着使馆门前的街道。一个穿着长袍的高大身影站在六个街区外，注视着她。

科尔坎抬起头。"你，"他的声音说道，"**不是奥沃丝**。"

莎拉发狂地把周围的神明机械堆砌起来，试着把它拼到一起，试着保护她的人民，她的同胞。

科尔坎摇了摇头。"**诡计和把戏**。"他说道。

空气颤抖着。潮水般的铠甲士兵从小巷里涌了出来，在通向使馆的道路上列队。

阶梯之城

"全都是诡计和把戏。"

铠甲士兵的海洋转过身来面对着使馆,开始进军。

"不,"莎拉低语道,"不,不,不……"

刹那间,莎拉感到巨大恐怖的压力压在了她建造的所有防御上:她的冰冷河流开始消散;她的神圣掩体吱嘎呻吟着;她自己的思绪颤抖着。压力疯狂涌进她的脑袋,就像水涌进下沉的船里一样。她试着抵抗。但是那就像是,她想,一只虫子试图推开人踩下来的脚一样。

冰冷的水消失了。街道里全是闪光的士兵。三个士兵对着围墙挥舞着巨大的剑。剑刃切过白色的石头,塞普尔士兵尖叫着从一个炮位上跌跌撞撞地退了下来。让莎拉吃惊的是,小个子皮特瑞·苏图尔拉什尼,微弱地呐喊着,操纵着被遗弃的火炮开着火。莎拉试图使用奥维斯基烛光,但是就像空气中的氧气被吸干了一样,她甚至连个火花都弄不出来。

一切都压在她身上,压着压着压着,洪水涌上了坝顶……

我会死去,数不清的塞普尔人也会死去,她想。

一千个神明士兵推着她隐形的墙壁。

压死在神明的机械之下。

这时她身边的一个士兵喊道:"看!看天上!船!有船在天上飞!"

莎拉感到压力立刻消失了。她摔倒在地,喘息着,半死不活。

她隔着墙壁看到科尔坎注视着上方:很明显,即使对他来说这也是一件意外的事情。

莎拉透不过气来,咳嗽着,想道:不,不!他们已经摧毁了加拉戴什?在经历了这么多之后,一切都已失去了?

她试着用泪眼模糊地观察……让她困惑的是,她看到天上只有一艘船。

这时她听到另一个士兵的声音:"那艘船上挂着的不是一面德瑞凌旗帜吗?"

穆拉盖什说道:"我认识那面旗帜。那是哈克瓦尔德王的旗帜。到底发生了什么?"

莎拉说道:"齐格拉德。"

※

摩恩维瓦号曾经属于二十三个灵魂,现在只属于一个偷渡客。飞船像做梦一样在云层和风中穿行。齐格拉德站在舵盘旁,抽着烟斗,略微向西南偏南调整方向。

齐格拉德笑着。他想不起自己上一次笑是什么时候的事情。许多年来第一次驾着船,抽着烟斗……这是他从未想过自己能再次拥有的祝福。

他想,没有比再次航行更大的乐趣了。

在他前边的桅杆上,一大块铁板上连着一个非常大的环——曾经有二十三根缆绳系在这个环上,把全员固定在船上。但是,现在环上只有二十三根被切断的缆绳,在猛烈的风中咔嗒作响。

诚实地说,这可能是齐格拉德最轻松的一次夺船行动:只需要用火炮瞄准舰队里的每一艘船,开火一次(回想起来,齐格拉德认为这艘船的设计不能同时发射那么多门火炮,于是他很幸运这东西没有在压力下解体),然后趁着混乱跑到甲板上,砍断所有缆绳,接着抓住舵盘轻轻把船往侧面斜过去……

齐格拉德恶毒地咧嘴笑着,回想起那些小小的黑色人影,翻滚着穿过云层,冲向世界的怀抱。

阶梯之城

修复派把一切都赌在塞普尔没有防备空对地袭击这件事上。但是他们，类似的，也没有考虑过空对空的问题。

齐格拉德看到下方的使馆，还有它面前那条银色士兵的河流，以及站在士兵身后的那个穿着长袍的巨大身影。

他固定了航线，快步走到船舱里。之前他不知道会遇到什么情况——肯定没预料到是这种情况——但是他提前准备好了所有火炮，尽管有几门需要做点微小调整。

笔直向前，他提醒自己，首先从那条银色带子的开头开始，然后一点点来。

"开火。"齐格拉德说道。

✦

第一门六寸大炮开火的声音就像是一整座山垮塌了。

"趴下！"穆拉盖什喊着，但是莎拉没有听。

莎拉转向街道，拉起一道厚实的雪墙，告诉它悬在空中。

第一队铠甲士兵爆炸了。很显然，尽管神圣铠甲被设计成能抵御很多东西，神明们从未预料到六寸大炮这种东西。

莎拉和所有在工事上的人都被迫后退。金属在建筑正面叮当作响。弹片飞进那道雪墙里，慢了下来，轻轻地落到地上。然后天空被椋鸟遮蔽。

炮响回荡在天空，一声，又一声，他们的上空就像发生了巨大的雷暴一样。巨大的爆炸沿着街道向科尔坎逼近，他侧着头站在原地，仿佛在思考，这不正常，这太不正常了。

✦

齐格拉德满意地注视着神明的军队在炮火下渐渐被消灭。他调整摩恩维瓦号，把船头对准那个穿长袍的身影。几百枚炮弹爆炸起来，他想，声音肯定不小。

他发现了一座属于旧布里克乌的，有着水晶屋顶的白色建筑——这些白色建筑在这干吗？他想着——走到船边，做好了准备。

"这次很可能活不下来了。"他出声说道。然后他耸耸肩。啊，好吧。我一直都觉得自己会死在航行的时候。

齐格拉德纵身一跃，水晶屋顶向他飞过来的速度有点太快了，他看到它的表面闪烁地反射着天空。

我的手，他意识到，它不再疼痛了。

天空破裂了。

✦

莎拉坐起身来的时候正好看到铁船的船底分开了他们头上的烟雾。一个黑色的小身影从它的侧面飞了出来，直直地落到一栋白色建筑上。

科尔坎好奇地注视着，金属船飞了下来，向着他加速，翅膀切过街道两旁的建筑，石头倾泻在人行道上。

莎拉意识到要发生什么了。她又加了一层雪，第二层，第三层，尖叫着："离开围墙！所有人远离围墙！"

科尔坎略带疑惑地注视着船头向着他飞过来，压在他的额头

阶梯之城

上……

世界化作一片火海。

❖

莎拉聋了、哑了、瞎了……世界铿锵作响，轰然倒下，拍打着翅膀鸣叫着，而且她很确定自己吃下的大量致幻剂一点忙都没帮上。她听到穆拉盖什在附近呻吟着："我的胳膊，我的胳膊。我他妈的胳膊……"

莎拉坐起来看着门外，大门扭曲破裂开来。一开始她只能看到烟雾和火焰。然后风慢慢地，温柔地吹开了烟雾。

通向使馆的街道上，所有的建筑、商店、住宅都被夷平了。参差不齐的木板和起居室的残骸落在暴露出来的地基上。街道本身完全变成了遍布岩石、冒着浓烟的大坑。椋鸟落在窗台上、路灯上、人行道上，沉默地注视着……什么。

科尔坎站在街道中间，略微弓着身子，破烂的衣服在烟雾中飘动着。

不，她想，别是科尔坎。

莎拉站了起来，从口袋里掏出黑铅箭头，蹒跚地沿着街道走向沉默的神明。

"很疼吧，对不对？"她喊道。

神明没有回答。

"你从未体验过我们现代的毁灭力量，"她说道，"或许现代排斥你就像你排斥它一样。"

神明抬起头看着她，除此之外什么也没做。

"或许你可以继续战斗。但是我不认为你有那个能力。这个世界不再需要你。另外，你也不需要它。"

神明愤怒地说道："**我是痛苦。**"

莎拉站到它面前说道："你也是欢愉。"

神明迟疑着，说道："**我是审判。**"

"你是腐败。"

神明抗拒地继续叫嚷道："**我是秩序！**"

"你是混乱。"

"**我是安详！**"

"你是疯狂。"

"**我是纪律。**"

"你是反叛。"

神明愤怒地颤抖着说道："**我是科尔坎！**"

莎拉摇摇头，"你是约科夫。"

神明沉默不语。尽管她看不见它的眼睛，她知道它在凝视她。

"约科夫伪造了自己的死亡，不是吗？"莎拉说道，"他看到大陆上发生着什么，于是他伪造了自己的死亡，躲了起来，并派了一个分身到自己的神殿去。毕竟，他是诡计之神。古老的文献说他躲藏在一块玻璃里，但是直到今天之前，我们从未理解其中的意义——或者说，我没有理解。当我看到科尔坎的囚牢——一块透明玻璃……"

神明垂下了头。它似乎在轻轻地颤抖。然后它举起手拉下了自己的长袍。

它是科尔坎：严厉的人，由黏土和石头制成。

它是约科夫：皮包骨头、笑着的人、穿着毛皮戴着铃铛。

阶梯之城

它是二者合一：两个神明扭曲在一起，挤压在一起，融合成了一个人。科尔坎的头，约科夫变形的脸孔出现在科尔坎的脖子上；身体的一边有一只手臂，另一边有一只分叉的手臂，两个拳头紧握着；两条腿，但是一条腿上长着两只脚……

它困惑，癫狂地凝视着她，看起来就像一个跌跌跄跄、饱受折磨的人形残骸。接着它开始哭泣，两张嘴里发出两声尖叫："我什么都是！我什么都不是！我是开始，我是结束！我是火，我是水！我是光明，我是黑暗！我是混乱，我是秩序！我是生命，我是死亡！"它转向布里克乌被毁的建筑喊道："听我说！你们会听我说吗！我听过你们说！你们会听我说吗？告诉我对你们来说我该是什么样子！告诉我！请告诉我！告诉我，求你们了！"

"我懂了，"莎拉说道，"那个监牢是仅为科尔坎准备的，是吧？"

"约科夫想躲在里边，他就得成为科尔坎。"神明说道。它把手放在耳朵上，仿佛在聆听着嘈杂的声音。"太多了，太多了，一切化为一体。我需要成为的东西太多了。我需要服务的人太多了。太多了，太多了……世界太多了。"它祈求地看着莎拉，"我不想再继续了。"

莎拉低头看着指尖的黑色小刀刃。

神明沿着她的目光看去，点了点头，两个声音说道："动手吧。"

尽管发生了这一切，莎拉还是迟疑了。

"动手吧，"神明再次说道，"我从未真正知道他们想要什么。我从未真正知道他们想要我怎么样。"神明跪倒在地，"动手吧。求你了。"

莎拉走到神明身后，弯下腰，把黑色刀刃放到它的喉咙上。

她说道："抱歉。"神明低语道："谢谢你。"

莎拉紧握着它的额头，刀刃一划。

神明立刻消失了，就像它从未存在过一样。

数以百计的白色摩天大楼崩塌了，传来了隆隆的叹息声，还有数不清的椋鸟起飞时的尖叫声。

优秀的历史学家脑袋里想着过去,心里想着未来。

——《失落的历史》,埃弗雷姆·庞瑞

所播种的

莎拉躺在黑暗房间里的热水澡盆里,试着别去思考,纯白的内衣紧贴在身体上。绷带包裹着她的眼睛阻挡着光线,但她依然看得到多彩的光线和多彩的词句爆发出来,她的脑袋依然在剧烈偏头痛的影响下嗡嗡作响。她确定自己更喜欢直接死在贤者之石的作用下:她没料到自己会经历这么可怕、这么迷幻的后遗症。

她知道自己很幸运,还能得到治疗。布里克乌的医院已经装满了受伤残废的人。只有在这里,在总督官邸的医院里,她和她的战友们才能得到照料。

她听到开门声,有人穿着软底鞋走了进来。

莎拉坐起身,嘶哑地问道:"多少?"

那人慢慢坐到澡盆旁边的椅子上。

"多少?"她再次说道。

皮特瑞的声音说道,"我们目前统计超过了两千。"

莎拉闭上了绷带后边的眼睛。她感觉到热泪流过脸颊。

"诺尔将军通知我们说,在这一切发生之后,这实际上是个不错的数字。布里克乌大部分都被毁了——嗯,我是说,在旧布里克乌那些建筑出现之前的那部分布里克乌。但是,嗯,几乎所有这些新建筑都在你杀掉科尔坎的时候毁坏了。"

"那不是科尔坎，"莎拉嘶哑地说道，"但是也差不多。"

"嗯，呃，诺尔将军说，考虑到破坏的程度，两千伤亡是个很低的数字。他认为你引开了科尔坎——啊，他认为你引开了那个神明，拖住了它，给城市赢得了疏散的时间。还有很多人，在我的理解里，被变成了某种鸟类。在神明死亡几个小时之后，它们全都变回了人类——困惑，寒冷，因为，呃，一丝不挂。"

"不是吧。"

"是的。布里克乌周围的山上突然间出现了几百个裸体的人。体温过低成了问题，我们尽一切所能把他们找了回来，让他们穿上衣服，进行治疗。诺尔将军想知道你能不能解释这个问题。"

"那是约科夫的把戏，可以大范围生效。"莎拉说道，"在他想要把某人藏起来的时候，他就把他们变成一群椋鸟。我觉得，为了保护那些人逃离科尔坎强加于他们的命运，约科夫把这个保护措施扩展到了他们身上：他们不会遭受伤害，而是会变成一群飞翔在天空的鸟。怎么死了这么多人？"

皮特瑞咳嗽着说道："大多数都是死于建筑倒塌，但是很多伤亡出现在疏散的时候……很明显发生了踩踏事故。"

"伤亡"这个词是多么中性，莎拉想，而坐在桌子后边把一条离去的生命变成数据又是多么惬意的工作。

"这是悲剧，皮特瑞，"莎拉说道，"可怕，骇人听闻的悲剧。"

"嗯，是的，但是……它是他们的神，不是吗？做着他们要求的事情？"

"不，"莎拉说，然后补充道，"也是的。"

"诺尔将军知道你的康复是，呃，精神方面多于身体方面……但是他让我问问能不能得到这件事的解释。"

"你升迁了，皮特瑞，恭喜你。"

皮特瑞再次不自在地咳嗽了一声。"差不多，是的。我现在在地区总督办公室当助理。主要是因为几乎所有使馆和城邦总督的工作人员都……身体不适。"

"你在战斗里的表现相当可敬。这是你应得的。穆拉盖什怎么样了？"

"她稳定下来了。手臂……没能保住。它被压碎了。还好，那不是她的惯用手。"

莎拉叹息着。

"但是穆拉盖什从容接受了这件事。她坚持要在医院里抽烟，弄得所有人心烦意乱。但是她根本不听。但是，齐格拉德……"

莎拉紧张起来。拜托，她想，他也不能死。

"他吓到了所有医生。"

"怎么回事？"

"嗯，首先，他活着，"皮特瑞说道，"而且从他的伤口里清理玻璃——整整三磅玻璃——和弹片的时候，他们发现了……"他掏出一张清单，纸张发出噼噼啪啪的声音，"……四个箭头、一颗子弹、五个飞镖——某个异国部族的东西……"奇沃斯，莎拉想，那一次我告诉他得去看医生的。"……还有六颗牙齿，明显属于某种鲨鱼。医生们的结论是这些东西大部分出自很久以前留下的伤口。"

"听起来没错。但他会活下来？"

"他会的。他可能需要在医院里待一段时间，但——是的。在发生了这一切之后，他似乎正在全面康复，难以置信。而且他看起来非常……开心。"

"开心？齐格拉德？"

"嗯，是的。他问了问我的情况，然后给了我一些钱，让我去，"皮特瑞又咳嗽了一声，"呃，找个夜晚的女士。"

莎拉摇着头。天哪天哪。你离开这世界才几天，却听说一切都在改变。

"我很抱歉，"皮特瑞说道，"但是诺尔将军坚持让我问，呃，神明，或者说神明们的事情……"

她没有回答。她慢慢坐回到热水里。

"即使你没有具体的结论……即使你关于发生的事情只有猜测，我很确定他会很高兴地考虑它们的。"

莎拉叹息着让热水涌进自己的耳朵。让它冲走我的记忆，她想。全都冲走。她简述了她的结论，约科夫和科尔坎一起躲藏在那块玻璃里。"我猜也是约科夫把世界之座用神术沉到了地下，来保护他的藏身地。但是就在他这么做之前，他派出了一个仆从——或许是一个伪装成他样子的马赫沃斯特——去向卡吉投降。那就是卡吉处决的东西，而在他杀死它的时候，约科夫从根本上操纵着他的大部分造物，让他建造的一切分崩离析……因此没人会相信他还活着。"

"他为什么要这么做？"

"我猜，复仇。"莎拉说道，"他是个非常快乐的神明。除非你惹怒了他，那他就会一心想着复仇。约科夫知道卡吉拥有一个他无法抵抗的武器，所以我认为他选择等待，在那个威胁消失之后再回归。我不确定他计划怎么回归。或许他安排了某些方法，和那些足够虔诚地寻找神明的人取得联系——至少。这就解释了他是怎么联系到沃尔卡·沃特罗夫的。正如我所说的，这只是猜测。但是我怀疑约科夫是否预期到了躲进科尔坎牢笼的副作用。"

"被融合到一起？"

阶梯之城

"是的。我遇到的那个穿着长袍的东西告诉我，那个监牢是仅为科尔坎制作的。待在那里，约科夫就一点一点地和科尔坎融合，也许是被他吸收了。他们是两个截然不同的神明——混乱和秩序，欲望和纪律……毕竟，起初是约科夫说服其他神明把科尔坎囚禁起来的。最终的结果就是那个疯狂困惑的东西，祈求我杀掉它。"

"诺尔将军希望我能确认不会再出现神明了。"

"我只能确认没人知道奥沃丝的下落，她是现在仅存的神明。但是接近一千年都没人见过她了，而我认为她从来都不是威胁。奥沃丝自从失踪以来就没有表现出对世俗事务的兴趣，而她的失踪远在卡吉出生之前。"

"嗯……我们还希望确认你利用贤者之石获取的力量不能被复制。"

"这我可说不准……但是很有可能。大陆的神力越来越少了，这也就意味着贤者之石能获得的力量也越来越少了。"

"过去大陆全盛时期，就只需要这样？吃几颗药丸就能获得如神的力量？"

莎拉笑着："别忘了，在我吸引到它的注意之后神明几乎把我像虫子一样碾碎。我的力量无疑并非如神。但是那确实是过去的方式：记录表明祭司和神官们服用大量的贤者之石以后展示了惊人的神迹——而且经常在不久之后就死去了。"她揉着脑袋，"坦白地说，我几乎快要嫉妒他们了。"

皮特瑞沉默了一会儿，然后说道："加拉戴什的报纸……他们认为你是个英——"

"别说。"莎拉说道。

"但是你在被颂——"

"我不想听。他们根本不知道这是什么意思。他们应该哀悼。或许死去的大部分都是大陆人,没错。或许是大陆人——困惑地,误信地——释放了他们的大陆神明,要求它去攻击我们。但是我自问了许多次,要是我们在这灾难发生前就以什么方式帮助了大陆会怎么样。我认为,在我得知这些阴谋的时候就已经太迟了。但是有人警告过我这将会发生,而我选择了遵守政策。"

"诺尔将军保证会帮助幸存者,首席外交官。塞普尔将会帮助布里克乌活下去。"

"活下去,"莎拉说着沉到了水里,"活下去,然后呢?"

水涌进她的耳朵,漫过她的脸,但是在泼溅声和气泡声里她觉得自己听到了埃弗雷姆·庞瑞的声音——没错,他只是几千死亡人数的其中之一,但是她觉得这一个会一直缠绕到她临终的时候。

❖

三天之后,莎拉和诺尔将军的执行委员会一起视察恢复工作。装甲车在城市里破损的道路上颠簸着,对莎拉的头疼毫无好处,头疼只是减退了一点点。她不得不戴着墨镜,因为直视阳光依然会让她感到疼痛——医生通知她这个损伤可能是永久的。她发现不知为何,这很容易接受:我看到了不应该被看到的东西,而我也不能全身而退。

"我向你保证,这毫无必要,"诺尔将军说道,不赞同地生着气,"我们手头的事情够多了。而你应该静养,首席外交官柯梅德。"

"这是我身为布里克乌首席外交官的职责,"她说道,"关注委派给我的城市的福利。我去自己想去的地方。而且我还有一些私事要办。"

她见到的情景刺伤了她的心:包裹在绷带里的父母和孩子,战地

阶梯之城

医务所里挤满了病人，简陋的房子，一排排的木头棺材，有一些非常小……

如果我能早点发现沃尔卡，莎拉想，这一切也许就不会发生。

"这就像大崩坏，"她说道，"这就像大崩坏之后的情况。"

"我们告诉过你，"诺尔平静地对着一顶战地帐篷说道，"你不会喜欢你看到的景象。"

"我知道我不会喜欢我看到的景象，"莎拉说道，"但是我有责任看到这些。"

"事情并不是一片灰暗。我们得到了一些当地的帮助。"诺尔指着一个战地医务所，工作人员全都是光头赤脚，穿着浅橙色长袍的大陆人。"这些人涌进我们的办公室，或多或少掌管了一些情况。我得说，他们是无价的礼物。在我们等待更多加拉戴什援助的时候，他们缓解了我们的压力。"

一个奥沃斯坦僧侣——一个矮个的壮实女人——转向莎拉，深深地鞠了一躬。

莎拉鞠躬还礼，发觉自己在哭。

"首席外交官，"诺尔大吃一惊，"你……？你想让我们把你送回去吗？"

"不，不，"莎拉说道，"没事，我没事。"她走向那位奥沃斯坦僧侣，再次鞠躬，说道："非常感谢你们所做的一切。"

"这没什么。"僧侣说道。她和善地微笑着。她的眼睛很大，是罕见的红棕色，琥珀的颜色。"请不要哭。你为什么要哭？"

"我只是……你们未经要求就来帮忙真是太善良了。"

"但是我们被要求了，"僧侣说道，"痛苦要求着我们。我们必须来。请不要哭了。"她握住了莎拉的手。

一个干燥方形的东西塞到了莎拉的手掌里：一张便条？

"无论如何，感谢你们，"莎拉说道，"非常感谢你们。"

僧侣又鞠了一躬，莎拉回到诺尔他们身边继续视察。在独自一人的时候，她快速地伸手从口袋里掏出那个僧侣给她的便条：

> 我认识埃弗雷姆·庞瑞的一个朋友。
> 今晚9：00在总督官邸大门外等我，
> 我会带你去见他们。

莎拉走到一个露营地的火堆旁边点着了便条。

❖

布里克乌郊外的空气很冷，但没有之前那么冷。莎拉观察到自己的呼吸只变成了一小团白雾，她意识到春天要来了。四季的变换甚至无视了神明的死亡。

总督官邸围墙外的山坡被上方的星光赋予了柔软的轮廓。月亮是云彩背后的一块模糊痕迹；道路是一条骨头色的缎带。

一个足球从黑暗中滚了出来。莎拉抬起头确认附近没有守卫。"是你吗？"她问道。

一个人低声应答道："这边。"在树林的边缘，一点烛光闪烁着，很快又被遮住了。

莎拉走到她看到烛光的地方。有人摘下了兜帽，露出光秃秃的头皮。在走近时她认出了医务所里那个女僧侣的面孔。

"你是谁？"莎拉问道。

阶梯之城

"一个朋友。"僧侣说道,她比量着让莎拉靠近一些,"感谢你的到来。就你自己吗?"

"是的。"

"很好。我会领你走完剩下的路。请跟紧我。很少有人走过这条路,它稍微有点危险。"

"你领我去见谁?"

"另一个朋友。你依然有许多问题——我看出来了。我认识一个或许能解答其中一些问题的人。"她转过身领着莎拉走进了树林。

在她们行走的时候,一缕缕月光照在僧侣的肩上。"你能告诉我其他的事情吗?"

"我还能告诉你很多事情,"僧侣说道,"但那对你没有好处。"

莎拉恼怒地跟在后面。

道路弯曲着,盘旋着,回转着。莎拉质疑着在总督官邸外见面的明智程度;这时她注意到自己从未发现这片树林居然有这么大……

地面向上倾斜。莎拉和僧侣小心地走过密布石头的沟渠,白色石头组成的溪床,然后他们穿过松树树丛。

莎拉想,他们什么时候在这里种了松树?

她吃力的呼吸变成了大团的雾气。她们登上一座石头山的山顶,她看到了一片白雪皑皑的风景。但是我觉得暖和起来了……"这里是哪儿?"

僧侣没有回头,指着前方。她的赤脚在雪地上留下了一串小脚印。

她们走下被冰冻住的山峰,跨过结冻的河流。世界一片纯白,没有颜色,月光和冰雪散布在黑色的背景上。但是前方,明亮的红色火焰闪烁在松树树丛里。

我知道这个,莎拉想,我读到过。

她们走进了树丛。原木放在篝火旁充当座位，一个石头为底座的架子倚靠在树干上，放着小石头茶杯和一把粗糙的锡茶壶。莎拉预期会有人迎接她们，也许从哪棵树的背后走出来，但是并没有。

"他们在哪？"莎拉问道，"你带我来见的朋友在哪？"

僧侣走到石头架子旁边倒了两杯茶。

"他们还没来吗？"莎拉问道。

"他们来了。"那僧侣说完脱掉了长袍。她的背是赤裸着的：在长袍下她只穿了一条毛皮短裙。

她转过身递给莎拉一杯茶：它是温热的，仿佛在火上热过了一样。但是它只是在她的手里握了一会儿，莎拉想。

"喝吧，"僧侣说道，"暖暖身子。"

莎拉没有喝。她怀疑地注视着那个女人。

"你不信任我？"僧侣问道。

"我不认识你。"

那僧侣笑了："你这么确定吗？"火光映射在她的眼睛里，它们像明亮的橙色珠宝一样闪闪发光。即使是在她从火堆旁边走开之后，她的脸还是像被温暖、飘动着的火焰照耀着一样。

黑暗中的光明。

不，莎拉想，不不，这不可能。

"奥沃丝？"她悄声说道。

"真是个聪明的姑娘。"那僧侣说着坐了下来。

◆

"怎么……？"莎拉说道，"怎么……？"

阶梯之城

"你还没喝呢。"奥沃丝说道,"你应该尝尝。很好喝的。"

莎拉困惑不解地从石头茶杯里喝了一口,发现神明说得对:这饮品温暖辛香,感觉就像往肚子里放了一颗又小又软的琥珀一样。然后她意识到这味道很熟悉:"……这是——茶?"

"是的。瑟朗茶,塞普尔的。我自己相当喜欢它。但是有时候想搞到好货还真是难啊。"

莎拉看着她、茶杯、火堆、她身后的树林,说道:"但是我……我以为你离开了。"

"我是离开了,"奥沃丝说道,"再看看你身后,你周围。看得到布里克乌吗?看不到。我离开了,很高兴能够离开。待在这里很愉快,独自思考,远离嘈杂。"

莎拉沉默地思考着,在经历了一切之后,我直接走进了陷阱里?

"你现在在想,"奥沃丝说道,"我是不是把你带到这里来向你复仇的。"

莎拉无法掩饰自己的警惕。

"嗯,我确实离开了,但我还是神明。这里就是我的地方。"奥沃丝拍着她坐着的原木,"我不可能失去这里。而那些来到这里的人,他们无法隐藏自己的内心。莎拉·柯梅德,塞普尔末任卡吉艾威沙克塔·齐·柯梅德的曾孙女,你在想我是不是要把你从大陆引开,趁你独自一人的时候毁掉你——因为你家族犯下的罪,你犯下的罪,因为你们的战争和法律导致的那些数不清的毁灭而毁掉你。"奥沃丝的眼睛明亮地闪耀着,像火圈一样半隐藏在她的眼皮里;接着她眼中的火焰暗淡了,"但是那么做,如他们所说,是愚蠢的。那是非常愚蠢、笨拙、无用的事情。而且我有一点点失望,你竟然会这么看待我。毕竟,我是在大陆选择开始它的帝国的时候离开了这个世界。不仅仅是因为那么做是错的,而且还因为那是非常短视的决定:时间有办法把所有粗心大意返还到那些犯了这个错误的人身上……即便他们是神明也一样。"

莎拉依然在试图理解正在发生的现实,但是奥沃丝和她预期中神明的样子完全不一样,她不知道该怎么思考:奥沃丝的仪态更像是卖鱼妇或是女裁缝而非神明。"那就是你离开大陆的原因?因为你不同意大扩张?"

奥沃丝拿出一支又长又细的烟斗。她直接把斗锅放到了火堆里,吸着烟嘴,注视着莎拉,仿佛在思考她会是一个什么样的伙伴。"你读过庞瑞先生的日志,是吧?"

"是、是的?你怎么——"

"那你知道他怀疑神明的心智并不总是属于他们自己,可以这么说吧。"

"他认为……发生了某种无意识选举。"

"一个粗略的说法,"奥沃丝说道,"但也不是完全不准确。我们是——曾经是——神明,莎拉·柯梅德:我们从人的心、思想和信仰里汲取力量。但是你从谁身上汲取力量,你在谁面前就会变得无力。"奥沃丝用烟斗在泥土上画了一个半圆。"信仰神明的人,"她补全了圆圈,"告诉他们该做什么的神。这是个循环,就像水流进海里,然后蒸发到空中,接着变成雨,最后落到地上流进海里。但是不同之处在于思想是有重量的。它们有惯性。一旦一种思想出现,它会扩散增长,越来越重,最终它变得无法抵抗,即使对神明来说也一样。"奥沃丝注视着火堆,用食指和拇指搓掉了烟斗上的泥土。

"什么样的思想?"

"我第一次注意到它是在'召集之夜'。我感觉到体内有不属于我的思想、念头和冲动。我的行动不是因为我想要这么做，而是因为我感觉我不得不这么做——好像我是别人写的故事里的一个角色。那天晚上我选择了，和其他神明一样，联合，建造布里克乌，生活在我们认为的和平之中……但是我对这次经历感到非常困扰。"

"那么你怎么能离开呢？"莎拉问道，"如果你被束缚、拴到了你的人民的愿望上，他们怎么会让你背弃这个世界呢？"

奥沃丝轻蔑地看了莎拉一眼：你不能自己归纳一下吗？

"除非，"莎拉说道，"你的人民要求你离开……"

"他们正是这么做的。"

"他们为什么要那么做？"

"嗯，我认为我干得很不错。"奥沃丝略带自豪地说道。她瞥了一眼莎拉的茶杯："你已经全喝完了？"

"呃……是的？"

"我的天哪，"她摇着头咂着嘴，给莎拉倒了一杯茶，"那应该足够让一匹马起死回生了。总之……如果你把事情安排妥当——你，多少算是个政客，或许明白——它们就会自我永续。我很早以前就知道，不要在高处向我的人民说话，而是要走到他们之中，到他们身旁，通过行动而不是教诲引导他们。我觉得他们也会对其他人这么做：他们不需要一本写满规矩的书告诉他们该做什么不该做什么，他们需要的是经验和行动。但是当我开始感觉到……身体里的惯性的时候——这些思想撕扯着我，威胁着要影响我，然后通过我影响所有人——我和我最亲近的追随者商量了一下，他们，"奥沃丝带着愉快的怀疑咧嘴笑着，"他们说他们不再需要我了。"

"你在开玩笑。"

"没有，"奥沃丝说道，"人类和神明的关系是一种彼此让步的关系，我们彼此都选择了分开。但是这种永续——建立起一种思想方式，放任它运转——并不一定会产生好的结果。"她摇了摇头，"可怜的科尔坎……他从未真正理解过自己，或是他的人民。"

"他对我说，"莎拉说道，"他告诉我他在某种程度上依赖着你。"

"是的，"奥沃丝悲伤地说道，"科尔坎和我是最早的两个神明。我想，我们是最早弄清楚事情运作方式的人。但科尔坎运作自己的事务总是有一点点困难。他倾向于让他的人民告诉他该怎么做，他坐在那里倾听他们的时候我在远处观察……就像我在离开的时候对他们说的，这不会有好结果的。"

"所以你认为科尔坎的所作所为并不完全是他的原因？"

奥沃丝吸了吸鼻子："人类很奇怪，莎拉·柯梅德。他们重视惩罚因为他们觉得那意味着他们的行为是重要的——他们是重要的。毕竟，你不会因为做了一些不重要的事情而受到惩罚。看看科尔卡斯坦人——他们认为整个世界都是为了羞辱、惩罚、诱惑他们……全都是他们，他们，他们！世界充满了坏事，痛苦的事，但它仍然是关于他们的！而科尔坎就给了他们想要的。"

"那简直……是疯了。"

"不，那是自负。而我在局外注视着相同的自负引导着神明走上会导致他们和他们的人民毁灭的道路——我预见到了这种自负，警告了他们，但是他们选择了无视。这种自负并不是最近才出现的，柯梅德小姐。而且它也没有因为我们神明不在了而停止。它只是迁移了。"

"你是说，迁移到了塞普尔？"

奥沃丝来回摆动着头——既不是肯定，也不是否定。"但是现在我们发现自己处于历史的转折点，我们可以听从自己的自负，继续走在现有的道路上……或者可以选择一条完全不同的新道路。"

"所以你来找我，试着改变现状？"莎拉问道。

"嗯，"奥沃丝说道，"你并不是我的首选……"

有东西在火堆里爆开了；火星跃动到泥土上，发出嘶嘶声。

"你找了埃弗雷姆，对不对。"莎拉说道。

"是的。"奥沃丝说道。

"他在河边速写的时候你遇见了他，和他说了话。"

"不限于此，"奥沃丝承认道，"我的确时不时地干预，莎拉·柯梅德。嗯，也许不是干预——'推动'应该是个更好的称呼。对埃弗雷姆来说，我帮忙引导他的研究，促使他走向最有帮助的方向，时不时地照看他。"

"他应该和我现在一样很喜欢和你聊天。"

"毫无疑问。他真是个欢快热情的人，我希望他能够找到方法转移那些正在积聚的不满。但是看起来我错了。或许，这么古老的愤怒只能用暴力来驱除。但是我依然希望，最后我们能够推翻这个想法。"

莎拉喝着剩下的茶，回想起了初次阅读他的日志时困扰着自己的东西："是你把卡吉士兵的日志放到他桌子上的吗？因为我了解埃弗雷姆，他绝对不会忽略或者遗漏这么重要的东西。"

奥沃丝点点头，表情忧虑："是的。而那可能就是我最大的疏忽。我曾希望他能够明白这些信件的严重敏感性。但是他并没有。他感觉那个信息应该和所有人共享……他并不觉得哪个真相是特别的——都只是他看到的真相。那是他最大的美德，也是他毁灭的原因。"

"但是……但是那些信里到底有什么如此重要的东西？"莎拉问道，"黑铅？"

奥沃丝放下了烟斗："不，不。嗯，有一点……我来问你——难道你，莎拉·柯梅德小姐，不好奇你的曾祖父是怎么设法制造出黑铅的吗?"

"他在他家的精怪身上做实验——对吧?"

"是的,"奥沃丝严肃地说道,"没错。但即便如此,他制造出这样一种材料还是几乎不可能的,对吧?"

莎拉的思绪翻阅着记忆中的一切,但是一无所获。

"难道你不认为,"奥沃丝慢慢问道,"黑铅的诞生过程非常神奇吗?"

世界往她的脑海里扔了一块石头,在思维的海洋里翻滚着。

埃弗雷姆的著作:我们对卡吉所知不多。我们甚至都不知道他的母亲是谁。

"而不是所有人都能创造奇迹的。"奥沃丝说道。

一阵微风吹拂着树丛,煤炭明亮地发着光。

埃弗雷姆的日志:精怪仆人替它们的主人铺床,端饭倒酒……我无法想象如果最终发现卡吉过去以这种方式娇生惯养,大家会怎么说。

根原木懒惰地在火堆里翻了个身,就像在海里翻身的鲸鱼。

在莎拉看到约科夫的时候:我自己的子嗣,我自己的神佑者孩子起身反抗我们,像屠宰绵羊一样杀了我们!

雪花旋转着落下,在靠近火堆的时候寂静地消失。

"神佑者是传奇和英雄,莎拉·柯梅德,"奥沃丝平静地说道,"神明和凡人的后代,世界在他们周围改变自己。"

莎拉感到天旋地转:"你……你是在说……"

"我认为没人猜到他的母亲是谁,"奥沃丝沉思着评论道,"因为没人相信。"

阶梯之城

✦

"她的名字叫丽莎，"奥沃丝平静地说道，"身为神明的后代，她本身就有一定的力量。但是她是个温柔的人：心地善良，安静，不是很聪明但是很乐于助人……而且非常急切地想要帮助她的父亲。"她抽着烟斗，"约科夫的祭司们想要加强塞普尔的支持，因为塞普尔的谷物和葡萄使得约科斯坦顺畅地运转。所以他提出租借，"这个词让她的脸厌恶地皱了起来，"他的女儿给最能满足他们需要的塞普尔人一段时间。那本来不涉及到任何性爱方面的事情：本来应该是纯粹的服务。但那时，约科夫预料之外的事情发生了：她和那个最后赢得她服务的男人陷入了爱河。"

"他们保持了秘密。她作为他的……他的女仆留下。"莎拉感觉到奥沃丝流露出冰冷的怒火，"而在她生下孩子之后，这个孩子身世的真相如此危险如此可怕，连他自己都不能知道。"

莎拉感觉不舒服。"卡吉。"她低语道。

"是的。他父亲在他很小的时候就死了。他从未得知家里的神圣仆人就是他的母亲。因为，我觉得他成长过程中憎恨着神明，而他的母亲——温柔、善良还不是很聪明——不想让他伤心。接着马力戴什事件发生了。"有东西落进雪里发出嘶嘶声：莎拉看到那是一滴从奥沃丝脸上掉下来的炽热眼泪。"而艾威沙克塔·齐·柯梅德决定必须要做点什么。"

奥沃丝试着说话，但是没有成功。

"所以他折磨了自己的母亲，"莎拉说道，"为了发现什么能够杀死神明。"

奥沃丝勉强点了点头。

"而因为他是神佑者——尽管他自己并不知道——他确实成功地制造出了一样东西,用它可以推翻大陆的统治。"

"当然,是在杀死那个卑微的家仆之后。"

莎拉闭上了眼睛。她无法承受这样的悲痛。

"我背负着这个重担生活太久了,"奥沃丝说道,"我只能提醒暗示庞瑞先生——我从未实际告诉谁。但我觉得讲出来的感觉真好,告诉别人我的女儿发生了什么。"

"你的女儿?你的意思是你和约科夫……"

"他是个非常有魅力的人,"奥沃丝承认道,"而尽管我看到他身上有一种可怕的疯狂,我还是被他吸引了。"

"我很同情你。"莎拉说道。

"在卡吉入侵的时候约科夫想明白了一切。他明白了,因为他的自尊和傲慢,导致了大陆和其他神明的死亡。在他躲进科尔饮牢笼之前,他最后的痛苦行动就是派了一个仆从告诉这个可怕的入侵者他身世的真相。"

"我懂了,"莎拉说道,"卡吉在杀死约科夫之后陷入深深的痛苦之中,几乎喝酒把自己喝死了。"

"痛苦导致痛苦,"奥沃丝说道,"耻辱导致耻辱。"

"'所收获的正是所播种的,'"莎拉说道,"'所播种的正是所收获的。'"

奥沃丝笑了:"你在用我自己的话恭维我。"微笑消散了,"我秉承着这个观念生活了很久……这么多年里,我知道这个世界的力量平衡,这片政治与机械的勇敢新土地,全都建立在谎言之上。塞普尔和大陆彼此憎恨,完全不知道它们互为对方的产物。它们不是各自分开的——它们是纠缠在一起的。在埃弗雷姆来的时候，我决定是时候披露这个秘密了。但是你应该明白这对你……的意义。"

莎拉非常清楚地感觉到自己的呼吸。她能感觉到额头上和耳朵后面的脉搏。"是的，"她虚弱地说道，"这意味着我，和我的……我的家人……"

火焰如此之热，她感觉自己的眼睛快要爆炸了。

"……我们的体内有神明的血统。"

"是的。"

"我们是……我们就是我们国家恐惧的东西。"

"是的。"

"那也就是科尔坎和约科夫认为我是你的原因。"

"很可能是的。"

莎拉在哭泣：不是悲伤，而是愤怒。"那么……那么我所做的一切都不是真的？"

"真的？"

"世界改变自身适应神佑者，不是吗？它帮助他们达成伟大的成就，不是因为他们所做的方式，而是因为他们的身份。我所做的一切都……不算数吗？"

奥沃丝抽着烟斗。"当然，你忘了，"她说道，"神佑者的血统会代代稀释。通常非常非常快。"她打量着莎拉，眼睛闪烁着，"柯梅德小姐，你觉得你的生活轻松吗？"

莎拉擦了擦眼睛："不。"

"你得到你想要的一切了吗？"

莎拉回忆起沃落到地上，脸色苍白一动不动，"没有。"

"你觉得，"奥沃丝问道，"这种情况会很快改变吗？"

莎拉摇了摇头。要说的话，她想，我愿意打赌我的生活马上就要变得糟得多。

"你不是神佑者，莎拉·柯梅德，"奥沃丝说道，"尽管你和我，和约科夫，和神明有遥远的血缘关系，世界对待你和对待别人没有任何不同——完全漠不关心。你应该觉得幸运。但是，你其他的亲属……或许不一样。"

一阵寒风吹过莎拉的脖子。

火堆里又传出噼啪声，火星四溅。

"我懂了。"她说道。

奥沃丝用半睁半闭的眼睛凝视着她，评价着她："我告诉了你很多事情，莎拉·柯梅德，少有人知道或者梦想过的信息。我想知道——你知道了之后打算怎么办？"

愤怒、同情、悲痛、悔恨萦绕在莎拉的脑海里，像烟火一样循环往复，而某处，在它们混乱的图案之下——那些狂乱、徒劳的旋转和追逐之下——一个想法变得越来越强烈。

奥沃丝点点头："很好。或许我比自己想的更睿智。神明并不总是了解他们自己：或许我们只是命运手中的工具，和其他凡人一样……或许我选择了埃弗雷姆只是为了把你带到这里来，带到我身边。"

莎拉缓慢地喘息着。"我认为，"她说道，"现在我想回到我的居所了。"

"很好，"奥沃丝说道，用烟斗指着两棵树之间，"如果你穿过那道空隙，你就会发现自己回到了卧室里。你想什么时候离开都可以。"

莎拉站起身看着奥沃丝，感觉自己支离破碎："我还会再见到你吗？"

"你希望再见到我吗？"

阶梯之城

"我……实际上,我觉得我会很喜欢再见到你的。"

"好吧……我觉得你和我都知道,如果你做出了那些我希望你做出的选择,如果你成功的话,你的道路将会使你远离这些海岸。我不希望离开这个地方——我不告诉我的追随者该做什么,但是时刻关注着他们也不错。"她在手指上拍着烟斗,"但是如果你真的回来的话,我或许可以腾出时间接受访问。"

"很好,"莎拉说道,"我还有一个问题。"

"什么?"

"你来自哪里?"

"我?"

"你和其他的神明,你们全体。你们来自哪里?你的存在只是因为你的人民希望你存在?还是说你是其他的……什么?"

奥沃丝考虑着这个问题,表情严肃而沉重。"那……很复杂。"她吸着牙齿,"神明有改写现实的奇怪能力,你知道吧?"

"当然。"

"但不仅仅是你的现实。不仅仅是你的人民的现实——还有我们的现实,我们自身的现实。每当人们认为我来自某个新地方的时候,我就来自那个地方——那就像我从未来其他地方一样,而我从未得知我之前的样子。"她吸了口气,"我是奥沃丝。我从自己心里的火焰里拿出了燃烧着的金色煤炭,这个世界。在第一个夜晚,当我为太阳哀悼的时候,我用自己的眼泪制成了星星。在世界的黑暗变得过于沉重,刮蹭着自身的时候产生了一个火花——那个火花就是我。这就是我知道的一切。我不知道在我知道这些事情之前我是什么。我寻找过,试图了解我的起源——但是历史,你也许知道,非常像是一座旋转阶梯,感觉上是在上升,但其实从未真的通向什么地方。"

"但是为什么塞普尔人从未有过自己的神明?难道我们只是不幸?"

"你看到了发生的一切,莎拉,"奥沃丝说道,"你了解你们的历史。你确定塞普尔没有神明是件不幸的事情吗?"她站起身亲吻莎拉的额头。她的嘴唇如此温暖,它们几乎要燃烧起来。"我想说祝你好运,我的孩子,"她说道,"但是我觉得你会选择走自己的路。"

莎拉从营火旁走开穿过那两棵树。

她转过身说再见,但是在背后只看到自己卧室空白的墙壁。她困惑地转回身,走到自己的床边。

她坐在床上思考着。

✦

"图瑞茵,"莎拉悄声说道,"图瑞茵。"

穆拉盖什咕哝着睁开一只眼睛。"诸海啊,"她嘶哑地说道,"我很高兴你能来访,但你就非得在凌晨两点的时候来?"

穆拉盖什不再是莎拉几天前认识的那个精神饱满的健壮女人:她在医院待着的这段时间体重下降了很多,她的双眼仍然是乌青的。她的左臂在手肘的位置截断了,包裹着白色的绷带。她看到莎拉的凝视。"我希望这,"她抬起自己受伤的手臂,"不会影响到我在亚乌莱特游泳。但至少我喝酒的手还在。"

"你还好吗?"

"我还不错。你怎么样,姑娘?你看起来……挺有生气。那就不错。黑眼镜,呃,看起来很有意思,我想……"

"我还活着,"莎拉说道,"图瑞茵,我希望……你,这一切都没有——"

阶梯之城

"省省吧，"穆拉盖什说道，"你这套演讲我自己讲过了。但是我讲的时候，是讲给我知道肯定活不成了的孩子们的。我还活着。我很感激。而且那不是你的错。但是这给了我一个调转的好理由。"

莎拉虚弱地笑着。

"我还是会被调转的，是吧？亚乌莱特还是有戏的——对吧？"

"很有可能，是的。"莎拉说道。

"这听起来像是合同里的免责条款。而我不记得我签过合同。我记得我说过，'如果我这么做，我要被派驻到亚乌莱特。'而我记得你说的是，'好的。'和你记得的有什么差别吗？"

"我找了部里的几个中层管理人员帮忙。"莎拉说道。

"我觉得后边还有'然后'或者'但是'……"

"没错。"莎拉把鼻子上的眼镜推了推，"然后我两个小时之内就会坐火车去阿哈纳斯坦了，接着就会坐船回家，明天出发回加拉戴什。"

"嗯？"穆拉盖什怀疑地说道。

"如果我在旅途中，或是在到达塞普尔的时候消失——我就直白地说吧，如果我被秘密谋杀了的话，那么你就会在几个月之内被派驻到亚乌莱特。"

"如果你被什么？"

"但是，如果我活了下来，"莎拉继续说道，"那么现在的情况就会发生巨大的变化。"

"比如说？"

"比如说外交部。"

"它会怎么样？"

"嗯，首先，它很可能不复存在。"

医院里的某处某个人咳嗽了一声。

"你确定你的脑袋没在那时候磕出个包来——"

"我认为你和我的工作是一样的，图瑞茵。"莎拉说道，"你不愿干预布里克乌的事务——事情本应该保持原状。我经常干预大陆事务，但也是为了保持事情的原状——大陆令人绝望的贫穷，所有的贸易都导向塞普尔。'大陆就该有大陆的样子'，"莎拉依照记忆说道，"也就是说，贫穷，野蛮，以及毫不重要。"

"你不必向我引用政策。我浪费了二十年的生命执行政策。所以你到底想要干什么？"

"我想要改变这一切。而如果我要改变这一切，"莎拉说道，"我需要在大陆上有盟友。"

"啊，见鬼。"

"尤其是在布里克乌。"

"啊，见鬼。"

"因为如果我需要有人支持的话，"莎拉说道，"我希望那个人是图瑞茵·穆拉盖什将军。"

"首先，我是总督，而且我的军衔是上校。"

"如果我活下来，按我的计划做，"莎拉说道，"就不是上校了。"

穆拉盖什眨着眼空洞地笑着："你想让我给你这个卡吉当萨格雷莎？我告诉你，我对升迁没兴趣。我不玩这游戏了。"

"而我将会彻底改变游戏。"莎拉说道。

"哦，诸海啊……你是认真的？"

莎拉深吸了一口气："实际上，是的。我不确定我能做出多少重大改变——但是我计划尽我所能尽可能多的做出改变。上星期外交部辜负了布里克乌。它辜负了你，图瑞茵。它失败了，几千个人死去了。"

阶梯之城

"你……你真的觉得你能做到？你真的不觉得你，嗯，"穆拉盖什笑了，"在这件事情上非常非常的天真吗？"

莎拉耸耸肩："上星期我杀了一个神。这不应该是个小场面，不是吗？"

"我觉得，你说得很好。"

"你会帮我吗，图瑞茵？你和我注定是仆人，多年来我们主要为政策服务。我提供了在我看来是我们第一次能真正服务的机会。"

"啊，见鬼……"穆拉盖什用右手抚摸着下巴上的伤疤，沉思着，"好吧。我必须承认这一切都还挺有意思的。"

"我猜到你会这么认为的。"

"而且上次我去查的时候，将军的工资水平几乎是上校的两倍……"

莎拉笑了："足够经常去亚乌莱特度假。"

✧

莎拉悄悄地在医院大厅里走向齐格拉德的房间。

政府就是这么造就的吗？在半夜里强迫受伤的人做出决定？

走进病房之前她停顿了一下，看着那一片病床的海洋——每张床上都有一个苍白的重伤员，有些人的手臂和腿被撑了起来，其他人包裹在绷带里——想知道是自己的哪个选择使他们躺在病床上，以及事情可能会多么不同。

齐格拉德的声音穿透了她身旁的墙："我能听见你，莎拉。你要是想进来，就进来吧。"

莎拉打开门走了进去。齐格拉德身上全是缝线、绷带、管子；液体在他的身上流进流出，排到各种各样的口袋里；一大排缝线从他的左眼眉一直通向头皮；他的左鼻孔撕裂了，他的左脸颊是一个红色的大包。除此之外，很明显他还是那个齐格拉德。

"你怎么知道是我的？"她问道。

"你的脚步声，"他说道，"轻得像小猫一样。"

"我就把它当成是赞美吧。"她坐在他的床边，"你怎么样？"

"你为什么没来看我？"

"你为什么在意？"

"你觉得我不会在意？"

"我认识并雇用了十年的齐格拉德从来不是这么在意这些的人。别跟我说和死亡擦肩而过给你带来了看待生命的新观点——你和它都擦过多少次肩了，经常就在我眼前，而以前它似乎从未影响到你。"

"有人，"齐格拉德说道，"给你讲了我的故事。"他想着，"你知道吗，我不确定是怎么回事。在我从船上跳下来的时候，我根本不认为我还能有未来。我以为我会就这么死去。但是我第一次感觉……不错。我感觉我要离开的这个世界还不错。没有多好，但是不错。而现在我还活在这个还不错的世界里，"他耸耸肩，"或许我只是想再次航行。"

她微笑着："这影响到你对未来的计划了吗？"

"你为什么这么问？"

"我这么问的原因是，如果我的计划顺利执行的话，我就不会继续当个基层特工。我会回到加拉戴什，开始从事文案工作。而我就不再需要你的效劳。"

"我要被丢弃了？你要把我留在这，留在这张床上烂掉？"

"不。这个文案工作将会非常，非常重要。它现在还没有名字——

如果一切顺利的话，我可能得给它起个名字。但是我将会需要所有能得到的海外支持。我相信在布里克乌我将会有一位强有力的盟友，但是我还需要更多。"

"更多是指……"

"比如说，如果北海突然间被平定……"

齐格拉德困惑的表情变成了相当警惕的表情："不。"

"比如说，如果一位大多数德瑞凌人认为早已死去的人物突然回来……"

"不！"

"如果杀死哈克瓦尔德国王的那场政变的合法性被彻底推翻，猖獗的海盗行为能够结束……"

齐格拉德用手指敲击着胳膊，沉默地生着气。

他身上的一根管子里的东西排干了，发出啵的一声。

"你真的不会考虑一下？"莎拉问道。

"即使在我父亲还活着的时候，"齐格拉德说道，"我也没想过……统治。"

"嗯，我也没要求你去统治。无论如何，我从来都没赞同过君主制。我要求的是，"莎拉严肃地慢慢地说道，"如果你，达乌金德，德瑞凌海岸失踪的王子……"

齐格拉德翻了个白眼。

"……回到德瑞凌共和国这个海盗国家，得到塞普尔全面完整的支持……"她看得出齐格拉德现在在倾听，"……难道那不是某种改革吗？难道那不能给德瑞凌人民带来一些希望吗？"

齐格拉德沉默了很久。"我知道，"他把手伸到手臂上的绷带里挠着，"你永远不会开玩笑地要求我这么一件事。"

"我不是在开玩笑。这或许永远不会发生。我要回塞普尔了,但是……我有可能活不下来。"

"那么你当然需要我和你一起去!"

"不,"莎拉说道,"我不需要。某种程度上因为我相信我会成功。但是我也希望你能拥有自己的生活,齐格拉德。无论发生什么,我希望你待在这,恢复健康。如果外交部没有发生任何变化,那你就应该知道我死了。"

"莎拉——"

"而如果真是那样的话,"她拿出了一张小纸片放到他手里,"这是你的妻子和女儿躲藏着的村庄的地址。"

齐格拉德震惊地眨着眼。

"如果我真的死了,我希望你回家,回到他们身边,齐格拉德。"莎拉说道,"你说过她们知道的那个父亲和丈夫已经死了,你体内的生命之火已经熄火了。但是我认为那是个愚蠢、徒劳的想法。我认为你,齐格拉德·杰·哈克瓦尔德森,害怕了。你害怕自己的孩子长大了,你的家人不认识你,或者不要你了。"

"如果我的一生里有过什么想要的东西的话,齐格拉德,那就是了解我的父母,就是了解我这么努力去成为的人。我永远不会有那个机会了。但是你的孩子们还有。而我认为她们会因为那个回家的人而欣喜若狂。"

齐格拉德看着手里的纸条。"我完全没有防备,"他抱怨着,"这样的袭击。"

"以前我从来没有不得不说服你的时候,"莎拉说道,"现在你知道为什么我很出色了吧。"

"这个什么达乌金德的胡说八道……"齐格拉德说道,"那只是个

阶梯之城

儿童故事！他们认为哈克瓦尔德国王的儿子是个……童话般的王子！他们说他会踏在浪上从海洋中出现，吹着笛子。笛子！你能想象吗？他们不会期待……期待我。"

"你战斗了那么多次，这一次你却迟疑了？"

"杀戮是一回事，"齐格拉德说道，"政治是另一回事。"

莎拉拍了拍他的手。"我会确保你有人帮忙的。而那也不全是政治。我猜，很多海盗头子会很不愿意离开。尽管你或许会担心，齐格拉德，我觉得你的英勇事迹远没有结束。"她看了看表，"我迟到了。我的火车还有一个小时就要出发了，而我必须准备好最后的谈话。"

"你还需要吓唬谁来听你的吩咐？"

"哦，这次不是吓唬，"莎拉严峻地说道，站起身来，"这次就是简单的威胁。"

齐格拉德小心地把那个纸条放了起来："我会很快再见到你吗？"

"也许吧，"她微笑着拿起他的手，吻了吻一个带着伤疤的指节，"如果我们干得不错的话，我们或许会在世界舞台上旗鼓相当地见面。"

"无论我们两人身上发生什么，"齐格拉德说道，"对我来说你永远都是非常好的朋友，莎拉·柯梅德。我认识的好人不多。但是我认为你是其中之一。"

"即便有时候我差点害你送了命？"

"送命……呸，"他的独眼在煤气灯下闪烁着光芒，"对好朋友来说那算什么？"

❖

布里克乌的城墙在黎明的光线里被染成了桃红色。它们在她面前膨胀,在火车加速经过的时候从紫色的乡村里升起。这些墙在日光下是石膏白的吗?她想,骨白色?哪个词描写它们最为准确?我该怎么写?我该怎么告诉大家?

火车车轮哐当地响着。她抚摸着车窗,脸孔倒映在玻璃上。

我必须铭记。我必须铭记。

她不会进入布里克乌:这列火车从总督官邸沿着直线轨道开往阿哈纳斯坦。她不会看到世界之座倒塌的神殿。她不会看到索尔达桥周围的起重机。她不会看到建筑队把古老的白色石头从瓦砾中拖出来,圣城的石头,她也不会看到他们会把它怎么样。她不会看到在白天开始的时候,鸽群翻飞在一道道烟雾里。她不会看到席子在市场里铺开,货品被放上货架,商人们跋涉在街道里,喊着价钱,一切照旧,就像什么也没发生过一样。

我不会见到你,她告诉这座城市,但是我会记得你。

城墙还在膨胀;接着,在她经过之后,它们在她身后收缩。

在我回来的时候,她想,如果我回来了,我会认识你吗?你还会是我记忆中的那个城市吗?还是你会成为陌生人?

她也可以问加拉戴什相同的问题:她出生的城市,她生活的城市,一座她十六年未见的城市。我会认识它吗?它会认识我吗?

城墙收缩成了一个粉白色的微小圆筒,一个漂浮在黑色水面上的罐子。

过去也许都过去了,她告诉它们,但我会记得的。

❖

莎拉等待了两个多小时。船的运动到目前为止很平稳很轻松,但是很快他们就会驶入深海，波浪就不会这么友善。

这艘货船尽其所能给莎拉提供了宽敞的船舱，她承诺在回到加拉戴什之后，外交部会支付一笔可观的费用。一磅要一枚硬币，她沉思着，我可能是这艘船运过的最赚钱的货物。

她凝视着船舱墙上的舷窗。窗外是南海，但是窗户里的影像是一间巨大黑暗的办公室，还有一张柚木大桌子。

温雅姑妈终于来了，看起来很苦恼很疲惫。她粗暴地在桌上翻找着，拽开抽屉，砰地关上橱柜。"在哪呢？"她嘟囔着，"在哪呢！这些问题，这些该死的问题！"她拿起一叠纸，快速翻阅着它们，然后恼怒地把它们扔进了垃圾桶。

"看起来，"莎拉说道，"你刚开完几个艰难的会议。"

温雅猛地抬起头，瞪着窗户里的莎拉："你……"

"我。"

"你在干什么？"温雅厉声说道，"我该为此把你抓起来！在大陆施展神迹是叛国行为！"

"好吧，好在我已经不在大陆上了。"

"你——什么？"

"这里明显不是我的办公室，"莎拉指着自己身后的房间，"你看到的是南海里的一艘货船的船舱，当然是航向加拉戴什的。"

温雅张口结舌，没有说话。

"我回家啦，温雅姑妈，"莎拉说道，"你无法再赶走我了。"

"我……我他妈当然可以！如果你回家，我会把你投进监狱！我可以把你放逐！你在违反外交部的命令，而且本质上你犯了叛国罪！我不……我不在意你现在有多他妈有名，你根本不知道我有多大的权力，根本不会有人问问题！"

"那到底是多大的权力呢,姑妈?"

"消除外交部威胁的权力,无需询问,无需公开,无需向任何该死的监督委员会证明!"

"那么这就是,"莎拉慢慢地问道,"庞瑞博士身上发生的事情?"

温雅正义的怒火蒸发了。她的肩膀一沉,就像脊椎消失了一样:"什……什么?"

"你也许,"莎拉说道,"想坐下来。"

但是温雅震惊得无法行动。

"随你所愿吧,"莎拉说道,"我会长话短说。这么说吧,我有一种感觉,在外交部发出的所有电报、信息和命令里——在所有这些神秘莫测、难以理解、高度机密、理论上并不存在的通讯里——有一条消息发给了大陆上某个毫无疑问的恶棍,通知了他或她一个国家级威胁,那个威胁就是布里克乌大学的埃弗雷姆·庞瑞教授,而他或她被授权消除掉这个威胁,并且搜索销毁他办公室和图书馆里的一切敏感材料。"莎拉正了正眼镜,"是这样的吗?"

温雅的脸色变得非常苍白。

"你想要完全终止这次对话,是吧,姑妈?"莎拉说道,"但是你想知道我知道了什么以及我是如何知道的。你想知道我知不知道——比如说,埃弗雷姆·庞瑞博士被列为威胁的原因是一个非常私人的原因。"

莎拉等待着,但是温雅没有动,也没有说话。莎拉觉得自己看到了什么在她姑妈的脸颊上颤动。

"我知道,"莎拉说道,"我确实知道,姑妈。我知道你是神佑者,温雅。我知道你是萦绕在塞普尔噩梦里那个东西的后裔。"

温雅眨着眼。眼泪流过她的脸颊。

阶梯之城

"埃弗雷姆·庞瑞在布里克乌推断出了卡吉的身世,"莎拉说道,"而他,作为塞普尔尽职可敬的历史学家,发回了一份报告,没有意识到自己签署了自己的死刑执行令——对他来说,真相就是真相,他从未想过要把它藏起来。"

温雅,十五年来一直抵触着中老年的年纪,此时坐到椅子上的动作慢得像是位老妇人一样。

"而你,当然痛恨听到这个消息。"莎拉说道,"就像卡吉本人听到的时候一样痛恨。埃弗雷姆,很明显,没打算保持安静——他是个历史学家,不是间谍。所以你像对待任何国家级威胁那样做出了反应,把他,如你所说,消除了。"

温雅咽了口口水。

"没错吧,温雅姑妈?"

温雅挣扎了接近半分钟,然后安静地说道:"我……我只是想让它过去。我想要相信……相信我从未听到过。"

海浪拍打着船体。甲板上有人开了个玩笑,一阵邪恶的笑声紧随其后。

"为什么?"莎拉说道,"你到底为什么让我留在布里克乌?你知道我有可能会发现的。你为什么不立刻利用职权把我调走?"

"因为……我害怕。"

"害怕什么?"

"你。"温雅坦白道。

"我?"

"是的,"她说道,"我一直在害怕你,莎拉。从你还小的时候开始。塞普尔一直都倾向于喜欢你而不是我——因为你父母的身份。而且我有很多敌人。支持你就可以罢免我,这是件很简单的事情。"

"而那就是你让我留在布里克乌的原因?"

"我知道如果我让你走的话,你会起疑心的!"温雅说道,"你很热爱人民。如果我不给你你想要的,我害怕你会变得更加坚定。而且我以为我们毁掉了所有埃弗雷姆的笔记。给你一个星期的时间哀悼朋友,然后你就会离开布里克乌,继续去办下一件任务,然后这一切都会过去。"

"但这时沃尔卡的人袭击了沃特罗夫宅邸,"莎拉说道,"一切都变了。"

温雅摇摇头。"你不知道听到他的报告是什么感觉,"她说道,"不仅仅听到我是……怪物的后裔,而且我所取得的一切成就突然间就……突然间不合法了!好像我是被给予了一切,而不是赢得的!我感觉恶心,恼怒,被侮辱……你不明白那种感觉吗?我——我们——体内有神明的血统?"

莎拉耸耸肩。"从小到大,我一直觉得卡吉差不多就是神,"她说道,"一个救世主,我花了许多年试图满足对他的纪念。实话实说,对我个人来说变化不大。"

"但过去的一切都不是真的!什么都没有,只有谎言!卡吉是个谎言。塞普尔是个谎言。外交部……"

"是的,"莎拉说道,"外交部也是谎言。"

温雅擦了擦眼睛。"我多么厌恶哭泣,没有更有失尊严的行为了。"她透过舷窗看着莎拉,"你要干什么?"

莎拉思考着该如何表达。"神佑者似乎的确会遇到这种悲剧的结局。"她说道,"在大战的时候,卡吉几乎把他们都杀了。接着卡吉本人孤独悲惨地死在了大陆上。现在你……"

"你不会的。"温雅低语道。

阶梯之城

"我不会。"莎拉承认道,"我也不能。你拥有的致命力量比我多得多,姑妈。当然,在我公众形象最高峰的时候杀死我,自然会招致彻底调查——这种调查我怀疑甚至连你都应付不了。所以我给你个选择:下台,把权力交给我。"

"给……给你?"

"是的。"

"给……给你所有国家里的所有将军的控制权?给你我们所有情报,所有行动的控制权!"

"是的,"莎拉和善地说道,"我将得到它,或者我们都得不到。因为如果你不下台的话,姑妈,我就把我们家族的可怕秘密透露出去。"

温雅看起来好像马上就要吐了。

"我明白最近在加拉戴什我的身价飙升,"莎拉说道,怪异地谦虚地噘着嘴,"毕竟,我是除了卡吉以外唯一杀掉神明——准确地说,两个神明——的人,卡吉杀了三个。这件事,再加上乌拉夫。自从艾威沙克塔以来他们就没有加冕过另一个卡吉,但是我毫不怀疑现在塞普尔有一些人在讨论着这件事。我相信在我开口说话的时候会有人倾听的。而那样的话,我认为你在外交部的时代就要结束了,姑妈。"

温雅揉着脸,在椅子里前后摇动着。"为什么……?"

"什么为什么?"

"为什么你要这么做?为什么你要这么对我?"

"我不是这么对你,温雅姑妈。你这么想是在奉承自己。事情在改变。四天前在布里克乌,历史复活了,而它排斥现在就像现在相应地排斥它一样。而现在我们可以走一条新道路。我们可以保持世界的现状——不平衡,一个国家把握着所有力量……"

"或者?"

"或者我们可以从和大陆合作开始,"莎拉说道,"创造出一个旗鼓相当的国家来约束我们。"

温雅目瞪口呆:"你希望……提高大陆的地位?"

"是的,"莎拉正了正眼镜,"实际上,我计划花费几十亿来重建他们的国家。"

"但是……但是他们是大陆人!"

"他们是人,"莎拉说道,"他们向我寻求帮助。而我将会提供帮助。"

温雅揉着她的太阳穴:"你……你……"

"我还打算,"莎拉继续说道,"终止世俗规章,解密所有的大陆历史。"

温雅姑妈向前倒下,脸色白得像蛋奶沙司一样。

"如果我们不知道过去的真相的话,"莎拉说道,"我不认为我们能建立起什么未来。是时候诚实地说出世界过去的真相,以及它现在的样子了。"

"我要吐了,"温雅说道,"你想要把他们神明的知识归还给他们?"

"他们的神明死了,"莎拉说道,"那些日子已经过去了。我知道。是时候一起前进了。经过一段时间之后,我甚至希望能够披露卡吉身世的真相——但是那或许是几十年后的事情了。"

"莎拉……亲爱的……"

"故事将会这么写,姑妈,"莎拉说道,"现在事情已经不同了——完全没错——老方式和习惯于它们的老战士必须改变,或者离开。你可以优雅安静地离开:在我刚刚取得了无可比拟的胜利之后,把权力移交给新一代。你甚至会因为你的远见而受到赞扬，因为你选择把我留在布里克乌——那是个好招。我可以确保你安然无恙，在能够好好照顾你的研究机构或者著名学校里当个领导。或者，我可以驱逐你。你以前说过你在加拉戴什有敌人，姑妈。我现在有一把非常大的匕首可以给他们，随后他们就会毫不迟疑地把它捅进你的背里。"

温雅目瞪口呆地盯着她："你……你真的……"

"我还有两天就到，姑妈，"莎拉说道，"考虑考虑吧。"

她用两根手指擦了擦舷窗玻璃，她的姑妈消失了。

❖

阳光从云层里跳出来，穿过波浪，在甲板上扩散开来。在船的上空，海鸥优雅地在气流间飞动，在空气中腾挪。在船往左舷摆动的时候，莎拉紧紧地握住陶瓷罐子：她从来都不是一个熟练的水手——船员们很快就推测出了这一点，而且小心提防着——她很感谢今天大海的平静。

"快到了吗，船长？"她问道。

船长从和见习船员的谈话中脱身出来。"如果你能告诉我准确地点的话，"他说道，"我就能告诉你准确时间。"

"我告诉过你了，船长。"

"我复述一下，'与塞普尔和大陆距离相等的位置'可不像你以为的那么准确，如果你原谅我这么说的话，首席外交官。"

"我不需要它那么准确，"莎拉说道，"我们还有多久能接近？"

船长来回侧着头："一个小时左右。在这么平静的洋面上，再加上这么仁慈的风，或许更短。你到底为什么想知道？"

莎拉转过身拿着罐子走向船尾。她看着他们后方澎湃的海洋以及他们航向的尾波。一条奇怪的平静水面展了数里：在范围之外，汹涌的波涛将它吞噬殆尽。

她久久凝视着海面。海风吹拂着她的头发和外衣。海雾像水晶珠宝般装点着她的眼镜。空气在令人愉快的温暖与令人愉快的凉爽之间变换着。

"这是段非常长的旅途，不是吗，沃？"她对那个陶瓷罐子说道，"但回过头来，它看起来似乎只是一瞬间。"

一只海鸥低飞下来对着她叫着，或许是在索取什么。

他们当然不想火化他：火化在大陆是异端行为。但是她拒绝让他被埋葬在沃特罗夫墓园里，躺在那些把他的生活变成地狱的人旁边，所以她把他带在身边，他的肉身被焚烧殆尽，装进一只小罐子里，没有痛苦，没有记忆，没有他的国家和神明施加在他身上的那些折磨。

她不会哭。她决定了。没什么值得哭的：这只是发生过的事情。

"分娩之痛，"她出声说道，"那就是我们的生命，不是吗？时间之轮彼此铿锵地旋转着，诞生了新时代。"

冷风吹打着她的脸颊。

"但是在分娩之前还有痛苦，剧烈的宫缩。不幸的是那就是我们，但是……"

船长喊着他们接近了，或者是足够接近了。

"……有时蝴蝶必须从蛹里挣脱……"

她开始拧开罐子的盖子。她的心跳得更快了。

"……忘记它曾经是毛虫。"

海鸥们发出另一声悲哀的叫声。

她倒转过罐子：一阵精细灰烬的烟尘盘旋而出，扭动着乘风落到

阶梯之城

船尾后方平静的水面里。

她把罐子丢到舷外。它几乎立刻沉没到黑色的水面下。

她注视着波浪,想知道它们知道什么,它们记得什么。

所有人、所有事物都在时间面前归于沉寂。她想,但我将尽我一生,讲起你们,讲述你们的一切。

接着她转过身走向船头,注视着前方的太阳、风和明亮的海浪,等待着家乡的出现。